#FALSIANE

LUCY SYKES & JO PIAZZA

Tradução
Carolina Caires Coelho

Título original: *The Knockoff*

Copyright © 2015 by Lucy Sykes Baby, LLC
Todos os direitos, inclusive os de reprodução, estão protegidos.

Direitos de edição da obra em língua portuguesa no Brasil adquiridos pela Casa dos Livros Editora LTDA. Todos os direitos reservados. Nenhuma parte desta obra pode ser apropriada e estocada em sistema de banco de dados ou processo similar, em qualquer forma ou meio, seja eletrônico, de fotocópia, gravação etc., sem a permissão do detentor do copirraite.

Rua Nova Jerusalém, 345 – Bonsucesso – 21042-235
Rio de Janeiro – RJ – Brasil
Tel.: (21) 3882-8200 – Fax: (21)3882-8212/8313

CIP-Brasil. Catalogação na Publicação
Sindicato Nacional dos Editores de Livros, RJ

S639f Sykes, Lucy
    #Falsiane / Lucy Sykes, Jo Piazza; tradução Carolina Caires Coelho. – 1. ed. – Rio de Janeiro: HarperCollins Brasil, 2015.
    336 p.; 23 cm.

    Tradução de: The knockoff
    ISBN 978-85-220-3050-7

    1. Romance inglês. I. Piazza, Jo. II. Coelho, Carolina Caires. III. Título.

15-25322
    CDD: 823
    CDU: 821.111-3

Para os meninos, Euan, Heathcliff e Titus

Para John e Tracey

Para todas as Imogen Tates

"Sempre perdoe seus inimigos;
nada os irrita mais do que isso."
— Oscar Wilde

"Para ser insubstituível,
é preciso ser sempre diferente."
— Coco Chanel

PRÓLOGO

5 DE SETEMBRO DE 1999

A jovem e bela editora-assistente cruzou as pernas com nervosismo, mexendo o pé direito sem parar. Temia que a saia-lápis *bouclé* fosse curta demais para se sentar na primeira fileira. Em muitos aspectos, ela parecia perfeitamente comum naquela multidão de homens vestidos de preto e mulheres com roupas de tecido italiano com cortes franceses feitas com a sensibilidade americana. Ela estava bem-vestida para a ocasião. Ainda assim, não conseguia acreditar que estava ali. Nunca na vida pensou que sentaria na primeira fileira de um desfile de moda em Nova York durante a Fashion Week. Virou o convite de velino pesado mais uma vez para ler as letras em relevo dourado. Não era um engano. Seu assento era o 11A. Estava no lugar certo no momento certo.

Imogen Tate tinha 26 anos e já vinha examinando fotos desses desfiles de moda com seus chefes na revista *Moda* havia cinco anos, mas nunca vira um ao vivo.

A chance incrível de ver o desfile de Oscar de la Renta só apareceu porque os editores-chefes tinham outros compromissos. Bridgett Hart, que era uma linda modelo negra e uma das três colegas que moravam com Imogen, participaria do desfile. Imogen olhou para o relógio. Cinco e meia. O evento deveria começar às cinco, mas os assentos da plateia ainda estavam bem vazios. Apesar de Bridgett ter garantido que nada começava na hora durante a Fashion Week, Imogen chegara às 16h45. Melhor estar adiantada. Ela pensou em se levantar para cumprimentar sua amiga Audrey, assessora de imprensa da Bergdorf Goodman que conversava com um jornalista da *Trib* a dez assentos dali, porém temia que alguém roubasse seu lugar reservado. Já tinha sido alertada a respeito de uma socialite nova-rica e muito esperta que nunca conseguia convite para a primeira fila e por isso espreitava pelos cantos à espera de um lugar vago.

Uma mecha de cabelo caiu no rosto de Imogen, e ela logo o prendeu atrás da orelha. Uma semana antes, ela se deixou convencer pelo seu novo colorista a voltar ao loiro natural depois de uma série de tons mais escuros e drásticos. A cor estava mais suave. "Chique" era a palavra certa para descrever sua nova vida nos Estados Unidos. "Ai!" Imogen recolheu o pé e olhou feio para o *paparazzo* que tinha tropeçado no dedão exposto de seu pé, calçado com a sua melhor (e única) sandália de pele de cobra e tiras.

— Você está atrapalhando — disse ele, irritado.

— Estou na *minha* cadeira — respondeu Imogen com seu mais forte sotaque britânico.

De fato, era sua cadeira e seu nome no convite. Aquilo significava alguma coisa. O mercado da moda era uma comunidade insular de estilistas, editores, varejistas e seletos herdeiros. O acesso a eventos daquele tipo era muito concorrido e podia ser negado facilmente.

— Bom, a sua cadeira está atrapalhando — retrucou o fotógrafo genioso, antes de sair correndo pela passarela coberta de plástico para fotografar Anna Wintour, a editora-chefe da *Vogue*, enquanto ela se acomodava graciosamente do outro lado da passarela, na frente de Imogen. Com Anna acomodada, o desfile enfim pôde começar. Seguranças com grossas camisas pretas de gola rolê e portando *walkie-talkies* levaram os fotógrafos para uma área restrita no fim da passarela. Todas as fotos do desfile estavam sob embargo rígido, dependendo da aprovação do designer. Imogen tinha uma câmera compacta na bolsa, mas não ousou pegá-la. Ela tirara muitas fotos das tendas no Bryant Park e pretendia deixar o filme em um daqueles estabelecimentos que revelavam fotos em uma hora no caminho de volta para o trabalho. Na sua bolsa, ela pegou um caderno pequeno e preto.

Assistentes vestidos de preto da cabeça aos pés arrancaram o plástico industrial da passarela, revelando uma superfície branca imaculada. As luzes foram diminuídas e o local ficou em silêncio. Os convidados, respeitosamente, colocaram bolsas e maletas embaixo das cadeiras. A plateia estava tão atenta ao que acontecia na passarela que deixou de cochichar e até de mexer em papéis no colo quando as luzes diminuíram.

No silêncio, "Livin' La Vida Loca", de Ricky Martin, começou a tocar enquanto a luz branca tomava o local. Modelos com o olhar fixo à frente andavam uma atrás da outra. Imogen mal teve tempo de fazer anotações sobre cada um dos looks. Aquele seria o momento perfeito para usar sua câmera, mas ela não ousou.

À sua frente, do outro lado, ela viu Jacques Santos. Vestido com o jeans branco que já havia se tornado sua marca registrada, o ex-fotógrafo francês, agora diretor de criação de uma das grandes revistas da atualidade, pegou sua Nikon e furiosamente começou a fotografar as modelos que passavam por ele. Pelo canto dos olhos, Imogen viu os seguranças se remexendo em seus postos na ponta da passarela. Só quando Jacques se levantou e ergueu a câmera acima da cabeça para fazer uma foto da cena toda, eles agiram. No momento da passagem das modelos, um guarda se aproximou de Jacques pelo outro lado e, antes que o francês percebesse o que estava acontecendo, eles o agarraram e confiscaram a câmera. Jacques ficou deitado e atordoado na passarela.

Bridgett, a amiga escultural de Imogen, sequer pestanejou ao passar por cima do homem com muita calma, com botas de couro que subiam justas até as coxas, e continuou andando na passarela com a elegância de uma pantera, com o dedão do pé direito levemente apontado para cima ao ser erguido do chão. Segurando a câmera, o guarda colocou Jacques de pé, limpou sua camisa e fez um gesto para que ele se sentasse. Tirou o filme da Nikon e devolveu a máquina antes de voltar para seu posto no fim da passarela.

O desfile continuou.

CAPÍTULO 1

AGOSTO DE 2015

A princípio, Imogen não reconheceu a garota que se remexia na cadeira, tirando uma foto das próprias sapatilhas magenta Tory Burch, que combinavam com suas unhas. Numa mão, ela segurava o iPhone branco e dourado, e estendia a outra por cima dos sapatos, com as unhas feitas esticadas à frente da tela.

Imogen passou a mão em seu cabelo loiro e fino e o colocou atrás das orelhas, fazendo um barulho com o salto direito para que a garota, que agora fazia um biquinho para a câmera do telefone para tirar uma selfie, soubesse que não estava sozinha ali.

— Ah! — Eve Morton, ex-assistente de Imogen, voltou assustada à realidade. O telefone caiu no chão. Com a voz rouca, emitiu uma expressão de surpresa, olhando além do ombro de Imogen para ver se havia alguém atrás dela. — Você voltou?

As pernas ligeiras da garota logo percorreram o espaço entre elas e alguns segundos depois Eve deu um abraço muito familiar em Imogen. Eve parecia diferente agora. Os cachos castanho-avermelhados foram alisados com algum tratamento com queratina, provavelmente. Os cabelos lisos e brilhantes emolduravam o rosto maquiado à perfeição, com um nariz um pouco diferente e mais bonito do que Imogen se lembrava.

"Por que Eve estava sentada à minha mesa, a mesa da editora-chefe?"

Imogen quebrou a cabeça para encontrar algum motivo que explicasse a presença de Eve naquele prédio tão cedo. Ela não trabalhava mais ali; fora sua assistente dois anos antes e não voltara desde então.

Eve tinha sido uma assistente extraordinariamente competente e, quando foi preciso, também fora amiga, mas aquela era uma distração irritante logo no primeiro dia de trabalho. Imogen só queria se acomodar antes que o restante dos funcionários chegasse, pedir um cappuccino e receber ajuda para responder à inevitável montanha de e-mails.

— Eve? Querida, o que faz aqui aqui? Pensei que estivesse cursando administração em Harvard.

Imogen desviou de Eve para se sentar em sua cadeira. Era bom afundar-se no assento de couro depois de tanto tempo longe.

A garota deixou as pernas compridas na posição normal em vez de cruzá-las quando se sentou de frente para Imogen.

— O curso acabou em janeiro. Passei alguns meses numa incubadora de empresas em Palo Alto. E então voltei para cá, em julho.

"O que era uma incubadora de empresas?", perguntou-se Imogen. Imaginou que tivesse algo a ver com frango, mas não quis nem teve interesse em perguntar.

— Voltou para Nova York? Que ótimo. Com certeza algum banco de investimentos gigantesco fisgou você, agora que tem um MBA — respondeu Imogen com tranquilidade, apertando o botão para ligar seu computador.

Eve jogou a cabeça para trás com uma risada rouca que surpreendeu Imogen pela maturidade e seriedade. A risada de antes era meiga e alegre, a de agora era desconhecida.

— Voltei para Nova York e para a *Glossy*! Enviei meu currículo para o sr. Worthington em janeiro. Conversamos um pouco antes de você sair de licença. Em julho, voltei para Nova York e para cá. Sabe... é o emprego dos sonhos. Ele me disse que contaria a você. Pensei que você só chegaria no horário de sempre... perto das dez. Achei que teria uma reunião com Worthington e ele contaria sobre minha nova função.

Assistente antiga. Função nova. Eve, 26 anos, os cílios carregados com rímel cor de berinjela, pura ambição, dentro da sala de Imogen.

Imogen havia falado com Carter Worthington, *publisher* e seu chefe, exatamente duas vezes durante os seis meses que passou longe do trabalho. Pela primeira vez desde que atravessara as portas da *Glossy* naquela manhã, ela olhou com atenção para o andar e notou pequenas diferenças. A maioria das luzes ainda estava apagada, acentuando a luz amarelo-clara do sol que entrava pelas janelas próximas ao elevador. Porém, o andar, com design tradicionalmente espaçado, parecia mais cheio. Quando ela saiu, o andar tinha cubículos com divisórias baixas, e cada mesa tinha espaço suficiente para um teclado e um monitor de computador. Agora, não havia mais divisórias e uma série de mesas formava uma fileira contínua pela sala, com laptops tão próximos uns dos outros que quase se encostavam, como peças de dominó prontas para serem derrubadas. Sua fotografia preferida, um *close* do rosto de Kate Moss por Mario Testino, não estava na parede. Em seu lugar, havia um amplo quadro branco com listas enumeradas e rabiscos feitos com marcadores de todas as cores. Em outro ponto das paredes cinza-claro avisos estavam colados e escritos com letras cursivas, com cores joviais: "Correr riscos dá energia!"; "O que você faria se não sentisse medo?"; "O que Beyoncé faria?"; e "Genial, gigante, glamorosa, GLOSSY!" Na sala de Imogen, faltava algo muito importante: seu quadro inspiratório de cortiça, normalmente cheio de recortes de revistas, fotos dos ensaios, pedaços de tecido, fotografias antigas e qualquer outra coisa que chamasse sua atenção e fosse inspiradora. "Quem achou que podia retirar meu quadro?"

Uma ansiedade irracional tomou conta dela, causando frio na barriga. Havia algo de diferente, e o que quer que estivesse diferente parecia errado. Ela só conseguia pensar em "Saia da minha sala", mas, em vez disso, depois de uma breve pausa, perguntou educadamente:

— Qual é exatamente seu novo trabalho aqui, Eve? — Nesse momento, ela notou que havia um pufe cor-de-rosa grande no canto da sala.

— Sou responsável pelo conteúdo digital do site da *Glossy*. — Eve sorriu brevemente, mas não convenceu, e cutucou o esmalte da unha.

Imogen manteve a cara de paisagem e suspirou por dentro, aliviada. Certo. Eve só estava cuidando do conteúdo da internet. Por um segundo, ela havia entrado em pânico pensando que Eve estivesse ocupando algum cargo importante do qual ela não tivesse conhecimento. Claro, era 2015, e claro que a revista tinha um site, e claro que tudo isso significava alguma coisa. Porém, o site era só um apêndice necessário das páginas reais da revista, usado principalmente como um lugar onde deixar os anúncios dos patrocinadores e as matérias menos importantes. Certo? A garota estava cuidando de algo relativamente irrelevante. Ainda assim, por que ninguém havia consultado Imogen antes de contratar a antiga assistente dela para ocupar um cargo novo? Aquilo não tinha sido nada simpático.

— Não vejo a hora de falar sobre todas as mudanças. O site está mais forte do que nunca. Acho que você vai adorar a repaginada — completou Eve.

Uma dor de cabeça ameaçou surgir da base do crânio de Imogen.

— Acho ótimo que eles finalmente tenham repaginado o site. E estou muito feliz por você ter voltado. Adoraria almoçar com você quando voltar ao ritmo.

Imogen balançou a cabeça, torcendo para que a moça sumisse logo, para que ela pudesse dar início ao dia de trabalho.

Talvez, se fizesse uma piada, conseguiria apressar a coisa.

— Contanto que a repaginada não tenha nada a ver com a minha revista e... — ela pretendia ser enfática — ...contanto que eles não tenham dado a minha sala para outra pessoa.

Eve hesitou, confusa, piscando os olhos com cílios postiços compridos como asas de borboleta.

— Acho que você precisa conversar com Carter, Imogen.

Era estranho ouvir um tom vagamente autoritário na voz de Eve, de 26 anos, e ainda mais estranho ela se referir a seu chefe, Carter Worthington, pelo primeiro nome. De repente, Imogen sentiu o coração bater mais depressa de novo. Ela estivera certa desde o começo. Eve não estava só cuidando do site. Imogen temeu por um momento que Eve, antes tão boa em prever tudo de que ela precisava, pudesse ler sua mente agora. Levantou-se.

— Na verdade, tenho uma reunião com ele — mentiu Imogen. — É a primeira tarefa do meu dia. Preciso ir agora.

Trocando a perna de apoio, ela se virou para se afastar de Eve, passando por várias jovens que chegavam à empresa e as quais não reconheceu. Sua mão tremia. Seu rosto exibia um sorriso engessado quando ela apertou o botão do elevador para ir ao lobby. Em um prédio grande como aquele, era preciso descer para pegar outro elevador que levasse a andares mais altos.

Gus, na mesa de café do lobby, quase pulou a mesa ao partir na direção dela, que corria para os elevadores.

— Pensei que você não voltaria mais! — exclamou ele, com um cheiro adocicado de canela e leite quente. O bigode claro se mexia a cada sílaba. — Como essa revista sobreviveu por seis meses sem uma editora-chefe? Eles devem ter sentido muito a sua falta!

Ele apertou a mão dela com cuidado. Claro que Gus sabia por que ela havia passado um tempo fora. Eles tinham tentado manter a notícia longe da imprensa, mas atualmente era muito difícil esconder algo dos colunistas de revistas de fofocas.

Em fevereiro, seis meses antes, Imogen recebera o diagnóstico de câncer grau 2 no seio esquerdo, a mesma doença que havia levado sua avó e duas tias. Em março, ela decidiu recorrer a uma mastectomia dupla com reconstrução para acabar com o câncer e impedir que se espalhasse. Os seis meses seguintes foram de quimioterapia e recuperação.

— Estou aqui.

Imogen se forçou a sorrir. Aquilo era demais antes das nove da manhã. Mas, pelo menos, Gus era gentil e trazia uma promessa de cafeína. Ele a levou à mesa do café e, sem dizer nada, ocupou-se preparando a bebida, tirando a espuma com carinho. Ele se recusou a aceitar as quatro notas de um dólar que ela puxou da carteira e lhe entregou o copo.

— Por minha conta. Um dia muito especial! Se eu soubesse que hoje seria seu primeiro dia de volta, teria pedido à minha senhora que preparasse algo especial... um baclava... com o mel que você gosta. Você vem amanhã? Ela pode fazer hoje à noite. Posso trazer amanhã para você. Com mel.

Ela assentiu e agradeceu, saboreando a cafeína ao seguir em direção ao elevador. Os funcionários andavam pelo lobby. Um homem bonito, de meia-idade, com cabelos grisalhos e um lenço no bolso do terno imaculado lançou um olhar de aprovação para as pernas de Imogen quando entrou com ela no elevador.

Enquanto subiam, muitas coisas ainda passavam por sua cabeça, e Imogen se lembrou claramente do momento em que Eve Morton entrara em sua vida, cinco anos antes. Imogen havia acabado de ser promovida a editora-chefe da *Glossy* e estava exausta depois de semanas entrevistando candidatos à vaga de assistente. O departamento de Recursos Humanos lhe tinha enviado praticamente toda a sala de formandos da Le Rosey (escola suíça de boas maneiras para a qual os americanos ricos mandam seus filhos mimados para conhecer outros americanos ricos), todos eles entediados e privilegiados.

Nenhum deles tinha a determinação indescritível que Imogen sabia que os deixaria sedentos o bastante para dar o melhor de si na *Glossy*. Ela, mais do que ninguém, sabia como era importante ter vontade de trabalhar em um lugar como aquele. Ela própria já tinha sido assistente de sua primeira chefe e mentora, Molly Watson, editora-chefe da revista *Moda*, a pessoa mais inspiradora que Imogen conhecera na vida.

No dia em que entrou na sede da *Glossy* pela primeira vez, Eve Morton tinha acabado de se formar na Universidade de Nova York. Vestindo um sobretudo amassado, ela estava ensopada, com os cabelos grudados no rosto, o que lhe dava a aparência de uma gatinha de rua. Do lado de fora, o dia chuvoso de abril era do tipo que transforma até mesmo os nova-iorquinos mais experientes em turistas acanhados na própria cidade, relutando em se aventurar sem um carro a postos para levá-los ao destino seguinte.

Apesar de ser alta e grandona, Eve era tímida e retraída. Ainda assim, havia um brilho em seus olhos que se intensificou ainda mais quando ela pegou o laptop para mostrar uma apresentação de PowerPoint com slides exibindo páginas de revistas do início dos anos 1990 até o presente.

— Li todas as revistas nas quais você trabalhou. — Ela deixou escapar de sua boca, que era um pouco grande demais, mas não totalmente feia. — Este é o momento mais interessante da minha vida toda, estar aqui nesta sala. Com certeza, você é uma das melhores editoras de revista do mundo. Acho que li todas as matérias a seu respeito também. Adoro todas as festas que você organiza com os designers durante a Fashion Week e a maneira como pediu para *não* se sentar perto de Kim Kardashian nos desfiles de Londres. Adoro todas as mudanças que você fez na *Glossy*. É por sua causa que quero trabalhar em revistas.

Imogen não era imune à bajulação, mas tinha um detector de baboseira muito afiado. Ainda assim, acreditava nunca ter encontrado alguém que tivesse lido todos os exemplares da *Glossy* nos últimos três anos, a *Harper's Bazaar* por dois anos antes disso e a *Elle* mais dois anos antes. Nem a própria Imogen tinha certeza de que podia afirmar, com seriedade, que tinha lido todos esses exemplares do começo ao fim. Olhou para a garota com incredulidade, e a barra da saia dela, que era da loja de departamento J. Crew, ainda estava molhando o piso branco da sala.

— Puxa! Obrigada, mas você me parece jovem demais para estar lendo minhas revistas há tanto tempo.

— Ah, tenho lido publicações de moda desde que aprendi a *ler*. Quando você fotografou as coleções em estruturas de lavadores de janelas no septuagésimo andar de um prédio na Times Square, eu morri.

Eve se referia a uma sessão de fotos que posteriormente foi descrita na imprensa como "Faça ou Morra", na qual Imogen imaginou modelos no lugar de limpadores de janelas, com os fotógrafos como espectadores em andares diferentes. Modelos ícones da moda ficaram penduradas como insetos nos parapeitos, e as barras das roupas se esvoaçavam. O seguro de vida da revista foi às alturas. Isso não impediu Imogen de fechar uma estação inteira de metrô no mês seguinte para a sessão de fotos, e um supermercado no Queens um mês depois. Eles até levaram pacotes de presunto com a marca Chanel para essa sessão.

— Quando vi aquilo, todo o curso da minha vida foi alterado — disse Eve, trazendo Imogen de volta ao presente com palavras que ela não acreditava serem totalmente verdadeiras.

— É mesmo? Mudou? Meu Deus, como?

— Não consegui me esquecer daquelas imagens. Elas ficaram grudadas na minha mente. Foi uma experiência de outro mundo. As roupas, naquele momento, ganharam vida para mim. A partir daquele momento, eu soube que só havia uma coisa que eu podia fazer no mundo todo. A partir daquele momento, soube que estava destinada a vir para Nova York, onde todas as revistas são feitas. Eu me candidatei na Universidade de Nova York e no Fashion Institute of Technology. Fui aceita nos dois e optei pela Universidade de Nova York para poder escolher as matérias que comporiam meu currículo, com foco em marketing, administração e história da moda. A partir de então, meu único desejo era trabalhar com você. As inovações que fez nas revistas de moda foram o que de mais interessante aconteceu no conteúdo editorial das últimas décadas.

Eve finalmente relaxou um pouco os ombros, como se tivesse se livrado de um peso, agora que despejara o monólogo que havia ensaiado várias vezes diante do espelho do quarto, cheio de impressões digitais e manchas de limpa-vidros.

Imogen sorriu para ela. Sabia aceitar elogios, porém até o maisególatra dos seres teria dificuldade de engolir aquilo.

— Bem, agora que veio até aqui e viu tudo de perto, o que acha? Eve estudou o ambiente com seus olhos grandes e verdes.

— É ainda melhor do que eu esperava. Sei que posso aprender muito com você, e farei o que for preciso para tornar sua vida a mais tranquila possível. — Acrescentou: — Me dê uma chance. Vou mudar sua vida.

Essa frase deveria ter causado um frio na espinha de Imogen, mas ela não era dramática e estava desesperada à procura de alguém dedicado e com vontade de trabalhar que pudesse começar no mesmo instante.

Eve Morton fez exatamente o que prometeu. Era disposta. Aprendia rápido, era supercompetente e provou seu valor em questões simples e complexas. Ao longo de todo o dia, elas conversavam pela porta aberta da sala de Imogen. O filho pequeno de Imogen, Johnny, teve pneumonia durante semanas assim que Eve assumiu o cargo. Juntas, elas criaram um esquema furtivo para que o restante dos funcionários da revista não soubesse que Imogen deixava o escritório por horas para cuidar dele. Eve montava guarda na porta da sala dela, direcionando todas as ligações para o celular de Imogen e dizendo aos visitantes que ela estava trabalhando muito e que não deveria ser perturbada. Imprimia novas versões dos *layouts* e os levava à casa de Imogen depois de todos irem embora, à noite. Imogen fazia as alterações à mão e Eve as lapidava de modo impressionante para a reunião da manhã seguinte. Sua ajuda era valiosíssima.

Desde o começo, Imogen notou que Eve tinha uma enorme necessidade de concordar e agradar. Se alguém dizia precisar de uma reserva num restaurante, Eve mandava cinco opções. Se dizia gostar da pulseira dela, ela comprava uma idêntica para presentear a pessoa em seu aniversário. Quando Imogen fez luzes cor de mel nos cabelos, Eve também fez.

O guarda-roupa da moça passou de peças básicas de lojas de departamentos para criações mais interessantes de estilistas, mudança financiada principalmente por uma série de pretendentes mais velhos que sempre a buscavam no escritório com seus carrões à noite. Eve mantinha sua ambição guardada como bonecas russas. Sempre que exibia uma nova faceta, parecia mais confiante, mais segura.

Quando Imogen pensava seriamente em promovê-la a editora-assistente, depois de dois anos e meio de dedicação, Eve bateu à porta dela com os olhos vermelhos. Para agradar ao pai, um técnico de futebol de time de colégio, muito rígido, que preferia de ter tido um filho que fosse um banqueiro importante em vez de uma filha que trabalhava com moda, Eve decidiu tentar a faculdade de administração. Ela não achou que entraria, mas Harvard lhe ofereceu uma bolsa de estudos para fazer o MBA. Ela não podia contrariar o pai.

E, assim, Imogen perdeu a melhor assistente que já tivera. Como presente de despedida, Imogen deu a Eve uma echarpe de seda vermelha *vintage* Hermès.

Eve enviou flores duas vezes quando soube que Imogen estava doente. Um dos buquês tinha um cartão no qual se lia "Melhore logo", com um desenho de um gatinho triste agarrado a um gato malhado mais velho e mais gorducho. O outro, um vaso de magnólias cor de pérola, a flor preferida de Imogen, não veio com cartão. Apenas com um pedaço de papel com o nome "Eve" escrito com um grande garrancho.

Antes de os elevadores se abrirem para a suíte executiva onde ficava o escritório de Worthington, Imogen tentou se animar. Era Imogen Tate, bem-sucedida editora-chefe, a mulher responsável por injetar vida à *Glossy* e transformá-la quando todos diziam que não seria possível. Ela havia recebido prêmios e encantado anunciantes. Enquanto o elevador subia, Imogen decidiu que enfrentaria os momentos seguintes do modo mais neutro que conseguisse com Worthington. O chefe gostava dela e a respeitava por ela ser sempre muito pé no chão. Imogen acreditava que entre suas melhores habilidades estavam a de conseguir ler as intenções das pessoas e a de saber lidar com uma sala cheia.

Com os ombros eretos, ela caminhou tranquilamente e passou pelas duas assistentes de Worthington. A quarta esposa do *publisher*, uma ex-modelo e uma de suas antigas assistentes (da época em que ele era casado com a terceira esposa), exigia que elas fossem simples, porque sabia exatamente o que seu marido era capaz de fazer com jovens ambiciosas. Uma das jovens assistentes se movimentou para bloquear a passagem de Imogen, porém — tarde demais — acabou tropeçando na própria saia, comprida e feia. Quando Imogen passou pelas imponentes portas de carvalho, Worthington, que sempre acordava cedo, ainda mais agora que a empresa andava realizando muitos negócios com a Ásia, estava de pé ao lado de uma parede cheia de janelas com vista para o centro de Manhattan. O escritório era uma mistura de aço, vidro e madeira escura — *art déco* de navio de cruzeiros —, com arandelas de latão alemãs que já tinham decorado o salão de festas de um navio Cunard. Com os dedos gordos sobre a ponta de seu taco de golfe, ele parecia o rascunho feito pelo ilustrador Hirschfeld de um executivo bem alimentado. Era um homem feio, que se tornara bonito graças ao fato de ser rico. Com o nariz grande e as orelhas cor-de-rosa minúsculas, ele mais parecia o Piggy de *O senhor das moscas*, só que grande como um macho alfa. Ela já ouvira pessoas o descrevendo como hilário, excêntrico, genial e lunático, e todas essas pessoas tinham sido mulheres que se casaram com ele.

— Imogen — disse ele. — Você está incrível. Emagreceu?

Ele olhou para o corpo dela de cima a baixo, parando por tempo demais em seus seios. Estaria tentando perceber se os seios tinham sido melhorados? "Sim, Carter, estes seios têm uns dez anos a menos, são mais empinados e mais firmes. Talvez um pouco mais arredondados. Obrigada por notar", pensou ela.

Determinada a manter uma postura controlada, ela sorriu, acomodando-se no couro macio do sofá, no canto direito, e foi direto ao ponto:

— Estou feliz por saber que você recontratou Eve Morton.

Havia exemplares do novo livro de memórias de Worthington perfeitamente dispostos sobre a mesinha Gemelli de aço. Sua papada, corrigida para que ficasse rente à mandíbula, estava posicionada acima das letras grossas do título na parte inferior da capa: VALOR.

— Sim, sim. Moça esperta essa Eve. Tem um MBA de Harvard, sabe... e pernas que não acabam mais... como uma jovem Susan Sarandon. Caramba, aquela gata sabia fazer as coisas.

Ele piscou para ninguém em especial. Imogen já tinha se acostumado com o fato de que as mulheres, incluindo Susan Sarandon, no vocabulário de Worthington, eram gatas, minas e garotas, sempre um aglomerado de partes bonitas ou não, mas nunca "mulheres" completas. Ele usava termos que combinavam mais com uma mesa de carteado do que com uma editora de Manhattan. E nunca se interessava em bater papo, mas, ainda assim, ela ficou se perguntando se ele fazia ideia de que hoje era seu primeiro dia de volta ao trabalho. E o que ter um MBA de Harvard e pernas compridas tinha a ver com gerenciar o site de uma revista? Imogen não fazia ideia. Alguns amigos seus tinham entrado na faculdade de administração no fim dos anos 1990 e início dos anos 2000; no entanto, não fazia ideia de como eram as coisas quando Eve estudou. No caso de muitos desses amigos, o MBA era sinônimo de dois anos de farra, com festas regadas a álcool e viagens: uma pausa na vida adulta que os catapultou para o pagamento de impostos mais altos.

Ela percebia que Worthington estava agindo de boa vontade com Eve, por isso, fez o mesmo.

— Primeira da sala, pelo que parece. Estou muito feliz por ela estar de volta — disse Imogen, com um sorriso perfeitamente calculado. — O site sempre precisa de pessoas competentes.

— Vai ser muito mais do que um site, Imogen. Para ser sincero, não entendi muito bem o que vai ser, mas acho que vai nos render um dinheirão! — Worthington parou como se pensasse nos benefícios de mais uma vez fazer a companhia faturar muito dinheiro.

Não fazia muito tempo que a empresa de consultoria da McKittrick, McKittrick e Dressler se enfiava na Mannering para tentar descobrir por que a empresa, principalmente a divisão da revista, estava perdendo tanto dinheiro. E não precisou se esforçar muito para descobrir para onde o dinheiro estava indo. Um editor que tinha um apartamento em Paris, onde passava os fins de semana com um rodízio de rapazes a seu dispor. Uma suíte permanente no Four Seasons, em Milão, disponível para os funcionários em cargos mais altos durante os desfiles de moda ou outros fins de semana. As cláusulas nos contratos dos editores-chefes (inclusive com Imogen) para fornecer carros, roupas e lavanderia. Worthington suspirou ao pensar nos bons tempos enquanto empurrava a bola de golfe para o buraco no tapete verde.

— Que bom que você está animada com isso. Temia que não recebesse bem a notícia. Sei como você é dedicada às páginas da *Glossy*. Achei que poderia não querer mudar para uma revista digital. Na verdade, achei que você pudesse nos deixar para sempre. Mas todos sabemos que chegou a hora de a empresa ter o digital como prioridade.

"O que é uma revista digital?" Nada que saía daquela boca de peixe fazia sentido. Claro que ela era dedicada à revista. Era seu trabalho. Ele estava querendo dizer que mais conteúdo da revista seria colocado na internet? Por isso eles tinham contratado a Eve? Talvez os programas de MBA de hoje ensinassem as pessoas a finalmente ganhar dinheiro colocando uma revista na internet, algo que Imogen não acreditava ser possível. Nos últimos anos, muita coisa havia mudado. O mercado editorial estava totalmente diferente agora. Ela sabia disso. Blogs, sites, tuítes, links e compartilhamento. As pessoas só se importavam com essas coisas.

Worthington pegou uma bola nova e brilhante do bolso.

— O novo modelo de negócios que Eve criou é diferente de qualquer coisa que eu tenha visto. É uma mistura de Amazon com lojas de grife. E pensar que receberemos uma fatia de cada item que vendermos... É isso o que salvará a empresa. Sem falar do dinheiro que estamos economizando em impressão e distribuição.

Enquanto absorvia o impacto dessa nova informação, Imogen sentiu as paredes se aproximando ao seu redor. Os músculos atrás de seus olhos se contraíram e eles saltaram. A cabeça latejou e o estômago revirou. Ela afundou as unhas nas palmas das mãos. "Recomponha-se", pensou. Ela tinha sido uma tola por achar que poderia deixar seu emprego por meses e encontrar tudo exatamente como tinha deixado.

Imogen se esforçou para sorrir de novo.

— Carter, o que está tentando me dizer? O que está acontecendo com minha revista?

Ele olhou para ela, com muita naturalidade, e então disse num tom que costumava reservar para seus gêmeos de cinco anos:

— Sua revista, agora, virou um aplicativo.

CAPÍTULO 2

Ao voltar ao andar da *Glossy* depois de sair do escritório de Worthington, um mar de novos rostos havia se reunido na sala de conferência para a reunião daquela manhã. Imogen queria ter tido mais tempo para se preparar antes de ver seus funcionários. Na última semana, ela havia ensaiado o discurso que faria durante a reunião no primeiro dia de volta ao trabalho. Ao olhar pelas paredes de vidro, não reconheceu ninguém sentado à mesa ou recostado na parede ao fundo da sala. Sua editora-executiva, Jenny Packer, e o diretor de criação, Maxwell Todd, não estavam ali. Imogen procurou um rosto conhecido ao entrar e se sentar à cabeceira da grande mesa branca. Reconheceu algumas pessoas dos setores de vendas e marketing, mas não viu nenhum de seus editores.

Uma jovem do outro lado da sala sorriu para ela. Assim que fez contato visual com ela, Imogen soube que tinha cometido um erro.

— Imogen Tate!!!! — gritou a moça. — Eu amo você. Estou tão feliz por você estar de volta! Você é tipo uma deusa da moda. Uma deusa. Eu acabei de tuitar que você estava aqui na nossa reunião e tive, tipo, 15 retuítes. Todos os meus amigos estão super com inveja de mim por eu estar aqui na sala respirando o mesmo ar que você.

Ela estendeu a mão — com unhas pintadas de cor-de-rosa néon e decoradas nas pontas com o que mais parecia cobertura de bolo de baunilha — do outro lado da mesa. Quando apertou a mão da moça, Imogen viu uma pulseira preta e grossa de borracha no pulso da garota com letras cor-de-rosa: "Genial, gigante, glamorosa, Glossy.com!"

— Sou a Ashley, sua assistente. Também sou a gerente de comunidade do site.

A voz de Ashley era infantil e aguda, e ela disse a última frase em tom de pergunta, apesar de Imogen saber que não tinha sido sua intenção. Antes de entrar de licença, Imogen estava procurando uma nova assistente, então seria bom não ter que desperdiçar energia agora tentando encontrar outra garota, mas estava insegura a respeito dessa decisão. Como essa garota seria sua assistente e ainda assumir todas as tarefas que uma gerente de comunidade tinha?

— Qual comunidade exatamente você está gerenciando, querida? — perguntou Imogen, enquanto observava o cabelo comprido e cor de milho de Ashley, além de seus enormes olhos azuis com cílios absurdamente compridos que podiam até ser de verdade. Seus lábios carnudos, como se tivessem sido picados por abelhas, estavam cobertos por um batom vermelho-escuro que tinha tudo para dar errado, mas que, de certo modo, fazia com que ela parecesse mais intensa e bonita. Ela tinha personalidade naquela sala de moças que se pareciam muito umas com as outras.

Ashley riu e se levantou da cadeira com a energia de um filhote de labrador, os cabelos sedosos e com movimento.

— A comunidade. Gerencio todas as mídias sociais. Twitter, Crackle, Facebook, Pinterest, Screamr, YouTube, Bloglogue, Instagram, Snapchat e ChatSnap. Estamos terceirizando o Tumblr no momento, passando a tarefa para uma agência digital, mas ainda estou trabalhando com eles nisso.

Imogen assentiu, esperando demonstrar que conseguia entender mais da metade daquelas palavras.

Então, Eve entrou na sala segurando o laptop em uma das mãos e um iPad na outra. Ela lançou um olhar pungente em direção a Ashley e a repreendeu.

— Isto não é o clube da Luluzinha da universidade, meninas.

Imogen não tinha diploma universitário. Molly Watson a contratou como compradora em Londres, quando ela tinha apenas 17 anos, e ela vinha trabalhando muito desde então. Mesmo sem ter passado pela faculdade, Imogen logo fez associações desconfortáveis com o termo "clube da Luluzinha da universidade", imaginando-as como um prelúdio do Real Housewives de Nova York: bonitas, chatas e implicantes.

Ela observou o grupo de jovens reunidas ao redor da mesa, a maioria com vinte e poucos anos. Onde estavam *seus* funcionários? O senso de moda daquelas moças seguia duas linhas: garotas de programa ou ratinha de academia — vestidos justos demais ou calça e blusa de ginástica combinando.

Ninguém naquela sala seguia as regras implícitas de como o mercado da moda se vestia. Claro, as revistas estavam cheias de cores fortes e acessórios exagerados, um elenco todo de personagens com roupas complexas cheias de tafetá, couro tecnológico e, mais de uma vez, um arco-íris inteiro de peles. Contudo, as pessoas que criavam a moda eram, em sua maioria, simples em seu estilo pessoal. Era possível definir quem era do grupo dos intrusos que passavam pelos seguranças na Fashion Week porque o editor de moda costumava usar algo descomplicado — um look Céline, talvez uma blusa YSL com um *trench* Hermès *vintage*. Suas roupas seguiam um senso de uniformidade e calma em um mundo caótico. Havia um motivo para Grace Coddington ainda usar preto todos os dias. A maioria das principais editoras e estilistas nunca usava esmalte. Imogen nunca tinha visto cor nas unhas de Anna Wintour — talvez nas dos pés, mas nunca nas das mãos.

Todo mundo na sala olhava para as telas pequenas de iPhones e tablets. Imogen se sentiu estranhamente nua e desconfortável sem seu aparelho, que deixara sobre a mesa. Ela nunca tinha levado um celular para uma reunião. Era falta de educação.

O *tic-tic* diminuiu, mas não parou por completo quando Eve bateu as mãos.

— Vamos lá! Como todos vocês podem ver, temos uma pessoa nova na reunião hoje. — Eve sorriu para Imogen. — Alguns de vocês conhecem Imogen Tate, nossa editora-chefe, mas muitos não conhecem. Ela passou os últimos seis meses de licença devido a uma doença. — Imogen se retraiu ao ouvir aquelas palavras. "Devido a uma doença." Não era assim que ela queria se referir à questão. Diria que estava em um período sabático ou num hiato. — Agora, ela voltou a tempo do lançamento do novo site incrível e do aplicativo da *Glossy*. Vamos todos dar as boas-vindas dignas da Glossy.com a ela esta semana!

Antes que Imogen pudesse sequer se levantar da cadeira para falar com os funcionários, a reunião prosseguiu depressa. Eve estava mudada em comparação com aquela que ficava em sua sala atendendo ao telefone. A de agora cobria todas as frentes. Parecia mais esperta, mais ágil e mais engraçada do que Imogen se lembrava.

Uma mulher a quem Imogen reconheceu como assistente de reserva fez uma breve apresentação da sessão de fotos marcada para aquela semana. Eve passou por uma série complicada de estatísticas: vistas, tráfego orgânico, tráfego de referências, conhecimento. Imogen não sabia muito bem o que pensar. Anotou os números em uma folha em branco de seu caderno Smythson juntamente com algumas palavras que conseguiu decifrar, mantendo um sorriso aberto durante todo o tempo. Ela era Imogen Tate. Ainda era a editora-chefe. Tinha sido uma das primeiras editoras de revista de moda a defender que sua publicação tivesse um site, porém, nunca trabalhou no projeto de fato. Quem lhe ensinaria como tudo funcionava?

Assim que Eve terminou de falar sobre algo chamado índice de conversão, ela bateu as mãos mais uma vez e gritou:

— Vamos, vamos, vamos!

Todo mundo se afastou da mesa depressa e, em silêncio, voltou para suas mesas equilibrando seus MacBook Airs em uma mão como garçonetes levando bandejas. Imogen se aproximou de Eve, mas só então notou que ela já estava falando com alguém, com os fones de ouvido ligados ao celular. Eve apontou seu pulso, onde não havia relógio, e disse as palavras "só um minuto" sem emitir som a Imogen.

Ela só foi ao banheiro por um segundo para se recompor. Sentada no vaso, Imogen esfregou as têmporas. O que estava acontecendo? Aquele escritório estava totalmente diferente do que ela havia deixado. Eve nem sequer parecia saber qual era seu lugar na hierarquia da revista. Cadê o respeito? Seus funcionários não estavam em lugar algum.

A vinte metros, Imogen conseguiu ver pessoas em sua sala.

Bom, finalmente, um toque de delicadeza. Seria um grupo de boas-vindas? Aproximando-se, ela viu as novas funcionárias apoiadas em todas as superfícies disponíveis da sala enquanto Eve desenhava com marcador roxo em um quadro branco atrás da mesa de Imogen.

Ela pigarreou alto, mas o ritmo da reunião se manteve.

— Eve! — disse Imogen, ainda mais alto do que pretendera.

— Oi, Imogen. Venha. Estamos só trocando algumas novas ideias aqui.

Trocando ideias?

— Vocês costumam trocar ideias aqui na minha sala?

Ela assentiu.

— Sim. Os desenvolvedores do aplicativo passaram a noite trabalhando. Estão cochilando na sala de reuniões. — Ela deu de ombros. — Você não estava aqui, então usamos o espaço.

"Quem entra na sala dos outros e começa a rabiscar na lousa?"

— O que acham de trocarmos ideias depois, meninas? Me deixem ficar a par das coisas antes — disse Imogen.

As jovens na sala olharam para Imogen e para Eve, sem saber quem tinha autoridade na situação. Eve ergueu a sobrancelha, talvez pensando em criar caso, mas pensou melhor.

— Claro. — Ela estalou os dedos três vezes. — Vamos nos reunir perto da minha mesa. — Ela olhou para trás quando as funcionárias a seguiram. — Venha se quiser, Imogen.

— Eve — chamou Imogen —, por favor, leve isto com você. — Colocou o monstruoso pufe cor-de-rosa que estava no canto da sala nos braços de Eve. Era mais pesado do que parecia. — Não é daqui, querida — disse ela, com firmeza.

Quando Imogen se sentou na cadeira, viu seu iPhone solitário ainda sobre a bolsa. Ele piscou para ela como se soubesse que todos os outros equipamentos tinham sido convidados para a reunião. Em cima do teclado, havia uma pulseira preta como a de Ashley. "Genial, gigante, glamorosa, Glossy.com!" Pensando se tratar de um brinde do departamento de marketing, Imogen a jogou no cesto de lixo. A tela de seu computador estava repleta de notificações piscando. Ela deu um clique com o mouse e se assustou. O monitor se acendeu como um jogo de videogame, ícones na parte inferior pulavam sem parar e mensagens de notificação tomavam o lado esquerdo superior da tela, uma atrás da outra. Sua caixa de mensagens estava lotada. Ela sentiu uma forte perda de controle. Não sabia para onde olhar primeiro. Como poderia falar com Ashley, sua nova assistente? Precisava de alguém que esvaziasse sua caixa de mensagens. Não havia mais uma mesa de assistente do lado de fora da sua sala, e aquela garota exuberante não estava em lugar algum.

Rolando as dez mensagens mais recentes, Imogen notou que todo mundo havia trabalhado pelos aparelhos durante aquela reunião da manhã. Enquanto ela achou que deveria deixar os equipamentos eletrônicos de lado, conversar com os colegas e planejar o dia, todo mundo estava enviando e-mails com "Cópia para todos".

Parecia que Imogen havia participado de uma reunião e o restante dos funcionários, de outra. Ela estava de fora de todo o subcontexto da conversa que havia ocorrido na sala de reunião.

A sessão de fotos sobre a qual tinham falado já estava marcada. Um fotógrafo, não o que ela havia recomendado, tinha sido reservado. Cabelo e maquiagem ainda tinham que ser agendados.

Espere.

Não.

Ela rolou para cima.

Cabelo e maquiagem já tinham sido definidos. O custo dos serviços era muito alto.

Aquilo era um *dejá vu* às avessas.

Ela pegou o telefone sobre a mesa e teclou o ramal de Eve. Caiu na caixa postal de um homem com um sotaque forte de Long Island. É claro, o ramal de Eve não era mais o mesmo. Será que ela tinha telefone sobre a mesa? Onde era a mesa de Eve?

Imogen apertou a tecla de desligar com o indicador, teclou zero para falar com a recepção e foi imediatamente transferida a um sistema automatizado pedindo que ela digitasse as primeiras quatro letras do nome ou sobrenome de alguém. Ela teclou três-oito-três.

"Para falar com Eve Morton, favor teclar três ou ligar seis-nove-seis."

Ninguém atendeu. Imogen desligou e tentou de novo.

Quando Eve finalmente atendeu, sua voz do outro lado da linha estava cuidadosa, surpresa e tomada por um toque de desconfiança.

— Alô?

— Eve. É a Imogen. Gostaria de fazer algumas perguntas.

— Por que está ligando para mim?

Será que a moça era surda? Ela repetiu, mais devagar e um pouco mais alto dessa vez.

— Queria fazer algumas perguntas.

— Eu ouviiiii. Por que não enviou um e-mail?

— É mais fácil simplesmente pegar o telefone.

— Ninguém fala ao telefone. Mande um e-mail. Uma mensagem de texto. Estou no meio de tipo, cinquenta coisas ao mesmo tempo. Por favor, não telefone.

A linha ficou muda. Ninguém fala ao telefone? Eve se comportou como se Imogen tivesse acabado de fazer algo muito anacrônico, como enviar um sinal de fumaça ou um fax.

Um ponto vermelho piscou no quadrante superior do monitor e a distraiu. Ela clicou. Era uma notificação de mensagens instantâneas internas da companhia.

Ah, que bom. Sua assistente, Ashley, enfim havia enviado uma mensagem.

"Você é tão linda! HAHA!" Aquilo não era exatamente uma oferta de ajuda. A mensagem vinha seguida por um link curto para um site chamado Bitly. Bitly, pensou Imogen ao analisar o adorável sufixo, devia ser um tipo de Etsy, o site de artesanato pelo qual as outras mães da escola salivavam com seus iPhones enquanto esperavam os filhos saírem da escola, comparando preços de vasos que tinham comprado de um artesão em Santa Fé. Talvez esse Bitly fosse algo parecido, mas para pessoas com pouco dinheiro — vasos para samambaias em miniatura?

No entanto, o link não a levou a um site chamado Bitly. Ela foi direcionada a algo chamado *Keek.com*. Imogen olhou para a esquerda e para a direita. *Keek.com* parecia vagamente os exercícios pélvicos no chão que Imogen havia aprendido em suas aulas de pré-natal. O que, exatamente, Ashley tinha lhe enviado?

Abaixo do logo verde néon do Keek, havia um vídeo. Imogen tomou o cuidado de diminuir o volume no computador antes de apertar o *play*. Ela se assustou de novo e prendeu a respiração.

O vídeo era dela.

Ai, não. Ali estava ela, bocejando na reunião. Bocejando não uma vez, mas duas, em rápida sucessão. Na tela, seus olhos se fecharam por um breve instante.

Ashley havia feito um vídeo dela sem que ela soubesse. Em uma reunião. E o postou na internet. Que invasão de privacidade! "Quem filma outra pessoa sem pedir permissão? Quem filma alguém que só está em uma reunião?" Ela parecia cansada. O vestido preto de crepe da The Row parecia sem graça e antiquado em contraste com o tecido amarelo-claro da mulher sentada ao lado. A câmera de Ashley devia ter milhões de megapixels. Imogen distinguia todas as rugas ao redor dos seus olhos quando abriu bem a boca. Não conseguia nem se lembrar de ter bocejado uma vez, muito menos duas. Havia uma legenda no vídeo: O RETORNO DE IMOGEN TATE À @Glossy. #UHU #Amor #Chefa #DeVolta.

Ela olhou para a coluna da direita no site do Keek. Havia outros vídeos. Imogen clicou em um de cima. Era Perry, do departamento de marketing, aquela que estava vestindo saia curta, blazer e uma camiseta esquisita com um gato na frente, na mesma reunião, minutos depois, olhando para Ashley e mostrando a língua.

O de baixo era de Adam, da contabilidade, enquanto calculava os possíveis gastos da sessão de fotos. Calculou os gastos, mas, entre os cálculos de equipamentos e roupas, ele deu uma rápida olhada para a câmera, piscou e fez sinal de positivo, num gesto irônico.

Todas as outras pessoas da reunião sabiam muito bem que Ashley as estava registrando, que depois faria o vídeo e compartilharia partes da reunião. Isso significava que os bocejos de Imogen certamente tinham sido compartilhados com todo o escritório.

A confirmação de que todos os colegas de trabalho de Imogen tinham visto o vídeo chegou menos de trinta segundos depois.

Mensagem de Eve: "Está com sono? Avise se achar que precisa ir para casa. Podemos fazer um encontro pelo Hangout do Google mais tarde, se você quiser." Imogen clicou em apagar, olhou para a frente e viu Ashley de pé na porta da sala, com um ar meio nervoso, se balançando para a frente e para trás.

— Você gostou do vídeo?

Imogen hesitou entre dar um alerta à moça a respeito de brincadeiras em reuniões e tentar fazer parte do grupo. Optou pela segunda opção.

— Só gostaria de ter me preparado para o *close*. Avise da próxima vez em que for me filmar.

O alívio tomou conta da moça.

— Claro. Certeza. Eu aviso da próxima vez.

— Ashley, onde é a sala da Eve?

— Ela não tem sala. Não gosta. Você sabia que na sede do Facebook ninguém tem sala, nem mesmo Sheryl Sandberg? — Imogen não sabia disso. — Todo mundo se senta no chão. Todo mundo é igual.

Ashley olhou ao redor e falou mais baixo:

— Eve quer transformar sua sala em uma sala de cochilo.

— Uma o quê?

— Sala de cochilo.

Imogen balançou a cabeça. O que era uma sala de cochilo?

— De jeito nenhum.

★ ★ ★

Imogen estava exausta, mas não daria a Eve a satisfação de sair mais cedo. Em vez de fazer isso, cumpriu as tarefas do dia, esvaziou a caixa de mensagens, assumiu a dianteira do ensaio fotográfico, garantindo que contratassem o fotógrafo certo — o que faria toda a diferença.

Eve não tinha escritório, mas tinha uma área toda dela preparada em um canto cheio de janelas. Ela trabalhava de pé diante de uma mesa erguida na altura de seu peito.

No fim do expediente, Imogen quis visitar a área de trabalho de Eve.

— Quer uma mesa alta, Imogen? Posso pedir ao Carter para encomendar uma para você. Todo mundo no Google tem uma mesa assim. Os seres humanos são 79% mais eficientes de pé do que sentados. Tomamos decisões mais depressa, as reuniões se tornam mais curtas. Eu adoro. Sinto como se estivesse queimando calorias o dia todo — disse Eve.

— Não precisa, Eve. Quando estou em casa com meus filhos, tenho a impressão de que só fico de pé. — "Que tipo de medalha de honra ao mérito alguém ganha por passar o dia todo de pé?"

Eve revirou os olhos, algo que ela não teria ousado fazer anos antes.

— Eu me esqueci dos seus filhos.

"Ela está brincando, certo? Não tem como a Eve se esquecer dos meus filhos."

Imogen tentou pensar na época de seus vinte e poucos anos, quando ter um filho parecia um transtorno. Agora, Johnny tinha quatro anos, não era mais um bebê. Aos dez anos, Annabel era quase totalmente independente, o que fazia com que Imogen sentisse vontade de fazer mais por ela, como trançar seus cabelos, ajudar com um zíper difícil de fechar, explicar problemas complicados de matemática envolvendo frações.

Era angustiante pensar no dia em que Annabel sairia de casa sem precisar dela todas as manhãs.

Imogen se forçou a pegar leve.

— As crianças estão muito bem. Você não imagina como o Johnny está ficando alto. Está uma fofura agora.

Eve abriu um sorrisinho.

— Imagino... E então, o que está rolando?

— Eu só queria perguntar sobre os editores. Eles estão em um rodízio novo de trabalho? Não vi muitos deles hoje. Vi muitas pessoas que não reconheci. Quero conhecer algumas das moças novas.

Sem nem ao menos desviar o olhar da tela, Eve lhe explicou que o número de funcionários havia dobrado durante sua licença. Não precisou acrescentar que a idade média também diminuíra em 12 anos. Imogen percebeu isso sozinha.

— Nós nos livramos de um graaande excesso de bagagem — prosseguiu Eve. Imogen precisou de um minuto para perceber que a outra se referia a seres humanos, seres humanos que ela havia contratado, como excesso de bagagem. — Havia muitos funcionários inúteis que estavam na empresa desde os anos 1970 fazendo Deus sabe o quê.

Com os salários dos funcionários antigos agora à sua disposição, Eve havia contratado trinta produtores de conteúdo que podiam criar artigos "que chamariam acessos" para o site (e para o aplicativo que em breve seria lançado!) o dia todo, a noite toda e também nos fins de semana, aumentando o número de acessos para conseguir dinheiro com anunciantes e consumidores que clicariam nos links dos produtos.

— Entendeu? — perguntou ela, com a voz controlada. Não deixou Imogen responder. — Você vai entender. Espere uns dias. Você vai ver.

O que era aquilo na voz dela? Condescendência? Quem era Eve Morton para lhe dar ordens?

— Faço isso há muito tempo, Eve. Não é nada complexo.

COMO EM QUALQUER TRANSIÇÃO DE PODER, Imogen percebeu que todas as alianças tinham se bandeado para o lado de Eve, assim como formigas que se reunem ao redor de um pedaço de *donut* na calçada.

A editora-executiva Jenny Packer — meio japonesa, meio judia, muito bela e com um forte sotaque texano —, que cuidava de quase tudo muito antes de Imogen ser contratada, fora transferida para um canto que mais parecia o almoxarifado, sem janelas, atrás da cozinha. Ela não havia participado da reunião da manhã.

Imogen encontrou Jenny sem querer enquanto procurava um conjunto novo de papéis e lápis, que ela começava a suspeitar que nunca encontraria naquele novo escritório de tablets, smartphones e outros equipamentos. Os cabelos de sua querida colega estavam despenteados e as olheiras eram gritantes em seu rosto. Imogen imediatamente a abraçou, aliviada, percebendo que conseguia sentir as costelas de Jenny sob a camisa de seda de botões.

— Bem-vinda ao meu novo canto.

Jenny abriu os braços, quase tocando as duas paredes do pequeno espaço. Seu escritório antigo ficava apenas algumas salas depois da de Imogen, não era tão grande, mas ainda assim era espaçoso e tinha vista para o centro. Elas começaram a falar de amenidades, como sempre. Como Imogen estava se sentindo? Como estava o marido de Jenny, Steve, o arquiteto responsável por tornar Williamsburg, no Brooklyn, uma área moderna e cara? Alex, o marido de Imogen, estava envolvido no caso de McAlwyn? A resposta a essa pergunta era sim, sem dúvida. Imogen pensou que àquela hora já teria falado com o marido no primeiro dia de volta ao trabalho, mas Alex Marretti, advogado, estava em seu escritório desde as seis da manhã trabalhando no que se tornava um dos mais importantes desmantelamentos de esquemas fraudulentos dos últimos vinte anos. Marty "Almôndega" McAlwyn, o réu, atuava como corretor de ações para celebridades até a Receita Federal americana finalmente descobrir que todo seu portfólio de investimentos era uma fraude. De acordo com a acusação, ele criava relatórios falsos de comércio, manipulava extratos e usava o dinheiro de outras pessoas para pagar declarações falsas. Se Alex vencesse o caso, a repercussão em sua carreira seria grande.

Imogen olhou ao redor. Não teve outra opção a não ser se recostar em Jenny enquanto elas conversavam no espaço minúsculo.

— Por que você está aqui no fundo? Ela transformou sua sala em uma sala de cochilo?

— Sim. — Jenny assentiu e Imogen parou de sorrir. Ela perguntou brincando. — Ela faz com que todos trabalhem sem parar, mas as meninas precisam dormir. Acho que elas deveriam dormir em suas casas, em camas! Mas como ela nunca as deixa sair, elas precisam de um lugar para descansar. Tudo bem, na verdade. — Sua voz soava resignada. — Não pretendo ficar por muito mais tempo.

O "ela" estava muito claro: era Eve.

Sem páginas para planejar e produzir, o trabalho de uma editora-executiva, o que Jenny fazia, tornava-se obsoleto.

— "Você precisa aprender a mexer com programação." — Jenny imitou o novo sotaque afetado de Eve, uma mistura do sotaque de Boston com o de Nova York com muitas vogais mais suaves e condescendência, enquanto contava a Imogen o que Eve lhe disse quando perguntou quais eram suas novas atribuições no site. — "Você está à deriva no mar e eu estou jogando uma boia salva-vidas para levar você ao futuro digital", foi o que ela disse para mim.

— Que prepotente! — Imogen balançou a cabeça. — Que programação ela quer que você aprenda? Programação da TV aberta?

Era a única programação em que Imogen conseguia pensar. Ela sabia que estava errada assim que perguntou. Para ser sincera, admitiria que havia se fechado nos últimos anos no que dizia respeito à internet. "Não é meu problema" e "Não é meu trabalho" eram as suas respostas costumeiras. Outras pessoas tomavam conta disso.

Jenny abriu um sorriso amarelo e esticou o braço entre elas para dar um tapinha no braço de Imogen.

— HTML, Ruby on Rails, as coisas que formam um site. Não se sinta mal. Eu também não sabia que merda era essa que aquela vaca estava falando, mas tenho pesquisado. Acontece que acho que não é o que quero fazer. Não sou desenvolvedora de computação e nem quero ser. Talvez, Steve e eu daremos um tempo, ir para a casa em Hudson Valley. Pode ser que eu termine de escrever meu romance. Eu era alguém importante neste escritório e ela fez com que eu me sentisse uma convidada malquista. Nunca pede a minha opinião, nunca me avisa quando serão as reuniões. Está esperando que eu peça demissão.

— Vou conversar com ela — disse Imogen. — Posso dar um jeito nisso.

Jenny olhava para ela... com pena?

— Obrigada, de verdade. Mas acho que já me decidi. A Mannering está oferecendo pacotes de demissão, sabe? Eles querem se livrar de todos os funcionários antigos e de nossos salários altos. — Jenny fez uma careta de nojo e aspas com os dedos ao dizer a palavra "altos". — Não vejo motivos para não aceitar.

Durante as duas horas seguintes, a única meta de Imogen foi manter o ataque de ansiedade sob controle.

Quando o relógio marcou seis horas da tarde, com os olhos ardendo por ter trabalhado sem os óculos de leitura, Imogen se permitiu entrar no site da revista *Women's Wear Daily* para saber um pouco das fofocas do mercado. Encontrou notícias que a desanimaram. Molly Watson, a responsável por toda a sua carreira em revistas, tinha sido despedida depois de quarenta anos na *Moda*, de acordo com uma matéria da colunista Addison Cao.

"A sra. Watson será substituída por um grupo de 'novos editores', um elenco diversificado de designers, estilistas e ex-editores famosos, que desempenharão o papel de editor-chefe por um mês antes de passar o bastão para o próximo grande nome."

O título de Imogen, que ela havia lutado por tantos anos para conquistar, agora parecia irrelevante. Aparentemente, qualquer um podia ser editor-chefe durante um mês.

Ela virou a cadeira para olhar para as janelas atrás de sua mesa em um esforço de esconder as emoções trazidas com a notícia da demissão de Molly. Molly, que sempre fazia a coisa certa. Molly, que sempre andou na linha num mercado conhecido por suas falcatruas. Molly era a responsável por Imogen ter chegado aonde chegara.

A mentora de Imogen a encontrou enquanto ela trabalhava na loja de botas de caubói R. Soles na King's Road, em Chelsea, Londres, no início dos anos 1990.

Meio desengonçada no fim da adolescência, Imogen havia tingido os cabelos de preto e os penteava formando um coque colmeia, mantido por montes de spray fixador. Não saía de casa sem o delineador líquido preto contornando os olhos e o delineador de lábios. Pesando quase nada, ela mal preenchia um minivestido xadrezinho azul. Botas de caubói brancas com meias arrastão pretas completavam o visual.

Rusty, o dono da loja, dava a Imogen a liberdade de se vestir como quisesse. Numa manhã fria de janeiro, ela arrastou para dentro da loja um sofá de couro vermelho que achou na rua. Rusty pintou o chão de preto e fez um canto na loja para vender jaquetas *biker* de couro bem surradas, bem puídas, ao estilo James Dean. Ela fez uma colagem com fotos de Elvis Presley — desde novinho até famoso, todas em preto e branco —, todas antes dos trinta anos dele. Imogen vendia muitas botas de caubói R. Soles para alunos de colégios internos com sotaques britânicos e uniformes *beatnik*. Eles andavam em grupos e subiam e desciam a King's Road durante as férias de verão fumando Marlboro Lights um atrás do outro quando não estavam em Barbados. Adoravam o sotaque verdadeiro do sul de Londres de Imogen e levavam para ela cigarros avulsos e xícaras de chá do Chelsea Kitchen, no fim da rua.

Rusty estava sempre fora de órbita e vestia roupas esportivas de cores berrantes com tênis pretos de cano alto. Dançava pela loja ouvindo *trance music* de Paul Oakenfold em seu discman, balançando os braços sem parar diante do corpo. Foi assim que ele quase acertou Molly Watson quando ela entrou ali num sábado ensolarado de julho. Ela era americana, bacana e rica, e seus dois sobrinhos ingleses, bonitos e novinhos, estavam com ela.

— Vou levar dois pares para cada um deles, números 26 e 28, e aqui está meu cartão — disse a Imogen, tudo de uma vez. — Quem decorou a loja? Adorei. Foi você?

A partir de então, Imogen estava debaixo das asas de Molly. Mas onde estaria Molly agora?

CAPÍTULO 3

A maioria das meninas já estava no escritório quando Imogen chegou, às nove, no dia seguinte. Elas estavam curvadas sobre os laptops, digitando nos teclados enquanto usavam fones de ouvido enormes de várias cores, com protetores de orelha parecidos com *donuts*. Só havia o barulho da digitação. Imogen se aproximou de um carrinho de comida que mais parecia o bufê de um set de filmagens no canto da sala. A primeira coisa que viu foi uma placa cor-de-rosa na qual se lia "Somos o que comemos!". Em seguida, ela percebeu as tigelas de frutas secas e cilindros transparentes cheios de sementes, castanhas e granola sobre o balcão.

— Isso quer dizer que nunca iremos embora.

Ashley apareceu atrás dela à espreita, como as crianças com rostos de fantasma dos filmes de terror japoneses. Depois de ser vista, ela passou ao lado de Imogen, vestindo legging preta de couro justa, e apontou o pudim de chia e o iogurte grego na altura dos olhos na geladeira de porta de vidro, ao lado de oito tipos de chá *kombucha*.

— Todas as coisas saudáveis estão aqui em cima, mas as boas ficam embaixo.

Ashley se ajoelhou no chão e abriu armários ao lado da geladeira, de onde tirou salgadinhos, chicletes, barras de chocolate e chocolates com recheio de manteiga de amendoim.

— É psicologia positiva. Você tem que trabalhar para ganhar as coisas que engordam, por isso elas ficam guardadas longe do alcance dos olhos. Se você não vê, não pensa nelas. Eve segue esse modelo do Google. Também temos um serviço que traz café da manhã todos os dias, além do jantar, às sete. Às terças-feiras, comemos tacos veganos.

Imogen sabia que os dias de almoços com dois martínis tinham terminado com o segundo mandato do Bush, mas pensar em fazer todas as refeições no escritório parecia uma ideia horrorosa.

De volta à sua mesa, Imogen digitou "Glossy.com" em seu navegador da internet. Listas e questionários tomaram o lado direito da página. Imogen ficou interessada em ler "5 coisas que você deve comprar nessa loja da Hermès", e menos contente com "Faça o teste: qual sapato você é?" e com "10 celebridades absurdamente gostosas com gatos adoráveis de botinhas". Na metade superior do site havia uma série de fotos em rotação de um ensaio que Imogen havia organizado um pouco antes de sair de licença para fazer a cirurgia. O ensaio era sexy e provocante, e parecia quase tão provocante em sua tela quanto nas páginas da revista. Números pequenos na parte inferior das páginas indicavam que 12.315 pessoas tinham gostado das fotos e 5.535 clientes tinham comprado algo que aparecia no ensaio. Ela clicou em um par sensual de meias-calças Wolford e foi direcionada a uma página em que o tal par estava à venda por pouco menos de cem dólares. Enquanto ela rolava a página, o preço diminuía, até chegar a 2,99 dólares num par simples de L'eggs preto.

★ ★ ★

Logo o relógio marcou cinco da tarde e Imogen ficou feliz por ver os petiscos ali. Estava morrendo de fome e se sentia desconfortável em mandar que Ashley pedisse algo para ela comer.

A empresa havia lhe dado um novo laptop e ela não fazia ideia de como ele funcionava. No passado, suas assistentes imprimiam a maioria dos seus e-mails. Ashley entrou na sala para tentar lhe mostrar o básico sobre armazenamento em nuvem. Depois de passar dez anos com o mesmo sistema em funcionamento, os funcionários da *Glossy* não mais salvavam nada em seus computadores.

— Desse modo, você pode mexer em qualquer coisa de qualquer lugar — explicou Ashley, repassando cuidadosamente tudo o que Imogen precisava saber com a paciência de uma professora de jardim de infância.

Havia quatro senhas para entrar no que Ashley descreveu como quatro "firewalls". Imogen escreveu tudo no caderno.

— Você deveria memorizá-las — alertou Ashley. — A Eve é maluca em relação à segurança.

Por que Imogen tinha de aprender aquilo? É exatamente para isso que servem os assistentes. Certo? Tudo isso parecia uma baita perda de tempo. Ela deveria estar pensando em coisas importantes, não olhando para uma tela o dia todo. Não conseguia entender a base de dados nova, supostamente "intuitiva" que existia só na internet. Ela ficava salvando coisas que desapareciam no limbo da rede. Cada clique trazia uma mensagem de erro e uma sensação de frustração.

"Caramba, que coisa mais tola."

— Certo, entendi — disse Imogen, e clicou em uma das pastas. — Não, espera. Não sei.

— Demora um tempo para se acostumar — retrucou Ashley, de modo solidário. — Podemos tentar de novo amanhã.

Imogen esticou a mão para segurar o braço da garota.

— Mais uma coisa. Ajude-me a configurar a impressora. Não quero que você imprima todos os e-mails para mim.

— O que acha de eu fazer isso amanhã cedo? — respondeu Ashley, com animação. — Venha beber com a gente depois do trabalho. Eve vai sair mais cedo hoje pela primeira vez em *meses*. Achamos que podemos sair depois dela.

Imogen sempre adorou andar com as moças mais jovens do escritório. Alimentar talentos jovens era uma de suas partes preferidas do trabalho. Ela gostaria de poder engarrafar a energia delas.

— Deixe-me ligar para a minha babá.

TEM ALGO DELICIOSO, MAS TAMBÉM ASSUSTADOR em beber com pessoas de 22 anos. Começa com a sensação de liberdade quando ninguém olha para o próprio relógio fazendo comentários sobre babás, que se tornam mal-humoradas depois das nove da noite. Então, há o simples pânico de abandonar as regras adultas de bebedeira que são estabelecidas aos trinta anos: não tomar *shots*, nunca beber nada azul, beber um copo de água para cada copo de bebida alcoólica. Essas regras existem por um motivo, mas, ainda assim, Imogen tomou seu primeiro gole de tequila da noite em pé no bar, enquanto o grupo esperava por uma mesa. Era o tipo de lugar aonde os jovens de vinte e poucos anos iam depois do trabalho, com seus corpos em forma pressionados uns contra os outros, sabendo que algumas bebidas poderiam levá-los para a cama com um desconhecido. A diferença entre essa cena e as que Imogen via quando tinha vinte e poucos anos era que agora todo mundo estava muito concentrado em seu telefone em vez de analisar a multidão. As pessoas enviavam mensagens de texto, postavam no Twitter e checavam o Facebook, alheias ao mundo ao redor. Fazia sentido estarem todas juntas num mesmo lugar? A vida toda delas estava condensada nas palmas de suas mãos.

Conforme a temperatura no bar lotado aumentava, as moças do escritório tiravam suas jaquetas de couro *cropped* estilo motociclista de vários tons de taupe e mostravam ombros perfeitamente bronzeados. Elas estavam animadas com um novo aplicativo de celular chamado "Yo".

— O que ele faz? — perguntou Imogen.

— Permite que você diga "yo" para alguém — explicou Mandi.

— Como assim?

Mandi deu uma risadinha.

— "Yo."

Ela balançou a cabeça e a mão no sinal universal de "oi".

— Isso é ridículo! — disse Imogen, com a certeza de que aquilo era uma imbecilidade. Mandi deu de ombros e Ali assentiu concordando.

— Bom, não posso dizer nada, ridículo ou não — disse Ali —, eles acabaram de conseguir um milhão de dólares de patrocínio. Há outro aplicativo que deixa você enviar fotos de tacos. Acho que eles também conseguiram patrocínio.

Passar o tempo com os editores mais novos no passado significava, na maioria das vezes, tomar café ou ir a algum coquetel que acontecia de vez em quando. Aquilo era incrivelmente íntimo. A hierarquia era esquecida. Ainda assim, aquelas moças a tratavam com respeito. Ela notou que todas estavam usando aquela pulseira preta.

Quando chegou a hora de pedir vinho, as meninas se renderam a Imogen. Perry, do Marketing, lhe entregou com timidez a carta de vinhos, não muito extensa.

— Você provavelmente sabe muito mais sobre vinho do que nós — disse Perry.

Era verdade, Imogen sabia como escolher um bom vinho, o tipo de vinho que não acabaria com a conta de uma pessoa de vinte e poucos anos, mas que não precisava ser engolido depressa para enganar as papilas gustativas. Pediu duas garrafas do Borsao rosé para o grupo. Enquanto elas esperavam o vinho chegar, o barato causado pela tequila ia passando, e Ashley resmungou dizendo que sua mãe a estava enlouquecendo.

— Menopausa — disse ela.

Imogen decidiu ignorar os olhares de soslaio lançados em sua direção. Será que essas moças realmente acreditavam que a menopausa era algo que acontecia assim que a mulher completava quarenta anos? Ela tinha um filho de quatro anos em casa e um ciclo menstrual preciso como um relógio. No entanto, decidiu relevar. Quando tinha 22 anos, também achava que todo mundo acima dos trinta era da mesma idade... velhos. Imogen *ficou nervosa* quando completou quarenta anos e percebeu que os garçons começaram a chamá-la de senhora sem ironia. Uma de suas amigas, que estava mais próxima dos cinquenta do que dos quarenta (coisa que seria descoberta caso se desse uma olhadinha na carteira de habilitação dela), referia-se aos quarenta como "a hora do rush da vida". Victor Hugo dizia ser a "velhice da juventude". Imogen ainda se sentia razoavelmente jovem, mas, além daquele ponto, ela tinha certeza de que estava no ápice de sua vida.

— Eu também ficava enlouquecida quando minha mãe aparecia em casa sem avisar — disse Imogen. — Ela sempre chegava trazendo algum tipo de presente inglês: saquinhos de chá Waitrose, sacos de lavanda ou uma bolsa de água quente. Nunca batia à porta antes de entrar, já que tinha conseguido uma cópia da chave... então, eu sempre estava em um momento embaraçoso quando ela chegava.

Contou às colegas ali reunidas que, quando tinha a idade delas, certa vez, trabalhou em uma sessão de fotos por quatro dias seguidos em Los Angeles. Voltou para Nova York na noite de seu aniversário, depois de afanar um minivestido Versace de paetês do set. Ela o vestiu e calçou um par de sapatos prateados com tiras dentro do táxi, colocando uma pashmina entre ela e o motorista para poder se despir no banco de trás. Todos os outros assistentes da *Moda* a encontraram em um lounge cheio no Village, cujo nome ela não mais lembrava. No fim da noite, Imogen foi para casa com um sósia do Hugh Grant. Quando no dia seguinte sua mãe entrou no apartamento levando bolinhos e uma colcha de patchwork feita à mão, encontrou o homem de cabelos despenteados com a bunda branca virada para cima.

O grupo de mulheres à mesa riu da história, mas Imogen percebeu que elas não tinham muita certeza sobre quem era Hugh Grant.

— De onde seus pais são? — perguntou Imogen a Ashley, levando a conversa de volta para a mãe irritante.

— Moramos na 85 com a Park — respondeu a moça. — Pelo menos, você tinha um oceano a separando de sua mãe. Tente passar o tempo todo com seus pais.

Ashley morava com os pais? Imogen tentou esconder a expressão de surpresa.

— Você vai ficar com eles até encontrar um apartamento?

— Sim, acho que ficarei com ele mais alguns anos — disse Ashley, enquanto comia um pouco de aspargo envolvido em uma camada fina de *prosciutto* que havia escolhido entre os aperitivos trazidos pelo garçom, juntamente com vários pratos cheios de rúcula cobertos com parmesão ralado bem fino. — Vão abrir uma nova academia no prédio no próximo verão.

Enquanto as outras meninas à mesa assentiam juntas, Imogen ficou mais confusa.

— Você não quer ter seu apartamento antes disso?

— Por que deveria querer? Todas nós moramos com nossos pais. — As outras assentiram de novo. — Bom, a Mandi não mora, mas é porque os pais dela moram... tipo, em Idaho.

— Virgínia — interrompeu Mandi.

— Ou isso. Os pais dela ainda pagam seu aluguel em Williamsburg. Por que teríamos nossos apartamentos se temos tudo de que precisamos na casa dos nossos pais? Eles têm todos os alimentos bons. Serviço de lavanderia. Além disso, quem consegue pagar um apartamento em Manhattan com nossos salários?

As bolsas Chanel 2.55 que todas elas ostentavam faziam sentido agora. A própria Imogen havia sobrevivido com 35 mil dólares por ano quando chegou à cidade, morando com duas garotas em um apartamento velho na Upper East Side, imóvel que ela havia encontrado nos classificados do *The Village Voice*. As paredes foram pintadas de roxo, e as escadas ainda tinham um leve cheiro de sexo ilícito. O lugar era tão pequeno que, se alguém tomasse um banho quente no banheiro estreito, a janela da cozinha do outro lado do apartamento ficaria embaçada com o vapor.

— Não conseguiríamos nenhum lugar com porteiro — argumentou Perry. — E quem quer ter que subir escadas?

Imogen achou a conversa delas fascinante. Não eram muito diferentes dos espanhóis que ela havia conhecido em um verão em Madri, que corriam para os parques públicos e enchiam os metrôs para darem uns amassos e às vezes até mais porque moravam com os pais até o casamento. Imogen também se sentia triste por elas. Aquelas moças nunca conheceriam as alegrias de dividir um espaço pequeno com outras duas garotas, todas no mesmo barco, todas tentando sobreviver com Pringles e peças de promoção em inaugurações de lojas. Certa vez, sua colega de apartamento, Bridgett, surrupiou uma garrafa de Dom Pérignon enfiando-a no seu vestido Calvin Klein. Compraram morangos na rua e derreteram uma barra de chocolate Hershey com seus isqueiros amarelos Bic para poderem comer as frutas com chocolate, bebericando o líquido dourado com as bolhas mais delicadas com que já tinham entrado em contato as suas línguas. Então, ficaram acordadas até a madrugada falando sobre as mulheres que queriam ser quando deixassem de ser as garotas que furtavam champanhe e fumavam um maço inteiro de Marlboro em um dia. Foi durante essa conversa que Imogen declarou, pela primeira vez, que queria ser editora-chefe de uma revista de moda feminina. Ninguém riu. Todas elas tinham ambições igualmente sérias e grandes — e a maioria já tinha se tornado realidade aos quarenta anos.

A geladeira delas naquela época era repleta de produtos de beleza e as prateleiras da cozinha eram tomadas por blusas *vintage*. Havia araras e mais araras cheias de roupas encostadas nas paredes. O apartamento todo era pouco mais que um closet, com um quarto e pequenos nichos próprios para dormir.

Se não fosse por aquele apartamento e aquela sensação de ambição que só nasce pelo esforço, ela não seria quem era agora.

Antes que Imogen pudesse considerar a nova geração de garotas da *Glossy* bem alienada, elas revelaram seus planos complexos de negócios, um mais ambicioso do que o outro. No tempo livre, uma delas criou um site que permitia a mulheres de todo o mundo comprar peças dos guarda-roupas umas das outras, pegando emprestados itens por períodos longos ou curtos, com base em um sistema de troca. Outra estava determinada a desenvolver uma rede social focada na compra de sapatos. Elas não falavam sobre cargos, como editora-chefe, nem CEO. Falavam em termos de participação, aquisição e obtenção de fundos. Falavam em bilhões de dólares.

— Sucesso, para mim, é fazer algo que você ama. É um objetivo para mim, um dia, ter minha própria empresa, fazer parte de algo que será importante e tornará o mundo um lugar melhor. É por isso que estou na área de tecnologia — explicou Mandi.

Tecnologia era o mercado do qual elas faziam parte? Pareciam tão inocentes. Ainda moravam com os pais e ainda equilibravam todos os projetos ao mesmo tempo. *Eram* batalhadoras. Ela sentiu uma certa energia, mas não conseguiu explicar o que era. Imogen não fazia ideia de como sua revista poderia existir apenas on-line. Percebia que aquelas moças não conseguiam imaginar um futuro em que as revistas poderiam existir off-line.

No fim da noite, com três taças de vinho inundando seus neurônios, Imogen se sentiu ameaçada de novo. O modo como as moças viviam podia ser infantil, mas as ideias eram adultas. Elas eram pessoalmente apagadas, mas brilhavam muito com conhecimento de negócios. A habilidade tecnológica e a autoconsciência eram intimidadoras. Uma coisa que ela estava aprendendo sobre essa geração era que elas tinham confiança e sabiam que eram muito especiais.

Quase se sentiu aliviada quando um e-mail de Eve lhe deu um motivo para pedir licença e se afastar.

De: Eve Morton (EMorton@Glossy.com)
Para: Imogen Tate (ITate@Glossy.com)

Im,
Você provavelmente deve estar MUITO confusa. Café da manhã amanhã cedo, às 8h? Vamos falar sobre tudo. Você não está me odiando, certo? Espero muito que não. HAHA. Preciso de você dentro do nosso barco. O novo site vai ser INCRÍVEL. VAMOS DESESTABILIZAR O MERCADO DA MODA!!!! ♥♥♥X★🐟⛵

Beijos,
E.

Com isso, Imogen pediu um copo de água em vez de vinho e educadamente se despediu.

De: Imogen Tate (ITate@Glossy.com)
Para: Eve Morton (EMorton@Glossy.com)

E,
8:30. No Four Seasons.
Até lá.

Beijo,
Imogen

Perry se endireitou quando Imogen pegou uma nota de cem dólares da carteira.

— Vou trocar a nota pelo meu Amex para poder conseguir os pontos. Alguém quer usar o Venmo?

Imogen entregou a nota.

— Se quero o quê? Tenho dinheiro. Dou cem para você.

— Seria muito mais fácil se você usasse o Venmo — insistiu Perry.

Não era a primeira vez naquele dia que Imogen não entendia o que as pessoas estavam dizendo. Temeu, por um instante, estar desenvolvendo uma doença neurológica rara, daquelas que fazia a pessoa se esquecer do sentido de coisas simples conhecidas há anos.

— É um aplicativo — disse Perry. — Venmo. Ele transfere dinheiro de sua conta bancária para a minha.

— Mas eu posso simplesmente dar o dinheiro para você — retrucou Imogen.

Perry olhou para a nota de cem dólares como se fosse um monstro.

— Odeio levar dinheiro. Isso é muuuuito mais fácil.

— Vai parecer mais fácil se eu simplesmente lhe der dinheiro vivo — argumentou Imogen, cansada demais para discutir com a moça, praticamente forçando a nota na mão dela.

Ashley pegou a nota de Imogen e lançou um olhar a Perry.

— Vou usar o Venmo. Pode falhar às vezes. Divide um táxi comigo?

Elas finalmente conseguiram parar um táxi depois de andarem um quarteirão até a Madison Avenue.

— Você se importa em me deixar no lado leste?

Ashley sorriu com generosidade antes de começar a passar os polegares sem parar pelo iPhone, digitando. Imogen assentiu e olhou para seu aparelho quando o taxista ligou o taxímetro. Alex liberou Tilly, a babá, havia uma hora e estava esperando na cama por ela; as mensagens dele tinham um toque de mágoa por ela não estar em casa quando ele tinha se esforçado para vê-la antes de dormir.

Imogen se sentiu desconfortável sentada em silêncio.

— Em que está trabalhando? — perguntou a Ashley, que se assustou.

— Ah, não estou trabalhando agora. Vou trabalhar mais quando chegar em casa, claro. Estava fazendo um pedido no Seamless para que minha comida tailandesa chegue assim que eu chegar em casa.

Imogen assentiu.

Talvez o vinho fosse o responsável por tê-la deixado mais curiosa a respeito da digitação sem fim.

— Ainda está pedindo comida?

Ashley riu.

— Não, agora estou pedindo homens. Estou no meu Fixd.

— Seu o quê?

— Fixd. Ele reúne seus amigos do Facebook, do Twitter e do Instagram e mostra a você os mais interessantes com base em sua localização e palavras-chave em suas legendas, tuítes e perfis, para encontrar homens que seriam compatíveis com você dentro de um raio de quatro quilômetros. Bom, não estou procurando um homem neste momento. — Ashley corou. — Não sou tão viciada no Fixd. Não encomendo homens para que apareçam na minha casa. Só estou procurando alguém com quem possa sair esse fim de semana.

— Bom, isso parece conveniente. Foi tudo o que Imogen conseguiu dizer.

Ashley deu de ombros quando o táxi parou para que ela descesse.

— Os encontros são muitos... mas corta o coração quando temos que, tipo, romper com um ou dois caras por meio de mensagem de texto toda semana.

As duas trocaram dois beijinhos no rosto, desajeitadas, e Ashley saiu do táxi à espera da comida tailandesa e, talvez, de uma companhia para o fim de semana.

Imogen era íntima da noite. A vida profissional dela e de Alex exigiam que os dois participassem de certo número de eventos sociais por semana, desde coquetéis a eventos beneficentes, passando por jantares de última hora com investidores e anunciantes no caso dela, e com advogados e políticos no de Alex. Contudo, de certo modo, aquela noite a esgotou. As meninas do escritório tinham energia para dar e vender, decorrente, em parte, das drágeas finas e azuis do estimulante cerebral Adderall que muitas delas tinham em mãos.

Sentiu o estômago embrulhar e da rua 42 até a 14ª, permitiu a si mesma 28 quarteirões de autopiedade. O que estava fazendo? Como se soubesse que ela estava se afundando em um poço de desespero, a única pessoa com quem ela queria falar naquele momento ligou para seu celular.

— *Oi, bella.*

— *Oi, bello.*

Quatro anos atrás, Massimo Frazzano, na época um editor de moda da revista *Moda*, e um dos antigos estagiários de Imogen, havia acabado de terminar uma meia maratona em Montauk. Os médicos mais tarde diriam que ele pode ter ficado levemente desorientado e desidratado por causa da corrida, porque em vez de mergulhar na piscina no lado fundo, ele caiu de cabeça no raso, bateu o queixo no chão e trincou a vértebra C4. Ele estava boiando de bruços quando seu parceiro, Scott, o encontrou, menos de um minuto depois. Os médicos conseguiram atendê-lo no local e o mandaram para Manhattan de helicóptero, mas, depois de 18 horas de cirurgia, disseram ao grupo reunido no hospital, incluindo Imogen, grávida de Johnny, que Massimo nunca mais voltaria a andar. Avisaram que ele poderia até não conseguir mais usar os braços. Massimo passou dias sem falar com ninguém. Scott temia que ele fizesse algo drástico contra a própria vida. Quatro dias depois, Massimo chamou todo mundo para visitá-lo no quarto do hospital.

Ele estava sentado na cama, com uma bandagem ao redor da cabeça, que estava totalmente raspada. Imogen mordeu o lábio inferior para que a dor a ajudasse a evitar o choro.

— Vou andar de novo — disse Massimo, com calma, sem qualquer sinal de dúvida na voz. — Vou voltar a andar.

E foi isso. A partir daquele dia, Imogen não sentiu mais tristeza por ele quando estavam juntos. Ele não deixava. Massimo era divertido demais. Ela sempre saía renovada e inspirada dos jantares e dos passeios para compras que fazia com ele. O sistema nervoso dele foi prejudicado de um modo que dificultava sua transpiração. Com a ajuda de Scott, ele desenvolveu uma linha de cremes orgânicos para aliviar e hidratar a pele. E descobriu que havia um mercado exatamente para isso. Seus produtos logo chegaram às prateleiras das grandes lojas de cosméticos. Massimo ainda usava cadeira de rodas, mas com coragem, determinação e com a cirurgia de reconstrução dos nervos, ele retomou o movimento dos braços e dos punhos. No ano anterior, ele começou a sentir a barriga e a parte inferior das costas. No dia em que Imogen se submeteu à cirurgia, ele lhe contou que estava começando a sentir a diferença de temperatura nas coxas.

Massimo estava ao lado de Alex na ala de pacientes com câncer quando Imogen abriu os olhos depois do procedimento. Foi ele quem colocou uma foto dela dançando na praia com os filhos na cabeceira de plástico da cama. A foto não parava de cair, não importava quantos pedaços de fita adesiva ela colocasse na parte de trás. Massimo não permitiu que ela sentisse pena de si mesma nem mesmo por um segundo.

— Alex, deixe-me olhar embaixo do lençol. Esses dois seios novos ficaram demais — disse ele, com seu bom humor de sempre, tocando as bandagens dela com a mão de unhas feitas.

De modo egoísta, Imogen o considerava um presente. Por causa de Massimo, ela nunca permitiu que seus medos em relação à saúde a levassem a nadar por muito tempo na piscina rasa da autopiedade.

No táxi, ela contou sobre seu dia ao amigo.

Ele se calou por um instante.

— Você sabe o que gosto em você como editora, Im?

— Ver como minhas pernas ficam quando uso Manolos?

— Isso também. Gosto do fato de você estar sempre disposta a ir além. Nunca fugiu de um desafio. Agora pode ser o momento de decidir fazer algo novo. Algo muito difícil e muito diferente que poderia mudar sua vida por completo.

Ele sempre dizia a coisa certa, a coisa que, dita por qualquer outra pessoa, mais pareceria uma frase de biscoito da sorte murcho; mas, dita por ele, fazia maravilhas para curar uma alma ferida.

— Quando nos veremos, querida? No primeiro dia da Fashion Week?

Massimo permanecera como editor colaborador da revista *Moda* depois do acidente, e costumava brincar dizendo que a cadeira de rodas era a melhor coisa que já tinha lhe acontecido, porque assim ele conseguia ficar na primeira fileira de todos os eventos.

— Sim, querido, estou ansiosa para voltar a algo que conheço! Você precisa de alguma ajuda? A Priscilla estará com você?

Massimo amava mulheres bonitas, o que ficava evidenciado em Priscilla, sua assistente e enfermeira, parecidíssima com Naomi Watts jovem, com os cabelos mais brilhosos que Imogen já tinha visto.

— Sim, estará. Precisamos encontrar um bom homem para ela, ou uma boa mulher, o que ela preferir. Priscilla precisa de algo mais do que empurrar a cadeira de rodas de um inválido pela cidade inteira.

Eles conversaram por mais um minuto, até o táxi parar diante da casa de tijolinhos de Imogen. Só depois de ter desligado, ela se deu conta de que se esquecera de perguntar a Massimo o que havia acontecido com Molly. Deu uma boa gorjeta ao motorista por ter aguentado ouvir a conversa dela no banco de trás.

Estava claro que Alex havia se esforçado para ficar acordado, mas ele estava com a boca entreaberta e roncava baixinho sentado na cama, com os óculos de aro de metal ainda sobre as pálpebras fechadas e os cílios compridos. Imogen beijou os dois filhos, acomodou o corpo de Alex em uma posição adequada sem acordá-lo e passou os braços pela cintura dele. O corpo dele relaxou contra o dela. Ela sentiu o conforto da calça macia do pijama de flanela que ele vinha usando nos últimos dez anos. Sentiu a pele dele na parte de trás das coxas, onde o tecido havia se tornado mais fino. Alex detestava jogar qualquer coisa fora e Imogen em breve teria de criar um plano para substituir aquele pijama por outro idêntico. Ele se remexeu quando ela encostou a cabeça no ombro dele.

— Adoro o fato de minha esposa ainda voltar para casa cheirando a tequila depois de 12 anos dedicados ao nosso casamento — brincou ele, virando-se para olhá-la e levando a mão dela a seus lábios. — Teve um dia bom? — perguntou ele, em meio aos dedos dela. Desde a cirurgia, Alex havia parado de perguntar: "Como foi o seu dia?"

— Estou tão cansada, Al — sussurrou ela, com o peso das próximas 24 horas já pronto a sobrecarregá-la.

— Eu sei, linda, eu sei. Queria poder dizer que vai melhorar amanhã, mas não quero mentir.

— Não, pode mentir, por favor. De verdade.

Ele sorriu e ela tirou os óculos dele. Imogen o beijou antes de rolar de costas e permitir que ele a abraçasse. O sono demorou, mas finalmente veio.

#Falsiane

★ ★ ★

Ashley Arnsdale não parava de digitar em seu smartphone enquanto caminhava pelo lobby do número 740 da Park Avenue, o mesmo prédio ao qual seus pais a levaram para morar 24 anos antes, dois dias depois de seu nascimento. Ela parou por um momento na recepção, onde JP, o porteiro da noite, entregou-lhe um saco de papel marrom com comida tailandesa sem glúten do Golden Lotus, da rua 84.

No elevador, ela mudou de aplicativo, passando do Fixd para o AngelRaise, o aplicativo famoso de auxílio financeiro a empresas.

Todas as outras garotas do trabalho tinham sido muito sinceras com Imogen a respeito de seus projetos paralelos enquanto bebiam. Tinha sido um pouco ridículo. Ashley não queria que sua nova chefe pensasse que ela se distraía o dia todo com outro projeto. Ela não se distraía o dia todo. Talvez se distraísse um pouco, mas se mantinha focada na *Glossy* quando estava na *Glossy*. Gostava muito do emprego. E gostava de trabalhar para Imogen Tate. Aquela mulher era especial. Eve... Ela não pensava o mesmo sobre Eve. *Argh*.

Todas as luzes estavam apagadas quando as portas se abriram no andar de seu apartamento. Constance e Arnold, seus pais, estavam em West Palm Beach naquela semana. Morar com os pais não era tão ruim quando eles não estavam por perto.

— Obaaaa! — Ashley exclamou para ninguém ao rolar a tela do AngelRaise.

Ela tinha conseguido outro investimento de dez mil dólares no *SomethingOld.com*. Caminhou pelo apartamento, acendendo todas as luzes. Detestava ficar no escuro. Dez mil dólares ajudariam muito com os custos de desenvolvimento do aplicativo e do site de seu projeto paralelo. SomethingOld era um serviço de assinatura mensal, meio como o Netflix, mas para roupas — roupas *vintage*.

Desde que tinha idade para pegar o trem das seis da manhã para o East Village sozinha, Ashley adorava garimpar brechós à procura de peças exclusivas. Sua coleção tomava mais do que seus dois closets no apartamento. Agora, ela já tinha seis miniunidades de armazenamento de artigos incríveis. No entanto, não eram para ela. SomethingOld descobriria o gosto e o tamanho de uma pessoa. Saberia sobre as peças que a pessoa já tinha no guarda-roupa e, assim, com o olho crítico de Ashley, enviaria às assinantes um item *vintage* a cada quatro semanas. Era como ter um *personal shopper* que lhe mandasse um presente todos os meses, mas um presente maluco e bacana de uma época completamente diferente.

Enquanto ela colocava a sobra da comida tailandesa na geladeira para levar ao trabalho no dia seguinte, refletiu sobre o que Imogen poderia achar do SomethingOld.

Ela se despiu e vestiu um short e uma blusinha antes de sair para a pequena varanda atrás de seu quarto, onde mantinha um pequeno jardim urbano. O vento frio era agradável depois de ter passado tanto tempo naquele bar abafado. Ashley se sentira um pouco tola quando Imogen perguntou onde ela morava, mas, pensando bem, sua situação fazia sentido. Seus pais tinham um apartamento grande e antigo. Ela gostava de espaço. Gostava de ter um jardim pequeno. A filha de Imogen não gostava de culinária? Ashley arrancou um punhado de folhas de hortelã para levar para o trabalho na manhã seguinte.

✦ ✦ ✦

IMOGEN E O MARIDO JÁ TINHAM ENTRADO em uma rotina havia muito tempo. Alex saía de casa às seis e meia para ir à academia de boxe quase todos os dias e, em algumas manhãs da semana, a instrutora de pilates de Imogen ia à casa deles. Imogen havia planejado fazer um treino leve naquele dia, mas Evangeline cancelara no último minuto, dizendo estar com cólica menstrual. Talvez fosse o momento de encontrar uma nova professora.

Ao se ver sozinha, Imogen se entregou a um de seus novos e perigosos hábitos. Ficou nua na frente do espelho de corpo inteiro que ficava atrás da porta do banheiro, passou a mão para tirar o vapor do vidro que refletia seu peito. Sua barriga estava mais flácida do que ela gostaria, mas ainda estava magra. "Gorda-magricela" seria como sua mãe a descreveria. Olhou para suas novas tetas. Nunca tinha se referido a elas daquele modo antes, preferia "seios" ou até "peitos", mas, agora, "tetas" parecia ser uma palavra mais adequada, já que aquele monte de carne em seu corpo não era dela. Eram mais redondos e certamente mais rígidos ao toque. Ela passou o dedo pelas cicatrizes verticais simétricas do mamilo à base. Algo nesse confronto diário a equilibrava, desde que ela não demorasse demais nisso. Como sempre, ela se deu apenas três minutos diante do espelho antes de se vestir e começar o dia.

Uma hora depois, Imogen entrava em silêncio no Four Seasons, ouvindo o barulho do tecido de seu vestido Chanel preto e bonito que descia até os joelhos e o *clic-clac* de seus sapatos pretos de saltos perigosamente altos Manolo Blahnik.

— Sou mente aberta e não sou crítica — repetiu a si mesma como um mantra antes de notar os brincos enormes de Eve e as unhas vermelhas cor de alarme de incêndio quando a viu do outro lado do lobby.

Eve simplesmente não tinha estilo. O que Ralph lhe dissera durante um jantar depois dos desfiles de Paris? "Estilo é muito pessoal. Não tem nada a ver com moda. Moda é rápida. O estilo é para sempre."

O vestido azul-claro e justo de Eve mostrava muito de seu corpo logo de manhã, e Imogen viu que a pele dos ombros largos da moça estava arrepiada.

Apesar do lobby grande, havia um toque intimista e convidativo no Four Seasons. Os funcionários sempre se lembravam do nome de Imogen e, sem que ela tivesse de pedir, Frederick, o *maitre d'*, trouxe um cappuccino desnatado muito quente. Ela já o havia usado como figurante em uma sessão de fotos da *Glossy*, e ele aproveitou o breve momento de fama. Frederick lhe fez uma reverência a ela, revelando um círculo careca perfeito no topo da cabeça. Ele sabia como fazer todo mundo se sentir a pessoa mais importante em uma sala cheia de políticos, desenvolvedores de softwares de renome e designers famosos.

— A rainha voltou — disse ele, e sorriu.

Imogen gostou do brilho de intimidação que passou depressa pelos traços de Eve. O humor da garota visivelmente mudou e ela logo começou a falar de trabalho, evitando o tipo de amenidades que aqueles com experiência real em negócios fazem questão de trocar antes de entrar no assunto de uma reunião profissional.

Eve gesticulou muito para enfatizar o que dizia, mexeu um braço de repente e derrubou uma xícara de leite. A poça cada vez maior do líquido cor de marfim escorreu no colo de Imogen antes de Frederick cuidadosamente secar tudo com um pano de prato. Eve fez uma pausa por um momento e olhou para o pulso nu de Imogen.

— Onde está a sua pulseira?

— Que pulseira, Eve?

— Sua pulseira da Glossy.com. Deixei uma sobre sua mesa.

Imogen se retraiu ao se lembrar da pulseira de borracha que tinha jogado no lixo.

— Foi gentil de sua parte, Eve, mas ela não faz o meu estilo.

Eve ficou boquiaberta.

— Todos usamos a pulseira, Imogen. Somos uma equipe.

— Acho que essa pulseira não combina com um Chanel, Eve.

"É preta, combina com tudo. E não é só uma pulseira. É um FitBoom! Ela calcula todos os seus passos, calorias gastas e índice metabólico", pensou Eve, puxando a própria pulseira, fazendo o círculo de borracha pressionar a pele para enfatizar sua irritação.

A ex-assistente de Imogen demorou apenas dez minutos para chegar ao *piece de résistance*, o motivo do encontro num local caro para tomar café da manhã em vez de comer a granola murcha enquanto olhavam para a tela do computador com os outros funcionários no escritório.

— Não vou conseguir os designers sem você — admitiu Eve, timidamente. — Meu Deus. Você acredita que eles odeiam a internet? Ouvem a palavra "aplicativo" e não querem nada conosco. Você sabe como eles são. Sabe com quem precisamos trabalhar e sabe o que dizer para trazê-los para o nosso lado.

Era verdade que Imogen tinha o respeito e a atenção de praticamente todos os designers de Manhattan a Milão. Editores-chefes aproveitaram seu momento astro do rock nos anos 1990 até serem substituídos por chefs da Food Network e, depois, por bilionários da tecnologia e *personal trainers* como as novas carreiras da vez. Imogen continuou sendo querida dentro e fora do mercado por um motivo simples: ela era bacana. Era esse seu maior ponto positivo e a razão de ainda ser um pouco famosa. Todas as entrevistas sobre ela começavam com uma variação da mesma frase: "Imogen Tate parece tão perfeita que gostaríamos de poder odiá-la, mas ela é um amoooor." Por que não ser bacana? Ser legal era tão fácil quanto ser má.

O universo ressaltou o fato de as conexões de Imogen serem muito valiosas quando um membro da elite da moda, Adrienne Velasquez, passou pela mesa, soprando um beijo para ela e perguntando como Alex estava. Adrienne era a diretora de moda da revista *Elle* e, recentemente, havia se tornado uma grande estrela de TV depois de ser jurada em um *reality show* na Bravo, no qual estilistas competiam para criar a roupa mais ousada, normalmente com retalhos encontrados no lixo. Os colegas de Adrienne no programa eram a ex-modelo muito famosa Gretchen Kopf e o diretor do Instituto de Tecnologia de Moda, Max Marx.

Eve ficou vermelha como um pimentão.

— Você conhece Adrienne Velasquez? — perguntou Eve, quando Adrienne se afastou para se sentar com Gretchen e Max a uma mesa iluminada pelo sol, no canto.

— Claro que conheço — respondeu Imogen, sem saber ao certo por que Eve estava tão surpresa.

— Eu a adoro. Ela é a personalidade da moda de quem mais gosto, no universo todo. Aaaah, eu nunca perco um episódio de *Project Fashion*. Nunca! Será que você poderia chamá-la de volta aqui?

A situação se tornou embaraçosa quando Eve começou a perder o fôlego. Imogen teve de lembrar a si mesma de que o mercado estava diferente agora. Adrienne trabalhava na TV. Era uma celebridade de verdade. Não era culpa de Eve não compreender como era completamente antiprofissional pedir o autógrafo de Adrienne, uma diretora de moda. Esta ocupava o antigo cargo de Imogen, pelo amor de Deus.

Imogen abriu um sorrisão para Eve e, por um momento, gostou de ter o controle.

— Vamos comer algo e então poderemos cumprimentá-la ao sairmos.

O restante do café da manhã foi tomado por conversas sobre a logística da Fashion Week. O plano de ação do mês que vem, como disse Eve, batendo com o garfo em sua omelete de claras sempre que dizia a palavra "ação", era fazer a maior cobertura dos desfiles em Nova York, Paris, Londres e Milão. Seria o primeiro ano que Imogen não viajaria para a Europa a fim de ver os desfiles, já que parecia que a Glossy.com não tinha "orçamento" para isso. Imogen não cresceu rica, mas logo se acostumou às viagens ao redor do mundo a trabalho. Ela e Bridgett sempre pegavam quartos próximos um do outro e faziam festas todas as noites durante a Fashion Week, tudo na conta dos outros. Sempre à custa de alguém. Ela pensou que Alex a abandonaria depois de seis meses de relacionamento quando ele a surpreendeu em Paris e descobriu que um cabeleireiro fazia sua escova todos os dias de manhã na privacidade do quarto de hotel. Era um estilo de vida com o qual era extremamente fácil se acostumar, muito emocionante, porque a pessoa se sentia VIP. Imogen teve de se esforçar muito quando voltou para casa para provar que de fato era a moça pé no chão pela qual Alex havia se apaixonado. Em alguns dias, ela tinha de convencer até a si mesma.

A bomba seguinte foi Eve querer que Imogen organizesse uma festa de lançamento para a Glossy.com no fim da Fashion Week, e Eve precisava ter certeza de que Imogen convidaria todos os seus amigos fabulosos, sem esconder que queria acesso total aos contatos dela.

Quando a conta chegou, Eve mudou de assunto.

— Apresente-me a Adrienne agora — exigiu ela, sem cerimônia.

Adrienne foi simpática como sempre quando Imogen apresentou Eve, que gaguejava e imediatamente pediu para tirar uma foto com a mesa toda. Gretchen Kopf estava se levantando graciosamente da mesa para beijar Imogen no rosto quando Eve passou o braço por seus ombros e posicionou o telefone na frente delas.

— Sorriam! — ordenou a Gretchen, Adrienne e Max.

Os três estavam acostumados com esse tipo de situação e abriram os melhores sorrisos, e então deram as costas para Eve e a câmera para pegar seus pertences da mesa.

Mas Eve não se deu por vencida.

— Vou marcar você na foto, tudo bem? Gretchen, queremos você conosco para o novo aplicativo da *Glossy*. — Eve explodiu de uma vez. — E você *tem* que ir à nossa festa!

— Agora não é o melhor momento, Eve. — alertou Imogen.

Imogen tentou pousar a mão com delicadeza na parte inferior das costas de Eve. Gretchen e Max se entreolharam e, então, encararam Imogen, sem querer ser rudes, mas também sem querer ter de recusar uma proposta de negócios no meio de um café da manhã civilizado.

— Claro que é. Estamos lançando o novo site! Gretchen, Max e Adrienne são perfeitos. Eles têm que participar.

Eve desempenhou o papel da criança mimada, e Gretchen, sempre uma ótima mediadora, lidou perfeitamente com a situação. Era experiente na arte de fazer um fã se sentir bem-vindo e então voltar sua atenção para outro lugar para finalizar a interação antes que passasse dos limites.

— Vou deixar vocês à vontade — disse Gretchen, de um jeito que fazia a pessoa achar que ela estava fazendo um favor ao dispensá-la. — Ligaremos para você, querida — continuou, com seu sotaque alemão sexy.

— Não! Nós ligaremos para vocês!

Imogen sussurrou um quase inaudível "obrigada" a Gretchen e conduziu Eve, como uma criança, com delicadeza até a saída. O tráfego no centro da cidade estava pesado às nove da manhã quando Imogen fez sinal em vão para um táxi com as luzes acesas. Eve procurou em seu iPhone para ver se o Uber enviaria um carro para ela. Imogen abriu a boca, mas voltou a fechá-la.

Um carro preto parou no meio-fio.

Eve puxou o vestido com força para baixo ao entrar nele.

— Você não vai entrar?

Eve bateu o pé impacientemente.

— Não, não vou — respondeu Imogen, com seriedade.

Eve mal teve tempo para se enfiar no veículo, e logo Imogen bateu a porta do carro com mais força do que o necessário.

✦ ✦ ✦

DESDE QUE HAVIA CHEGADO A NOVA YORK, uma semana antes de começar a faculdade, Eve Morton queria ser uma daquelas pessoas que pegavam táxis com naturalidade, sem olhar constantemente para o taxímetro e pensar em quantas refeições poderia comprar com o valor da corrida. Conseguia contar em uma das mãos o número de táxis que pegou no primeiro ano em que viveu na cidade.

Agora que ganhava o suficiente para se manter, mais do que o suficiente, apesar de ainda não receber nada parecido com o salário absurdo que pagavam a Imogen Tate (quando foi decidido que editores de revista deveriam receber tanto quanto neurocirurgiões?), ela gostava de observar o taxímetro subir, sabendo que poderia pagar pela corrida. Era algo de que sentia falta quando pegava um daqueles carros pretos do Uber, com a corrida sendo cobrada automaticamente de um cartão de crédito registrado, sem troca de dinheiro vivo.

Eve sabia melhor do que ninguém que Imogen não sabia muito sobre tecnologia. Parte de suas atribuições como assistente de Imogen envolvia imprimir e responder a todos os seus e-mails. Tarefas bem básicas de assistente no passado. Ainda assim, nos dois anos que passou fora por causa do MBA ela achou que sua chefe tivesse se inteirado sobre a tecnologia. O mundo inteiro já tinha se inteirado.

"O café da manhã transcorreu bem", pensou ela. Contudo, o modo como Imogen havia lidado com a situação com Adrienne Velasquez não tinha sido nada legal. Eve poderia fazer amizade com Adrienne por conta própria se quisesse. Imogen agiu de modo muito esquisito. Pessoas como ela eram muito cuidadosas com seus contatos, com como, quando e quem inseriam em seu círculo de amigos e conhecidos. Felizmente, a geração de Eve não se comportava dessa forma. Eve adorava a ligação que tinha com suas colegas. Se era amiga delas no Twitter, era como se fossem melhores amigas na vida real. Ela não separava as coisas. A velha guarda da moda tinha um lance idiota de hierarquia e regras implícitas. Era frustrante.

Pelo menos, Imogen poderia ser útil (se acompanhasse o ritmo) para ajudá-la a passar por algumas dessas barreiras. Ela tinha as chaves do reino do novo aplicativo da *Glossy* — *se ao menos* soubesse lidar com as novas tecnologias.

Eve olhou para seu telefone e viu um e-mail que a fez dar um gritinho. Era de última hora, mas e daí? Aquilo era importante. Eve logo enviou um e-mail para Imogen.

De: Eve Morton (EMorton@Glossy.com)
Para: Imogen Tate (ITate@Glossy.com)
Assunto: DISRUPTECH!

Precisamos ir a São Francisco amanhã à tarde. Fomos aceitas na conferência da Disrupt Tech. 👍⬅️〰️🚀☺️★
Veja mais detalhes aqui: www.DISRUPTECH.com

CAPÍTULO 4

Na manhã seguinte, Imogen pressionou a testa contra a janela fria de acrílico na classe econômica do avião, olhando para as luzes de Manhattan, que piscavam no escuro como joias expostas para uma festa chique enquanto sobrevoavam a ilha.

Imogen vestia sua roupa de viagem, aperfeiçoada ao longo dos anos por viagens internacionais para participar de desfiles duas vezes por ano — uma camiseta leve e de mangas compridas de caxemira cinza, um cardigã preto, um lenço grande Hermès cinza e preto, que servia como cobertor em voos gelados, e sua calça jeans *boyfriend* da Rag & Bone. Óculos Ray-Ban pretos e clássicos afastavam seus cabelos do rosto. Durante os últimos 15 anos, as viagens aéreas eram um descanso bem-vindo para a correria da vida em terra firme — um período sem telefonemas, mensagens de texto, e-mails e internet. Ela sabia que tudo isso estava mudando, mas ainda via o voo como uma oportunidade de ter algumas horas sem interrupções para aproveitar um apagão digital e ler revistas inúteis de fofoca.

— Você não trouxe seu laptop? — perguntou Eve, assim que o avião estabilizou sua altitude, levantando a tela do computador.

— Não. Vamos ficar aqui só um dia — disse Imogen, enfiando a mão na bolsa para pegar uma *Us Weekly*.

— O avião tem Wi-Fi — retrucou Eve, incrédula, como se não conseguisse imaginar que algo tão precioso quanto a internet não fosse usado por um único segundo.

— Que ótimo para o avião — respondeu Imogen, recusando-se a permitir que uma jovem de vinte e poucos anos a perturbasse enquanto ela se entregava à leitura de "Segredos da cirurgia plástica de Hollywood". Fez uma pausa. Agora seria um bom momento para tentar se reaproximar de Eve. Não fazia sentido começar com o pé esquerdo. Ela dobrou a revista, a apoiou no colo e pousou uma mão no cotovelo de Eve.

Eve tirou um dos fones de ouvido com muita irritação e o deixou pendurado como se fosse uma linha solta em seu pescoço.

— O que foi?

— Fale um pouco sobre o curso de administração.

Eve foi pega de surpresa, mas, assim que começou, ficou cada vez mais satisfeita em falar sobre a experiência transformadora que Harvard tinha sido.

— Se tivesse permanecido na *Glossy*, agora eu só seria mais uma editora comum — disse ela, com seriedade. — Mas veja o que estou fazendo. Estou, literalmente, transformando essa empresa. Sabe, a faculdade de administração foi a melhor decisão que tomei.

Depois disso, Eve voltou a olhar para o computador, encerrando a conversa.

Imogen olhou com desejo para a primeira classe. Se tivesse sido avisada antes, teria usado suas milhas para estar em um daqueles deliciosos assentos onde serviam comida de verdade, que não vinha em caixas retangulares cobertas por plástico.

— Primeira classe é meio ridículo para um voo tão curto, você não acha? — perguntou Eve, com desdém, ao perceber o olhar de Imogen. — Sei lá. Passamos horas sentadas a uma mesa por dia, trabalhando. Por que não estaríamos satisfeitas nestes assentos? Fiz o trajeto Nova York-São Francisco, ida e volta, dez vezes no ano passado.

Imogen voltou a ler a revista.

Logo após o pouso, um pouco depois das nove, Eve revelou que elas dividiriam um quarto em um hotel perto do centro de convenções.

— Vai ser como uma festa do pijama — disse Eve, de modo casual, no táxi.

— Quantas camas há no quarto, Eve?

— Uma *king*. Somos um empreendimento iniciante, Imogen. Precisamos controlar o orçamento.

— E tem algum sofá no quarto? — perguntou Imogen, com pouca esperança.

Eve parou de lhe dar atenção, concentrada em tirar mais uma selfie, uma imitação da famosa pose "Shhhiii" de Ben Watts, que todas as modelos vinham fazendo. Ela fez um bico e o sinal universal de "silêncio" com a ponta do dedo indicador diante dos lábios pintados. A intensidade do olhar de Eve dava a impressão de que Ben Watts estava do outro lado da câmera do smartphone. Imogen tinha que admitir que nela ficava bem.

— Eve?

— A selfie perfeita depende totalmente dos olhos, Imogen. As pessoas acham que o importante é o sorriso, mas não é. É preciso fazer o olhar certo — explicou Eve, ignorando totalmente a pergunta de Imogen.

— O sofá? — repetiu Imogen.

— Não, acho que não tem nada. Nenhum sofá.

Antes que Imogen pudesse perguntar mais alguma coisa, o táxi parou na frente do pequeno hotel antigo, e um gato malhado passou diante dos faróis.

Eve saiu e rebolou para dentro do prédio até a mesa de recepção, deixando Imogen para trás, pagando o taxista. Que maus modos dessa moça! Parecia que tinha sido criada no meio do mato.

Ela respirou fundo. O ar da noite estava refrescante e mais frio do que em casa.

Ali dentro, ela tentou falar com Eve de novo.

— Então, vamos dividir uma cama?

— Claro. Como irmãs! — Eve apertou o braço de Imogen com força demais na frente do balcão de *check-in*, dando seu sorriso falso para o atendente, um rapaz com espinhas no rosto que só queria voltar a assistir seu episódio de *Storage Wars*.

Adultos que não estivessem envolvidos sexualmente, ou que não pretendiam se envolver, não dormiam na mesma cama. Imogen, havia mais de uma década, não dividia um colchão com ninguém além de seu marido e seus filhos.

— Não vamos dormir na mesma cama.

Imogen não pôde fazer nada. Para sua surpresa, o hotel estava lotado, assim como a maioria dos hotéis mais bacanas da cidade. Aquela conferência de tecnologia havia ganhado popularidade devido, em grande parte, à presença de atores de primeira linha na do ano passado — aqueles que tinham recusado os cachês normais que teriam por serem celebridades, participando de comerciais de cosméticos japoneses e roupas baratas, para investir em *start-ups* de tecnologia.

O quarto do hotel era barato em todos os sentidos. O preço para as duas naquele cômodo seria um terço do custo de qualquer hotel da Union Square, como o Fairmont ou o Le Méridien.

Depois de passarem três vezes a faixa magnética apagada do cartão no dispositivo da porta, elas conseguiram entrar no pequeno espaço. Imogen precisava dormir.

— Amanhã vai ser muito maneiro, Imogen — disse Eve, sentando-se ao lado dela na cama, enquanto a outra se esforçava para encontrar uma posição confortável. — Vamos detonar nessa conferência. — Ela levantou a mão para bater na de Imogen, mas mudou de ideia e só levantou o dedo mínimo. — Vamos fazer um juramento. Vamos jurar que vai ser incrível.

Imogen não sabia o que fazer. Esticou o dedo mínimo também, que Eve logo segurou com o dela e balançou vigorosamente para cima e para baixo.

— Estou trazendo o juramento com dedos de volta à moda — explicou Eve, mais para o quarto todo do que para Imogen. — Ah, eu deveria dizer isso no Twitter. — Eve falava em voz alta enquanto digitava no teclado. — "Estou trazendo o juramento com dedinhos de volta. Rá!" — Depois disso, ela se virou para o lado e dormiu.

Imogen estava exausta e sofrendo os efeitos do *jet lag*, mas sua mente não se aquietava.

"Realmente voltei ao trabalho só há dois dias?"

Ela estava tendo dificuldades para processar o quanto as coisas tinham mudado tão depressa. Mal tivera tempo para falar sobre isso com Alex quando ficaram juntos antes de dormir na noite anterior. Seu marido, sempre protetor, queria que ela conversasse logo com um advogado trabalhista.

— Você tem direitos — dissera ele.

Que direitos? Ela não tinha sido demitida, não tinha sido nem rebaixada. A situação havia mudado e o chão havia sido tirado de debaixo de seus pés. Ela tinha conseguido se despedir depressa dos filhos naquela manhã depois de fazer a mala e agora estava em São Francisco. Era onde ficava o Vale do Silício, certo?

Ela se revirou na cama, desesperada para encontrar uma posição confortável nos lençóis ásperos. Imogen se sentia enganada — como uma esposa cujo marido estivesse tendo um caso bem embaixo de seu nariz e que levasse a amante a jantares e a chamasse de sua protegida. Como era possível ela não ter sabido que tudo aquilo estava acontecendo com sua revista?

Tudo isso por causa do maldito câncer. A cirurgia não tinha sido fácil. Depois, vieram as crianças e o novo caso do qual Alex estava cuidando no trabalho. Imogen não havia saído de casa para eventos profissionais nem sociais durante a licença, preferindo passar a maioria dos fins de semana em sua casa em Sag Harbor. Por ter sido *workaholic* por tantos anos, ela precisou dar permissão a si mesma para se curar. Aquilo tinha acontecido muito rápido. Eve terminou o curso em junho e voltou em julho. O site se tornaria um aplicativo na próxima semana.

Antes do amanhecer, Imogen acordou com o barulho de uma máquina de gelo despejando os cubos em algo que obviamente não era apropriado para recebê-los. A água congelada escorria pela canaleta para dentro do que dava a impressão de ser um saco de plástico, pelo barulho que fazia. *Plop, xii, plop, xii.* Eve roncava sem parar do outro lado da cama, com as pálpebras se remexendo por baixo de uma máscara de dormir com lantejoulas roxas.

Imogen abriu um olho e depois, o outro. A luz passava pelas cortinas de náilon baratas, revelando um televisor grande demais sobre uma cômoda de madeira, parecido com aqueles dos anos 1990.

"Como eu", pensou Imogen, com um sorriso, enquanto se lembrava de sua última viagem de negócios — quatro dias na Itália para os desfiles em Milão, em fevereiro do ano anterior. Aquela época já parecia um passado distante, quando um carro preto e reluzente a buscava em casa e a levava ao aeroporto. Ela era levada para a primeira classe e recebia uma taça de champanhe, uma toalha aquecida e um cobertor macio. Os comissários de bordo sabiam seu nome e lhe desejavam bons sonhos. Ela dormia por seis horas e então, após a aterrissagem, era guiada até um segundo carro reluzente e cheiroso, que a levava ao Four Seasons. Aqueles quartos eram tão luxuosos que ela não se importava em assistir a trinta apresentações de uma vez durante o dia. Se fizesse um esforço, conseguia sentir aqueles lençóis brancos e confortáveis, decorados com uma orquídea branca perfeita acompanhada por um pequeno cartão aveludado no qual se lia, com uma bela letra cursiva e em uma cor escura: "Com amor, Tom Ford" — com um traço floreado abaixo do "Ford".

De volta a São Francisco, a máquina de gelo no corredor parou de fazer barulho depois de alguém resmungar algo e dar três chutes rápidos e xingar, o que Imogen conseguia ouvir claramente pelas paredes finas como papel. Havia alguém ali muito insatisfeito por não conseguir colocar gelo no que estivesse bebendo na calada da noite.

Imogen se espreguiçou ao levantar da cama, enrugando o nariz ao sentir o cheiro de tinta permeando o quarto. Borrifou seu Jo Malone preferido, o Red Roses, para adocicar o ar, e abriu o armário para procurar, em vão, um roupão do hotel que pudesse levar ao banheiro, mas só encontrou cabides de ferro.

— Vista-se como uma "nerd" — aconselhou Eve ao sair do banho vinte minutos depois, com apenas uma toalha enrolada na cintura.

Entre o lado esquerdo do quadril e o umbigo havia uma tatuagem de um golfinho feliz, com o focinho arrebitado para sorrir de modo adorável. Imogen ficou levemente corada. Não era pudica. Durante anos, ela observou modelos passarem por ela em vários estágios de nudez. Contudo, Eve não era modelo e aquilo não era um ensaio fotográfico. Os seios perfeitamente redondos e arrebitados, e a ausência de marcas que indicassem bronzeamento artificial foram percebidos por Imogen.

— Vamos colocar uma música para nos animar enquanto nos vestimos.

Eve pulou na cama e, antes que Imogen pudesse fazer qualquer objeção, "Drunk in Love", da Beyoncé, começou a tocar de uma caixinha de som portátil, roxa e com formato de coração.

Essa nova versão de Eve, a que não era mais sua assistente, não oferecia muito contexto. Achava que todo mundo já sabia o que ela pensava em qualquer situação e, assim, Imogen não se deu ao trabalho de perguntar como seria se vestir "como uma nerd". O "mais nerd" que ela conseguiu criar com seu guarda-roupa limitado de viagens, em cima da hora, foi um blazer preto com uma calça jeans preta desbotada que ela pretendia vestir na viagem de avião na volta, com óculos de aros grossos, menos por querer adotar o estilo nerd e mais por precisar de óculos de leitura, mesmo. Na frente do espelho embaçado do banheiro, Imogen achou que lembrava Jenna Lyons quando prendeu os cabelos loiros em um rabo de cavalo e passou um hidratante nos lábios. Era o clássico look "você nem imagina como são caras as maquiagens que uso para não parecer maquiada" aperfeiçoado por mulheres de certa idade no mercado. Imogen ganhara algumas marcas de expressão nos pontos onde suas emoções se mostravam, mas as coisas eram assim mesmo, a menos que se estivesse disposta a entrar na faca com uma frequência cada vez maior. Em vez disso, ela contava com um truque ensinado por sua amiga, Donna Karan, anos antes, em um coquetel: "Um rabo de cavalo é um *facelift* instantâneo." Assim, Imogen fez do penteado sua marca registrada.

★ ★ ★

A DISRUPTECH! ESTAVA ESPALHADA por toda a cidade, mas, naquela manhã, elas foram a um armazém industrial ao sul da Market Street. Do lado de dentro, havia paredes de concreto com sinais grandes, luzes fluorescentes e garotos de rosto triste com os olhos grudados em tablets do tamanho de suas mãos suadas. Imogen nunca tinha sido a pessoa mais velha de um recinto antes e agora se sentia mal por se sentir mal por ser, sem dúvida, a única pessoa, até onde sua vista alcançava, que se lembrava da queda do Muro de Berlim. Era um lugar do qual Imogen se sentiu excluída assim que entrou pelas portas. Tentou se animar em silêncio. Por que se importava com a pouca idade de todos ali? Tudo — inclusive as pessoas, em sua opinião — melhorava com a idade. Então, por que essa sala de energia tão forte fazia os músculos de seus ombros se encolherem de tensão?

Conforme Eve havia explicado na noite anterior, o objetivo ali era apresentar o novo aplicativo da *Glossy* a milhares de participantes da DISRUPTECH!. Naquele dia, Eve lançaria o novo produto e Imogen a apresentaria, o que inspirou em Imogen uma sensação parecida com a de saltar de um avião com um paraquedas com defeito. Aquela situação estava totalmente fora de seu controle, mas ela se envolveu e fingiu que também queria chamar a atenção, assim como todo mundo naquela sala superiluminada celebrando a tecnologia e o futuro. Imogen se lembrou dos bons e velhos tempos (não fazia tanto tempo assim, que ficasse claro) em que chamar a atenção era algo ruim — algo que as crianças pequenas faziam em aviões. Quando foi que se tornou a palavra de ordem para empreendedores e novos bilionários?

Até o lançamento do aplicativo da *Glossy*, o projeto tinha que ser discutido com códigos secretos. Eve o chamava de Cisne, o mesmo nome da constelação, dando a entender que a metamorfose de revista para aplicativo era como transformar um patinho feio em um belo cisne. O papel de Imogen durante a apresentação foi representar o "patinho feio", a "velha guarda" da *Glossy*. Sua tarefa era contar à plateia sobre a narrativa de criação da revista e a história de pensamento progressista. A *Glossy* tinha sido lançada nos anos 1950, mas foi nos anos 1960 que ela de fato começou a promover mudanças ao quebrar tradições da moda. Foi a primeira revista a colocar minissaia na capa durante o frenesi do terremoto jovem dos anos 1960, e então Dick Avedon fotografou Veruschka de biquíni em um *hamam*, ou banho turco, nos anos 1970. A *Glossy* lançou as supermodelos da década de 1980: Linda, Kate, Naomi e Christy.

Agora, seria a primeira revista de moda a abraçar o futuro digital por inteiro. Imogen não compreendeu metade do que saiu da boca de Eve na segunda parte da apresentação, intitulada:

Moda 3.0: RELEVÂNCIA EM TEMPO REAL NAS MÍDIAS SOCIAIS. A empresária e diretora editorial Eve Morton analisará as maiores tendências da tecnologia no mercado da moda antes de revelar sua nova interface consumidor-comércio para a Glossy. *Seu objetivo é criar inovação, desafiando o status quo do modelo tradicional de publicidade em revista. Eve começou sua carreira na* Glossy *antes de obter um MBA em Harvard. Ao lado dela, estará Imogen Tate, atual editora-chefe da* Glossy.

Imogen ficara em segundo plano.

Eve estava mais distraída do que o normal naquela manhã e não seguiu o próprio conselho de "se vestir como um nerd". Usava um vestido preto e creme, justo, da marca Hervé Léger. Ela era só seios e pernas. Sua sombra lilás combinava com o esmalte das unhas perfeitamente pintadas.

— Estou cumprindo meu papel — disse ela, na defensiva, cruzando e descruzando os braços sobre o decote cheio de sardas. — Sou a vanguarda da tecnologia da moda. Você é a velha guarda da imprensa da moda. Precisamos representar esses papéis quando subirmos no palco. — Imogen sorriu educadamente. Pegou o iPhone da bolsa para fazer um registro e mostrar iniciativa. Manteve o caderno bem escondido dentro de sua Birkin e não ousaria ser vista usando uma caneta num evento como aquele. Seria o equivalente a esfregar dois gravetos para fazer uma fogueira. Antes de adoecer, ela havia abandonado seu BlackBerry, com o qual sempre contava, e a mudança pareceu o mesmo que deixar um processador de texto e passar a usar um PC. Ninguém conseguia enviar um e-mail mais rápido do que Imogen com o teclado do BlackBerry, mas ela se confundiu toda com o iPhone e demorou dois dias para conseguir mudar o idioma e se livrar do Japonês. O aparelho emitia sons urgentes, e nenhum deles era exatamente um toque ou um bipe, mas, sim, uma série de sons, talvez até latidos. Estar na Costa Oeste não ajudava. O dia ainda não tinha clareado por completo e ela ainda estava horas atrás de todos no escritório em Nova York. Havia 207 e-mails não lidos.

— Como estou com esse vestido? — perguntou Eve.

Aquela nova versão de Eve precisava de um fluxo constante de elogios. Ela não parava de perguntar se Imogen gostava de seu vestido ou de seus sapatos. Sua forte confiança se misturava a uma insegurança tremenda.

— Está bonita, Eve.

— Não estou gostosa?

Imogen bocejou. Precisava de muito mais do que as três horas de sono que conseguira ter na noite anterior.

Estava cedo, mas todo mundo na DISRUPTECH! parecia mais exausto do que deveria àquela hora, talvez mais exausto do que Imogen.

— Houve uma *hackathon* ontem. Todos eles estão acordados há 24 horas — explicou Eve, revirando os olhos. Imogen não queria perguntar o que era uma *hackathon*, mas Eve logo explicou. — Existem dois tipos de *hackathons*. Você pode entrar em uma equipe já montada, ou pode se unir a outras pessoas quando chega. E então uma ordem é dada. Você tem tantas horas para construir o que for pedido. Na maioria das vezes, é um período de 24 horas, às vezes, menos. A ideia é que os desenvolvedores criem projetos e apareçam com um produto minimamente viável.

Imogen tentou parecer interessada, apesar de a confusão fazê-la ficar ainda mais irritada.

— Eles criam um produto? Constroem algo durante a noite? É uma exposição?

Eve deu sua risada com a boca arreganhada, que revelou cáries nos molares de trás, numa tentativa de envergonhar Imogen por sua ignorância. Com cada palavra e cada gesto, Eve sabia fazer Imogen se sentir uma tola.

— Eles criam um aplicativo, ou um site, ou um novo recurso em um aplicativo ou site já existente. Criam um código. Passam a noite toda na frente do computador.

Então era por isso que a sala estava tomada por quase zumbis, pegando energéticos à base de guaraná da geladeira na cantina da conferência. Imogen estava louca para tomar um *macchiato*, mas não viu ninguém bebendo café. Estariam eles levando vidas pós-café? Será que o café já era coisa ultrapassada?

— São os *devs*. A maioria do pessoal dos negócios não ficou acordada a noite toda. Mas os *devs* adoram. É coisa de *geek*. Edward Sharpe e os Magnetic Zeros jogaram por eles ontem e Bobby Flay veio assar um porco inteiro à meia-noite.

Eve gostava de se referir aos colegas de trabalho como nerds, *geeks* e *dweebs*. Ela falava muito, mas até mesmo Imogen percebia que ela não fazia o que dizia. Eve era a única na sala usando saltos de 12 centímetros — de fato, era excêntrica. Imogen havia escolhido mocassins Reed Krakoff.

À mesa da recepção, Imogen pigarreou e se apresentou com o que torcia para ser um ar de autoridade.

— Imogen Tate, editora-chefe da *Glossy*.

Ninguém olhou para ela, e foi então que percebeu que todos usavam fones de ouvido ligados aos laptops, nos quais assistiam a um vídeo de um alce pulando em uma piscina com um bebê.

Após um minuto, uma moça de olhos calmos com cabelos pretos e franja as viu de pé ali.

— Desculpem, mas a entrega das credenciais foi ontem.

Eve rebateu:

— Liguei antes de partirmos de Nova York ontem para explicar ao seu chefe que chegaríamos atrasadas. Meu nome é Eve Morton. Confira de novo. Vocês estão com nossos crachás.

A garota revirou os olhos e procurou nas caixas sob a mesa.

— Sim, aqui estão — disse ela, com a voz monótona. — Vocês vão ficar para o torneio de pingue-pongue?

Eve negou com a cabeça.

— Não ficaremos tempo suficiente para isso. Talvez no ano que vem.

— Que pena. Será muito competitivo este ano — disse a garota, com os olhos brilhando de animação.

— Torneio de pingue-pongue? — sussurrou Imogen.

— Toda empresa aqui tem dois funcionários competindo no torneio de pingue-pongue DISRUPT. Que pena que não participaremos — respondeu Eve ao olhar para a ponta da mesa, onde havia pilhas de etiquetas grudentas, daquelas que era preciso destacar de um pedaço de papel. Só havia um símbolo @ escrito nelas. Imogen tentou não parecer confusa, mas a surpresa devia estar clara em seu rosto. Conseguiu sentir a impaciência que tomava conta de Eve.

— Isto é para sua identificação no Twitter — explicou Eve, revirando os olhos e cutucando Imogen com o cotovelo enquanto escrevia @GlossyEvie com uma caneta Sharpie vermelha. Imogen hesitou.

— Ah, ainda não estou no Twitter. Nem todas as pessoas foram seduzidas pela revolução tecnológica. — Riu e recebeu apenas olhares inexpressivos. Havia dito a coisa errada. — Sei que deveria entrar, mas tudo isso ainda me parece meio bobo — tentou de novo, por cima da vozinha que gritava em sua cabeça: "Sim! O Twitter é ridículo! Estou certa!"

Os rapazes à mesa da recepção agora prestavam atenção à cena. Inclinaram a cabeça para um lado como se ouvissem uma língua desconhecida.

A vergonha de Eve era evidente apenas nos olhos dela:

— Deixe só @Glossy... para o site — pediu.

Então, Eve escreveu o nome na identificação para Imogen como se estivesse lidando com uma criança pequena e um pouco irritante.

Um grupo animado de pessoas se reuniu no canto da sala ao redor de um rapaz de vinte e poucos anos que usava uma blusa de capuz com zíper por cima de um macacão.

Nos pés, ele usava tênis All Star sujos. Tinha nariz aquilino, bochechas marcadas pela acne e uma monocelha na testa pronunciada.

— Esse é Reed Baxter, o fundador da Buzz — explicou Eve. — As pessoas o tratam como se ele fosse o Justin Timberlake aqui. Dizem que ele consegue dormir de pé, sabe falar 13 idiomas e deixa sua noiva *hipster*, o nome dela é Meadow Flowers, ficar em seu escritório sem blusa o dia todo, meditando e tentando alcançar uma consciência superior enquanto seus funcionários trabalham o dia todo, sete dias por semana. Os dois estão planejando um casamento inspirado em *Game of Thrones*. Ele é incrível.

A animação de Eve ao se aproximar do poder era evidente.

— A Buzz é a próxima geração de troca de mensagens por redes sociais. Combina os 140 caracteres do Twitter, o vídeo do Vine, as fotos com filtro do Instagram e a temporalidade do Snapchat. Reed conseguiu bilhões em sua primeira empresa, uma plataforma de pagamentos por meio de toques. Deveríamos tentar falar com ele antes de irmos embora. Eu *adoraria* conseguir fazer com que se envolvesse com a Glossy.com.

Reed Baxter mantinha um ar de exibido no rosto quase adolescente. Duas mulheres lindas, as únicas pessoas da sala além de Eve que exibiam o corpo, se posicionaram ao lado dele. Quando ele ficou de pé, elas também se levantaram. Quando se sentou, elas se sentaram.

Imogen nunca tinha visto alguém como Reed, mas ela o compreendia melhor do que Eve. Sabia, por experiência própria, que todos os homens, independentemente de idade ou Q.I., queriam o mesmo quando tinham dinheiro e poder: sexo e atenção.

Alguns participantes da DISRUPTECH! nem sequer pareciam ter saído da faculdade, muito menos pareciam preparados para o mercado de trabalho. O grupo era formado por homens em sua maioria, talvez uma mulher para cada cinco rapazes. Jeans e moletom eram o traje mais comum. Imogen não era a única com óculos de aros grossos. Fazia muito tempo que ela não ia tão malvestida a um lugar e, apesar de estar usando suas próprias roupas, sentia-se incrivelmente deslocada. Seu iPhone fez barulho. Era uma mensagem de texto de Alex:

Aguente firme aí. Amo você. Tente não cometer nenhum ato de violência — real ou digital.

A Califórnia é mais boazinha com réus primários, sobtetudo com mães de 42 anos.

Imogen procurou uma carinha piscando, o que sem querer se tornou uma cara triste antes que ela clicasse em "enviar". A sala onde as reuniões eram realizadas era praticamente um espaço vazio. Uma tela de LED atrás do palco brilhava verde como o monitor de um computador antigo e piscava "DISRUPT!". Havia quinhentas cadeiras de plástico de encosto duro organizadas em fileiras. Conforme as pessoas entravam, usando o que pareciam pijamas, dois jovens perto de Imogen faziam piadas pesadas sobre algo chamado *dongle*. Ela observou enquanto um deles resgatava uma migalha grudada na bochecha direita antes de enfiá-la na boca.

    Eve partiu à procura de um Red Bull diet enquanto Imogen se sentou em um dos assentos ergonomicamente desagradáveis. Quando bocejou, ela sentiu um tapinha no ombro. Ao se virar, viu um rapaz surpreendente. Corrigindo: ele não seria nem um pouco surpreendente em qualquer lugar abaixo da rua 14 em Manhattan, mas, na DISRUPTECH!, ele era uma completa anomalia. Seus cabelos pretos compridos estavam presos em um coque e ele usava um meio bigode, como uma lagarta bebê. Imogen se perguntou se o coque talvez significasse que ele era um praticante da religião Sikh, mas aí notou que havia pontos de interrogação raspados nas laterais da cabeça dele, então, provavelmente, não era esse o caso. Ele vestia uma camisa azul-metálica abotoada até o queixo e uma gravatinha com um botão muito pequeno na ponta, seu próprio ponto de exclamação minúsculo. Ela olhou para baixo e viu a calça de seda amarela, que ia até os tornozelos, e os mocassins brancos italianos, feitos à mão, sem meias. Imogen o adorou imediatamente.

    — Me desculpe por bocejar na sua cara. Você deve me achar muito grosseira. Estou um pouco cansada. Chegamos tarde ontem à noite. — Falou mais alto para se sobrepor à *dance music* eletrônica que bombava na sala num volume além do confortável.

    Os olhos amendoados do homem se arregalaram enquanto ele batia com a mão no joelho, encantado. Na outra mão, segurava um taco, seu café da manhã, já mordido.

    — Você mora em Londres?

    Ele se referia ao sotaque dela.

    — Não, não, Nova York. Vivo lá há muito tempo, mais de vinte anos. Sou meio "americânica", "britaricana" agora. — Ela fazia essa piada a respeito de sua nacionalidade com muita frequência e as pessoas riam, mas só por educação.

    Ele assentiu como se não entendesse como ela poderia ter se mudado vinte anos antes e pareceu um pouco decepcionado por ela não morar na Inglaterra atualmente. Quem não adorava um verdadeiro sotaque londrino?

— *Na verdade*, eu te dei aquele tapinha porque vi seu bocejo. Tenho uma solução para todos os seus problemas de sono — disse ele. — Está pronta?

Imogen assentiu balançando a cabeça com força, indicando que estava pronta, sim, encobrindo outro bocejo. Aquele era o tipo de gente que ela sempre gostava de conhecer em cantos improváveis do mundo. Colecionava encontros com pessoas assim em quase todos os lugares aos quais ia e as mantinha em seu caderninho de contatos e em sua lista de convidados para festas durante anos, às vezes, décadas.

— Eu criei um sistema de oito, oito, oito. Divido o dia em blocos de oito horas. — O homem mexia a cabeça para a direita e para a esquerda no ritmo de uma batida inaudível enquanto explicava. — Bem, na verdade, são blocos de sete horas com três horas de flexibilidade. Costumo acordar às onze da manhã. Vou ao escritório e participo de reuniões por sete horas seguidas. Então, me locomovo durante uma hora e uso a hora seguinte para socializar ou para jantar com amigos; depois respondo aos e-mails e termino minhas tarefas nas sete horas seguintes. Vou dormir às três da manhã e começo tudo de novo. Nos fins de semana, mantenho os mesmos horários, mas em vez de responder aos e-mails à noite, vou para a balada. É supereficiente.

Só depois ele se lembrou dos bons modos sociais:

— Sou o Rashid, fundador da Blast!. Vou me apresentar mais tarde.

Ele observou o rabo de cavalo dela, os sapatos simples, porém caros, e a postura perfeita. Fez um quase imperceptível meneio de cabeça, mostrando que aprovava a aparência dela.

Imogen tinha de admitir que a dedicação dele a essa rotina era impressionante, até memorável para um rapaz que não parecia ter mais do que vinte anos. Ele disse o nome Blast! como se ela soubesse exatamente do que ele estava falando, do mesmo modo como se diria: "Eu trabalho na Sony" ou "trabalho no Bank of America".

— Preciso experimentar isso. — Ela sorriu, com charme, acrescentando: — Adoro a Blast! — "O que diabos era a Blast!?" Poderia ser qualquer coisa: um aplicativo, um site, uma empresa, um travesseiro de espuma para aquecer o pescoço à noite de acordo com as variações da temperatura corporal e que, em seguida, gravava os sonhos.

— Você sabe o que é a Blast!?

Ela *podia* mentir, mas decidiu que não havia motivo para isso.

— Não faço a menor ideia!

Rashid esfregou as mãos.

— Transformamos sonhos em realidades tecnológicas. Posso desenvolver um aplicativo, um site ou uma empresa do zero. Somos consultores. Gosto de pensar que somos os McKinzey da tecnologia... Na verdade, recebemos muitas pessoas da McKinsey nos últimos anos. Você vai à Festa Mais Incrível de Todos os Tempos hoje à noite?

— Que festa é essa? — perguntou Imogen, sentindo-se lisonjeada por estar sendo convidada para uma festa.

— A Festa Mais Incrível de Todos os Tempos.

— Certo, mas que festa é essa?

Rashid riu de sua ignorância e de sua versão século XXI da comédia "Who's on First?".

— A grande festa da DISRUPTECH! que vai rolar hoje à noite se chama A Festa Mais Incrível de Todos os Tempos. — Eve teria feito com que ela se sentisse mal pela gafe, mas Rashid parecia considerar sua falta de conhecimento sobre a conferência tecnológica muito charmosa.

— Não sei se fui convidada.

— Você pode entrar com seu crachá da conferência.

— Então, certamente vou tentar ir. Não posso vir aqui e não ir à Festa Mais Incrível de Todos os Tempos.

— Não é divertido dizer esse nome? — brincou Rashid sorrindo, mostrando duas fileiras de dentes brancos e brilhantes.

Imogen tinha de admitir que, apesar de ser meio tolo, era até divertido dizer o nome da festa. Quando estava prestes a fazer mais uma pergunta, Eve reapareceu ao seu lado, deixando claro que tinha ouvido a conversa escondida.

— Fazendo amigos, Im. Que bonitinho. — Ela jogou os cabelos, e empinou os seios. — Eu nem durmo — disse ela a Rashid, como se o desrespeito ao descanso lhe desse um tipo de destaque.

Imogen deu seu cartão de visita a Rashid e disse baixinho:

— Liga para mim —, percebendo tarde demais que deveria ter dito "me escreva", apesar de não ter certeza de que as pessoas diziam esse tipo de coisa.

Eve, naturalmente, não deixou o momento passar sem um comentário.

— Você é fofa com esses cartões de visita. Eu nem sabia que ainda eram usados. — Ela o pegou da mão de Rashid e o examinou de modo afetado, como se fosse um artefato, e o deixou cair no chão.

A apresentação de Imogen e de Eve fazia parte da *Batalha das Start-ups*. Elas eram, teoricamente, parte de uma empresa maior, o império Robert Mannering de imprensa, mas como a Mannering estava criando vários negócios menos rentáveis (em sua maioria revistas) para reforçar os outros negócios (principalmente a transmissão de vídeos na China), a *Glossy* podia arrecadar dinheiro e operar como se fosse uma *start-up*.

A *Batalha das Start-ups* incluía trinta empresas escolhidas entre centenas de candidatas. Depois de apresentações, palestras e rodadas pesadas de perguntas, os jurados — investidores de risco, empresários experientes e algumas pessoas da imprensa especializada em tecnologia — dariam à vencedora um cheque de cinquenta mil dólares e algo chamado Taça Disrupt, um troféu feito de disquetes derretidos.

Quando Eve explicou essa parte a Imogen, ela teve que se controlar para não perguntar o que havia acontecido com o disquete. Não conseguia se lembrar de quando havia visto um pela última vez, e ainda não sabia bem o que o havia substituído nem quando. O disquete era algo que ela podia visualizar. Era algo tangível que podia ser tocado e sentido, como as páginas de uma revista.

A internet e os pequenos computadores usados atualmente faziam menos sentido para ela. Não era possível tocar a nova Glossy. com — nem o aplicativo, nem a revista digital, ou o que quer que fossem.

A *Glossy* seria a quarta a se apresentar na Batalha e a palestra delas não podia passar de sete minutos. Conforme a terceira empresa terminava o discurso, Imogen fechou os olhos e respirou fundo algumas vezes pelo nariz. Ao subir ao palco, sentiu-se confiante e segura pela primeira vez naquela manhã. Aquilo era algo que ela podia fazer. Era onde brilhava. Passara anos surpreendendo publicitários das maiores marcas no mundo. Havia sido a anfitriã de jantares para bilionários e chefes de Estado em visita ao país.

Ela começou com uma de suas citações preferidas de Oscar Wilde:

— "A moda é uma forma de feiura tão intolerável que temos que alterá-la a cada seis meses." — Então, fez uma de suas piadas: — O sr. Wilde teria que repensar suas palavras ao saber que posso reinventar a moda todo mês.

Ela costumava ouvir algumas risadas depois de dizer isso. Agora, só recebia olhares inexpressivos. Exausta, ela olhou para suas anotações e começou a contar a história da *Glossy*, quebrando a cabeça para encontrar um modo de ganhar a plateia. O que ela tinha em comum com eles? Com quem eles se importavam? Ler as pessoas era algo que ela sabia fazer muito bem.

— Conheci o Steve Jobs há alguns anos, depois de ele lançar o primeiro protótipo do iPhone. — Imogen tentou impressionar. — Ele me disse que aquilo mudaria minha vida. Por ter adotado a tecnologia mais tarde do que as outras pessoas, gostaria de poder dizer ao sr. Jobs que ele mudou mesmo. Nunca imaginei que teria tanto talento para atacar porcos selvagens com aves iradas. — Deu certo. A plateia riu, graças a Alex. Ele havia dito aquilo na noite anterior quando ela contou que teria que subir ao palco de uma conferência de tecnologia. "Quando estiver em dúvida, conte a eles uma piada relacionada ao Angry Birds. Eles adoram esse jogo." Graças a Deus ela se casou com um homem que passava seu tempo defendendo infratores da geração Y.

— Obrigada, Imogen — disse Eve, postando-se na frente dela, disposta a receber seus aplausos. — Se o Oscar Wilde estivesse vivo hoje, ele reconheceria que precisamos reinventar a moda a cada seis minutos, on-line.

A plateia adorou isso. Mais palmas, seguidas por gritos e assovios.

Eve pegou o pesado exemplar de setembro da *Glossy*, com todas as 768 páginas.

— Isto é papel demais. Muitas árvores — disse Eve, que nunca havia expressado qualquer preocupação com o meio ambiente, com uma falsa seriedade. Imogen viu o ex-vice-presidente Al Gore concordar com a cabeça, em uma imagem de Skype aparentemente da Antártica.

— Reinventar a moda a cada seis minutos é exatamente o que pretendemos fazer. E faremos isso respeitando o meio ambiente.

Com um grande floreio, Eve jogou a revista para trás e quase acertou o rosto de Imogen.

— A *Glossy* do próximo mês será a primeira publicação tradicional mensal a se tornar totalmente digital. As reportagens serão atualizadas em tempo real. Quer uma cobertura incrível do tapete vermelho no Oscar? Vamos transmitir ao vivo. Quer ver o que Kate Middleton usou na festa de aniversário do príncipe? Vamos mostrar. Temos exatamente cinquenta milésimos de segundo para chamar a atenção de alguém on-line. Nosso conteúdo é tão bom que podemos atrair alguém com metade desse tempo. Mas não é isso o que viemos dizer aqui. Isso não é interessante. Não muda nada. Os blogs têm feito isso por anos.

Com a palavra "mudar", alguém gritou: "Isso aí!"

Apesar de Imogen ter ouvido Eve ensaiar seu discurso na noite anterior, ele ainda parecia estranho. O novo modelo de negócios da *Glossy* e a ideia original de Eve eram uma grande missão para criar um casamento perfeito da moda e do editorial de beleza com o *e-commerce*. O site basicamente espelharia as páginas da revista, mas todo o editorial agora viria cheio de anúncios e conteúdo relacionado às marcas. Enquanto uma pessoa admirava as fotos encantadoras, estaria a um clique de comprar o look todo.

Uma parte do conteúdo ainda seria composto por fotos lindas das páginas de uma revista. No entanto, havia novos elementos. Listas, listas e mais listas. Os números eram muito bem-vistos por pessoas de 18 a trinta anos. O site BuzzFeed já havia percebido esse fato, e agora todo mundo copiava o modelo: 11 ERROS DE MODA QUE VOCÊ NÃO SABIA QUE ESTAVA COMETENDO; 17 BLUSAS QUE MUDARÃO SUA VIDA; 13 SAPATOS COM ESTAMPA DE GATOS QUE FARÃO VOCÊ RONRONAR!

As pessoas da geração Y, o novo alvo demográfico da revista, viviam em um mundo difícil. Cresceram à sombra do 11 de Setembro. O mercado de trabalho estava arrasado quando eles se formaram na faculdade e ainda pior quando terminaram a pós-graduação. Eles queriam consumir conteúdo que fosse engraçado e otimista e que exigisse um investimento máximo de dois minutos. Não folheavam revistas languidamente durante horas. Eles rolavam a tela, curtiam, compartilhavam. O mais relevante era que eles não se importavam se o conteúdo era patrocinado desde que conseguisse arrancar deles um "hahaha" ou "KKKKK".

O novo aplicativo otimizaria a experiência da revista com uma plataforma de compra integrada, permitindo que a *Glossy* colhesse os lucros de um mercado que há muito ajudava a construir e manter sem nenhum lucro real. Claro que as marcas sempre tinham pagado para anunciar nas páginas da publicação. Contudo, isso não era nada comparado ao que ganhariam com o novo plano de Eve de possibilitar a compra com um toque a cada item mostrado.

A tecnologia tinha sido desenvolvida por um amigo de Eve do curso de administração de Harvard. Juntos, eles tinham resolvido como misturar o editorial de moda com códigos de compra.

Eve pediu a todos na plateia para pegarem seus tablets, um pedido desnecessário, já que a maioria já estava no colo dos donos. Ela pediu que entrassem no Glossy.beta.test com seu sobrenome e a senha Cisne.

— E 167 milhões de pessoas fizeram compras on-line hoje. Ano que vem, elas gastarão cem bilhões on-line a mais do que no ano passado. São cem bilhões por aí, prontos para serem fisgados. Quando você dificulta o acesso ao seu produto, dificulta a compra do seu produto.

Imogen ficou surpresa ao ver quantas vezes Eve conseguia usar a palavra "produto" em uma só fala.

— Nós tornamos superfáceis o acesso e a compra do produto. Depois que vocês se inscreveram na conferência hoje cedo, nossos desenvolvedores criaram uma conta para cada um. Depositamos cem dólares em cada conta. Agora, brinquem no site.

O novo conteúdo da Glossy.com surgiu na tela atrás de Eve.

Todos clicaram nos sapatos com estampa de gatos. Chuck Taylors pretos com carinhas de gatos, botas roxas com rabinhos de gato presas aos saltos. Sobre cada produto, havia uma estrela brilhante que gritava COMPRE AGORA.

Eve sorriu.

— COMPREM AGORA! — gritou ela.

E, com um clique, duzentas pessoas da plateia fizeram uma compra.

— Sua informação já está no sistema. Nós a passamos à loja em questão. Sabemos *para onde* vocês querem que a mercadoria seja enviada. Sabemos *como* vocês querem que seja enviada. Não é preciso acessar a página da loja. Sua nota será enviada por e-mail. Você pode continuar lendo, sabendo que seu produto chegará a você dentro das próximas 18 horas.

As pessoas ficaram encantadas, mas Eve as surpreendeu com o que veio depois. Foi o que fez os investidores salivarem.

Ela mostrou gráficos e mais gráficos de números na tela gigante. O retorno do investimento viria depois do primeiro ano do lançamento do aplicativo, quando eles pudessem atrelar dados a onde, quando, por quê e como seus clientes compravam. A compilação, o armazenamento e a separação dos dados custariam bilhões às marcas.

Eve foi ovacionada de pé. Nem mesmo Imogen pôde evitar ficar impressionada com a performance e o carisma da moça.

Sentiu-se assustada e animada ao mesmo tempo. Com Eve no comando da Cisne e com a Cisne pronta para lançar a Glossy.com, ela não entendia o que a empresa queria dela ou até mesmo por que eles ainda a mantinham no quadro de funcionários.

Sentiu-se pequena ao lado de Eve, sua ex-assistente que agora era uma estrela brilhante naquela sala cheia de jovens que não tinham medo do futuro. Ela era excelente naquilo.

Imogen continuou aplaudindo e sorrindo. Nossa, ela se sentia muito desconfortável. Já não estava na hora de ir embora?

★ ★ ★

"Vídeo pequenininho, impacto grandão", "A vida é um buraco, Não queime sua marca", e "Orgasmo: a banda larga da conexão humana".

Eve leu os nomes das apresentações às quais queria assistir mais tarde, passando a unha pelos horários em seu tablet. Tocou alguns links para ler quem palestraria.

— Credo! Esse cara é um saco. Esse outro é mais ainda. Nossa, quem deixou esse cara se apresentar aqui? Por que ninguém *me* chamou para palestrar no lugar desse homem? — resmungou ela.

O cordão preso ao crachá de Imogen se prendeu em seus cabelos quando ela tentou puxá-lo.

— Fique com seu crachá — mandou Eve, olhando para a frente. Seu tom foi o suficiente para irritar Imogen. Grosseria não era com ela. Já tinha aguentado os chiliques de duas crianças, seus filhos, e não pretendia tolerar os de mais uma.

— O crachá era só para hoje, e estou voltando ao hotel — retrucou Imogen, cansada de tanta supervisão.

— E daí?... Quanto mais crachás tiver aqui, mais importante você vai parecer. — Imogen viu que Eve tinha vários retângulos coloridos de plástico pendurados no pescoço, além de pulseiras de plástico no braço. Ela os havia acumulado ao visitar estandes no salão da conferência.

— Eve, estou cansada.

— Que bobagem. Você deveria aproveitar ao máximo tudo isso.

"Ela acabou de dizer 'bobagem'?"

— Estou exausta e esse pessoal não é bem a minha turma.

A falta de mulheres no evento era assustadora. Imogen nunca estivera num lugar tão tomado pela testosterona ou com pessoas que pareciam preferir ficar sozinhas em uma sala fria e escura.

Eve estreitou os olhos e contraiu os lábios, pronta para explicar de novo a importância de estar em uma conferência de tecnologia tão relevante, quando virou a cabeça, distraída.

— Ah! Ali está o Jordan Brathman da Fashion Bomb. Estamos trocando e-mails sobre uma parceria de conteúdo. Vou atrás dele. — Dizendo isso, partiu na direção de alguém mais importante, abrindo as portas duplas com as mãos, sem se importar em se despedir.

Quando as portas se fecharam, Imogen suspirou aliviada e mais uma vez tentou retomar a tarefa de retirar seus crachás e identificações.

— Imogen?

Ela se virou para ver quem poderia estar chamando.

A camisa azul-clara dele era ainda mais chamativa à luz do sol.

— Rashid. Nós já nos conhecemos.

Imogen ficou surpresa com a felicidade que sentiu por ver um rosto conhecido.

— Claro. Oi. Ótimo ver você de novo.

— Quais são os seus planos para o resto do dia? — Ele uniu as mãos atrás das costas e sorriu ansioso.

— Estou tentando descobrir onde posso pegar um táxi para poder voltar ao hotel. Nosso voo parte amanhã cedo. — Enquanto dizia isso, a ideia de voltar para aquele hotel simples se tornava cada vez menos interessante, ainda que ficar lá significasse algumas horas deliciosas livre de Eve.

— Que pena. Esperava que você pudesse ficar. Para se divertir um pouco. Tem a Festa Mais Incrível de Todos os Tempos...

Ela olhou para o relógio de pulso e pensou no barulho da máquina de gelo. O que teria a perder?

— Posso encontrar você daqui a uma ou duas horas. O que há para se fazer aqui?

— O que não há para se fazer aqui é uma pergunta melhor! Minha querida, vou levar você para uma experiência DISRUPTECH! completa. — Rashid se curvou, apoiando-se em um dos joelhos. — Está pronta?

Imogen negou com a cabeça.

— Acho que não estou.

O jovem lhe entregou o que parecia uma caixa de leite.

— Pegue. Primeiro, beba uma caixinha de água.

— Caixa? — Ela revirou o retângulo nas mãos.

— Melhor para a Terra. Totalmente feita de papelão biodegradável reciclável à base de maconha. — Havia algo escrito na lateral da caixa: "Não sou uma garrafa de água."

Rashid a apresentou a dois de seus colegas. AJ, o diretor de tecnologia da Blast!, era o asiático mais alto que Imogen já tinha visto na vida real. Ele usava uma camiseta desbotada com dois quadrinhos na frente. No primeiro, havia uma figura masculina inclinada para a frente e, no segundo, ele acariciava um filhote de gato. A frase acima dos quadrinhos era: "Como pegar uma gatinha." O diretor de operações da empresa, Nathan, era um sósia de Owen Wilson de voz mansa, com cabelos despenteados, olhos cansados e um nariz que fazia uma curva no meio, dando-lhe uma aparência esquisita, mas ainda assim ele era bonito.

Durante as três horas seguintes, eles tiraram selfies em 3-D na barraca da Netherlands Hearts Technology, onde garotos da Low Country, com cabelos e olhos claros, estavam parados como belas peças de mobília. Eles comeram um doce feito pela impressora 3-D, apesar de Imogen se envergonhar um pouco de colocar um alimento na boca que tinha sido impresso bem na sua frente. Era um doce com gosto de maçã e um pouco açucarado demais, mas havia algo incrível nisso.

Eles ouviram uma palestra sobre como a globalização de produtos digitais ajudava os alunos em países tomados pela guerra a usar seus smartphones para criar caminhos seguros até a escola de manhã. Imogen achou aquilo fascinante, apesar de ter precisado da ajuda de

Rashid para traduzir metade das informações. Eles permaneceram em fila por muito tempo para tirar fotos com dois famosos gatos anões. Um deles esticava a língua sem parar, e o outro parecia frustrado o tempo todo. Eles decidiram não entrar no salto na lua da Nest.com, mas aceitaram as massagens gratuitas na tenda da Cottonelle, Papel Higiênico do Futuro. Ela pegou alguns casacos pretos e amarelos da DISRUPTECH! para Johnny e Annabel.

— Onde estão todas as garotas? As mulheres? — perguntou Imogen enquanto eles caminhavam do Pavilhão Chevrolet-3M-Esurance Ideas Exchange até a Pepsi Bioreactive #MediaFuture Plaza, onde havia uma festa na piscina com *open bar*, DJ ao vivo e várias orcas infláveis.

Quem queria ir a uma festa na piscina enquanto trabalhava?

O coque de Rashid balançou na cabeça quando ele acenou para um cara em cima de um Segway usando um capacete com uma câmera de vídeo acoplada.

— Esses eventos ficam cheios de homens. Há algumas mulheres incríveis na área de tecnologia, mas a diferença nessas conferências é gritante, cara.

— E por que tenho a impressão de que todo mundo está me encarando? Porque tenho idade para ser mãe deles?

— Acho que é porque não estão acostumados a ver uma mulher bonita aqui. — Ele corou, a pele morena ganhando um tom rosado. — Você não é a pessoa mais velha aqui, embora esta conferência *seja* jovem. Se for ao TED, verá a versão bilionária da DISRUPTECH!, na qual Sandra Day O'Connor divide um *creme brûlée* com Nathan Myhrvold enquanto conversa a respeito de arqueologia, churrasco e a legalidade do armazenamento digital de dados.

Imogen pensou por um minuto.

— No momento, sou uma mulher bonita morrendo de fome. Será que conseguimos uma reserva de última hora em algum restaurante da Union Square?

— Não precisa. — Rashid sorriu. — Podemos ir ao pátio de *food trucks* da Samsung-Blast! — Imogen não conseguiu reclamar, porque Rashid logo partiu com ela em direção a um lugar amplo, que lembrava um estacionamento de trailers.

Ao se aproximar, Imogen percebeu que havia fileiras e fileiras de *food trucks*.

— Eles vêm de todas as partes do país para este evento — disse Rashid, com orgulho. — Um dos membros da minha equipe teve a ideia.

Enquanto esperavam na fila das batatas com kimchi, foram empurrados por um homem gorducho e alto usando uma camisa jeans desbotada por cima de uma blusa turquesa de capuz e zíper, com calça jeans preta e botas também pretas de pele de avestruz. Imogen abriu um sorriso simpático.

Enfim pronto para ser atendido, Rashid perguntou a ela como queria suas batatas com kimchi.

— Sinto muito ter que confessar isso, mas já faz um tempo que não como frituras — admitiu ela, com timidez.

— Imaginei — Rashid começou a dizer enquanto olhava por cima do cardápio para os corredores com pessoas gritando para que ele se apressasse. — Mas vamos lá, YOLO.

— YOLO?

— *You only live once*, só se vive uma vez.

— YOLO. — Imogen deixou a palavra desconhecida se desenrolar em sua boca. — Certo, vou querer a batata mais simples e gostosa que eles tiverem.

— Boa decisão. Com muitos molhos, a coisa fica esquisita. — Olhou para o rapaz atrás do balcão. — Duas batatas kimchi normais. — Então, deu um tapinha numa pulseira verde de plástico na lateral do carrinho.

— Precisa de dinheiro? — Imogen pegou a carteira e puxou algumas notas.

Rashid riu.

— Não, tudo bem. Acabei de pagar.

— Pagou?

— Sim. — Ele estendeu o braço. — Moeda sem moeda. Há um chip em minha pulseira que se liga ao meu cartão de crédito e paga tudo que consumo na conferência.

— Dá para usar em outros lugares, no mundo real? — perguntou Imogen, surpresa com a simplicidade daquela superfície lisa.

— Ainda não. Está na fase de testes. Estão testando aqui e em outros eventos no país este ano.

***

No fim da noite, apesar de ter se divertido muito mais do que esperava, Imogen ficou feliz por voltar ao quarto vazio do hotel, por mais deprimente que fosse.

Deu um telefonema rápido para Ashley a fim de ver como as coisas estavam e, embora fosse quase meia-noite na Costa Leste, a moça disse que ainda estava no escritório.

— Está se divertindo na DISRUPTECH!? — perguntou Ashley. — Estou com o maior FOMO só de ver o Instagram da Eve. Você estava na piscina com ela com aquelas baleias infláveis enormes?

— Não entrei, mas vi. O que você disse? YOLO? — Imogen testou a nova palavra.

Ashley riu.

— YOLO! — disse ela. — Não, não, eu disse FOMO. *Fear of missing out*. Disse que estou com medo do que estou perdendo. É o que eu sinto quando vejo fotos de amigos e conhecidos fazendo coisas incríveis no Facebook, no Instagram. Aí eu fico neurótica por não estar fazendo algo tão legal assim. É uma sensação que me persegue o tempo todo!

— Isso não pode ser saudável — observou Imogen, e Ashley suspirou.

— E eu não sei?

★ ★ ★

Em algum momento, muitas horas depois, mãos tocando os pés de Imogen na beira da cama a fizeram dar um pulo.

— "Rosenbergs, H-Bomb, Sugar Ray, Panda moms, Brando, *The King And I*, and *The Catcher In The Rye*... House on FIRE good-bye! We didn't start the fire, It was always burning/Since the world's been turning. We didn't start the fire".... Cante comigo, Imogen!

Imogen se sentou, esfregou os olhos, ainda tonta de sono, e viu Eve balançando os cabelos de um lado a outro, erguendo os ombros numa batida que inventou com o ritmo de "We Didn't Start the Fire".

— O que está acontecendo, Eve?

— Pegamos o aparelho de karaokê da festa da Buzz, e Reed Baxter pagou mil dólares extras para que o motorista dirigisse até Marin e voltasse para que pudéssemos cantar...

— Eve, nosso voo é às seis da manhã. Que horas são?

— Três. "Davy Crockett, Peter Pan, Elvis Presley, Disneyland"... Vamos, Imogen, é uma música antiga, você tem que conhecer.

Ela conhecia, na verdade já tinha cantado na casa de praia do próprio Billy Joel, o Piano Man, em Sagaponack.

— Gostaria de poder dormir mais meia hora. — Tentando reparar nas pupilas de Eve, ela não sabia se a garota tinha usado alguma droga ou se estava simplesmente animada.

— Você não é divertida, Imogen. — Eve fez um biquinho enquanto Imogen rolava para o lado e puxava o travesseiro fino para cobrir a cabeça e assim abafar a voz de sua ex-assistente.

— Você tem razão, não sou divertida, Eve.

CAPÍTULO 5

Eve não conseguia entender por que precisava desligar o laptop e os celulares para a decolagem. Guardar os computadores em aviões era regra antiquada que deveria ter sido abandonada quando eles decidiram que as pessoas não podiam mais fumar.
Eve se recusou a guardar o laptop.
— Você não entende que tenho muito trabalho para fazer. — Ela tentou explicar à comissária de voo.
— Senhora, regras são regras. Se não concordar com as práticas da aviação para a decolagem, terei que pedir para que se retire deste avião. — A mulher bufou, olhando com nervosismo para a cortina que separava a cabine do piloto da primeira classe.
— Você vai pedir para que eu me retire? — Eve passou a falar mais baixo nas últimas palavras, como se fosse um desafio, abraçando o Macbook fino contra o peito enquanto bebia o último gole do Red Bull diet. — Você vai pedir para que eu saia do avião? Isso é ridículo. É tão ridículo, que eu acho que deveria compartilhar isso. Acho que deveria enviar um tuíte para a minha enorme rede de seguidores da Glossy.com. O que acha disso?
Imogen tocou seu braço.
— Eve.
Ela afastou Imogen. A experiente comissária de bordo parecia achar que ela estava brincando ou talvez, como Imogen, ela não soubesse o que era Twitter. Não sabia o poder de um tuíte. "Vou mostrar a ela", pensou Eve. "Assim, ela vai aprender a não brincar comigo".
— Vou enviar um tuíte agora mesmo — A @JETEASY AIRLINES ESTÁ TENTANDO TIRAR MEU COMPUTADOR E TELEFONE À FORÇA,

COMO SE FOSSEM UMA BOMBA. — "Isso, e mais um." — POIS É! A @JETEASY ESTÁ AGINDO COMO SE EU TIVESSE TRAZIDO UMA BOMBA PARA DENTRO DO AVIÃO. ESTÃO ME AMEAÇANDO COMO SE EU FOSSE UMA TERRORISTA!

"Isso vai bastar".

Não demorou muito para que os seguranças da companhia aérea a retirassem da aeronave quando ela escreveu o tuíte mencionando uma bomba no avião e fez piada sobre ser terrorista. Imogen teve que usar quase todas as suas milhas e duas horas com a segurança para conseguir embarcar as duas no voo seguinte de volta a Nova York.

Felizmente, Eve estava várias fileiras atrás dela. Imogen deixou o barulho alto do motor do avião abafar o latejar de sua cabeça enquanto Eve pegava o laptop para fazer uma lista de motivos pelos quais Imogen não deveria permanecer como editora-chefe da Glossy.com.

1. Não sabe muito bem como postar algo em um site.
2. Havia entrado no Facebook no ano passado e, desde então, fez apenas três atualizações.
3. Não usa nenhum dos três: Twitter, Instagram ou Pinterest.
4. Recentemente, se referiu à internet como World Wide Web. Isso não está certo, ok?
5. Compra todos os livros na livraria física, não na virtual.
6. Não posso continuar trabalhando tão próximo de uma sociopata.

No aeroporto LaGuardia, Eve enfiou dois comprimidos azuis para dor de cabeça na boca e pegou um táxi direto para o trabalho, apesar de ter passado das quatro da tarde quando elas aterrissaram. Imogen foi para casa. As paredes da casa antiga a envolveram como uma mãe que não vê o filho há muito tempo. Seus filhos tinham saído com Tilly, e o marido, como sempre, estava no trabalho. Imogen se jogou no monte de lençóis recém-lavados, deixou a cabeça afundar nos travesseiros e se encolheu enrolada com o cobertor de caxemira. Em pouco tempo, caiu num sono profundo. Não ligou o despertador.

Em seu sonho, ela estava no ensino médio, mas não tinha estudado para nenhuma das provas. Não sabia qual era seu horário de aula nem onde poderia encontrá-lo. Viu-se sentada na sala da aula de matemática e não fazia ideia de qual prova faria. A professora se virou para encarar os alunos atrás da mesa grande de madeira na frente da classe. Era Eve Morton. O sinal tocou e Imogen acordou.

CAPÍTULO 6

SETEMBRO DE 2015

O site novo e melhorado da Glossy.com e o aplicativo foram lançados sem problemas. A seção de negócios do *The Times* noticiou que eles seriam um triunfo para a Mannering Inc., e Worthington foi elogiado por ter um olho bom para novos e jovens talentos.

Apesar de toda a imprensa mencionar que Imogen Tate ainda estava no comando da Glossy.com, era com Eve que todos os repórteres queriam falar. Imogen começou a observá-la com mais cuidado. Conforme as semanas passaram, ela percebeu que uma esquizofrenia especial caracterizava o comportamento de Eve. Em reuniões, ela era dinâmica e carismática. Numa interação cara a cara, ela era inconstante, fria, até furtiva, mas por e-mail e nas redes sociais, exalava calor humano, tentando provar para quem interagia com ela e para o mundo que ela era uma boa pessoa, divertida, justa e solícita. Chegava ao ponto de enviar um e-mail ao final de cada semana, coroando alguém como "Rainha do Escritório", um título honorário que, até onde Imogen sabia, não trazia nenhum benefício claro exceto o e-mail de quinta-feira cedo carregado de elogios efusivos na linguagem de colegiais, além de garantir a posse, durante uma semana, de uma tiara barata de plástico. O título era dado ao melhor membro da equipe na semana, de acordo com os critérios de Eve. Naquela quinta-feira, a rainha coroada foi Amy, da equipe de Atendimento ao Cliente.

De: Eve Morton (EMorton@Glossy.com)
Para: GlossyStaff@Glossy.com

Oi, pessoal,

Estou muito animada para coroar a Rainha desta semana. OBA!!! Esta moça linda arrasou recentemente com mais de 40 posts no blog (sim, estamos contando!). A palavra é VENCEDORA! Ela se envolveu de verdade com a organização do evento da Bling e tem sido ótima também na organização da correria desta semana enquanto todos trabalhávamos na noite de quarta. Uma baita querida.

Essa flor trabalha muito, é ousada e bota para quebrar com seu manequim 38 (36, nos dias bons — UHU! SUCO DETOX). Por favor, ajudem-me a parabenizar a mais nova e linda (HAHA!) vencedora do troféu... Srta. Amy "Calcinha Rosa" Dockson.

Continuem arrasando, Meninas Glamorosas!

Abraços,
Eve

O e-mail veio apenas uma hora depois de Eve ter subido em uma mesa no meio do escritório para repreender os funcionários que não vinham usando o aplicativo Glossy.

— Percebi que alguns de vocês nem se deram ao trabalho de fazer o download do aplicativo da *Glossy* — reclamou, os olhos semicerrados e a voz cheia de desdém. — Isso é totalmente inaceitável para mim. Todo mundo precisa usar nosso produto. É a única maneira com a qual poderemos melhorá-lo cada vez mais. Se você é uma dessas pessoas que se recusaram a instalar o aplicativo e não sente vontade de usá-lo enquanto faz compra, é melhor encontrar um emprego em outro lugar. — Eve esperava aplausos depois de sua grande declaração. No entanto, em vez disso, as pessoas abaixaram a cabeça e Imogen viu que pelo menos três moças baixaram o aplicativo quando voltaram para suas mesas. Eve, obviamente, esperava que o anúncio da nova Rainha tornasse tudo bonitinho de novo.

Imogen tentava assimilar o e-mail quando a Eve da vida real se aproximou dela, sem HAHA nem abraços.

— Preciso que você faça a cobertura em tempo real da Fashion Week pelo Twitter, começando amanhã. Posso pedir a Ashley para abrir sua conta no Twitter? Você ainda não tem conta lá, não é?

Imogen mal usava o Facebook e só fizera um perfil porque a escola de seus filhos usava a rede social para todas as divulgações (informações importantes sobre dias em que eles sairiam mais cedo, eventos beneficentes e dias em que as crianças deveriam ir com roupa verde para a escola) e para ficar de olho em Annabel — agora que a filha se tornava cada vez mais distante e independente. Pensar em ser forçada a ser engraçadinha com apenas 140 caracteres fazia seu estômago revirar. Era um enorme desperdício de tempo em um dia já movimentado. Imogen não odiava a tecnologia. Só não a entendia e se sentia sobrecarregada por ela. Sentia saudade dos dias em que os olhos de todos não viviam grudados em uma tela pequena; quando as pessoas entravam no elevador e sorriam para um desconhecido ou conversavam com um taxista; quando a companhia no jantar não passava a refeição inteira fazendo a direção de arte de uma foto do arranjo de mesa para postar no Instagram. Às vezes, Imogen se perguntava se as pessoas não estavam permitindo que as mídias sociais ditassem suas vidas. Elas escolhiam ir a uma festa e não a outra porque a primeira passaria uma impressão melhor no Instagram? Decidiam ler um livro só para poder falar sobre ele no Twitter? Será que todos nós tínhamos nos tornado tão desesperados para compartilhar tudo que paramos de aproveitar a vida?

— É bom para a marca — continuou Eve, percebendo sua relutância em relação ao Twitter. — Se fizer um bom trabalho, pode ser a Rainha do Escritório da próxima semana.

"Nossa, que sonho!"

Aquela era uma briga que ela não venceria.

— Estou pensando em abrir uma conta. — Imogen sorriu. — Tenho certeza de que você pode me ensinar alguns truques.

Como se já esperasse, Ashley apareceu na porta, um pouco desengonçada com seus sapatos de salto 15. Um dia, Ashley dominaria a arte de andar como uma lady com sapato de salto. Hoje não seria esse dia. Quando andava, seus pés se viravam levemente, forçando os joelhos a se tocarem a cada passo. Imogen se encantava com o fato de a moça ser uma camaleoa da moda. Conseguia ser Yves Saint Laurent dos anos 1970 ou Versace dos anos 1990. Um dia, ela encarnava uma Talitha Getty e no outro, uma surfista chique de Los Angeles. Era dedicada. Seus cabelos perfeitamente imperfeitos e a maquiagem deveriam tomar pelo menos duas horas de cada manhã.

— Vamos lá! — Ashley bateu palmas, animada. — Hora do Twitter.

Cadastrar Imogen no Twitter foi mais difícil do que elas esperavam. Uma fã louca da *Glossy*, uma *drag queen* de Saint Paul, Minnesota, que ficava parecida com Imogen quando usava muita maquiagem e uma peruca loira, havia roubado seu nome, @ImogenTate.

— Vou ligar para o Twitter para saber se podemos desativar essa conta — disse Ashley no mesmo instante, corando como se estivesse envergonhada por Imogen.

A *drag queen* @ImogenTate era hilária, com suas opiniões claras sobre moda, sobre *The Real Housewives of Orange County* e métodos depilatórios caseiros com cera. Teria sido muito mais fácil contratá-lo para escrever todos os tuítes dela durante a Fashion Week. Imogen fez uma conta de cabeça: passagem aérea de Minnesota para Nova York, acomodação no Soho Grand, algumas refeições aqui e ali, peruca nova — cinco mil dólares, no máximo, valendo cada centavo.

— Não se preocupe. Precisamos da *Glossy* aqui, de qualquer modo. Eve é @GlossyEvie. Sou @GlossyAshley. Podemos criar @GlossyImogen para você. — Ashley deu alguns cliques no mouse e digitou algumas letras. — @GlossyImogen. Pronto.

Imogen ficou olhando para o nome na tela e para o quadrado azul-claro com o ovo solitário dentro.

— Precisamos de uma foto de rosto.

Imogen procurou no telefone e encontrou uma foto de si mesma em um evento com Alex, alguns meses antes da cirurgia. Seu rosto estava um pouco mais cheio na foto, saudável. Os cabelos estavam presos em um rabo de cavalo "Belle du Jour" perfeitamente posicionado dentro de uma gola alta de pelo preto.

— Pode ser essa?

Ashley enrugou o nariz e a base em seu rosto criou pequenas depressões ao redor de sua boca.

— Claro, por enquanto. Eve gosta de fotos um pouco mais informais. Gosta de dizer "acessível". Está vendo? Veja a foto dela.

A moça clicou na foto do link Twitter.com/GlossyEvie e mostrou uma foto de meio corpo de Eve em sua pose preferida, só seios e dentes, a boca aberta e a cabeça jogada para trás como um filhote de mula pedindo comida.

Imogen imaginou que Eve praticara aquela pose várias e várias vezes, tirando fotos e mais fotos até conseguir a imagem perfeita. Não havia nada de informal naquilo.

— Vou cuidar disso — disse Imogen. — Não vai ser uma foto assim, mas vou encontrar algo fabuloso. Por enquanto, vou usar essa.

— Então, diga o que você sabe sobre o Twitter.

— É meio autoexplicativo, não? Digito e clico em "enviar".

— É bem isso. Vamos fazer um perfil rápido. Qual é o seu atual cargo?

— Ainda é de editora-chefe. — Imogen sentiu seu ego ruir.

— Certo, então, o que devemos escrever?

— Editora-chefe da *Glossy*.

— Glossy.com.

— Certo, Glossy.com. O que mais preciso colocar no perfil?

— Hum, este é o meu... — Ashley clicou em seu perfil no Twitter. — "Top de linha, rosto magro, bumbum bacana. Sou toda tuítes! HAHA." — Ashley balançou a cabeça. — Isso provavelmente não vai servir para você. Vamos encontrar alguém com idade mais parecida. — Ela mordeu o lábio, pensando, batendo o polegar com ansiedade na lateral do teclado. — Já sei! Aqui está o da Hillary Clinton: esposa, mãe, advogada e defensora de mulheres e crianças, ex-primeira-dama do Arkansas, ex-primeira-dama dos Estados Unidos, senadora americana, secretária de Estado, autora, mãe de cachorro, ícone dos penteados, louca por terninhos, destruidora de barreiras, a determinar etc....".

— Não tenho como fazer melhor do que isso. — Imogen riu. Hillary Clinton estava se preparando para dominar o mundo e ainda tinha tempo para postar no Twitter e compor uma bela biografia, fazendo Imogen se sentir uma lerda. — O que acha de "Editora-chefe da Glossy.com, mãe, esposa, filha, uma mulher que prega o amor, não a guerra, no mundo maluco da moda".

Ashley inclinou a cabeça como um *golden retriever* pensando onde havia deixado sua bola preferida.

— Gostei — elogiou, batendo palmas. — Já que sabe o que fazer, vou deixar na sua mão. Quando começar, vai se viciar. Já segui todo mundo da revista por você e vamos enviar tuítes de nossa conta principal para pedir a todos os nossos dois milhões de seguidores para que comecem a seguir você o mais rápido possível. *Que divertido!*

Sozinha com sua conta no Twitter, Imogen sentiu as mãos suarem. Não podia ser muito difícil. Era só escrever uma ou duas frases e clicar em "tuitar". Que palavra engraçada, tuíte. Sempre que a ouvia, imaginava um viajante do tempo do ano 2000 tentando desesperadamente entender todas as palavras novas do mundo, como "tuitar", "googlar", *"twerk"*.

Ela escreveu uma frase. Ai, não. Não era isso que ela queria dizer. Sem problemas, ela poderia editar. Não dava para saber muito bem como editar um tuíte. Era impossível editar? Ela poderia deletar e começar de novo. Como deletar? Imogen não queria pedir ajuda a Ashley. Não conseguiu ver o tuíte, então, talvez, já tivesse sido deletado. Ela tentaria de novo.

@GlossyImogen: Oi, Twitter! Estou aqui tuirquitando.

@GlossyImogen: Oi, Twitty! Estou aqui tuitando.

@GlossyImogen: Não era nada disso que eu queria dizer. Twitter, não Twitty. Desculpem, novos seguidores.

@GlossyImogen: Sou nova no Twitter. Ainda estou me ambientando.

@GlossyImogen: Juro que não estou bêbada. Só aprendendo.

@GlossyImogen: Droga. Desisto.

Afastou-se do Twitter lentamente. Nada de bom sairia daquilo. O Twitter ia continuar existindo à tarde e, naquele momento, ela tinha uns quatro seguidores: Ashley, Eve e duas pessoas que ela não conhecia, cujas fotos ainda eram o fundo azul-claro com aquele ovo sinistro. Pelo menos, quase ninguém tinha visto seu fracasso. Ela telefonaria para Massimo depois do almoço e perguntaria como deletar os tuítes. Massimo se descrevia como astro de rock no Twitter, em um plano para conseguir mais seguidores do que a Lady Gaga.

"É complicado você não seguir de volta o cara da cadeira de rodas", sempre dizia ele.

A hora seguinte foi tomada por um telefonema com o diretor de criação de Carolina Herrera, durante o qual Imogen descreveu a mudança da *Glossy* para Glossy.com e falou sobre como eles poderiam trabalhar com a marca.

— Veremos. — Foi a resposta ao fim da ligação. Imogen nunca tinha recebido tantos "Veremos" na vida. Quando desligou o telefone, viu Ashley, sem fôlego, dar de cara com a limpíssima porta de vidro de sua sala, o que não a impediu de chegar tropeçando.

— Pare de tuitar.

— Ashley, parei de tuitar há mais de 45 minutos. Ainda estou aprendendo.

— Você está no TechBlab.

— O que é isso?

— TechBlab.com. É um site de tecnologia e fofocas, como o Page Six, mas para o pessoal de tecnologia. E seus tuítes estão ali. Precisamos corrigir tudo antes que Eve veja.

Imogen digitou o nome do site no navegador. Que nome era esse, TechBlab? Parecia inventado.

Ela se surpreendeu. Ali estava sua foto, uma foto linda dela no tapete vermelho de algum evento. Olhando de mais perto, descobriu de qual foto aquela imagem tinha sido cortada. A foto maior a mostrava com Steven Spielberg em um evento beneficente de Conscientização do Câncer de Mama, em março.

QUANDO OS VELHOS TUITAM
Por Astrid Parkerson

Alguém precisa contratar um *social media* para Imogen Tate, 45 anos, da Glossy.com (o que ela faz por lá ultimamente?). Parece que a ex-editora-chefe tentou aprender a mexer no Twitter hoje, mas ninguém lhe explicou nenhuma regra. Parecia minha mãe tuitando... há quatro anos. Vamos acreditar que ela não estava bêbada, mas vocês sabem como os mais velhos curtem uns martinis na hora do almoço...

Para começar, ela tinha 42, não 45.

Alexis, do departamento de Relações-Públicas, logo se juntou a Ashley.

— Imogen, desculpa. Não faço ideia de como Astrid Parkerson viu sua conta no Twitter, mas garanto que chegaremos à fonte disso.

Imogen tinha duas opções. Ficar horrorizada, o que já estava, ou rir de tudo.

Ela revirou os olhos e deu a risada mais forte que conseguiu, ao estilo Joan Crawford.

— Poderia ter sido muito pior. Pelo menos, não tuitei nada muito embaraçoso. — Ela clicou em sua página do Twitter. — E vejam quantos seguidores o incidente me rendeu. — O número de seguidores de Imogen passava de 5.500 agora, quinhentos a mais que Eve, e ela sabia disso. — Estou um pouco famosa na internet agora. Ashley, sente-se aqui comigo enquanto eu escrevo alguns tuítes para todos os meus novos seguidores.

Ashley e Alexis relaxaram. Se Imogen não considerava aquilo uma crise, não havia motivos para alguém achar que era.

@GlossyImogen: Obrigada à @TechBlab por todos os meus novos seguidores. Bem-vindos! Espero divertir vocês com as coisas que disser aqui.
@GlossyImogen: Estou tentando seguir a mãe de @BlabAstrid. Soube que ela é ótima no Twitter! Preciso de uma mentora.

Durante a hora seguinte, ela foi inundada por novos seguidores e retuítes. Alguém criou a *hashtag* #VaiImogen. Finalmente, ela entendeu o porquê de tanta animação com aquela rede social. Esse tipo de reconhecimento era incrível. Só precisava aprender direito a tuitar de seu telefone para estar preparada para começar a tuitar ao vivo de seu primeiro desfile de moda após sua volta, no dia seguinte de manhã. Ela ainda temia a parte de ter de parecer incrível e engraçada em todo tuíte. Era exaustivo.

Horas depois, Imogen quase trombou com Eve ao sair do escritório.

— Vai devagar com o Twitter, Imogen. — Eve sorriu. — Não podemos deixar que os investidores pensem que estamos bebendo durante o expediente.

— Acho que estou indo muito bem com o Twitter. Estou começando a gostar da coisa. Além disso, ganhei quase dez mil seguidores hoje. — Imogen sentiu muito orgulho ao ver Eve se surpreender com o número.

— Procure não nos envergonhar quando for tuitar dos desfiles — alertou Eve, que olhou para o FitBoom em seu braço. — Acho que vou de escada. Preciso dar dez mil passos.

Ashley passou apertada entre as portas do elevador, que já estavam se fechando. Parecia ansiosa, como se precisasse contar algo a

Imogen. Depois da quarta vez em que viu Ashley olhar de soslaio para ela, emitir um som baixo, fechar a boca e desviar o olhar, Imogen perguntou:

— Ashley, tem alguma coisa acontecendo?

— Ah, não sei se deveria contar.

— Conte. Se tiver a ver com o fato de eu estar usando o Twitter, consigo lidar com qualquer crítica que fizer depois do que aguentei hoje.

— Tem a ver com o Twitter, mas não com você. Não deveria dizer, mas você precisa saber. Você é minha chefe. Desculpa, Imogen.

A moça parecia prestes a começar a chorar. Imogen fez a cara mais maternal que conseguiu.

— Ashley, por favor, diga o que precisa dizer. Prometo, independentemente do que seja, que não vou ficar brava.

— Não estou com medo de você ficar brava comigo. — Ashley não parava de abrir e fechar as mãos enquanto mexia a mandíbula para um lado e para o outro, fazendo um som de "click, click". — Bom, lá vai. Sabe, sou amiga da Astrid, do TechBlab. Não amiga, exatamente. Talvez sejamos "iniamigas". Fizemos parte da mesma república e tal, e me senti péssima quando li a postagem dela. Ela nem conhece você. Não entendi por que foi tão maldosa. Bem, de qualquer modo, enviei um e-mail para ela dizendo "Opa, o que foi aquilo?", e ela respondeu "Olha, não pensei que alguém daí fosse se importar com o que escrevi, já que a Eve mandou a notícia para mim".

Imogen não entendeu a ligação a princípio, mas quando as portas se abriram para o lobby, percebeu o que havia acontecido. Eve havia armado para sabotá-la. Eve espalhou uma notícia maldosa sobre ela no TechBlab. Era uma vaca que apunhalava os outros pelas costas. Imogen sentiu o calor subindo pelo rosto, mas era importante que, para Ashley, ela parecesse inabalada.

— Tenho certeza de que Eve pensou que seria uma publicidade incrível para nós. E foi. Veja quantos seguidores ganhei hoje. Ela é um gênio do marketing.

Ashley pareceu aliviada e feliz por ter procurado Imogen para dar a notícia.

— Então, você não está brava? Pensei que não ficaria brava. Você é sempre calma e tranquila, diferente da Eve. — E então, notando que havia falado demais, Ashley lhe deu um abraço sem jeito e saiu correndo pelas portas da frente.

Quem era Eve Morton? Imogen sentiu a ira apertando seu peito. Surgiram picos de adrenalina em seu sistema nervoso. Sentiu vontade de ligar para Eve, gritar com ela, arrancar aqueles brincos horrorosos de suas orelhas.

"Siga em frente. Respire".

"Respire. Siga em frente".

★ ★ ★

O BALCÃO DA COZINHA DA CASA DE IMOGEN estava tomado por frutas e legumes. Tilly, a babá da família e a irmã mais nova que Imogen sempre quis ter, levantou a mão quando Imogen entrou, para sinalizar que ela deveria parar onde estava e ficar em silêncio. A babá filmava Annabel atrás do balcão enquanto a menina explicava com cuidado como fazer o *smoothie* perfeito de abacate, couve e hortelã. A menina tinha o próprio estilo. Usava uma versão levemente encolhida de seu uniforme da escola com peças masculinas *vintage* que faziam com que parecesse uma miniatura de Thom Browne ou uma órfã dickensiana antenada com a moda. Imogen adorava isso.

No ano passado, a filha havia se tornado obcecada por preparar *smoothies* orgânicos e insistia em fazer vídeos de suas receitas de "*smoothie* da horta", como uma jovem Alice Waters.

Depois de muito implorar, insistir e prometer que aquele seria o começo de uma carreira incrível na gastronomia (ela tinha mesmo só dez anos?), Alex e Imogen concordaram em deixar que ela publicasse alguns vídeos no YouTube. Durante um ano, eles tentaram impor limites sobre a internet, algo sobre o qual os outros pais da escola falavam o tempo todo — uma hora por dia para os vários aparelhos, quando Annabel não estivesse fazendo lição de casa.

Não deu certo.

— Isso é o que amo fazer. Vai ser minha carreira. E se alguém dissesse que você só poderia trabalhar em sua revista durante uma hora por dia? — protestou a filha.

Imogen cedeu. Para sua surpresa, os vídeos fizeram certo sucesso entre as adolescentes. Outras menininhas pelo país fizeram vídeos de culinária de vários tipos e, como Annabel descreveu, um levava a outro. Era um passatempo que Imogen não compreendia, mas no panteão de coisas que as meninas daquela idade faziam, os vídeos de *smoothies* saudáveis eram bem inofensivos.

— E por hoje é só, pessoal-face. — A menina acenou feliz para a câmera.

— Pessoal-face? — Imogen ergueu sobrancelha e sorriu.

Muito confiante diante da câmera, Annabel ficou tímida, de repente.

— Achei que seria engraçado — explicou, encabulada.

Imogen se sentiu culpada por zombar da filha.

— Ficou bonitinho. Eu estava brincando. Acho adorável.

Annabel revirou os olhos e foi para a sala de estar.

Imogen se sentou em uma das cadeiras da cozinha.

— Ela está sensível hoje — disse Tilly.

Há muito, Imogen já tinha se acostumado com a babá sabendo mais a respeito das mudanças de humor de seus filhos do que ela própria. Olhou para Tilly, confusa.

— Tenho certeza de que não foi nada, mas fizeram alguns comentários bem desagradáveis na página dela no YouTube hoje cedo.

Ela já deveria saber que era uma péssima ideia deixar a filha se expor na internet. Provavelmente, algum pervertido em um porão escuro em algum lugar estava assistindo repetidas vezes à sua filha preparando *smoothies*, e então escreveu algo para se satisfazer.

Tilly a acalmou antes que Imogen se estressasse.

— Tenho certeza de que é outra menina. Está escrito com linguagem de adolescente. Veja.

A babá pôs o laptop em cima do balcão e mostrou a página para ela. Na parte alta da tela, estava sua filha de avental e chapéu de chef, com um sorrisão no rosto. Tilly rolou a página e clicou em um dos vídeos para que Imogen pudesse ver os comentários. Todos eles estavam escritos com linguagem de adolescente, misturas de palavras com símbolos e muitos pontos de exclamação. Os primeiros eram muito simpáticos:

Vc é linda e d+!! E faz *smoothies* top!
Seríamos amigas se morássemos na msm cidade. Adoro seu kbelo.
Faça algo c/ manga. Manga, manga, eu ♥♥♥ manga.

Mas havia outro:

Vc é feia! Nem 1 *smoothie* vai te dxar bonita. Nojenta.

Estava assinado: Docinho
Imogen se assustou. O que era aquilo? Quem escreve desse jeito? Tilly só balançou a cabeça.

— Antes que tire conclusões precipitadas, lembre-se de que meninas são as criaturas mais malvadas que Deus colocou no mundo. Elas perseguem umas às outras desde que o mundo é mundo e continuarão a fazer isso até o fim dos tempos. Isso parece grave porque está aqui para todo mundo ver, mas não é pior do que os bilhetes que garotas trocam na sala de aula.

— Eu sempre disse que não queria que ela ficasse na internet.

— Pare com isso, Imogen. Todas as crianças mexem na internet. É normal. Elas brincam. A Anna adora fazer vídeos de receitas de *smoothies*. Há centenas de comentários bonzinhos e bonitinhos. Eu nem deveria lhe mostrar o outro.

— Quero ver o outro.

— Droga.

Era só uma imagem. Era a cabeça de sua filha no corpo de um obeso mórbido, uma daquelas pessoas que acabavam aparecendo nos telejornais por serem grandes demais para passar pela porta. Alguém havia animado a imagem para fazer com que os lábios bonitos de Annabel, em formato de coração, ficassem subindo e descendo.

Imogen se sentiu impotente.

— Eu deveria conversar com ela.

— Ainda não. Sério. Ela nem sequer tocou no assunto comigo. Acho que viu e ficou um pouco na defensiva. Se acontecer de novo, conto a você.

Tilly, a voz da razão, era quem conseguia lidar com toda a bagagem emocional da família. Ela mudou de atitude e olhou para Imogen com solidariedade.

— Você está irritada desde que chegou em casa. Foi alguma coisa com a Eve Malvada? O que ela fez agora? Jogou um saco de gatinhos na fonte do Lincoln Center? — Um dos motivos pelos quais Imogen adorava Tilly era por ela ser muito ácida.

— Ainda não.

Tilly abriu a geladeira de aço escovado.

— Espere. Você precisa de uma taça de vinho. Vai ficar menos irritada com uma taça na mão.

Era verdade. Imogen sentiu a irritação diminuir ao bebericar seu Sancerre e se abrir — a respeito do fiasco com o Twitter, do que Eve havia contado ao TechBlab e, finalmente, de como havia descoberto tudo, por meio de Ashley, o que deveria ser a parte mais vergonhosa de todas.

— E só vai piorar amanhã! Continuarei sendo péssima no Twitter e preciso fazer a cobertura ao vivo de todos os desfiles por lá. Não sou espontânea. Gosto de pensar no que vou dizer. Nunca fui boa com improvisações. Preciso deixar as ideias de molho até ficarem prontas para a plateia. Para os meus seguidores do Twitter, que agora são mais numerosos do que os de Eve, por falar nisso. — As duas mulheres bateram as mãos uma na da outra.

Tilly era rechonchuda, com um dente protuberante e sardas no rosto. Soltou os cachorros com sua impaciência irlandesa contra Eve na maior parte dos cinco minutos seguintes, usando palavras que fariam uma prostituta corar. Bebeu o vinho da taça, enrolando uma mecha de cabelos loiro-acobreados no dedo mínimo, pensando, evidentemente.

— Por que mesmo você precisa ficar no Twitter o dia todo?

Imogen manteve os lábios na beira da taça de vinho enquanto refletia sobre a pergunta de Tilly.

— Eve diz que é bom para a marca. Alimenta a intimidade, faz a leitora que está em Wisconsin ter a impressão de que está ao nosso lado nos desfiles de moda. — Imogen usou algumas das palavras de Eve. — Tudo é muito mais pessoal hoje em dia. Tenho certeza de que Eve vai querer que eu faça uma cobertura ao vivo da minha seleção de calcinhas de manhã.

— Hum-hum — Tilly continuou ouvindo. Imogen sentiu uma enorme gratidão quando Tilly encheu para ela a segunda taça de vinho. Jurava que o fígado da babá era de ferro. Ela já tinha bebido muito mais do que Imogen e Alex em muitas festas. — Já sei! — Tilly bateu a mão com tanta força no tampo de granito que Imogen quase gritou de dor pela peça de pedra.

— Você não é uma pessoa de palavras. É visual. É o que a torna um gênio na criação da revista. Consegue transformar uma sessão de fotos em um filme que pula da página.

Imogen sorriu com o elogio.

— E o que é mais íntimo do que fotos, principalmente as fotos que você tira com seus olhos maravilhosos?

— Posso postar fotos no Twitter? Isso parece ainda mais complicado do que só escrever.

— Não, não. Você vai usar o Instagram. Já experimentou? É ótimo.

Imogen sabia um pouco sobre o Instagram, desde que Karl Lagerfield causou um alvoroço quando entrou e passou a tirar fotos de sua gatinha branca incrível, Choupette. Mas, assim como aconteceu com o Twitter, ela nunca se deu ao trabalho de criar uma conta para si mesma no Instagram. Não entendia o conceito dessa rede.

— Vai ser muito fácil. O mais interessante do Insta é a possibilidade de ligá-lo à sua conta no Twitter, para que tudo que você poste lá seja imediatamente tuitado. O Instagram é bem mais fácil e você não tem que se preocupar com o que vai escrever. Pode se concentrar em tirar fotos incríveis e só escrever sua reação e as emoções em um espaço pequeno reservado à legenda. Ela aparecerá no Twitter e todo mundo vai ficar feliz. Seus seguidores e as leitoras da Glossy.com terão a impressão de que estavam sentados ao seu lado no desfile.

Tilly pegou seu tablet com capa vermelha de couro e letras douradas. Abriu o aplicativo com o ícone de uma lente de câmera marrom e começou a digitar.

— Como quer que seja seu nome de usuário?

— Posso usar o mesmo no Instagram e no Twitter?

— Claro. Fica bem mais fácil.

— Então, @GlossyImogen, acho — disse Imogen, ficando vesga e fazendo careta. — Isso me faz parecer uma estrela pornô dos anos 1970, daquelas com a virilha bem depilada. Glossy Imogen, a seu dispor. — Fez uma voz afetada, e Tilly riu um pouco alto demais.

— @GlossyImogen. Pronto, tudo certo. Vou lhe ensinar como usar.

Tilly era ótima como instrutora e, em 15 minutos, Imogen estava usando filtros e molduras. Tilly lhe mostrou como praticar primeiro sem postar nada, para evitar repetir o fiasco daquela manhã. Os filtros eram mágicos. Ela adorou ver que o "Rise" dava a impressão de a imagem estar atrás de uma lente, algo que seria útil ao fazer close de pessoas com mais de 25 anos. "X-Pro II" tornava tudo muito vibrante e quente. "Sutro" enfatizava os tons acinzentados e marrons da carinha da gata da família, Coco, conferindo-lhe um sorriso de gato da Alice.

— Você devia deixar essa — sugeriu Tilly, olhando por cima do ombro de Imogen. — Todo mundo adora gatos na internet.

Com "Valencia", tudo parecia ter sido fotografado com uma câmera Polaroid dos anos 1980. Ela o usou em uma foto das crianças fazendo caretas, a língua de Annabel para fora, e Johnny tentando plantar bananeira. Tilly mostrou como ela podia passar de fotos para vídeos para poder postá-los no Twitter. Quem diria que seu telefone poderia fazer muito mais do que enviar mensagens de texto e receber e-mails?

Ficou viciada. O Instagram captava uma versão mais brilhante e muito mais produzida de sua vida. Imogen ficou contente com a ideia de poder dar retoques profissionais. Os filtros do aplicativo eram o Botox da internet. Deixavam tudo fabuloso instantaneamente. Ela tirou uma foto de seus sapatos. "Amo você, sapato!" foi a legenda.

Imogen abraçou Tilly — duas estavam alegrinhas devido ao vinho.

— Matilda Preston, posso fazer de você minha mentora para todas as coisas relacionadas à internet a partir de agora? — perguntou Imogen.

Tilly fez uma reverência breve.

— Claro que pode, minha patroa.

Os quatro, duas mulheres e duas crianças, caíram na risada.

— Hora de tirar uma selfie! — gritou Annabel.

— O quê? — perguntou Imogen. — Não, acho que não deveríamos ficar tirando selfies para postar na internet. Eu... não tem nada a ver comigo. — Ela não conseguia tirar da cabeça o rosto de Eve, com os lábios fazendo um bico para a câmera num *close*.

Annabel fez uma careta.

— Vai, mãe, todo mundo tira selfie.

— Elas são irritantes.

Annabel cruzou os braços fingindo estar brava.

Imogen cedeu.

— Certo. Uma só. Venham tirar comigo para eu não fazer papel de boba.

A filha fez uma pose, com os ombros para cima, mostrando os dentes. Johnny se aproximou, carregando o gato. Imogen estendeu o braço para firmar a câmera.

— Certo... digam "xis".

CAPÍTULO 7

Imogen sentiu uma onda de energia renovada quando saiu da cama logo cedo na primeira manhã da Fashion Week. O dia seria corrido, começando às nove. Ela folheou as páginas vermelhas do Calendário de Moda dentro de sua agenda azul-clara Smythson no táxi até o Lincoln Center, circulando cerca de 57 de mais de trezentos eventos aos quais sabia que iria nos próximos oito dias.

Estava começando a parecer outono. Imogen envolveu o corpo com a jaqueta e respirou o ar frio, sentiu o cheiro de folhas molhadas e diesel, marcado por algo misterioso e adocicado, que lembrava xarope de bordo. Ela observou o cenário ao sair do táxi e se aproximou da grande fonte na frente do complexo. Os fotógrafos se alvoraçavam no espaço aberto à procura de alguém famoso ou usando roupas extravagantes para fotografar. Pessoas usando roupas de estilo urbano se aglomeravam atrás deles, implorando para serem fotografadas. Se houvesse um oposto total da DISRUPTECH!, era aquilo. No lugar de homens de barriga flácida com camisa de flanela havia mulheres esculturais com *stilettos* e óculos escuros.

Se você fosse convidado da Fashion Week, deveria subir a escada em direção ao chefe da segurança, Max Yablonsky, e sua equipe, olhando para eles bem nos olhos. A Citadel Security era uma equipe de caras bravos do Queens e do Brooklyn, saídos de uma história de Nick Pileggi. Yablonsky sabia como reconhecer e tirar os penetras, que ficavam de cabeça baixa, concentrados em seus smartphones ou mexendo na bolsa à procura de algo que lembrasse um convite, mas que, na verdade, era uma notinha de salão de beleza.

Ao lado de Yablonsky estavam os irmãos Tom e Mike Carney, um ex-oficial de tribunal e outro, um ex-guarda de trânsito. Eles eram os Rosencrantz e Guildenstern da entrada da Fashion Week, e falavam sem parar durante as dez horas por dia que passavam em pé.

Yablonsky envolveu Imogen num abraço de urso tão forte que ela ficou tomada pelo cheiro de charuto, suor e Old Spice.

— Como está a minha garota preferida do mundo da moda? — perguntou ele.

Era maravilhoso ser chamada de garota, mesmo que fosse por um senhor com idade para ser seu pai.

— Estou ótima, Max. Como estão as crianças?

Yablonsky, que abandonou a escola no ensino médio, conseguiu pôr seus quatro filhos para estudar nas universidades de Georgetown e Notre Dame com o trabalho como chefe de segurança de todos os eventos relacionados à moda na cidade de Nova York. Imogen o adorava. Entretanto, ela sabia que perguntar dos filhos dele era um erro que poderia lhe custar os 15 minutos seguintes.

— Posso ver as fotos novas na saída, querido? — Ela apertou o braço dele. — Quero garantir um assento.

— Imogen Tate. Você sabe que eles sempre colocam você na primeira fila.

Ela piscou para ele e passou pelos irmãos Carney.

A única coisa que a DISRUPTECH! e a Mercedes-Benz Fashion Week tinham em comum era o *branding*. Por todos os lados havia pôsteres, do teto ao chão, e quiosques de marcas. Havia um salão de maquiagem MAC itinerante. Tinha dois novos sedãs Mercedes S-Class, com modelos espalhados casualmente pelos capôs ao redor da área do bar, servindo garrafas em miniatura de champanhe Piper Heidsieck, por 17 dólares, e expressos de oito dólares. Havia cestos cheios de garrafas d'água Smartwater e pequenas latas de Coca-Cola diet espalhados pela sala. Uma parede cheia de tablets Samsung Galaxy mostrava os desfiles em um canto. Uma segunda parede era atualizada em tempo real com imagens do Instagram dos desfiles. "Minhas fotos precisam ir para essa parede", pensou Imogen. Estava começando a ver as coisas de um modo diferente.

Em meados dos anos 2000, a Fashion Week passou a ser totalmente digital, com a lista de convidados no iPad. Meninas de pranchetas conferindo convites foram substituídas por uma legião de meninas com iPads, rolando listas de nomes em suas telas brilhantes. Fileiras e mais fileiras de aparelhos GPS permitiam que você escaneasse um código de barras para receber o número de seu assento. Antes um grupo de editores e compradores se amontoava ao redor de uma única entrada — agora, o local era tão eficiente quanto o check-in de um aeroporto. Imogen caminhou até o terminal dos GPS e passou o código de barras para o desfile de Senbi Farshid, olhando ao redor para ver quem mais estava na sala enquanto esperava sua confirmação ser impressa. Saindo pelas portas em um mar de seguranças estavam Olivia Wilde e Jessica Chastain, ambas vestindo Marc Jacobs da cabeça aos pés. Sofia Coppola andava lentamente e sozinha atrás das duas estrelas, linda e discreta como sempre. Enquanto jornalistas novos se aglomeravam ao redor das duas, Coppola foi até um aparelho de GPS e imprimiu seu ingresso em silêncio. Uma multidão ainda maior se aglomerava na entrada. "Quem será que está ali?", pensou Imogen. Talvez fosse a Gwyneth Paltrow. Não, era Leandra, a Man Repeller, uma blogueira famosa no Instagram, com ótimo *street style*.

Uma participante de *reality show* estava sendo seguida por uma equipe de cinegrafistas, e seu rosto cheio de Botox mostrava todo o orgulho que sentia por ter chegado à Fashion Week, sendo que, apenas um ano antes, ela ainda era a noiva entediante de um podólogo de celebridades na Califórnia. Mulheres pequenas com bolsas grandes se acotovelavam para passar na frente dos asiáticos vestindo sobretudos pretos. Para onde se olhava, se via pele, de verdade e falsa, apesar da temperatura estar acima de 10ºC.

Imogen nem se deu ao trabalho de olhar para baixo quando seu pedacinho de papel saiu animado da impressora, como um bilhete da loteria. Sabia que ficaria na fileira da frente, assento 11. Todos os editores de revista se sentavam na primeira fileira, porque assim ficavam próximos das roupas. Pegar uma peça de uma passarela, uni-la a algo de outro desfile e, então, traduzir tudo em uma sessão de fotos para a revista aumentaria as chances de essas roupas serem usadas pelas mulheres ao redor do mundo. Fotos de roupas nunca faziam jus à realidade. Era preciso ver como elas ficavam nas modelos, como as cores mudavam sob as luzes e qual era a textura do tecido. A atenção aos detalhes, até mesmo a música que acompanhava as modelos na passarela — tudo isso criava uma mensagem emocional e visual. Desse modo, era possível saber o que incluir nas páginas de uma revista. Era um processo misterioso e complicado que Imogen acreditava começar no assento da primeira fila.

Além do mais, assim o estilista podia espiar os editores. O tecido preto que separava a passarela dos bastidores ficava transparente ao se aproximar o rosto. Se uma editora não sorria, o estilista, vingativo, retirava anúncios de sua revista. Imogen iria aos bastidores depois para fazer os "ooohs" e "aahhhs" esperados. Molly Watson foi quem a ensinou a importância de ir aos bastidores em todo desfile para cumprimentar o estilista.

— Só Deus sabe que você não queria passar três horas assistindo ao desfile — disse ela a Imogen. — No mínimo, eles precisam ver seu rosto e saber que você esteve lá. — A maioria dos estilistas ficava exausta depois de um desfile, mas faziam sala para seus seguidores fiéis. Valentino era a exceção. O italiano ficava sozinho num canto, bebericando uma taça de champanhe lentamente.

Imogen foi pega de surpresa entrando no desfile da Senbi. Sentiu duas mãos segurarem e apertarem com firmeza suas nádegas.

— Sua safada!

Virou-se e viu Bridgett Hart.

— Quando você chegou? — Imogen a abraçou.

— Há três horas, voo noturno.

Sua velha amiga e colega de quarto, atualmente a *stylist* mais procurada em Hollywood, estivera em Los Angeles por duas semanas arrumando vestidos para uma estrela muito bacana e chique de 17 anos que provavelmente seria indicada ao Oscar em alguns meses. Bridgett sempre desenvolvia um tipo de amizade com suas clientes. Não era só *stylist* delas, mas também amiga. "Você vê as mulheres mais lindas, mais reservadas e mais inseguras do mundo totalmente nuas", contou a Imogen, certa vez. "Elas precisam ter a impressão de que a melhor amiga delas está na sala."

Bridgett não parecia afetada pela viagem. Era especialista em dormir em aviões, e Imogen não a via com ar de cansada desde que ela descobriu tratamentos faciais com oxigênio, em 1999, aos quais se submetia três vezes por semana e com os quais dava um jeito de abater as despesas no imposto de renda todo ano. Ela havia se tornado modelo aos 17, enquanto ainda vivia nos bairros residenciais de Toronto. Um olheiro a levou para Nova York, onde ela morou com Eileen Ford durante o primeiro ano, antes de estourar. Deram a ela o apelido Birdie, ou Passarinho, não por se parecer com uma ave, mas porque ela ficava tão nervosa nas sessões de foto, que mal se alimentava.

Imogen a conheceu em uma sessão de fotos para a *Moda* e logo depois elas foram morar juntas.

Birdie foi a primeira negra a estrelar uma campanha de beleza na *CoverGirl* e uma capa da *Vogue*. Seu corpo era incrível, com curvas que a Victoria's Secret morria de vontade de colocar em seu catálogo (apesar de ela sempre recusar a proposta!). Seus olhos verdes de gata adoravam a câmera. Contudo, era seu sorriso largo e caloroso que dominava seu rosto e sempre chamava trabalhos. Ela detestava ser modelo. Odiava passar várias horas trabalhando, os voos noturnos, os fotógrafos idiotas querendo transar com ela. Ela confidenciou a Imogen que não pretendia ter uma carreira como *stylist* de celebridades; simplesmente aconteceu. Depois de passar anos sendo fotografada, aprendeu o que funcionava e o que não funcionava nos corpos das mulheres. Logo que começou a ser *stylist*, passou a trabalhar para grandes campanhas, incluindo Versace, Valentino, Max Mara. Os italianos a amavam. Ela era linda e talentosa. Ralph Lauren havia implorado para que trabalhasse para ele em tempo integral como seu olhar criativo, mas, para Birdie, um único cliente nunca apresentava desafio suficiente.

No início de sua carreira, o presidente da LVMH a chamou de lado para passar conselhos sobre finanças. Ela fez tudo o que ele disse e tornou-se uma das primeiras acionistas da empresa, obtendo uma pequena fortuna.

A amiga de Imogen aproveitava a vida ao máximo mesmo nos momentos banais. Até hoje, Bridgett enviava a Imogen um cartão-postal sempre que aterrissava em uma cidade nova. Bridgett era extrovertida e ousada, o que a tornava muito divertida. Também era leal, às vezes exageradamente, sobretudo quando o assunto era homens que não a mereciam.

— Terei o prazer de me sentar ao seu lado? — perguntou Imogen, enroscando o braço no da amiga.

— Eu não esperaria nada menos do que isso.

Bridgett sorriu. Os produtores vinham colocando as duas juntas na primeira fila havia anos.

— Qual é o seu assento, querida? — perguntou Imogen.

— 12A.

— Então, devo estar no 11A. Excelente. Mal posso esperar para saber tudo sobre Hollywood.

— E eu mal posso esperar para saber tudo sobre Eve!

As duas riram como faziam quando se conheceram, vinte anos antes, na juventude. Imogen havia contado à amiga o que estava acontecendo no escritório em apenas alguns breves e-mails, porém era impossível contar a história toda por e-mail.

Com facilidade, elas passaram por um dos produtores mais antigos perto do salão principal. Na entrada para o palco principal, a passarela onde todos os grandes desfiles aconteciam, uma moça com um iPad observava as pessoas com certa preguiça.

— Convite? — pediu, num tom anasalado, olhando para a tela. As duas entregaram os ingressos. — Sra. Hart, venha comigo até seu assento, o 12A. Sra. Tate, por favor, espere um momento e alguém vai acompanhá-la à seção VIP.

Aquelas palavras não fizeram qualquer sentido para Imogen. Ela tinha um ingresso para a primeira fileira e não havia nada de VIP em ficar em pé. Nunca havia assistido a um desfile em pé. Ainda mais naquele desfile! Estava ali fazendo um favor. Estava ali para apoiar sua amiga. Imogen tinha sido a primeira editora a colocar uma coleção de Senbi em uma modelo de capa. Havia ajudado a inseri-la no mercado.

— Senbi está de brincadeira? Eu sempre fico no assento 11 A, não só para esse desfile, mas para todos. Por favor, leve-me ao meu assento agora.

Bridgett pensou que Imogen estivesse logo atrás dela e estava agora distraída com os flashes dos *paparazzi*.

A moça do iPad passou o dedo gorducho sobre a tela.

— Acho que Orly está no assento 11A. Você sabe quem é Orly. Ela tem o melhor de todos os blogs de moda, FashGrrrrl-ponto-com. Sério. Ah, Orly, OLÁÁÁÁÁ!

Atrás de Imogen estava a tal Orly. A garota não devia ter mais de 12 anos. Seus cabelos azul-claros na altura do queixo se curvavam nas pontas, fazendo-a parecer um personagem de gibi. Usava uma capa verde sobre um macacão laranja Senbi com plataformas de 15 centímetros Stella McCartney. Estava linda e surpreendente ao mesmo tempo. Em seu rosto pequeno, trazia óculos sem armação com uma pequena câmera presa à lente direita.

— Amo seu trabalho — disse Orly a Imogen quando a menina do iPad se aproximou daquela duende, implorando por um autógrafo. Orly se inclinou e beijou o iPad, deixando uma marca forte cor-de-rosa como assinatura e então caminhou rebolando até o assento 11A.

— Imogen Tate não fica em pé.

"De quem era aquela voz?" Baixa e rouca, meio condescendente. Eve. Há quanto tempo ela estava ali, observando?

— Ela pode ficar com meu assento na primeira fila — disse Eve em voz alta. E repetiu: — Quero dar meu assento na primeira fila a Imogen Tate.

Ela preferiria ficar em pé a aceitar a ajuda de Eve, que agora estava respirando forte em seu pescoço.

— Vou ficar em pé agora, Eve. Estou muito animada para ficar de pé... agora. — Imogen endireitou o corpo de 1,85m sobre os saltos. — Estamos interessadas em quem consome e as pessoas que consomem ficam em pé. Quero estar onde as leitoras estão. Quero ver como elas reagem às roupas. Estarei nos bastidores com Senbi depois do desfile, de qualquer modo. Até mais.

A moça do iPad, ainda se recuperando da grandiosidade de Orly, esqueceu como se deve falar com alguém da área VIP.

— Fique encostada na parede. Permitiremos sua entrada assim que o desfile começar.

Enquanto Imogen tentava se posicionar à beira do caminho, um guarda gritou:

— Encostada na parede! Na parede!

"Deve ser assim na prisão; parece que estou em *Orange is the New Black*", pensou Imogen.

As pessoas da área VIP eram um pouco mais grosseiras do que a fila de convidados que passavam por elas. Tinham os cabelos mais despenteados. O delineador delas era um pouco mais grosso e as roupas de grife não lhe caíam tão bem, indicando que elas as haviam comprado em promoção na loja de fábrica, e não na loja comum. Os convidados que passavam pela menina do iPad não só tinham roupas melhores do que o pessoal da área VIP, tinha também melhor estrutura óssea.

Imogen abaixou a cabeça para que ninguém sentado a visse enquanto caminhava obediente em direção à parede. Quanto mais pessoas entravam, mais quente ficava o salão. Imogen sentia gotas de suor se formando em suas têmporas enquanto prestava atenção a trechos de conversas.

— Este é meu primeiro desfile. Estou muito animada.
— Você ficou sabendo do peladão no desfile da Prabal?
— O que está acontecendo aqui?
— Quanto tempo teremos que esperar?
— Você mandou mensagem para Alexandra? Se ela soubesse que estávamos aqui fora, enlouqueceria.
— Eles não estão deixando ninguém entrar?
— E logo você não pôde entrar. — Imogen esticou o pescoço, mas não reconheceu para quem era "logo você".
— Devo comer esse pretzel?
— É com iogurte ou chocolate?
— Chocolate.
— Então, não.

Uma mulher de cabelos crespos derrubou sua garrafa de água no dedão do pé de Imogen e se desculpou enquanto a menina do iPad se aproximava para dizer que elas finalmente podiam entrar. Imogen olhou para a primeira fileira na mesma hora.

Bridgett estava sentada de frente para Orly, com Jennifer Lawrence, sua principal cliente, à sua esquerda e Anna Wintour e André Leon Talley à direita. Eles estavam a poucos assentos de Jessica Chastain e Olivia Wilde. Na frente deles, os assentos estavam ocupados por meninas da idade de Orly ou talvez com cinco anos a mais, todas usando os mesmos óculos engraçados e com laptops no colo. No fim daquela fileira, estava Eve, usando os mesmos óculos. Os óculos de Eve tinham hastes amarelas para combinar com seu vestido também amarelo. Ao lado de Eve, estava Massimo, com sua cadeira de rodas. O rosto dele estampava uma expressão horrorizada, o que mostrava a Imogen exatamente o que ele achava de tudo o que estava acontecendo naquele salão.

— Blogueiros e estrelas do YouTube — ouviu uma voz dizer atrás de si.

Imogen virou a cabeça e viu Isobel Harris, uma compradora antiga da Barneys. Trocou a bolsa de ombro para conseguir se inclinar em meio ao mar de pessoas e lhe dar um abraço. Puxa! Isobel devia ter cinquenta e poucos anos agora, mas estava linda em um blazer preto e calça cigarette cinza. Imogen conhecia Issy antes de esta conhecer o marido, agora um dramaturgo famoso. Na época, ele era garçom no Balthazar, e Isobel, dez anos mais velha, trabalhava no departamento de marketing da Chanel. Ela havia se virado para olhar a bunda dele quando ele trouxe mais uma taça de champanhe. Ele percebeu e foi assim que as coisas começaram.

— Fomos usurpadas, querida. Todos os estilistas querem aquelas crianças na frente. Veja como foram distribuídos os assentos. — Isobel apontou o dedo indicador perfeitamente esculpido, mas sem esmalte, para a fileira na qual estavam Anna, André, Bridgett, Jennifer, Jessica e Olivia. — De um lado, estão todas as pessoas que merecem ser registradas. E do outro, quem está registrando. Todos estão fazendo cobertura ao vivo do desfile em seus sites com o Google Glass.

— O que é Google Glass? — perguntou Imogen, abandonando a necessidade de agir como se soubesse o que estava acontecendo.

— Aqueles óculos ridículos que todos estão usando. São chamados Google Glass... não *glasses*, mas *glass*. São smartphones em óculos. Tiram fotos e fazem vídeos quando você dá comandos de voz ou toca as laterais. O Google entregou um óculos para trinta influenciadores da moda para a Fashion Week.

— Como você sabe de tudo isso?

Isobel deu de ombros.

— Saiu na *Women's Wear Daily* praticamente o verão inteiro — disse ela, antes de se corrigir e se lembrar de como Imogen havia passado o verão. — Sou uma idiota. Eu deveria ter perguntado assim que a vi. Como está se sentindo?

— Estou ótima, de verdade. Eu me sinto ótima. Mas sinto como se estivesse numa corrida para me atualizar. — Era a primeira vez que Imogen havia admitido a alguém de fora de seu círculo mais íntimo que ela não entendia muito bem o que estava acontecendo no mercado.

Isobel a abraçou de novo. As pessoas esbarravam nas duas, e Imogen reconhecia algumas delas como compradores antigos e jornalistas de moda, pessoas que costumavam ter um assento para ver o desfile. Quando as luzes piscaram, sinalizando que faltavam cinco minutos para o início do desfile, Isobel viu Addison Cao, o esperto repórter da coluna Eye da *Women's Wear Daily*, aproximando-se.

— O que Imogen Tate está fazendo em pé? — questionou, interrompendo o assunto, com a voz estridente ao fim de cada sílaba.

— Você emagreceu — disse Imogen, esticando o braço para fazer cócegas na barriga grande de Addison. Só um colunista de fofocas poderia ser tão rechonchudo no mercado sem ser importunado. Ninguém o julgava nem publicava fotos dele nas páginas de fofoca.

— Perdi três quilos e meio com um suco detox — disse Addison, passando as mãos pelas pernas da calça engomada.

Os dois continuaram falando sobre suas reclamações referentes à Fashion Week, um assunto normal em eventos como aquele.

— A programação está muito cheia este ano.

— Nada vai começar na hora.

— Após os desfiles, vou ao *ashram*.

Depois das amenidades, Imogen se inclinou para cochichar no ouvido de Addison, sentindo cheiro de suor e batata frita.

— Você quer saber por que estou aqui?

Addison tinha preferência por rapazes asiáticos, mas todo mundo gostava de um cochicho sexy no ouvido.

— Quero. — Ele respirou ofegante.

Imogen repetiu as mesmas besteiras que havia inventado quando encontrou Eve na entrada. Disse que queria ver o desfile pelo ponto de vista da consumidora, não da editora.

— Passei 15 anos naquela primeira fila. Ficou chato. Deixemos as Orlys da vida experimentarem isso uma vez, pelo menos. Quero ver o que minhas leitoras veem e minhas leitoras não se sentam na primeira fila. — Imogen copiou algumas das frases do discurso de Eve na DISRUPTECH!. — A *Glossy* é uma marca multimídia que atende diretamente a consumidora que adora a moda tanto quanto nós. Hoje em dia, o editor da revista *precisa* ver as coisas de uma perspectiva diferente. — Ela não fazia ideia se estava sendo sincera em metade do que dizia, mas não parou. Addison não tinha pudores ao usar o lápis e o papel. Escrevia sem parar em seu caderno.

— Eu adoro você, Imogen Tate — disse ele, fechando o caderno. — Podemos tirar uma selfie juntos? — Imogen sorriu e assentiu, envolvendo o corpo do jornalista com o braço. Ele posicionou o celular no alto para tirar uma foto de cima para baixo.

— Quando tiramos foto assim, a papada não aparece — explicou.

— Muito esperto, Addison.

Como todos na sala, Imogen preparou seu iPhone quando as luzes do salão se apagaram. Se alguém pudesse viajar, dez anos antes, para aquele dia, o que pensaria ao ver todas aquelas pessoas fazendo exatamente a mesma coisa, com os rostos iluminados por seus telefones erguidos diante delas, enquanto ignoravam a realidade para prestar atenção às telas? Não fazia muito tempo que as regras de conduta implícitas de um desfile proibiam o uso de câmeras.

A "área VIP" poderia ter sido pior. Era verdade que de onde ela estava conseguia fotografar a passarela toda e os rostos dos convidados da primeira fileira. Ela começou a fotografar logo de cara. Tilly havia lhe ensinado tudo sobre *hashtags*, dizendo que seria importante Imogem marcar @Glossy, o perfil do site no Twitter e no Instagram, e usar as *tags* #MercedesBenzFashionWeek e a genérica #Moda.

— Divirta-se com uma *hashtag*. Os seguidores do Instagram adoram criatividade — recomendou Tilly.

Assim, Imogen criou a *tag* #CenasDasFileirasDeTrás e postou trinta fotos, uma de cada modelo que atravessou a passarela. Publicou comentários sobre o corte e a cor, usando três filtros diferentes que favoreciam a iluminação e a distância, dando à passarela branca uma aura mágica. Eve devia estar vendo seu *feed* no Twitter pelo laptop, ou talvez, de algum modo, ela conseguisse vê-lo pelo Google Glass, pelo canto do olho. Imogen viu que ela virava a cabeça, tentando encontrá-la, mas as luzes estavam tão fortes na passarela que o resto do salão ficava ofuscado.

Imogen não esperou pela última parte, quando todos os modelos iriam para a passarela juntos e Senbi receberia os aplausos no fundo do palco. Como Teseu atravessando o labirinto, ela passou da "área VIP" para a "área Medíocre" e então para a "área Nem Deveria Estar Aqui". Então foi em direção aos fundos do palco, onde passou por trás de uma cortina. Do outro lado, um guarda, um dos rapazes de Max, correu para aquela abertura.

— Sra. Tate, por que não entrou pela frente?

Ela colocou a mão na parte inferior das costas dele.

— Ah, eu queria evitar o tumulto. Quis tentar chegar aqui primeiro para poder parabenizar Senbi.

— Claro, sra. Tate.

Quando Eve se juntou ao restante das pessoas que entravam, Imogen estava conversando e rindo com Senbi, que aparentemente não fazia ideia de onde Imogen tinha sido forçada a ficar durante a apresentação. Imogen se maravilhava com a beleza daquela mulher sempre que se encontravam. Os genes do Vietnã e do Egito tinham se unido de modo perfeito, criando olhos amendoados e uma pele cor de cacau com um toque dourado. Eve olhou fixamente para as duas enquanto analisavam a costura de uma calça *palazzo*. Atrás delas, cabeleireiros e maquiadores preparavam as modelos para o próximo desfile sem parar e colocavam um saco preto em suas cabeças, estilo Abu Ghraib, para que pudessem se vestir sem sujar as roupas de maquiagem. Um cabeleireiro estava determinado a fazer um penteado completo e alto com pedaços de rede, que seria mantido no lugar pelo que parecia ser um frasco inteiro de laquê. Imogen observou enquanto outro maquiador fazia um olho esfumaçado perfeito, aplicando, primeiro, uma sombra MAC bege e, então, linhas cada vez mais escuras para o contorno antes de aplicar um delineador preto ao longo da linha dos cílios para finalizar o visual.

Imogen estava no meio da frase quando viu Eve acotovelar uma das blogueiras na costela para empurrá-la para o lado.

— Seu telefone está quebrado? — gritou com Imogen.

— Não que eu saiba, querida. — Imogen olhou para seu iPhone pela primeira vez em sete minutos. Viu seis mensagens de texto de Eve.

>>>>Você vai aos bastidores?<<<<

>>>>Vou aos bastidores.<<<<

>>>>Vamos nos encontrar nos bastidores?<<<<

>>>>Você já está nos bastidores?<<<<

>>>>Onde você se meteu?<<<<

>>>>Como entro nos bastidores?<<<<

Era como se Eve acreditasse que as mensagens saíam diretamente de sua mão e iam parar no cérebro de Imogen, que decidiu ignorar aquilo.

— Eve, não sei se você teve o prazer, mas eu adoraria apresentá-la à minha querida amiga Senbi. — "Amiga" não era exagero. Senbi e sua companheira tinham adotado o primeiro filho na época do nascimento de Johnny, então as duas fizeram aulas de cuidados com bebês juntas.

— Senbi, estou muito feliz por finalmente conhecê-la — disse Eve. — Você é incrível!

Senbi olhou para Eve com frieza.

— Sua voz é muito familiar.

— Eve atendia meus telefonemas — explicou Imogen, sorrindo docemente para Eve.

— Sou a diretora editorial da Glossy.com agora. — Eve tentou se recuperar. — Incrível! Adoraríamos que você participasse da nova plataforma da *Glossy*. É um aplicativo multimí...

A estilista a interrompeu.

— Imogen já me contou tudo. Se ela está no comando, estou dentro. — Senbi deu três beijinhos no rosto de Imogen. — Preciso ir para cumprimentar as outras pessoas.

Imogen notou Orly se aproximando, com os cabelos azuis subindo e descendo enquanto caminhava.

— Adorei a *hashtag* CenasDasFileirasDeTrás. Genial. Repostei suas publicações e marquei seu *feed* na FashGrrrl. Foi exatamente como me senti em meu primeiro desfile de moda. Você pegou totalmente o espírito.

Orly, de repente, foi cercada por outros blogueiros, e Imogen ficou com receio de que, seus Google Glasses, ao ficarem tão próximos, gerassem um curto circuito e incendiassem os bastidores, como a cena da formatura do filme *Carrie, a Estranha*.

Pelo resto do dia, independentemente de qual fosse seu assento (a cada desfile, variava entre a área VIP e a primeira fileira), Imogen se manteve na área VIP, em pé. Addison não parava de piscar para ela. Ela viu Orly dando um toque na têmpora, postando no Instagram em tempo real. Eve estava emburrada na primeira fileira. Bridgett enviou uma mensagem de texto para Imogen:

>>>>Você é uma louca esperta e sexy<<<<

Imogen respondeu:

>>>> Hoje, estou assim. Vamos ver amanhã.<<<<

Ao sair das tendas depois do último desfile, Imogen se viu de novo na companhia de Addison Cao.

— Imogen, tenho uma pergunta para fazer. Uma amiga estava cochichando em meu ouvido e eu estou tentando entender uma coisa para escrever amanhã. O que você sabe sobre Andrew Maxwell e Eve Morton?

Ouvir o nome dele dito em voz alta a abalou. Até um ano antes, Imogen achava que Andrew Maxwell tivesse desaparecido da face da Terra e estava satisfeita por acreditar que fosse verdade. Andrew era, muito possivelmente, o pior namorado que ela havia tido. Gostaria de ter sido tão habilidosa em detectar narcisistas aos vinte e poucos anos como era agora, aos quarenta. Porém, naquela época, ela se encantou com a confiança dele, seu charme e seu hábito de namorar as garotas mais interessantes de Manhattan. Bem mauricinho, ele usava camisa cor-de-rosa com tanta frequência, que Massimo e Bridgett passaram a chamá-lo simplesmente de "Camisa Cor-de-Rosa". Andrew — sempre Andrew, nunca Andy — parecia um jovem Robert Redford com cabelos loiros lisos e barba rala. Seus pais tinham enriquecido havia pouco tempo, graças a investimentos em financiamentos nos anos 1980, e a cobertura que tinham na Madison Avenue era cheia de peças de arte muito caras, mas de gosto duvidoso. Com o dinheiro que tinham, ele não precisava trabalhar, e não trabalhava, consumia muita cocaína e usou Imogen por dois anos. As coisas que as garotas aguentam para ter um homem atraente ao lado são nojentas, e Imogen suportava muitas delas naquela época. O sorriso largo e o carisma dele escondiam sua insegurança sobre o tipo de homem que pretendia ser quando finalmente crescesse.

Ela havia acabado de se mudar para um estúdio na West Fourth Street, um prédio de três andares, sem elevador, um apartamento que mal tinha espaço para uma cama, mas que tinha janelas francesas grandes que davam para uma rua de três faixas do West Village.

No início, quando ainda estava flertando com Imogen, depois da noite em que se encontraram no Moomba, Andrew enviava dez buquês de flores por dia para o apartamento dela. Os dois viajaram o mundo todo no jatinho dos pais dele. Ele não aguentava ficar longe dela e, em pouco tempo, Imogen permitiu que ele se mudasse para seu minúsculo apartamento. Apenas alguns meses depois que foram morar juntos, Andrew engordou de modo grotesco. Ele não tinha o que fazer durante o dia, então, enquanto Imogen saía para trabalhar todos os dias como editora-assistente, ele dormia para curar suas ressacas e pedia comida do restaurante chinês esquisito da rua deles, cheio de gatos ao redor do caixa. Às vezes, ela voltava para casa no meio da tarde depois de uma sessão de fotos cansativa e o encontrava no estúdio do andar de baixo, vendo novela com a velha armênia que morava lá.

— Olha, a gente precisa ser amigo dos vizinhos — disse ele, apoiando o peso do corpo contra o dela, quando subiam as escadas de volta para casa. — Você é tão esnobe.

Certo dia, Imogen abriu a conta de telefone e viu um total de 1.300 dólares em ligações para um disque-sexo. Os pais dele eram bilionários, mas ela estava ali, morando num apartamento minúsculo pelo qual se matava para pagar, e ele ainda dava o prejuízo de uma conta de telefone com o dobro do valor do aluguel. Andrew chegou em casa tarde naquela noite, com dois olhos roxos, e negou tudo. Então, foi ao banheiro e ficou lá por vinte minutos, terminou o papelote de cocaína que estava em seu bolso e confessou tudo. Sua mãe, cheia de joias e cheirando a uísque e desespero, foi buscá-lo de manhã para mandá-lo para uma clínica de reabilitação chique no deserto de Nevada. Três meses depois, Imogen conheceu Alex. Ela atendeu a porta na manhã de um domingo, vestindo uma das camisas velhas de Andrew, cor-de-rosa e de botões, shorts e chinelos brancos roubados de algum hotel, ainda curando as feridas deixadas pelo relacionamento ruim e cuidando de uma ressaca de coquetel French 75. "Que horas são?", perguntou-se ela, primeiro pensando no horário de Nova York e depois fazendo as contas para considerar o horário do lugar para onde Andrew fora levado.

Um homem bonito estava ali, segurando um maço de papel. Seus cabelos pretos eram cacheados e chegavam até seu queixo de pugilista. Ela ficou olhando fixamente para ele, e só percebeu isso quando viu os lábios carnudos e levemente rachados dele sorrirem.

— Desculpa, pode repetir o que acabou de me dizer? — perguntou ela ao belo desconhecido. Ele estava ali para entregar notificações da Justiça a Andrew. Algum idiota com quem Andrew havia brigado em um bar provavelmente percebera que ele tinha grana e o estava processando por agressão.

— Ele não mora mais aqui. Está esturricando no deserto.

Alex não podia ir embora sem entregar as notificações a Andrew ou conseguir um endereço onde pudesse entregá-los. Imogen o convidou para entrar e tomar um chá e correu para o banheiro para prender os cabelos desgrenhados em um rabo de cavalo, passar um

#Falsiane 113

pouco de corretivo embaixo dos olhos e brilho nos lábios e espirrar spray de menta na boca. Não conseguiu controlar o riso quando saiu do banheiro e o encontrou tentando se ajeitar na poltrona minúscula, antes de ela ligar para a insana mãe de Andrew para pedir o endereço dele. Durante a hora que sua ex-sogra demorou para retornar a ligação, Imogen descobriu que aquele jovem advogado era a primeira pessoa de sua família a cursar a faculdade — e fizera Direito na Yale. Ele não se preocupava nem um pouco com roupas; nem precisava, já que mantinha o corpo de 1,87m em forma praticando boxe na academia de seu pai no Lower East Side. O estilo vai muito além de um nome de marca na etiqueta das roupas, observou Imogen.

Ele era diferente de todos os seus namorados anteriores. Muito inteligente, acreditava em igualdade e democracia, valores que o faziam passar noites garantindo os direitos daqueles que não podiam se defender. Ele tinha a ambição de entrar para a política, mas, por enquanto, estava feliz onde estava, até grato. Parecia especialmente grato por estar no apartamento de Imogen.

Depois que ela descobriu o paradeiro de Andrew e Alex despachou os documentos para outro canto do país por meio de um portador, o jovem advogado se despediu. Imogen ficou desesperada por ele ter esperado nove dias para lhe telefonar, convidando-a para jantar. Naquele primeiro encontro, eles foram ao Piadina, na West Tenth Street, riram por horas a uma mesa de madeira pequena no porão apertado cheio de fumaça de cigarro, cheiro de alho refogado e Dean Martin cantando, com o som vindo de uma caixa acústica atrás da estante, no canto. A cera da vela no centro da mesa queimou até a borda do gargalo da garrafa de Chianti, onde estava presa, e a noite terminou.

Ela notou que ele bebericava o vinho devagar, sentia o aroma levando a taça aos lábios e mantinha o líquido na boca por um tempo para poder degustá-lo de verdade, muito diferente de Andrew, que bebia goles grandes, mais interessado no efeito entorpecente do álcool do que no gosto. Alex olhava para ela enquanto comiam, olhava com intensidade, os olhos famintos, para o corpo todo dela, sem sequer disfarçar o fato de que estava gostando de olhar para seu decote, que talvez estivesse pronunciado demais em uma blusa de caxemira de gola baixa. Pela primeira vez desde que ela havia começado a namorar, na adolescência, não sentiu um frio no estômago. Na verdade, ela se sentia muito calma com aquele homem. "Pronto", pensou consigo mesma. Simples. "Pronto."

Ela se controlou o máximo que pôde, mas depois de algumas semanas, os dois fizeram um sexo incrível no minúsculo apartamento dele no East Village, dominado por livros e uma cama enorme. Alex a despiu lentamente e a beijou pelo corpo todo. Era o amante menos egoísta que ela já tivera. Era o tipo raro de homem que se dava bem com a avó e também com o melhor amigo da namorada — o oposto de Andrew. Em todo jantar de negócios para o qual ela era convidada, o produtor perguntava se Alex iria acompanhá-la. Imogen sentia grande orgulho ao entrar em um salão com aquele homem lindo e alto. Sua elegância casual e o fato de viver em um episódio de *Law & Order* o tornavam a companhia perfeita para um jantar.

Tinha sido fácil desapegar de Andrew. Na época, o Google não existia ou se existia, Imogen não sabia. Certamente, não existia Facebook. Quando essas coisas se tornaram peças essenciais da vida de todo mundo, Imogen já era casada e feliz. Mesmo em eventos sociais, ela e Andrew raramente se encontraram. Um ano antes daquele desfile, ela leu que ele se tornara congressista e concorria ao Senado.

Imogen nunca achou que ouviria o nome dele e o de Eve na mesma frase, mas não deixaria sua surpresa transparecer na frente de Addison.

— Tenho certeza de que você sabe mais do que eu, querido.

— Ah, como sempre, não sei muita coisa. Sei que Eve o conheceu em julho e foi vista saindo do apartamento dele na One Fifth Avenue seis vezes nas últimas três semanas, de manhã cedo.

— Muitas pessoas moram naquele prédio, Addison.

— Muitas pessoas não têm uma escada privativa para a garagem.

— Mas o que acha de eu investigar para você e você fazer meu tempo ter valido a pena com uma matéria sobre a ótima campanha #CenasDasFileirasDeTrás da Glossy.com?

— Gosto do modo como você negocia, Tate. Enviarei uma mensagem de texto para você amanhã. — Addison estava se sentindo J.J. Hunsecker, se o telefone de Hunsecker no "21" Club fosse substituído por um tablet.

Imogen era péssima como fonte, mas Bridgett não era.

— Não sei nada sobre o Camisa Cor-de-Rosa e o Vestido Justo Cor-de-Rosa, mas posso perguntar a algumas das pessoas que podem saber — disse Bridgett quando Imogen ligou para ela. Bridgett ficou presa nos bastidores, gravando uma entrevista com o *Extra* durante a hora seguinte.

Contudo, antes que uma delas pudesse ajudar Addison em sua busca por informação, Imogen recebeu uma mensagem de texto do site de fofocas Page Six.

> >>>>O congressista Andrew Maxwell do Nono Distrito de Nova York tem um novo amor. Soubemos que o político, de 49 anos, está namorando a diretora editorial da Glossy.com, Eve Morton, de 26.<<<<

Imogen clicou no link para ler mais e viu uma foto de Andrew e Eve — ela com os cabelos presos em um coque de primeira-dama, e os cabelos dele parecendo os do boneco Ken. Ele vestia um smoking e ela, um vestido vermelho Badgley Mischka longo.

O novo casal apareceu no início da semana na casa do prefeito, a Gracie Mansion, para um jantar em homenagem ao rei da Tailândia. Maxwell, eleito para o Congresso dois anos atrás, tem passado seu tempo com a jovem empreendedora residente de Nova York, que se formou na Universidade de Nova York e depois fez MBA em administração em Harvard antes de voltar a Nova York para lançar um aplicativo na Robert Mannering Corp.

Maxwell e Morton foram vistos juntos recentemente no Hamptons, levantando rumores de um relacionamento. Soubemos que, apesar da diferença de 23 anos, eles pareciam muito carinhosos um com o outro e ficou muito claro que estão juntos. 'Eles estavam de mãos dadas e se beijavam pelos cantos', revelou uma de nossas fontes a respeito de um encontro que eles tiveram em East Hampton no verão. Outras fontes declararam que eles formam um belo casal: 'Ele está em excelente forma, se parece um John F. Kennedy Jr. loiro'. Os dois assumiram o namoro no evento em questão, pois posaram para fotos de mãos dadas. Uma hora depois que entramos em contato para que comentassem a situação, a foto foi deletada do site do fotógrafo Billy Farrell, mas apareceu de novo minutos depois. Acreditamos que as assessorias não tinham chegado a um consenso sobre como lidar com isso, principalmente porque Maxwell já foi namorado da atual colega de Morton na *Glossy*, Imogen Tate.

Ai. Por que eles tinham que arrastá-la para aquilo?

O telefone dela se encheu de mensagens de texto de Bridgett e depois de Massimo.

>>>>Eve e Camisa Cor-de-Rosa. Creeeeedo<<<<

>>>>Poder e sobriedade obviamente prejudicaram o bom senso do Camisa Cor-de-Rosa<<<<

E uma de Addison.

>>>>Fomos furados.<<<<

Aquela vaca estava roubando sua vida.

CAPÍTULO 8

Eve não estava tentando ser difícil, mas o que havia acontecido no desfile de Senbi? Ela tinha enviado mensagens de texto para Imogen, tipo... umas cinquenta vezes querendo descobrir como entrar nos bastidores. Quem não olha o próprio celular? E por que Imogen estava se escondendo nas fileiras de trás de todos os desfiles como uma esquisita? O que estava aprontando?

Eram cinco da manhã do segundo dia da Fashion Week e, como fazia todas as manhãs antes de o sol nascer, Eve se sentou na cama, com os equipamentos todos espalhados à sua frente como um centro de comando, bebendo um Red Bull diet. Sorriu ao ver que sua foto #HoraDeDormir no Instagram tinha recebido 536 curtidas. Ela repostou a foto na conta oficial da *Glossy*. A legenda: "Nossa diretora editorial é linda até na hora de dormir! Bons sonhos."

Ela só queria que Imogen entrasse no clima. No fim da noite passada, Eve enviou um e-mail para Imogen pedindo para que ela, por favor, criasse uma lista no Google Doc com todos os estilistas que estava tentando angariar para o aplicativo da *Glossy*. Ela chegou a responder perguntando o que era Google Docs. "Fala sério! Ela só podia estar brincando."

Em seguida, Eve lhe perguntou qual era o e-mail pessoal dela e — olha só! — Imogen não tinha conta no Gmail. Usava o endereço do Hotmail para mensagens pessoais. Eve não era nem nascida quando as pessoas pararam de usar o Hotmail.

Como Andrew conseguiu namorar essa mulher por tanto tempo? Claro, Imogen Tate era uma editora de moda fantástica, mas como alguém podia ir tão longe na carreira sendo tão inapta em relação à tecnologia? Eve não conseguia entender.

Sabia que Imogen pensaria o pior a respeito do namoro dela com Andrew, acharia que eles tinham se conhecido por causa dela, de alguma forma. Claro, Eve sabia tudo sobre Andrew e Imogen. Ela já tinha pesquisado tudo sobre Imogen no passado, todas as melhores assistentes faziam isso. Conversou com alguns jornalistas, alguns amigos antigos, leu quase todos os e-mails que a mulher já havia enviado. Assim, conseguia manter a vida da chefe em ordem. E também era um tanto divertido e interessante. Ela sabia que Andrew era ex-namorado de Imogen.

Quando a abordou naquele evento beneficente Amiguinhos de Andrew Maxwell, no Elspeth Pepper's Hampton, no verão, ele não fazia a menor ideia de que Eve conhecia Imogen, muito menos que já tinha trabalhado para ela. Era uma festa repleta de pessoas com menos de trinta anos, gente importante — em sua maioria, filhos de pessoas que tinham sido importantes por muito tempo, menos ela. Eve estava pronta para impressionar. Não era mais a Evie Morton de Kenosha. Era uma mulher formada em Harvard e isso tinha seu valor. Pediu uma taça de vinho branco no bar, mas não bebeu. Nunca bebia. Detestava perder o controle. Lançou olhares insinuantes na direção de Andrew enquanto ele andava pelo salão, cumprimentando pessoas e, em determinado momento, tentando mostrar que ele também era jovem e moderno ao fazer uma dancinha na pista de dança improvisada. Quando terminou, olhou para Eve, e ela lhe mostrou a língua de modo brincalhão, e caminhou até a varanda de pedras com vista para uma quadra de tênis impecável.

— Você joga? — perguntou ele, sem se apresentar.

— Não profissionalmente. — Ela se virou para olhá-lo de frente, com as costas eretas e o corpo apoiado em sandálias Christian Louboutin de oito centímetros compradas para aquela ocasião. — Sou melhor no golfe.

Ele lhe enviou uma mensagem de texto no dia seguinte, convidando-a para jogar golfe. Eve não se deu ao trabalho de mencionar que estava tentando conseguir um emprego novo e importante na *Glossy* e só o fez quando percebeu que o havia fisgado. Não estava mentindo, apenas omitindo; e, quando ele mencionou conhecer Imogen, ela se fez de tonta.

Os homens eram burros.

Andrew era, claramente, um homem que havia conquistado muitas mulheres no auge de sua vida, provavelmente mais de uma por vez. Agora, precisava de uma esposa. Solteirões candidatos à política eram malvistos. Era assim que começavam os boatos de encontros em banheiros de aeroportos.

Eve clicou na aba do *New York Post* para reler a nota sobre ela e Andrew. Quase meio dia havia se passado, mas ela ainda sentia uma onda de emoção ao ver seu nome na coluna de fofoca. Então, abriu sua outra conta de e-mail para apagar a "dica" que ela havia enviado ao novo colunista de fofoca do jornal. "Ele está em excelente forma física, é um John F. Kennedy Jr. loiro' tinha sido uma boa ideia", pensou. Sua mãe sempre foi obcecada com as fotos de JFK Jr. na revista *People*.

Agora que a imprensa estava de olho eles, onde poderiam jantar à noite e chamar a atenção? Carbone? Michelle Obama e Kim Kardashian tinham ido lá na noite anterior... Não a mesma mesa, mas perto o suficiente para saírem na mesma foto. Certamente haveria *paparazzi* do lado de fora naquela noite.

Perfeito.

Ela pegou seu Kindle para ler em voz alta sua frase para o dia. De Sun Tzu, *A arte da guerra*: "A excelência suprema consiste em quebrar a resistência do inimigo sem lutar."

★ ★ ★

Imogen tinha menos de uma semana para preparar uma festa e quase nenhum funcionário para ajudá-la. Folheou as fichas cheias de orelhas em seu antigo fichário organizador, que agora ficava dentro de uma gaveta na mesa da cozinha, onde estaria protegido de olhos críticos. A pasta já estava funda, pesada, com duas décadas de informações de contatos de todo mundo, desde a costureira de Imogen até chefes de equipe de duas ex-primeiras-damas dos Estados Unidos, que tinham pedido conselhos seus quando foram se vestir para a posse.

Folhear as fichas era um passeio por suas vidas profissional e pessoal. Ao fazer isso, ela percebeu que era meio maluca por contatos. Quando alguém falecia, Imogen achava que dava azar tirar o cartão do contato da pasta. Então, ela simplesmente dobrava a ponta do lado inferior direito da ficha. Era uma mania estranha que nunca havia admitido em voz alta nem explicado a ninguém. Os contatos do dia a dia estavam em seu telefone, claro, como qualquer outra pessoa do século XXI fazia, mas, quando planejava festas e eventos, ainda preferia fazer a lista de convidados usando aquele dinossauro.

Certo. Eve queria estilistas. Imogen sabia que seria fácil fazer com que seus amigos leais se envolvessem na parada — Carolina, Michael Kors, Rag & Bone —, além dos jovens estilistas, aqueles que aparecem até na abertura de um envelope, porque querem se promover. Naturalmente, a máfia asiática de estilistas gatos estaria ali: Alexander Wang, Prabal, Jason Wu, Thakoon e Peter Som. Os dois estilistas da Proenza Schouler seriam a grande atração, mas Imogen sabia que não deveria se preocupar. Nos últimos tempos, eles não apareciam em lugar nenhum, a menos que achassem que isso os ajudaria na *Vogue* italiana. Simplesmente, eles eram bacanas demais para qualquer coisa americana. Por um segundo, pensou em convidar Carolina Herrera, mas sabia que ela também não se daria ao trabalho de aparecer. Em vez disso, mandou um convite para sua inimitável profissional de relações públicas, Mercedes. Ninguém tuitava sobre festas como Mercedes. A garota era Proust com *hashtags*.

Essa festa estava em cima da hora. Imogen costumava passar seis meses aprovando planos para o evento de moda anual da *Glossy*, Mulheres na Moda, sempre realizado na última semana de março. Ela tentou ignorar seus pensamentos quando considerou que Eve queria que ela fracassasse. O orçamento ideal para esse tipo de evento seria de 150 mil dólares para uma festa e um jantar no Waverly Inn. O coquetel da noite obviamente seria o French 75, em taças de coquetel *vintage*. Em seu mundo perfeito, Imogen contrataria Anthony Todd para cuidar de todas as flores e da arrumação das mesas. Ela se permitiu um minuto para aproveitar a lembrança de uma das melhores festas da Fashion Week à qual já tinha ido. Paris, em 2004. Pequena. Todas as melhores são pequenas. A produtora do sr. Valentino chamou os convidados poucas horas antes do início da festa, para criar uma aura de urgência em torno o evento.

— Não conte a ninguém — pediu baixinho ao telefone.

Começou às onze da noite, no porão glamorosíssimo do hotel Ritz, com espelhos embaçados e pequenas lâmpadas sobre as mesas baixas e pretas com cadeiras em madrepérola. Todos no salão estavam incrivelmente sensuais, como se tivessem saído das páginas da *Vogue* francesa. Em meio à fumaça, pequenos grupos de modelos dançavam juntos, ao som das músicas dos Rolling Stones, que tocavam alto demais. Havia algumas atrizes ali, o fotógrafo Bruce Weber, alguns daqueles tipos artista/modelo britânicos, como Johnny Rothschilde, e uns integrantes do Duran Duran. Ninguém conversava. Não havia comida, porém, um desfile interminável de garçons servia o mais delicioso champanhe rosé em bandejas de prata.

Bastava de sonhar acordada.

Eve havia disponibilizado cinco mil dólares para aquele evento (uma quantia que ela fez questão de deixar bem claro que considerava incrivelmente generosa) — cinco mil por uma locação, funcionários, um *open bar*, petiscos, música e flores. Para uma festa para duzentas pessoas, isso dava 25 dólares por cabeça, o que eram cinco dólares a menos por pessoa do que ela havia gastado na última festa de aniversário de Annabel em uma loja de cerâmica na Christopher Street.

— Consiga alguém para patrocinar as bebidas! Vamos fazer a festa na sua casa, com certeza é grande o bastante — disse Eve quando Imogen ousou erguer uma única sobrancelha ao ouvir o valor do orçamento.

Parte do pacote de remuneração de Imogen quando ela entrou na Robert Mannering incluía fazer a empresa assinar o financiamento da casa de sete milhões de dólares na Jane Street que sua família ocupava agora. Seu pacto com o diabo. Sara Bray, a ex-diretora criativa de uma revista de design de interiores agora extinta, sua amiga de longa data desde a escola, ajudou Imogen com a decoração do interior da casa, uma mistura calculada de chique com conforto e acolhimento. Um tom erva-doce criado sob encomenda decorava as paredes da sala de estar ampla e arejada que tomava a maior parte do primeiro andar da casa. Arte moderna, incluindo um desenho caro, mas muito pequeno de Cy Twombly, dividia espaço na parede com tapeçaria marroquina pela qual Alex havia pechinchado em uma feira noturna em Tangier. No canto, havia uma Victrola grande e antiga, com um alto-falante grande e azul que Imogen comprou em uma loja de antiguidades na Royal Street, em Nova Orleans. Eles mantiveram as cornijas originais e o teto de metal corrugado, mas os repintaram com acabamento amarelo. Havia livros na parede da esquerda, e fotos da família ocupavam a prateleira acima da lareira, que funcionava. Uma mistura de antiguidades com peças modernas e poltronas confortáveis e enormes satisfaziam a necessidade que Imogen tinha de nostalgia e conforto e a adoração de Alex por linhas claras e definidas. Portas francesas de nogueira davam para um jardim cheio de mobília Panton. Havia trepadeiras na cerca. Nas festas, ela acrescentava pequenas luzes mágicas aos galhos.

Certa vez, foi feita uma matéria em sua casa para a seção Estilos do *The New York Times*, na qual Imogen posou muito bonita no divã de veludo cinza na sala de estar, com exemplares da *Glossy* em meio à *Grazia* e à *Vogue* francesa na mesa de centro pintada de azul Yves Klein. ("Ela está vestindo Prada, mas não chamem essa editora de diabo", dizia a legenda.)

Ela adorava dar festas. Nos cinco anos desde que eles tinham assinado a hipoteca, Imogen havia realizado uma dúzia de festas na casa, principalmente para a revista, mas às vezes também para comemorar o aniversário de um amigo e, certa vez, para um evento beneficente de um senador de Nova York. Metade dos eventos tinha sido um sucesso estrondoso. A outra simplesmente havia dado certo graças ao fato de os convidados terem chegado e o jantar ter sido servido. Em uma noite memorável, Imogen chegou trinta minutos atrasada para sua própria festa, depois de os convidados já terem comido a refeição principal. Às vezes uma mãe que também trabalhava fora tentava fazer tudo — e às vezes dava certo.

Ashley foi incumbida de ajudar a encontrar um patrocinador para as bebidas. A cada dia, a moça impressionava Imogen ainda mais. Ela conseguia fazer as coisas, encontrava soluções elegantes, direcionava a criatividade para a tecnologia. Imogen farejava um talento puro ali, que lhe fazia lembrar de si mesma no início da carreira — isso se ela, no início da carreira, fosse capaz de organizar pensamentos com até míseros 140 caracteres.

Foi ideia de Ashley usar cartões virtuais Paperless Post para os convites de última hora, e Imogen enfatizou e usou o caráter urgente do convite a seu favor em seu texto: "Planos muito elaborados não se comparam àqueles feitos com capricho. Por favor, venha comemorar com Imogen Tate e Eve Morton, da Glossy.com, na casa da própria editora-chefe". Ela convenceu seu amigo Danny, um chef revelação, daquele que fazia coisas com espumas e moléculas, a ajudá-la com a organização por meros 4.500 dólares. Modelos do sexo masculino, recém-chegados de Des Moines, trabalhariam como garçons e bartenders de graça, só pela chance de circular entre a nata da moda.

Ela conseguiria cumprir a missão.

★ ★ ★

TODAS AS MÃES NA ENTRADA DA ESCOLA estavam desesperadas para conseguir um ingresso para a festa da Fashion Week de Imogen.

— Pode ser o acontecimento mais interessante do meu ano! — disse Sara, mãe de Jack, para Imogen, enquanto as duas atravessavam os portões de ferro forjado da escola de ensino fundamental Country Village, para dentro do oásis de verde, um caminho pontuado por narcisos e árvores frondosas. Pequena, com enormes olhos pretos e cabelos curtinhos e pretos, Sara era advogada tributária e muito preocupada com suas atitudes. Jack tinha os mesmos olhos e praticamente o mesmo corte de cabelo, numa cabeça em forma de amendoim.

Havia dois tipos de mães na escola dos filhos de Imogen: as que trabalhavam e as "empresárias", as mães que ficavam em casa, mas cujos maridos bancavam seus produtos orgânicos para a pele ou suas linhas de bolsas de caxemira. Por um breve período, quando Imogen passou alguns meses se recuperando em casa, ela pôde vivenciar o que era fazer parte da tribo de mães que ficavam em casa. Nas primeiras semanas, foi maravilhoso. Ela tentou cozinhar todas as receitas do livro de Jessica Seinfield. Cada vez mais ansiosa, na quarta semana ela se perguntava se também conseguiria ter sucesso com um creme labial orgânico.

As mães empresárias, sempre vestidas com roupas justas da cabeça aos pés (que mais pareciam fantasias de Mulher Gato do que roupas que alguém usaria para suar na academia), eram as mais gostosas, graças a todas as aulas de *spinning* que faziam juntas. As mães que trabalhavam geralmente entravam e saíam apressadas, ansiosas para chegar ao trabalho na hora, mas, naquele dia, com a fofoca da Fashion Week a ser discutida, nem mesmo as mães que trabalhavam se importaram em demorar. As babás se contiveram.

— Tenho certeza de que não será a coisa mais importante que você fará no ano, mas é claro que você é bem-vinda — disse Imogen.

Sara soltou um gritinho de felicidade assim que Bianca Wilder, uma mãe que era atriz, vencedora do Oscar, inclinou-se para participar da conversa. Com uma beleza hollywoodiana, as sobrancelhas de Bianca viviam arqueadas de surpresa. Ela tinha uma boca pequena em forma de botão de flor e uma pele que se tornava mais firme a cada semestre.

— Parece que você ganhou uma cor — comentou Sara sobre o bronzeado perfeito de Bianca, que então tocou o rosto com um olhar de terror.

Imogen se lembrou dos anos 1990, quando elogiar o bronzeado de alguém era algo bom. Significava que a pessoa havia acabado de voltar de férias fabulosas em St. Barth. Agora, o bronzeado era um insulto.

— Usei chapéu quando fomos para a Turquia — disse Bianca, na defensiva.

— Ficou no ponto ideal — elogiou Imogen. — Brilho perfeito.

Fazia apenas três anos que Bianca havia ganhado o Oscar por interpretar uma bióloga paraplégica que vivia com macacos no Congo, mas Imogen achava que seu melhor papel era o que ela interpretava na escola, quando agia como a "mãe normal".

Nas semanas seguintes ao Oscar, ela fez questão de ir à escola bem desleixada. Sempre que alguém a parabenizava, ela insistia em dizer coisas como: "Ah, estou tão cansada de mim mesma", enquanto revirava os olhos e ria como só uma vencedora do Oscar faria. Em seguida, ela falava mais baixo e acrescentava: "Meu trabalho verdadeiro é ser a mãe da Sophie. Quero dizer, trabalho em Hollywood, mas não participo de Hollywood."

Bianca se esforçava muito para cultivar a falsa intimidade com outras mães da escola e tinha um pequeno exército de mães comuns que a seguiam por todo o bairro, sempre se oferecendo para lhe fazer favores, como entreter sua babá e seus filhos no fim de semana quando ela teve que viajar para Londres para o prêmio BAFTA ou dar comida a seu gato três vezes por dia enquanto ela estivesse filmando em Morea.

A atriz prendeu os cabelos em um rabo de cavalo rápido.

— Como está o trabalho, querida? — Abraçou Imogen depressa. Bianca tinha sido capa de uma edição da *Glossy* no ano passado. Imogen não estava presente à sessão, mas soube, pelos comentários que correram, que o termo "diva" seria pouco para descrever o comportamento de Bianca.

Algumas estrelas queriam ficar com uma saia ou um par de brincos que haviam usado durante a sessão. Bianca quis tudo, desde a calcinha até os brincos de diamante... E quis a mesma roupa em outras três cores.

— É diferente voltar — disse Imogen, de maneira neutra. — Você sabe que a revista agora é um aplicativo, o que foi uma mudança enorme. Temos uma nova diretora editorial. Ela é jovem e ambiciosa e, às vezes, meio difícil de lidar. Precisei entrar no Twitter e isso foi um desastre.

Kara soltou um suspiro e as outras mães olharam para ela, confusas.

— Kara, você é ótima no Twitter — observou Sara.

— Ah, não sou eu. Contratei uma pessoa para tuitar por mim.

Imogen não ficou chocada e sentiu uma grande vontade de fazer a pergunta que não queria calar.

— Quanto você paga a essa pessoa?

— Pagávamos 120 mil dólares por ano — respondeu Kara, de maneira muito casual. — Até que ela decidiu parar semana passada. Disse que precisava fazer algo mais significativo. Acho que agora ela cria tuítes para uma empresa de namoro on-line. Como é a diretora editorial, Imogen? Ela é bacana?

Imogen pensou na resposta. Não havia muito sentido em enfeitar a realidade.

— Ela sabe ser charmosa, vou admitir — respondeu, decidida. — Mas não, não é legal. Não é nem um pouco legal.

— Eu entendo — disse Maryanne. Ela era uma consultora financeira que havia deixado o emprego em um grande banco recentemente para entrar no mundo das *start-ups*. Sua nova empresa, a MEVest, era uma plataforma que oferecia administração simples e eficiente. Independentemente das condições climáticas, Maryanne sempre vestia um terninho perfeitamente bem-cortado e prendia os cabelos em um coque. Usando óculos de aros escuros, ela radiava uma aura descolada e de sucesso. — A CEO da MEVest é uma vaquinha — continuou. — "Legal" não faz parte do vocabulário dela.

— Ela também estudou administração em Harvard? — Imogen riu.

— Não. Ela praticamente terminou a faculdade agora. Começou a gerenciar o dinheiro de outros alunos enquanto cursava economia e ciência da computação na UPenn. Posso contar várias histórias. Ela se acha mais do que seria possível imaginar. Acredita de verdade que tudo o que diz é lei. Que é a pessoa mais esperta do mundo.

Isso fez Imogen rir.

— O que acontece com essas garotas? Tem a ver com idade?

Sara suspirou.

— Como a moça de vinte e poucos anos que contratamos na empresa, que queria ter a própria sala depois de seis meses.

Campbell, uma executiva de TV a cabo que raramente participava das fofocas das mães, disse:

— Temos muitas dessas. Elas acreditam que merecem receber mais de cem mil assim que saem da faculdade.

— Talvez seja uma coisa da idade. Culpa da geração Y. — Maryanne fez aspas com os dedos ao dizer "geração Y". — Dizem que os pais superprotetores e o excesso de elogios transformaram as pessoas dessa geração em monstros. Mas todo mundo disse a mesma coisa a respeito dos folgados da geração X, e acho que acabamos bem. — Olhou para os dois lados e, então, passou a falar mais baixo, em tom conspiratório. — Não estamos sozinhas.

— Como assim? — perguntou Imogen.

— Você tem Facebook?

Imogen suspirou.

— Relutei, mas agora tenho.

As crianças entraram na escola, alheias ao que as mães diziam, algumas ainda segurando as mãos de suas mães, outras distraídas com suas mochilas.

— Você precisa fazer parte de um grupo chamado Techbitch. — Maryanne disse a palavra sem emitir som, já que elas estavam cercadas de crianças.

— O que é? — perguntou Imogen, confusa. — O que é isso? É um grupo de apoio?

— Techbitch é meio que um verbo. "Ah, tenho muito o que techbitchar." Bom, acho que também é um substantivo, porque muitas pessoas têm uma chefe que é uma techbitch... como a minha... e a sua. — Maryanne sorriu. — Esse grupo só pode ser acessado por meio de convite pelo Facebook, e é onde as pessoas do mercado da tecnologia desabafam sobre seus empregos. Acho que qualquer um pode ser convidado, mas a maioria dos membros é formada por pessoas como nós, muito inexperientes em relação à tecnologia e que de repente veem que têm chefes de 22 anos em cargos importantes...

— A Eve não é minha chefe — interrompeu Imogen, mas Maryanne balançou a mão como se não importasse.

— Tanto faz. As pessoas contam as histórias mais hilárias. Uma mulher partiu numa viagem a negócios para Miami e foi forçada a dividir uma cama com a diretora e a gerente da empresa para economizar dinheiro. Acordou entre as duas.

Imogen levantou a mão para cobrir os lábios.

— Isso aconteceu comigo. Eve achou que não haveria problema nenhum nós duas dividirmos uma cama. Tive que dizer a ela que não havia nada de normal nisso. Pessoalmente, acho que ninguém deveria ver seus colegas de trabalho de roupa íntima.

As outras mulheres olharam para ela aterrorizadas.

— Fizeram um post hilário sobre diretores que forçam os funcionários a aprender coreografias para dançar no escritório — disse Maryanne.

— Um chefe faz todo mundo usar a mesma cor de roupa às sextas e outro insiste em tirar selfies com os funcionários o dia todo. É muito engraçado. Você vai adorar.

— É anônimo?

— Sim. O nome de quem posta não é revelado.

As mães que trabalhavam estavam todas reunidas. Imogen ficou curiosa.

— Quantas de vocês têm uma chefe mais jovem agora? — Cerca de metade delas ergueu a mão. Imogen tentou outra pergunta: — E quantas de vocês trabalham diretamente com uma techbitch?

Todo mundo levantou a mão.

Meu Deus. Imogen achava que estivesse sozinha. Não fazia ideia de que isso acontecia em todos os negócios.

Imogen estava interessada.

— Como faço para entrar?

— Ah, posso convidar você — disse Maryanne. — Mas tome cuidado, é viciante, você é capaz de passar o dia todo ali.

— Bom, mal posso esperar para ver hoje à tarde. — Imogen sorriu.

Sem saber muito bem como entrar em um grupo de Facebook, ela pensou em ir ao Genius Bar na Apple Store da Prince Street para ver se eles poderiam lhe dar um tutorial rápido a caminho do trabalho.

Aquele Genius Bar era seu segredinho. Os rapazes de lá a conheciam pelo nome. Surpreendentemente, eles nunca eram arrogantes e sempre se mostravam animados para ajudá-la a aprender algo. Foi o Mike, do Genius Bar, que tinha um piercing no nariz e olhos intensos, que cantava baixinho, que a ajudou a criar sua conta no Facebook. Ele fez isso enquanto cantarolava "Save the Best for Last", de Vanessa William, num tom perfeito. Ela preferia ir lá logo cedo, quando eram só ela e um grupo elegante de senhoras de cabelos arroxeados dispostas a aprender os melhores recursos de *scrapbooking*.

Maryanne pegou seu iPhone.

— Qual é seu e-mail pessoal?

— Ah, pode mandar para a minha conta da *Glossy* — respondeu Imogen.

Maryanne riu.

— Você não vai querer que isso entre em sua conta do trabalho. Se for demitida, eles podem ver tudo o que foi escrito ali.

Imogen não sabia disso. Nunca prestara muita atenção a qual conta de e-mail usava. Seus e-mails pessoais estavam todos misturados com os de trabalho. Ela deu a Maryanne sua conta do Hotmail, sabendo muito bem que o Hotmail não era bem-visto. Pelo menos, Maryanne não se retraiu ao ouvir aquilo.

— Vou mandar um convite para você para a página TECHBITCH quando chegar ao trabalho. Você vai amar.

Conforme o prometido, quando Imogen chegou ao escritório, em meio aos e-mails prometendo aumento peniano e anunciando novas vendas on-line da J.Crew, havia uma mensagem enviada por Maryanne. No corpo do e-mail, havia um alerta: "Só me dou trinta minutos por dia aqui. Juro que esse grupo acabaria com a minha produtividade se eu permitisse. Aproveite!"

Imogen sentiu arrepios de animação, sabendo que estava prestes a fazer uma travessura, quando clicou no link de acesso à página protegida por senha. Ela olhou por cima da borda da tela de seu Mac e pelo vidro de sua sala para ter certeza de que não estava sendo observada. Era um gesto irracional, já que ninguém poderia ver sua tela de qualquer modo. Imogen riu quando chegou à página. A foto de perfil era a de uma mulher de sua idade, aparentemente, sentada na frente do computador, arrancando os cabelos. Sua expressão mostrava uma mistura de frustração, raiva e desespero. Era como Imogen se sentia pelo menos dez vezes por dia.

Maryanne tinha razão: tudo era anônimo. Imogen conseguia ler os posts e os comentários, mas a página nunca mostrava quem estava postando nem comentando. Alguns dos posts eram divertidos, outros eram tristes, amargos. Imogen se identificou com todos.

"Às vezes, eu me sinto como um fantasma no escritório. Trabalho no mercado de agências de viagem há vinte anos. Eu me considero uma especialista na área, mas, em nossa agência *start-up*, o verdadeiro astro é a fundadora e CEO de 23 anos. As pessoas me ignoram nas reuniões e se voltam para ela, apesar de todos os meus anos de experiência. Dói, mas comecei a aprender que preciso praticar a humildade. Não posso gastar energia me irritando sempre que alguém passa por cima de mim ou pergunta a ela o que acha a respeito de algo sobre o qual eu sei que ela não faz a menor ideia."

"Minha chefe fala comigo enquanto faz xixi."

"Nossa gerente anda pelo escritório fazendo tranças nos cabelos de todo mundo, mesmo de quem não gosta."

"Minha diretora de 26 anos revira os olhos sempre que digo que preciso sair cedo (às sete!) para jantar com meus filhos."

"Meu chefe não sabe quem é Duran Duran."

"Não sei a diferença entre Java e JavaScript, mas tudo bem."

Era fascinante espiar a vida de outras pessoas em situação parecida com a dela, saber que ela não era a única sendo atormentada por uma moça de vinte e poucos anos no trabalho. Em meio aos comentários horríveis, havia sábios conselhos.

"Não se esqueça de dizer a todos os seus funcionários da Geração Y que eles são ótimos... todos os dias."

"Não se dê ao trabalho de corrigir os erros gramaticais deles."

"Nunca, sob nenhuma circunstância, permita que os pais deles entrem no escritório."

"Procure evitar telefonar para eles, pois isso os assusta."

Imogen estava ao mesmo tempo assustada e animada com a ideia de contribuir com algo naquela página. Contudo, ficou com receio de fazer besteira. E se, por algum erro nas configurações de privacidade, ela fosse a única pessoa na página toda que não permanecesse no anonimato? Isso poderia acabar como o problema com o Twitter. Ela também não sabia bem o que escrever. Poderia falar sobre como Eve deixou vazar seus erros no Twitter. Aquilo seria material digno do Techbitch? Ela poderia contar sobre ter sido forçada a dividir uma cama ou sobre o fato de Eve ter insistido em usar os minúsculos vestidos Hervé em todos os lugares aonde iam, enquanto tentava fazer Imogen se vestir cada vez mais como uma mãe. O que não faltava era assunto para escrever. Maryanne tinha razão. Quando Imogen se deu conta, 45 minutos tinham se passado enquanto ela lia os comentários e sonhava em contribuir.

Ela seria capaz de ficar enfiada naquela página o dia todo. Era viciante e tinha gosto de vingança. Pela primeira vez em muito tempo, Imogen não se sentiu tão sozinha. Poderia ser a primeira e última vez que ela diria aquelas palavras, mas quando fechou a janela do Facebook, sussurrou:

— Bendita internet!

CAPÍTULO 9

Imogen tinha quinhentos dólares para gastar em flores para sua grande festa. Um pedido completo para festa na L'Olivier chegaria a cinco mil dólares. A opinião de Eve sobre o assunto era clara: "Que se danem as flores. Elas não aumentarão meu retorno sobre o investimento." Imogen acreditava que as flores podiam compor ou acabar com o clima de uma festa. O perfume melhorava o humor e completava o cenário. Quando começaram a namorar, Alex logo de cara percebeu que ela adorava flores frescas, sem que ela tivesse que dizer qualquer coisa.

Uma vez por semana, sem falta, ele levava para casa os arranjos mais lindos de margaridas, hortênsias e rosas, fazendo com que ela acreditasse que ele era o gênio criativo por trás dos arranjos.

Anos depois, ela soube que ele tinha feito amizade com a dona de uma pequena floricultura em Koreatown, a encantou com as poucas frases que ele sabia em coreano, e gastava uma boa parte de seu salário de assistente de advogado para comprar as flores toda semana. Song Lee ainda era a dona da loja, em um lugar que estava se transformando em um centro de flores. Imogen cruzou os dedos, torcendo para que Song aceitasse ajudá-la agora.

Um dia antes da festa, ela foi ao centro da cidade, saindo do Lincoln Center na hora do almoço, aproveitando o passeio de 25 quarteirões, trocando as botas Isabel Marant de saltos altos por sapatilhas. Para seu desânimo, Song não estava ali. Uma moça bonita com maçãs do rosto altas, como as de Song, usando uma blusa justa e laranja com leggins de couro marrom, digitava em um iPad atrás da caixa registradora.

— Minha mãe foi passar alguns meses na Coreia para cuidar de minha avó. Ela voltará em outubro, se você estiver planejando um casamento ou coisa assim — disse a moça, com um inglês perfeito, sem olhar para a frente. Era um forte contraste em relação ao inglês sofrível e charmoso de sua mãe. No crachá acima de seu seio direito, estava escrito Elen.

Imogen sorriu.

— Vou sentir falta do olho especialista de sua mãe. Ela sempre sabe ajudar a economizar quando o assunto é decorar meus eventos, mas talvez você possa me ajudar. Vamos fazer uma festa para a Glossy.com amanhã à noite.

A garota arregalou os olhos.

— Eu amo a *Glossy*! Acabei de baixar o novo aplicativo. — Imogen inclinou a cabeça, interessada. — Que ótimo. Comprei um par de sandálias de gatinhos Charlotte Olympia ontem. "Compre agora!" — Ela ergueu o punho no ar ao gritar a frase que já tinha virado marca registrada do site.

— Sim, "Compre agora!" — Imogen ergueu o punho levemente em solidariedade e então recebeu um toque da mão de Elen, o que fez com que se sentisse bem tola.

— Posso ajudá-la a escolher algumas coisas. Vocês estão bem em cima da hora, não? A maioria das empresas chiques faz seus pedidos com meses de antecedência. Teremos que trabalhar com o que temos nos fundos da loja. Quanto quer gastar?

Imogen não quis dizer a quantia. Sentiu-se envergonhada de dizer à garota que havia acabado de gastar 545 dólares naquelas sandálias Charlotte Olympia que tinha menos do que aquilo para as flores de uma festa "chique". Então, ela mentiu.

— A festa é muito, muito simples... pequena, uma lista de convidados muito restrita. Já fizemos um pedido *enorme* de flores mês passado. Eu teria comprado com vocês, mas tivemos que usar um dos grandes fornecedores da empresa. Só preciso de flores perfumadas no momento. Estou com muita vergonha por não ter pensado em pedi--las antes. Na verdade... — Imogen piscou —, vou ter que pagar por elas com meu próprio dinheiro para que ninguém perceba o escorregão. — Ela puxou cinco notas de cem dólares da carteira.

— Sua festa é amanhã à noite?

— É!

— Posso ajudar. É a ocasião perfeita para as sobras.

— As sobras?

— O mercado de flores desperdiça muuuuito. — Elen revirou os olhos. — Sempre pedimos mais do que precisamos e nunca damos flores a um cliente sem que elas possam durar uma semana depois da compra. Pareceria que estamos vendendo flores de qualidade inferior. Não é bom, sabe? Então, as sobras são flores que estão lindas hoje e que provavelmente estarão boas até tipo... a próxima terça. São só um pouco mais velhas do que as flores novas. Às vezes, nós as vendemos a donos de delicatessens por um bom preço. Muitas delas acabam no lixo. Venha, vou mostrar.

Elen levou Imogen pela loja estreita, passou por refrigeradores muito bem-organizados com margaridas, orquídeas, peônias, dálias e amarílis, além de tulipas e cactos. Passaram por uma porta tão baixa que Imogen teve de se abaixar para entrar na sala dos fundos, o coração da loja, a parte que os clientes nunca viam. O chão ali era de cimento, coberto por uma fina camada de serragem. À direita, havia um outro refrigerador de porta de vidro, um pouco mais sujo, um pouco mais velho, murmurando baixo para as duas mulheres.

— Pronto. Aqui estão as sobras. Pode olhar. Posso fazer um ótimo preço no que você levar. Eu me lembrei de você agora. Minha mãe fala sobre você. Ela diz que seu marido é lindo.

Imogen ainda ficava muito feliz quando alguém dizia que Alex era atraente. Ela não precisava da confirmação. *Sabia* que o marido era lindo, mas ficava feliz por ter sido a pessoa que o havia conquistado, ainda que tivesse sido por uma mudança repentina do destino, graças a um ex-namorado viciado.

— Ele é mesmo. Sou uma mulher de grande sorte. — "Um gostoso" era o que uma das outras mães já tinha dito sobre Alex em uma festa de Natal da escola, quando já estava mais do que alegrinha.

Apesar da superfície empoeirada, o refrigerador dos restos era uma arca do tesouro de flores lindas, algumas com folhas marrons aqui e acolá e algumas pétalas caídas, mas a maioria ainda estava intacta. Imogen gostou daquelas flores, cuja data de vencimento estava próxima, que não tiveram a chance de encher o caminho para o altar do casamento de alguém.

Ela escondeu o rosto em um buquê de magnólias, e o perfume de baunilha delas a levou de volta à primeira sessão de fotos que havia feito em Nova Orleans. Molly a havia levado até lá poucos meses depois de ela ter chegado aos Estados Unidos. Imogen nunca tinha visto nada igual àquela cidade. Os cheiros, as mansões no Garden District, a mistura de rostos negros, brancos e marrons, o jazz soando entre as árvores... Era como viver em um filme. Sempre havia alguma festa acontecendo. Ai, meu Deus... e a comida. Ela comia *beignets* no Café Du Monde toda manhã. O cheiro da massa doce em sua cabeça, misturado ao das magnólias de verdade, fez com que ela quisesse comprar uma passagem de avião. Imogen tirou todas as magnólias do refrigerador.

Elen estava entretida com seus aparelhos eletrônicos de novo quando Imogen apareceu, os braços cheios de sobras de flores. A menina olhou o buquê.

— Vou cobrar 450 dólares por elas, e com os cinquenta dólares restantes as entregarei aonde você quiser.

Imogen deu o endereço a Elen e enviou uma mensagem de texto a Tilly para que recebesse a entrega.

★ ★ ★

Eve estava sentada no sofá do escritório de Imogen.

— O que vai usar amanhã à noite? — perguntou Eve.

Imogen ainda se sentia abalada todas as vezes em que Eve era tão informal com ela. Sabia que não era justo se sentir desse jeito, e, se Eve fosse qualquer outra pessoa, Imogen se sentiria culpada por ainda vê-la como subordinada depois de ter sido promovida a uma posição tão importante. Entretanto, algo dentro dela ainda esperava que Eve a tratasse com o respeito que era comum nos dois primeiros anos em que trabalharam juntas. Imogen não queria que ela ficasse largada no sofá, com o vestido erguido na altura das coxas, as pernas compridas estendidas no meio da sala, as mãos atrás da cabeça.

— Pedi a Zac para pegar algo de sua nova coleção — respondeu Imogen, cruzando as pernas ao se sentar.

— Posso fazer isso também?

— Pode ser que seja tarde demais, mas posso ligar para ele.

— Ele vem para a festa? Eu o adoro.

— Não sei ainda.

Eve fez um bico, empurrando o lábio inferior, bem fino, sobre o de cima, mais fino ainda.

— Não tem como fazer ele vir?

Imogen riu.

— Não posso obrigar ninguém a fazer nada.

— Podemos expulsá-lo do site.

— Não vamos expulsar um dos melhores estilistas de roupas femininas do mercado de nosso aplicativo. Como isso nos beneficiaria?

— Alguém vai vir? Jesus, seu trabalho é ser fabulosa. Você vai conseguir fazer isso?

"Por quanto tempo vou tolerar essa mimadinha falando comigo desse jeito?"

— A festa será uma noite a ser lembrada. Será linda, Eve. Você veste 38 agora, certo? Vou fazer um telefonema rápido. Vamos conseguir algumas opções para você experimentar aqui hoje à tarde.

★ ★ ★

Alex levou as crianças para assistir a um filme no cinema, liberando o lugar para Imogen poder espalhar as flores dispostas no jornal que ela havia estendido na sala de estar. Tilly lhe disse para olhar no Pinterest, onde a nova tendência hipster era #DeliFlowers — arranjos de flores com caules comprados em lojas baratinhas.

O processo de fazer os arranjos de flores se tornou, estranhamente, um exercício de meditação. Combinar cor com cor, formato com formato e depois formato com cor despertou todos os sentidos de Imogen e a fez se sentir criativa de um jeito que não se sentia havia meses. Ela tinha juntado um monte de magnólias brancas com peônias cor-de-rosa, margaridas do vale e camomila na mão direita, usando uma tesoura de unha para arrancar algumas folhas marrons antes de passar uma fita preta com firmeza ao redor dos caules. Estava acrescentando galhos e folhas soltas em um vaso alto quando seu celular tocou. Segurando uma fita branca no lugar com os dentes, colocou Massimo no viva-voz.

— Querida, o que está fazendo? — perguntou ele.

— Estou fazendo arranjos de flores para a festa de amanhã.

— Você sabe que pode contratar pessoas para fazer esse tipo de coisa, certo?

— Não é mais divertido fazer assim?

Imogen sabia que Massimo iria deduzir que o fato de ela estar sujando as mãos tinha algo a ver com Eve.

— Então, não vou atrapalhar. Só queria dizer que estarei aí às sete amanhã.

— Aaah, estou tão feliz por saber que você virá. Sei que terá um milhão de festas amanhã à noite.

— Mas nenhuma delas terá Imogen Tate. — Ela riu ao ouvir isso. — Vou deixar você em paz.

— Bem, obrigada por ligar, querido. Estou feliz em saber que pelo menos uma pessoa virá.

— Ah, pare com isso. Priscilla vai comigo para empurrar minha cadeira de rodas, então serão pelo menos duas pessoas aí! — Imogen o adorava. — Ah, Im. Não sei se você está sabendo, mas ervas são o que há nos arranjos de flores de hoje em dia. Só uma dica!

"Ervas. O que isso significava? Que tipo de ervas?"

Imogen andou pelo pequeno jardim do quintal que ela havia começado a montar, depois parou, voltou a cuidar e parou mais de dez vezes. Ela realmente gostava de jardinagem, mas a vida sempre atrapalhava e não deixava que ela se dedicasse de verdade. No fundo, ao lado de um lago de peixinhos dourados, estava a hortinha de Annabel, cercada por seu jardim de ervas — alecrim, tomilho e hortelã crescendo sem controle. Ela pegou um pouco de hortelã e alecrim. "O que estou fazendo", pensou ela enquanto os colocava em cada arranjo.

Uma hora depois, Imogen estava diante de dez arranjos que a deixaram muito orgulhosa.

— Melhor do que eu poderia ter feito. — Alex apareceu atrás dela, envolveu sua cintura com os braços e a beijou no ombro. — Song ajudou?

Imogen balançou a cabeça e se recostou no marido.

— Song está na Coreia. Conheci a filha dela, Elen.

— Elen tinha uns 12 anos na última vez em que a vi — disse o marido, coçando a cabeça. Imogen riu.

— Faz muito tempo que você não me dá flores, então. Provavelmente não a vê há uns seis anos, porque agora ela é uma bela jovem e não tenho dúvidas de que você a notaria.

— Não noto nenhuma outra mulher bonita além de minha esposa. — Ele beijou seu pescoço, e a barba por fazer arranhou sua pele de um jeito prazeroso e familiar.

— Onde estão as crianças?

#Falsiane 137

— Lá em cima. Dei muita pipoca para elas. Estão passando mal de tanto comer, prontas para dormir. — Alex bocejou. — Também vou, vem comigo?

— Já, já. Quero terminar aqui, tudo bem?

— Claro. — Alex observou as flores de novo. — Aquela Elen é quase tão talentosa quanto a mãe dela, a mulher que me ajudou a conquistar minha esposa.

Imogen não sabia o motivo, mas queria manter seu talento recém-descoberto em segredo por enquanto, de modo que só ela soubesse que era boa nisso.

— Ela é talentosa! Vou subir em alguns minutos. Comece a ler para as crianças e eu subo logo para terminar.

★ ★ ★

AH, COMO ELA SENTIA SAUDADE DOS DIAS em que um esquadrão do glamour entrava no escritório para aprontar todas as mulheres — as editoras e representantes do marketing — para um evento grande. Cabeleireiros, manicures e maquiadores costumavam aparecer juntos na Robert Mannering Corp., transformando o escritório em um spa gigante um dia inteiro antes de uma festa.

Agora, Imogen só pedia a Allison, sua cabeleireira preferida do salão, que fosse até sua casa para fazer uma escova.

— Quem virá hoje? — Annabel se sentou no pufe aos pés da cama de Imogen, com a mochila laranja aos pés, pronta para uma noite na casa de Suki Abraham, que morava no fim da rua.

— Quem não tinha outro compromisso — respondeu Imogen, distraidamente, tentando não permitir que a lista de convidados a deixasse muito nervosa. Ashley tinha uma lista comprida de convidados confirmados, que se encheu logo depois de o convite ser enviado, toda preenchida por assistentes eficientes, mas Imogen sabia melhor do que ninguém que as pessoas confirmavam presença em tudo durante a Fashion Week e depois decidiam aonde o vento as levaria. Ela não gostava de chegar cedo para sua própria festa, mas, dessa vez, não podia se atrasar.

Imogen teve de ignorar um monte de mensagens de texto de Eve.

>>>>O que vc vai vestir?<<<<

>>>>O que devo fazer no cabelo? <<<<

>>>>Quem vai?<<<<

>>>> VC NÃO TÁ RESPONDENDO!!!!<<<<

Ela deu um beijo de boa-noite na filha e desceu a escada lentamente, observando a sala. Os arranjos de flores estavam lindos e frescos nos vasos.

A porta da frente estava aberta e Ashley recebia os convidados na entrada. A luz do sol no início da noite invadia o espaço e reluzia em seus convidados atraentes, a maioria vestindo preto ou branco da cabeça aos pés, com um pouco de cor em um sapato aqui ou uma joia ali.

Imogen resvalava os lábios com delicadeza pelo rosto de Ashley num cumprimento quando ouviu a voz de Eve atrás dela, e os pelos de sua nuca se arrepiaram. Eles teriam cumprimentado Eve se pudessem.

— Pensei que tivesse dito a você para não gastar dinheiro com flores — reclamou Eve.

Ashley, parecendo incomodada por Imogen, voltou sua atenção novamente à conferência dos nomes dos convidados que chegavam, com seu iPad mini.

— Não gastei. Nós as conseguimos de graça. — Infelizmente, mentir era a melhor política com Eve, que passou a olhar para as flores gratuitas com outros olhos.

— Ah. Bem, então, elas são bonitas. Gosto delas. Quando é que todo mundo vai chegar? — perguntou, como se a sala já cheia estivesse vazia.

O tilintar das taças e as conversas vindas dos grupos de convidados bem-vestidos já ocupavam o espaço intimista. Bandejas de petiscos passavam: fatias fininhas de tomate cobrindo gotas de burrata do tamanho de uma moeda sobre quadrados de parmesão, camarões grandes ao lado de uma tigela prateada de molho e carpaccio de salmão com trufas em tigelas com o dobro de profundidade de um dedal.

Pelo canto do olho, Imogen conseguiu ver Donna Karan, que vestia um macacão preto maravilhoso com um lenço laranja de caxemira, envolvida em uma discussão acalorada com um ator vencedor do Oscar e sua esposa, que era modelo. Do outro lado da sala, estava Adrienne Velasquez, do *Projeto Moda*, batendo papo com um *bartender* atraente com um leve moicano. A modelo Cara Delevingne estava de mãos dadas com sua mais nova namorada, aos sussurros em um canto. Salman Rushdie ergueu a mão acenando com o dedo para Lily Aldridge e Stacey Bendet, da Alice & Olivia. Imogen observou enquanto o ator Alan Cumming, recém-saído de uma nova produção da Broadway, vestindo um casaco de tweed *cropped* como poucos homens fariam — ou deveriam fazer, na verdade —, apareceu atrás de Alexandra Richards para dar um beijo molhado em seu rosto. Anjelica Huston e seu belo sobrinho Jack conversavam num canto.

Bridgett saltitava pela sala, toda animada, com as pernas compridas dentro de calças largas de seda que pareciam asas Technicolor.

— Acabei de ter uma ideia para meu novo aplicativo. — Ela diminuiu a voz, que já era baixa, ao falar com Imogen.

— Conte-me, querida. Tenho certeza de que é brilhante. — Imogen estendeu o braço para tirar um pedacinho de linha da blusa de caxemira preta da amiga.

— Bem, quero criar algo que possa ficar no celular das pessoas, que ajude meus clientes a escolher o que vestir toda manhã. Quero que eles possam colocar ali tudo o que têm no armário e, assim, o aplicativo vai dizer como combinar as peças para criar looks novos a cada dia.

— Não teme que isso torne o que você faz irrelevante, querida? — perguntou Imogen, ainda convencida de que a maior parte da tecnologia servia para tornar alguém, em algum lugar, irrelevante.

Bridgett pensou naquilo por um segundo.

— Não, na verdade, não. Eles ainda precisam de mim para saber o que usar e eu acho que isso poderia me ajudar a conseguir novos clientes, que não têm tempo nem dinheiro para me procurar com frequência, que vivem em partes diferentes do país.

Imogen pensou na resposta. Era um bom ponto. Se Bridgett estivesse nos celulares das pessoas, seu alcance aumentaria de Beverly Hills ao Capitólio.

— Adorei tudo isso — disse Imogen. — Acho que você deve investir.

E Imogen conhecia a pessoa perfeita com quem Bridgett poderia conversar. O pequeno coque no alto da cabeça que era sua marca registrada se balançava enquanto ele entrava, completamente à vontade naquela sala da realeza da moda. Ele vestia um terno de três peças Thom Browne marrom-avermelhado por cima de uma camisa simples de botões branca com os mesmos sapatos impecáveis de quando Imogen o conheceu na DISRUPTECH! Ela o segurou pelo cotovelo quando ele passou.

— Birdie, quero que conheça Rashid. Ele é o fundador da Blast!. Acho que vocês dois têm muito o que conversar!

Rashid beijou a mão dela quando Imogen se afastou para deixá-los falando sobre aplicativos.

Paloma Betts, uma importante compradora da Barneys com cabelos loiros que emolduravam seu rosto oval e vestida com um minivestido de crepe, preto e cheio de contas, se aproximou de Imogen.

— Aquela DJ é quem estou pensando que é? — perguntou ela.

— Ela está gostosa agora. — A DJ, Chelsea (ela se chamava assim agora), uma socialite que se tornou DJ e usava uma roupa de neve camuflada, havia montado uma pequena mesa no canto abaixo de um velho quadro do tio-avô de Imogen, Alfred.

Imogen sorriu timidamente.

— É. — Ela não mencionou que Chelsea tinha sido babá de Annabel havia cinco anos e estava tocando de graça na festa.

— Você é tão moderna. — Paloma balançou a cabeça ao som de um *mash-up* de Pitbull com uma música antiga de Lionel Richie.

"Eu era", pensou Imogen.

— Não é para tanto! Só presto atenção.

Imogen deu de ombros.

— Vou lhe passar tudo o que sei sobre ela. — Paloma viu o *bartender* de moicano de Adrienne e partiu para pedir sua taça de rosé.

Havia cartões da Glossy.com espalhados sobre a mesa, cada um oferecendo cinquenta dólares em compras no site. Ao lado deles, as odiosas pulseiras pretas.

Imogen sentiu uma mão quente em suas costas expostas. Seu vestido tinha uma gola alta parecida com a do hábito de uma freira, com um decote nas costas que quase chegava a seu *derrière*. Achando que fosse Alex, ela se virou sedutora, mas ficou cara a cara, pela primeira vez em quase uma década, com Andrew Maxwell.

— Immy!

Ninguém mais a chamava assim. Os anos tinham sido generosos com Andrew, como sempre acontece com os homens ricos. Alguns fios grisalhos começavam a aparecer em suas têmporas, mas combinavam com ele. Seus cabelos agora eram esculpidos em um penteado típico de político. O terno era impecável e a gola de sua camisa cor-de-rosa de sempre estava imaculadamente engomada. Ele observou a sala.

— Diferente daquele lugar minúsculo onde costumávamos foder, não é?

"Ele tinha que dizer isso tão alto?"

— Andrew, que ótimo ver você. Obrigada por ter vindo.

— Eu não poderia perder a chance de ver a inigualável Imogen Tate em pessoa.

Seus dentes não tinham mais manchas de tabaco. Agora brilhavam muito, refletindo sua luz sobre ela. Ele abriu o sorriso fácil característico, que mostrava rugas ao redor dos olhos que teriam envelhecido uma mulher, mas que deixavam um homem sensual.

O sexto sentido de Imogen indicava que ela estava sendo observada.

E como era esperado, Eve passou, enfiando-se nos braços de Andrew para dar um beijo escandaloso nele. Ela não tinha escolhido nenhum dos vestidos que Imogen separara. Em vez daqueles vestidos, ela tinha escolhido a roupa de sempre, outro minivestido justo preto e branco, com os seios saltando sedutoramente do decote nada modesto. Quantos daqueles vestidos Eve tinha? Andrew pousou os olhos bem em seus seios e não desviou o olhar.

— Não gostou de nenhum dos vestidos que separamos para você, Eve?

— Antiquados demais. Abafados. Perfeitos para você, não para mim.

— Bom, você está bonita — disse Imogen, educadamente.

— Não é? — respondeu Eve, virando-se para andar até o canto da sala, onde três blogueiras estavam reunidas. Imogen revirou os olhos e foi circular pela festa.

Ela parabenizou Vera Wang pelo desfile muito bem-feito naquela manhã, antes de passar de convidado a convidado — a bailarina famosa cujo nome começava com O, mas que ela nunca conseguia lembrar, o crítico de arte com hálito que sempre recendia a caixa de areia de gatos, o diretor de criação da Prada. Parou de repente nos fundos da sala, surpresa ao ver a blogueira adolescente Orly, sentada em silêncio em uma das poltronas brancas de meados do século XX enquanto meticulosamente passava *foie gras* na ponta de uma torrada, cuidando para que o patê cremoso ficasse na borda. Acrescentou uma gota de mostarda Dijon antes de mordiscar a pontinha. Para Imogen, a garota parecia uma fadinha, com olhos azul-claros e cabelos da mesma cor, com a cabeça levemente grande sobre o corpo magro.

Orly tinha quase a idade de Annabel, e Imogen sentiu vontade de acariciar seus cabelos e perguntar se ela estava se divertindo e se queria uma fatia de bolo, mas antes que pudesse se aproximar, Orly olhou para ela e deu um tapinha na cadeira ao seu lado de um jeito muito maduro para sua idade.

— Nunca sei o que fazer nesses eventos. — As mãos pequenas dela flutuavam ao redor de seu rosto enquanto ela falava, como se fossem asinhas.

— Acho que não estou sendo legal com você — respondeu Imogen, tomando o cuidado de manter o tom de voz o mais adulto que pôde para não parecer condescendente. — É meu trabalho como anfitriã andar por aí e apresentar você a todos. Ninguém sabe ao certo o que fazer nessas festas. Você não é a única.

A garota era muito diferente de Eve, totalmente sincera e direta.

Ela não se importava em puxar o saco de Imogen porque ninguém havia lhe ensinado que deveria fazer isso.

— Venha andar um pouco comigo. — Imogen estendeu a mão a Orly.

No meio da sala, Massimo conversava com as bonitas *it girls*. Ele adorava pessoas interessantes, dos dois sexos. Priscilla estava perfeitamente posicionada atrás da cadeira. Imogen se sentou delicadamente no colo dele, tomando o cuidado de manter a maior parte de seu peso nas próprias pernas, mas sabendo que ele adorava a atenção de ter uma mulher bonita sobre si assim. Ela deu um selinho nele.

— Mal vi você esta semana. — Ela fingiu estar ressentida.

— Isso porque ainda fico na primeira fila e você vai lá para o fundo como uma pessoa comum, e fica tirando aquelas fotos deliciosas que publica no Instagram.

— Massimo, esta é Orly. Tenho certeza de que já ouviu tudo sobre ela, mas eu acho que ela poderia lhe ensinar algumas coisas.

O rosto de Orly se iluminou.

Um metal tilintou contra um copo e Imogen viu Eve tentando subir numa cadeira. Dois garçons correram para erguê-la, na tentativa de puxar seu vestido para baixo, pois ele teimava em subir por suas coxas.

— OOOOIIIIII! — disse Eve a todos na sala.

Aquilo não estava planejado. O plano era deixar os convidados conversarem durante quase uma hora, até que Imogen e Eve, *juntas*, dessem as boas-vindas a todos e falassem um pouco sobre a nova Glossy.com. Estava claro que aquele seria o show de Eve, não dela. As três blogueiras com quem Eve estava conversando correram para a frente da sala, acotovelando os convidados. Imogen tinha passado a chamá-las de *selfie-razzi*, já que eram as fotógrafas particulares de Eve.

— PRECISAMOS subir ali — gritou uma delas.

— É tipo, nosso trabalho — disse a outra para Cynthia Rowley enquanto praticamente empurrava a miúda estilista contra a parede. Uma levou a mão à lateral de seu Google Glass. As outras duas levantaram os celulares para gravar e fotografar Eve, sem se preocupar se bloqueariam a visão de alguém atrás delas.

— Então, parece que o *grunge* voltou à Fashion Week deste ano. — Eve fez uma pausa. — Ou isso ou há muito mais desabrigados no Lincoln Center. — Era para ter sido uma piada, mas o modo como foi dita e como foi recebida se atrapalharam, conforme os murmúrios de desaprovação cresciam. Eve continuou sem perceber: — Quero dar as boas-vindas a todos nesta adorável festinha que organizamos de última hora. — Eve parou por um segundo quando a estrela do *Projeto Moda* entrou na sala. — Oie, Gretchen. — Ergueu a mão quando a supermodelo abriu um sorriso e acenou com a cabeça. — Vocês não sabem como estou animada por lançar a Glossy.com. Esqueçam as antigas revistas chatas. Este é o futuro.

A voz de Eve era sempre meio autoritária, mesmo quando estava em cima de uma cadeira, mas ela não sabia sentir a reação da plateia. Não era astuta o bastante para saber que aquelas pessoas amavam revistas, tinham crescido em revistas, ainda eram mantidas por revistas. No entanto, continuou, fazendo o mesmo discurso que havia proferido em São Francisco. Imogen conseguia ouvir os sons ao seu redor aumentando conforme os convidados se remexiam de modo desconfortável.

— Estou muito feliz por termos muitos estilistas incríveis aqui na sala conosco. Quero agradecer a Timo Weiland, Olivier Theyskens, Rebecca Minkoff, Phoebe Philo. Alexander Wang, estou usando um par de seus sapatos agora. — Eve apontou para Thakoon. Alexander não estava na festa. A única coisa que os dois tinham em comum era a ascendência asiática. — Meu objetivo é tornar a moda interessante de novo. Meu objetivo é levar todos vocês — ela abriu os braços como se estivesse abraçando a sala — para dentro dessa porra dessa era digital, e não vou descansar enquanto não conseguir. — Eve acreditava que falar palavrão para causar efeito era uma boa maneira de conseguir a atenção. Contudo, a plateia só se retraiu. — Sei do que a internet gosta: de gatos, de fotos de perfil mostrando parte dos seios e de mulheres pagando calcinha. Vamos encontrar uma maneira de tirar vantagem de todas essas coisas na Glossy.com para que sejamos o local onde a Geração Y faz suas compras.

Imogen nunca tinha ouvido a expressão "pagando calcinha" sendo dita em voz alta. Respirou fundo e esperou Eve terminar antes de delicadamente se meter ali. Pousou uma mão na cintura dela para lhe mostrar que estava ali e sorriu, fazendo um gesto discreto, como se dissesse: "Posso?"

— Acho que a Imogen quer dizer algo a vocês — disse ela, visivelmente desanimada pela falta de entusiasmo da plateia diante de seu discurso.

Nem mesmo Imogen, sempre positiva, conseguia pensar numa maneira de reverter aquele discurso horroroso. Ela pigarreou.

— Obrigada, Eve. Eve é um gênio da tecnologia. Não tenho como agradecer por todo o seu trabalho árduo e por tudo que ela está me ensinando. — Imogen sabia que precisava consertar o clima pesado da sala. — Vivemos num mundo novo e maluco. Quem poderia ter pensado, seis meses atrás, que minha revista viraria um aplicativo? Se eu soubesse, talvez tivesse prolongado minhas férias. — Isso causou algumas risadas. — Vocês foram convidados para vir aqui hoje porque os consideramos parte da família *Glossy* e queremos mantê-los informados a respeito de nossos planos futuros. Sabemos que todos vocês tinham muitas opções de festas para hoje, então, estamos agradecidas por terem escolhido a nossa. Sei como as *hashtags* são importantes hoje em dia. Por favor, tuítem muito e postem fotos pelo Instagram. Temos um pressentimento de que esta festa pode se tornar viral, então, preparem-se para uma surpresa. Bebam, comam, agradeçam ao Danny, o chef maravilhoso, e depois bebam muita água, para não ficarem de ressaca amanhã. — Imogen ergueu a taça, as pessoas aplaudiram brevemente e logo Chelsea as envolveu com o verso de abertura de "Fancy", de Iggy Azalea. Enquanto Imogen falava, Eve havia conseguido descer da cadeira.

Os sons da festa — conversas e risadas — voltaram.

— Só isso? — Eve sussurrou no ouvido dela. — É só o que vai dizer? Gastamos cinco mil dólares para cuidar para que essas pessoas não fiquem de ressaca? Nós as convidamos aqui para que conheçam nosso aplicativo.

O que, exatamente, Eve queria que ela dissesse?

— Não é assim que as coisas são feitas neste mundo, Eve — cochichou Imogen em resposta, irritada com a atitude da outra, sendo que havia tentado salvar seu pescoço. — Essas coisas levam tempo, paciência e papo. Acho que sei mais sobre como isso é feito do que você.

— Precisamos delas agora. Precisávamos delas ontem. Você nem fez a lista de convidados direito. Conheço a maioria das pessoas que estão aqui. — Imogen olhou ao redor e sabia que aquilo não era verdade. Eve provavelmente não tinha sido apresentada nem a metade daquelas pessoas, a não ser quando atendia os telefonemas delas, muito tempo antes. — Eu queria pessoas novas neste evento e você não fez isso.

Eve foi para o banheiro, deixando Imogen boquiaberta. Enquanto ela falava, Alex havia se juntado ao grupo no fundo da sala. Levantou a mão para acenar e correu até Imogen quando percebeu sua chateação.

— Ótimo discurso. Curto e direto ao ponto. Deixem que todos bebam à noite e façam as negociações durante o dia — elogiou ele. Era algo que Carter Worthington havia dito a ele anos antes em uma das festas de um cliente quando Alex, depois de muitas margaritas, havia perguntado a seu chefe por que gastavam tanto dinheiro nos eventos.

— Preciso lidar com Eve. — Imogen o beijou depressa e então partiu em direção ao banheiro. Ouviu a voz de Eve antes de vê-la, com uma respiração ofegante ecoando pelo corredor. Imogen bateu à porta de seu próprio lavabo.

— Eve, é a Imogen. Posso entrar? — Ouviu a porta ser destrancada.

Eve estava coberta por uma leve camada de suor. Não havia lágrimas, mas seu rosto não parava de se contorcer de um jeito que sugeria que era melhor estar chorando.

— Acho que estou tendo um ataque cardíaco — disse Eve. Seu peito arfava, fazendo seu corpo todo tremer.

Imogen pegou um lenço de papel da caixinha em cima do balcão para limpar a beira da pia antes de se recostar nela. Tinha experiência com ataques de ansiedade. Era preciso esperar que passassem.

Quando morava com Bridgett em um apartamento pequeno, Bridgett tinha um ataque de ansiedade uma vez por semana, causado por qualquer coisa, desde um dia ruim no trabalho até ver um rato no metrô, até os médicos descobrirem o coquetel certo de remédios para afastá-los de uma vez.

O banheiro era pequeno e apertado. Imogen estava tão perto de Eve que teria sido fácil tocá-la. Ao estender o braço alguns centímetros, ela poderia ter encostado no ombro dela, em um gesto de apoio, mas só a ideia de tocar Eve naquele momento fez Imogen se retrair. Permaneceu o mais longe da moça que o espaço restrito permitia, mas, ainda assim, conseguia ouvir os dentes de Eve se batendo — um som parecido ao de uma bota de salto destruindo pedrinhas no chão.

A respiração de Eve estava ofegante.

— Eles me odiaram — resmungou ela, puxando os cabelos, puxando-os ao redor do queixo e então, como uma criança, colocando as pontas na boca para chupá-las. — Todo mundo aqui me odeia. Eu fracassei esta noite. — Imogen ficou com medo de a moça ter um treco. As lágrimas enfim brotaram e Eve estendeu a mão para se agarrar à barra do vestido de Imogen como alguém que está se afogando se agarraria a uma boia. Só o rímel de seu olho esquerdo havia borrado. O direito permanecia intacto.

Toda a alegria da festa havia morrido com cada palavra dita por Eve.

— Você precisa respirar. — Imogen esvaziou a taça de champanhe e a encheu com água gelada. — Beba isto. — Deu dois Xanax a Eve. — Tome esses dois comprimidos. Enxugue essas lágrimas. — "Estou falando como uma mãe?"

Eve olhou para ela em meio aos soluços, o rosto avermelhado, e disse:

— Você queria que esta festa fosse uma droga, não queria?

Imogen sentiu um aperto no peito. Nada que ela fizesse ajudaria. Eve tinha um jeito de psicopata. Era em momentos assim que Eve fazia Imogen se lembrar do cachorro que tinha na infância, um *jack russell* que era muito bem-comportado no apartamento deles em Londres, mas que revelou quem realmente era em uma viagem de um dia a Kent. Nutkin escapou de uma janela aberta do carro, correu em direção a um carneiro pequeno preso no arame farpado à beira do pasto, com as patas enroladas num ângulo de 90º, sangrando. Depois que Nutkin sentiu o cheiro de sangue, nada poderia fazê-lo mudar de ideia. Era um cão de ataque disfarçado de cão da cidade. O filho do pastor o matou com sua arma logo depois de o cachorro matar o carneiro. Foi o destino de Nutkin. Ele tinha nascido assim. Eve tinha nascido daquele jeito.

A ira tomou os olhos de Eve quando ela olhou para Imogen.

— Por que mantenho você na empresa?

Abaixando a voz, Imogen encarou aquela vaquinha insolente.

— Preste atenção, Eve. Queria que essa festa fosse um sucesso, assim como você também queria, e, por enquanto, ela está sendo. Há algumas das pessoas mais poderosas do mercado neste lugar no momento e elas estão mais do que felizes em conversar com você sobre a Glossy.com. Se eu fosse você, não deixaria essa oportunidade escapar.

Eve levantou a cabeça e olhou para o espaço antes de ficar em pé e se virar em direção à pia. Imogen mal teve tempo de sair da frente, e a moça vomitou ao seu lado. Viu Eve beber a água e então jogar o Xanax na boca.

— Saia. Preciso de alguns minutos.

Imogen balançou a cabeça sem acreditar.

— Recomponha-se antes de voltar para a festa, por favor — alertou Imogen, com frieza, antes de sair e esbarrar em Andrew Maxwell, a única pessoa de pé no pequeno corredor entre a sala de estar e o quintal.

— Ela está bem?

— Como ser humano, não. No momento, acho que ela vai ficar bem. Você certamente terá trabalho, Andrew. — Ele levou a mão em direção à cabeça, querendo passá-la pelos cabelos, mas mudou de ideia para não despenteá-lo e a enfiou no bolso de novo.

— Ela é perfeccionista, Imogen. Só quer que esse projeto dê certo.

Imogen mordeu o lábio inferior.

— Não é isso o que ela quer. Quer que esse projeto seja todo dela. — Arrependeu-se do que disse assim que as palavras foram pronunciadas, sabendo que Eve provavelmente as ouvira e que, se não tivesse ouvido, Andrew certamente as repetiria.

Quando saiu do banheiro, Eve estava pior. Imogen tentou ignorá-la na festa, e a moça digitava sem parar no smartphone, parando brevemente apenas para sussurrar no ouvido de Addison Cao, espalhafatoso como sempre, vestindo um terno azul de veludo, e então entrou em seu Uber preto sem se despedir.

Logo depois da partida de Eve, a surpresa de Imogen chegou. Ela estava se arriscando ali, mas pelo pouco que entendia sobre como as coisas viralizavam na internet, achou que seria uma chance de fazer dar certo. Sua amiga Ginnifer (uma das mães da escola e voluntária de longa data da Sociedade Protetora dos Animais) chegou na hora certa com uma caixa de filhotes de cachorro para adoção. Não tinha sido ideia de Imogen, mas de Annabel. Na noite anterior, enquanto Imogen se preocupava com a possibilidade de a festa ser um fracasso, sua filha olhou por cima do iPad.

— Leve um monte de cachorrinhos — disse Annabel, com naturalidade.

Parecia ridículo.

— Por quê, querida?

A filha balançou a cabeça.

— Porque... a internet — disse ela, calmamente, enquanto subia para seu quarto.

Claro que a filha tinha razão.

As pessoas na festa enlouqueceram. Postaram tantos vídeos no Instagram, que as baterias dos celulares acabaram. Houve uma pequena confusão para chegar perto de um pequeno buldogue com cara brava chamado Champ. Pelos de cachorro cobriam as roupas de grife, mas ninguém se importava, e nove cãezinhos adoráveis ganharam lares com os quais nunca poderiam sequer ter sonhado.

A festa continuou até meia-noite. Depois que Eve foi embora, tudo ficou divertido, a noite ficou animada. Ou talvez tenha sido só na imaginação de Imogen que a festa havia se tornado mais barulhenta e menos séria. A mobília foi arrastada para o canto da sala para dar espaço para quem quisesse dançar. Todos dançavam como se estivessem no porão do Ritz.

A moda está com os cães
Por Addison Cao, colunista da WWD

A moda ficou com os cachorros ontem à noite na festa da Glossy.com para comemorar mais uma Fashion Week. A editora-chefe, Imogen Tate, que está voltando ao posto, misturou-se aos novos e antigos reis da moda, incluindo Donna Karan, Thakoon, Timo Weiland e Carolina Herrera, em sua linda casa no West Village. No fim da noite, ninguém mais prestou atenção ao cenário chique. É sério! Só queriam saber dos cachorrinhos. Bendita seja a internet. Deve ter sido a festa mais postada no Instagram de todas as Fashion Weeks, porque Tate levou uma caixa cheia de cãezinhos adoráveis para adoção. #Perfeito.

Nem todo mundo estava feliz. A nova diretora editorial da Glossy.com, Eve Morton, foi embora da festança mais cedo...

CAPÍTULO 10

OUTUBRO DE 2015

Em uma noite fria de sexta, Imogen se viu olhando para o rosto avermelhado do Papai Noel. Ron Hobart, médium e psiquiatra de Imogen (era um pacote perfeito), guardava uma forte semelhança com o Bom Velhinho. Os editores e estilistas vivem e morrem por ele. "O Médium da Moda" era seu apelido. Donna e Tom não deixavam de ligar para ele em nenhuma temporada para perguntar qual era a data mais vantajosa para seus desfiles.

O que a maioria das pessoas não sabia a respeito de Ron era que, além de seu talento para prever datas de sucesso para desfiles e carreiras de modelos, ele era doutor em psicologia clínica formado no Johns Hopkins e era terapeuta. Também era praticante de Reiki, se alguém quisesse saber, e Ron queria que soubessem.

Havia mais de uma década, na primeira consulta de Imogen com o médium, ele dissera que ela se casaria com um homem moreno, alto e com uma marca de nascença evidente. Ela riu, convencida, na época, de que se casaria com o baixinho Andrew Maxwell. Seis meses depois, ela conheceu Alex e descobriu uma marca de nascença em formato de ursinho de pelúcia na parte de trás de sua coxa esquerda.

Assim que Imogen chegou ao consultório de Ron, muitas lágrimas começaram a rolar de seus olhos. Ron deixou que ela chorasse, alternando entre olhar por cima de seus óculos meia lua com compaixão e ler silenciosamente alguns trechos de seu exemplar surrado, de capa dura, de *O profeta*, de Kahlil Gibran, enquanto os dois estavam sentados um de frente para o outro em poltronas verdes feias sobre um carpete felpudo que ia de parede a parede. Uma lareira falsa crepitava ao fundo. Fotografias de Ron com seus ídolos, Deepak Chopra e Oprah, estavam sobre ela.

Quando finalmente se acalmou o suficiente para falar, Imogen contou ao terapeuta o que estava acontecendo com Eve. As sessões anteriores tinham sido, em grande parte, sobre dramas de esposa, dramas de mãe, dramas de amiga. Imogen raramente falava sobre o trabalho.

— O que mais incomoda você nessa situação? — perguntou ele. Os dedos indicadores de Ron apoiavam seu queixo. — Você não pensa mais no Andrew, certo? No homem que Andrew é agora?

— Não. — Imogen balançou a cabeça de um modo muito violento que a convenceu de que era verdade. — Mas fico pensando em ter outras coisas que a Eve tem. Sonho em ser importante de novo. Sonho em ter as pessoas me pedindo para tomar grandes decisões e se importando com minha opinião, assim como se importam com a de Eve. — Imogen conteve um soluço. — Eu me sinto invisível. Sou a mulher mais velha e invisível. Entro numa sala e ninguém nota. Ninguém olha para mim. Então, eu me sinto culpada por querer que as pessoas me notem.

— Não acho que você seja invisível.

— Você deveria ficar no meu escritório.

— Sabe o que precisa fazer?

— Ser grata. — Imogen disse isso curiosa, pensando se havia caído em uma armadilha. — Eu sou grata. Tenho um diário de gratidão e tudo.

— Você mais parece a santa Gwyneth Paltrow tentando desesperadamente parecer modesta.

Imogen tentou engolir a frustração que sentia.

— Eu me sinto uma merda de uma impostora todos os dias, e odeio isso. Tenho 42 anos, pelo amor de Deus. Estou velha demais para me sentir idiota.

Ron fez uma careta.

— Acho que você precisa pesar o que está ganhando com esse emprego e pensar em até que ponto aceita ser intimidada por uma mulher que, pela sua descrição, é uma sociopata.

Ron se calou por um minuto e revirou os olhos. Seu corpo começou a tremer.

— O que você sabe? — perguntou ela, desejando, não pela primeira vez, que o psicólogo e o médium não fossem a mesma pessoa.

Ron tremeu os dedos, mostrando que o cosmos estava se comunicando diretamente com ele.

— Isso tudo vai piorar muito antes de melhorar — disse ele, relutante. — Muitas coisas vão mudar.

Imogen se sentou ereta.

— O que vai mudar?

Ron olhou para ela meio tonto. Sempre dizia que analisar o futuro o deixava exausto.

— Acho que você não ficará em Nova York. Não em tempo integral, pelo menos. Vejo você no Sul. E haverá um casamento.

— Eve e Andrew?

Ron assentiu lentamente.

— Acho que sim.

— Eles acabaram de se conhecer!

O terapeuta deu de ombros. O universo havia falado com ele.

O cronômetro no iPhone dele tocou. A sessão havia terminado. Ele esfregou as têmporas e esticou os braços acima da cabeça.

Ela olhou para a barba comprida e branca do homem, que chegava a quase tocar sua barriga, que estremecia como uma tigela cheia de gelatina.

Havia mais uma coisa.

— Ron, você usa o Twitter? — perguntou ela, timidamente.

Ele ergueu uma sobrancelha grossa.

— Sim.

— Pode me seguir?

CAPÍTULO 11

Imogen não conseguia ignorar uma sensação de ardor perto de seu mamilo esquerdo. Vinha em ondas e fez com que ela mordesse o lábio com força para se controlar. Sentindo culpa, ela não quis acordar Alex. Ela vinha cuidando bem de si mesma nos últimos meses? Ou será que andava tão focada em Eve e em seu emprego e havia deixado de prestar atenção à sua recuperação? Nos dias seguintes à cirurgia, quando tirou da cabeça tudo o que não tinha a ver com sua cura, concentrou-se em todos os detalhes, cuidando do dreno cirúrgico e se livrando de todo fluido de duas em duas horas. Exercitava o braço religiosamente para manter os músculos fortes, mas não fazia isso desde que havia voltado a trabalhar. Os médicos a haviam alertado para ficar atenta a todas essas coisas para evitar uma infecção. Ela não queria de jeito nenhum acordar Alex para reclamar.

— Mamãe.

— Oi, John-John. Por que está acordado tão cedo num sábado?

— Tive um pesadelo.

Ela abaixou a tampa da privada e se sentou, colocando-o no colo, o que só fez piorar a dor em seu seio.

— Conte sobre o pesadelo. Tinha uma bruxa? — Ele assentiu e os cachinhos loiros se balançaram. — Aposto que ela era assustadora. O que você fez?

— Eu me escondi.

— Muito bem, garoto esperto. Onde se escondeu?

— Em uma árvore!

— As árvores são os melhores lugares para nos escondermos de bruxas!

O rosto de Johnny passou de assustado para orgulhoso.

— Sabe o que quero que você faça da próxima vez que a bruxa má aparecer em seu sonho, querido?

— O que, mamãe?

— Você não precisa se esconder. Pode ficar bem na frente dela. Perto do rosto dela. — Imogen aproximou o rosto do de Johnny, e ele riu. — E você pode dizer a ela: "Você não é daqui. Eu sou daqui. Esta é a minha árvore e este é o meu sonho."

— Você é tão esperta, mamãe. É esperta e fofinha. — Ele se aconchegou nela, esfregando a renda da camisola contra as partes de seu seio que doíam, mas ela aguentou a dor porque John precisava ficar muito perto dela.

— Sempre gosto de ouvir isso, querido. Você acha que pode voltar a dormir? — Ele assentiu de novo, dessa vez, com os olhinhos já se fechando.

Ela mordeu o lábio inferior com força de novo quando o levantou com os dois braços, apoiando mais peso no direito. Ele emitiu pequenos grunhidos ao ser colocado em sua cama. Imogen espiou o quarto do lado para ver Annabel. A filha havia deixado o laptop em cima da cama. Imogen levou o computador para o andar de baixo em vez de entrar no quarto para pegar aquele que ela e Alex dividiam, para não correr o risco de acordá-lo.

Quando a tela se acendeu de novo, Imogen fechou 12 abas de conversas, vídeos de gatos siameses, Reddit e uma *fanpage* de uma banda de três meninos com cortes de cabelo assimétricos. O Facebook foi a última página que ela fechou. A filha era o principal motivo pelo qual Imogen se forçava a usar o Facebook, acreditando que, por saber que a mãe estava por perto (apesar de não entrar com frequência), Annabel usaria a rede social com mais responsabilidade. Ela adorava a foto de perfil de Annabel, uma imagem linda de sua filha tentando segurar Johnny e Coco no colo ao mesmo tempo. Ela não queria espiar, nunca quis, mas não conseguiu deixar de ver que havia um novo comentário na página: "QUAL É O SEU PROBLEMA? Vc chora qd se olha no espelho pq é mto FEIA?"

Imogen chegou a se dobrar para a frente como se tivesse levado um soco no estômago. Docinho de novo. Não parecia ser o nome verdadeiro de ninguém, mas Imogen jogou no Google de qualquer modo para ver o que aparecia. Só o perfil do Facebook apareceu, uma foto de uma menina morena com o rosto perfeito, exceto por uma pequena cicatriz em formato de meia lua no lado direito de seu queixo. Vaca. "Acabei de chamar uma menina de dez anos de vaca?"

Apesar da estratégia de Tilly de não interferir, a reação imediata de Imogen seria proteger sua linda e doce filha daquelas palavras, jogar o computador para o outro lado do quarto, fechar o Facebook ou, no mínimo, deletar o post ofensivo. Ela começou a clicar sem direção ao redor do comentário, querendo que houvesse um botão muito claro no qual lesse "Clique aqui e isso será apagado para sempre". Droga, por que não havia um botão assim? Um botão de "apague-me para sempre da internet".

Imogen ficou tensa de frustração e impotência. Então, finalmente, ela encontrou uma seta no topo, no lado direito do comentário, e clicou num menu em cascata que permitia que ela escondesse o comentário ofensivo da linha do tempo e sentiu um pouco de alegria por conseguir fazer aquilo.

Talvez ela *pudesse* proteger a filha das maldades da internet.

Ela voltou a se concentrar. No Google, digitou: câncer de mama e dor. Os primeiros resultados eram de Sinais de Alerta do Câncer de Mama. Ela já estava muito familiarizada com o site cor-de-rosa. O sinal oito era "uma nova dor em um ponto, uma dor que não passa". Era a mesma coisa de antes. Eles não tinham retirado todo o câncer. Ela sabia que isso seria uma possibilidade. Era algo em que não parava de pensar durante os primeiros dias depois da cirurgia, temendo ter que passar por tudo aquilo de novo e talvez de novo mais uma vez, vivendo num estado constante de recuperação, sem conseguir voltar totalmente a uma vida normal.

Sentiu vontade de gritar. Queria chorar. Xingou a si mesma. Xingou seu trabalho. Xingou Alex por não ter aceitado o trabalho de salário alto que lhe ofereceram dois anos atrás, o que faria com que ela deixasse de ser a maior renda da família, apesar de ter pedido a ele para não aceitar. Xingou Worthington por transformar sua maldita revista em um aplicativo que ela não compreendia. Ficou parada por um momento. Pela janela, do outro lado da rua, ela viu um homenzinho passeando com um cachorro grande, um dogue alemão. Johnny adorava dogues alemães desde que era pequeno. Ele se referia a eles como os pôneis de Wet Billage, já que era assim que pronunciava West Village até o ano passado. Ela sentiu uma vontade desesperadora de fumar e compreendeu a ironia de querer fumar ao saber que estava com câncer de novo, mas não se importou. Ficou se perguntando se ainda tinha maços escondidos na casa. Assim que parou, costumava escondê-los atrás da geladeira, para o caso de precisar de um. Sabia que eles não estavam ali agora. Já fazia um ano. Ela tinha sido boazinha e só fumava um cigarro aqui e ali em uma festa, depois de beber um ou dois coquetéis. Precisava ligar para a médica. Ainda não eram nem sete da manhã. Ninguém atenderia antes das nove. Vestiu seu cardigã puído preferido, da marca Lanvin, deu uma volta no quarteirão até o Jack's Café e esperou impacientemente na fila atrás de duas mulheres com calça de tweed conversando sobre os benefícios de acrescentar lavanda ao café. As mães da escola tinham começado a beber tudo com lavanda. As pessoas compram qualquer coisa que acreditam fazer bem. Pagam mais caro se o artigo for bonito. Estavam num verdadeiro momento lavanda.

De volta à rua, ela cumprimentou Jack, o dono da loja, que estava sentado no banco ao lado da porta vermelha do estabelecimento, com o *The Times* aberto no colo enquanto bebia seu café forte etíope. Jack era um ex-banqueiro que havia usado o dinheiro dos pais para ganhar ainda mais dinheiro e então perdeu grande parte dele em um acordo imobiliário que não deu certo. A cafeteria era seu segundo empreendimento, que veio com uma boa segunda esposa e outro bebê.

O cheiro de café se espalhava pelo ar, prometendo a segunda melhor coisa depois da nicotina: a cafeína. Ela já se sentia mais humana.

— Não vejo você há muito tempo. — Imogen se abaixou para beijar o rosto enrugado dele.

— Não temos saído muito desde que Kip nasceu.

— Coitadinho. Mas prometo que melhora. — Ela devia estar se encolhendo.

— Imogen, você está bem?

Ela controlou as lágrimas que ameaçavam rolar de seu rosto.

— Estou bem, querido, com um pouco de sono. Espero que seu delicioso café me faça acordar.

Ele acenou com a cabeça, concordando.

— Mal posso esperar para dormir de novo — resmungou. — Talvez quando ele tiver 18?

Imogen riu e assentiu, fingindo seriedade. Eles fizeram um pequeno brinde com seus cafés e Imogen seguiu de volta para casa.

Ao entrar em casa, sentiu o ardor em seu peito aumentar de novo. Ela havia deixado de lado os analgésicos fortes uma semana depois da cirurgia. Eles a deixavam meio tonta e fora de órbita, e ela não conseguia mais tomá-los. Seu braço tremeu quando ela o esticou para pegar o pequeno frasco laranja. As lágrimas finalmente vieram quando ela não conseguiu tirar a tampa. Pegou três de uma vez e então, deitou-se ao lado de Alex. Imogen acordou com um tapinha no rosto.

— Pronto. Eu cutuquei você, apertei você, toquei você de modo inapropriado e você não abriu os olhos. Estava começando a ficar preocupado. Imogen Tate nunca dorme além do meio-dia.

Ela esticou os braços acima da cabeça e, com isso, sentiu a pontada de novo e deu um grito, numa mistura de surpresa e dor.

— O que está acontecendo, linda?

Ela não queria mais guardar aquilo para si.

— O câncer voltou — sussurrou.

O rosto de Alex mudou depressa de marido carinhoso para advogado de acusação implacável.

— O quê? Isso não é possível.

— É, sim. Estou sentindo muita dor. É um dos sintomas. É um dos modos de saber que eles não tiraram tudo. Um novo ponto está doendo, um ponto que nunca doeu antes. Parece que está pegando fogo.

Alex pegou os óculos no criado-mudo.

— Quero ver.

— Quer ver o site onde li isso?

— Quero ver seu seio. Quero ver onde dói.

— Você não é médico.

Imogen puxou a camisola, apertando-a sobre o peito. Alex suspirou.

— Só quero tentar ajudar. Não sei mais o que fazer. Você já ligou para a médica?

— Não, tomei um remédio e dormi antes de ligar. — Imogen adotou uma postura defensiva.

— Vou ligar para ela. Fique aqui. — Alex tinha voltado a ser carinhoso. Ela acabou cochilando de novo assim que ele a deixou sozinha na cama. O sono permitiu que ela se esquecesse da dor.

— Sua oncologista foi passar o fim de semana na praia para comemorar o aniversário da filha. Volta no fim da noite de amanhã e vai atender você na segunda-feira logo cedo. Pode aguentar até lá? — perguntou Alex quando voltou.

Imogen assentiu e então negou com a cabeça.

— Droga! Preciso me encontrar com a Eve e com a Lucia van Arpels para tomarmos café da manhã na segunda de manhã.

Lucia van Arpels era a estilista contemporânea feminina mais famosa de todas e a responsável pela criação do vestido envelope nos anos 1970, e por seu ressurgimento no início dos anos 2000. À venda por mais de quatrocentos dólares, os vestidos eram peças básicas do guarda-roupa de qualquer mulher profissional. Ela ainda não havia concordado em deixar a Glossy.com vender suas peças, e Imogen sabia que ela era teimosa sobre quais lojas — físicas e digitais — podiam vender seus vestidos. Imogen acreditava que conseguiria convencê-la, tinha até pedido a Eve para deixá-la cuidar dessa negociação sozinha, mas a garota estava determinada a conhecer Lucia. Provavelmente tentaria tirar uma selfie com ela.

— Você não pode ir.

— Não posso perder isso.

Ela ficou admirando a ruga que surgiu na testa de Alex enquanto ele pensava.

— Vou marcar uma consulta para as onze horas — disse ele. — Você vai direto do café da manhã.

Tilly não se importou em trabalhar alguns turnos a mais durante o fim de semana. Imogen passou o resto do sábado e do domingo tentando não levantar nada e nem mesmo se mexer. Os dois filhos estavam sendo lindos e levaram seus iPads para a cama para assistir a filmes com ela enquanto ela cochilava e acordava, tomando o cuidado de não encostar em seu peito.

Lucia van Arpels chegava sempre 15 minutos antes do horário combinado, em qualquer lugar, então, todo mundo tinha que chegar meia hora antes se quisesse chegar antes dela. Chegar antes dava a chance de Lucia observar o salão, escolher a melhor mesa e o melhor assento. Ela preferia ter o controle da situação. Imogen invejava tamanho controle. E assim a elegante mulher já estava na segunda xícara de café quando Imogen chegou. As maçãs altas do rosto lhe davam um ar mais severo do que ela de fato era. Seus cabelos castanhos eram lisos e chegavam até o decote de sua blusa de caxemira creme.

Molly Watson havia apresentado Imogen e Lucia anos antes e desde então as duas tinham uma relação amigável, sentando-se juntas quando se encontravam em eventos. A neta de Lucia frequentava a mesma escola de Johnny. Elas estavam trocando fotos quando Eve entrou pela porta usando um vestido envelope amarelo-ouro LvA. Ninguém usava um vestido da estilista num encontro com a própria estilista. Antes de se sentar, Eve estalou os dedos no ar para chamar um garçom que passava.

— Pode trazer algumas fatias de limão para a minha água?

Nesse momento, o telefone de Lucia tocou. Ela lançou às duas um olhar para se desculpar e se levantou com o aparelho.

— Sinto muito. Preciso atender depressa. Estamos prestes a fechar uma grande campanha no Japão e eles estão quase indo para casa.

Imogen assentiu.

— Que grosseiro! — disse Eve quando o garçom colocou uma garrafa de café sobre a mesa e um pires com fatias de lima diante dela.

Imogen observou Eve pingar adoçante em sua bebida.

— Todos nós atendemos ligações durante as refeições. É assim que vivemos. Você, mais do que ninguém, sabe disso.

Eve olhou para a fruta fatiada com desdém.

— Pedi limões. Será que aquele garçom retardado acha que limões e limas são a mesma coisa?

Imogen se retraiu quando Lucia voltou à mesa.

— Certo, meninas, vocês têm minha atenção total.

Primeiro, Eve escorregou um pedaço de borracha preta pela mesa. A pulseira "Genial, gigante, glamorosa, *GLOSSY!*".

— Bem, Lucia, trouxe isto para você. Todas as meninas no escritório da *Glossy* a usam.

A mulher pegou a pulseira e a girou na mão, estreitando os olhos, confusa. Em seguida, Eve começou a falar. Explicou como havia começado a trabalhar com Imogen na *Glossy* (ela não mencionou "assistente"), disse que fez seu MBA em Harvard e se formou como uma das primeiras alunas da sala. Então, começou o discurso.

— Permitir que vendamos seus produtos, sem dúvida, integrará o conteúdo da revista com as vendas. Temos um alcance de um milhão de pessoas em um único dia, e a maioria delas é formada por mulheres que têm salários altos.

Eve era convincente em sua versão escola de administração. Podia-se dizer muita coisa sobre ela, menos que não era esperta.

Lucia chamou um garçom para pedir um iogurte com frutas e um pouquinho de granola.

— Tem açúcar demais — sussurrou ela a suas colegas de mesa. — Todo mundo acha que granola é saudável, mas minha nutricionista me disse que é a granola que tem me matado.

Imogen pediu a mesma coisa. Eve só quis outro café. Desde a semana anterior, ela estava numa dieta sem alimentos sólidos.

— Já movimentamos milhões de dólares em mercadorias — continuou Eve.

Lucia levantou a mão.

— Estou impressionada com o site. Estou, sim. Passei um tempo navegando nele esse fim de semana. Só não sei se é o lugar certo para vender minha marca. Não vejo nenhum benefício real ainda. A dispersão de nossa marca é algo que me preocupa muito.

De repente, Eve se inclinou sobre a mesa e tocou o braço de Lucia. Quando Imogen menos esperava, as cinco garras vermelhas da moça cobriam os lábios da estilista.

— Shhhiiii — disse ela, pressionando os dedos na boca daquele ícone da moda. Imogen se retraiu, horrorizada. Um garçom que passava derrubou um pires com uma xícara de café. Eve havia acabado de calar a boca de Lucia van Arpels em público. — Lucia. — Eve não conseguiu esconder a arrogância em sua voz. — Tenho um MBA de Harvard. Você precisa confiar em mim. Sei o que é melhor para a sua marca mais do que você.

Os olhos de Lucia foram tomados pela ira, mas ela já tinha experiência suficiente para saber se controlar. Com um gesto rápido, pegou a mão de Eve e lentamente a afastou de seus lábios.

— Obrigada por esclarecer isso, Eve. — Ela se virou para pegar seu lenço. — Infelizmente, preciso ir a outra reunião. Conversaremos em breve. — Lucia caminhou a passos firmes e constantes até a porta.

Imogen levantou a mão para pedir a conta ao garçom, para não ter que falar sobre o que estava acontecendo.

— Acho que ela vai aceitar — disse Eve quando Lucia já estava longe e não a ouviria.

Imogen sentiu seu telefone vibrar, indicando a chegada de uma mensagem de texto. Era Lucia.

>>>>Deixe essa mimada longe de mim. Nunca farei negócios com ela. Não sei como foi criada, mas tem algo de muito errado com ela.<<<<

— Eve, não acho que seja simples assim. O que você acabou de fazer foi ridiculamente grosseiro. Você sabe disso, não sabe?

— O que acabei de fazer foi convencer Lucia van Arpels a vender seus vestidos conosco. — Eve não demonstrou remorso.

Imogen, por um instante, pensou em mostrar a mensagem de texto a Eve, mas mudou de ideia. Sua lealdade agora era com Lucia, não Eve.

— Eve, acho que você acabou de cometer um erro enorme.

— Como pode saber, Imogen? Você nem olha o site. — Eve se levantou para deixar a mesa. — Vejo você no escritório.

— Tenho outra reunião — avisou Imogen. — Chego depois do almoço.

Eve deu de ombros.

— Que seja.

CAPÍTULO 12

A maca de exames no consultório da médica era surpreendentemente macia, como a de um spa. Poderia ter sido relaxante se ela não estivesse usando um avental de papel amarrado na frente e que ameaçava se abrir com um sopro.

Imogen abriu o Instagram para tentar se distrair, sentindo uma leve onda de euforia ao ver quantas curtidas as fotos do dia anterior tinham recebido. Curtiu uma foto de Bridgett de pé no meio da Sétima Avenida com o tráfego ao redor. Só Deus sabia como ela havia feito aquela foto. Curtiu a foto de Ashley, #AcordeiAssim, os olhos ainda mais azuis sem delineador e rímel, os cabelos claros cobrindo metade do rosto.

Curtiu uma foto do *yorkie* miniatura de Massimo, Ralph. Curtiu também uma foto das unhas vermelhas de uma mulher, com os dedos cheios de anéis, segurando uma *clutch* Céline da mesma cor do esmalte.

Conferiu o nome na foto, Aerin2006. O nome não era familiar, mas ela não conhecia muitas pessoas que estavam em seu Instagram. Ela havia pedido a Tilly para ajudá-la a encontrar contas interessantes para seguir e deixou tudo na mão da babá.

Estava prestes a olhar as outras fotos de Aerin2006 quando a dra. Claudia Fong entrou na sala em silêncio. Era uma mulher despretensiosa com óculos pequenos e cabelos pretos, compridos e lisos que chegavam quase ao fim de suas costas. Ela se remexia de um jeito peculiar quando andava e murmurava quando falava. Era delicada, gentil e a melhor oncologista de Manhattan, de acordo com a edição Melhores Médicos da revista *New York* do ano anterior.

A médica cuidadosamente pressionou um círculo ao redor do mamilo direito de Imogen.

— A dor é do lado esquerdo — disse Imogen, ansiosa demais.

— Sei disso, Imogen. — Claudia sorriu, acostumada com pacientes ansiosos. — Preciso checar o seio sadio antes de checar o que você está dizendo que a está incomodando.

Imogen assentiu e decidiu se calar para que a médica pudesse trabalhar. Quando passou para o lado esquerdo, Claudia disse, antes de começar a pressionar, que Nova York continuava sendo um lugar inadequado para se viver:

— Pode ser que este doa. Por que moramos em Nova York, Imogen? Por quê? Não paro de me perguntar isso, todos os dias. Os seres humanos não deveriam viver desse modo e não me refiro ao frio. Trabalhamos o tempo todo. Nunca temos dinheiro suficiente. Nunca fazemos aquelas coisas que supostamente tornam Nova York um lugar ótimo para se viver. — Ela fez aspas com os dedos quando disse "um lugar ótimo para se viver". — Sempre digo ao meu marido que deveríamos ir a Santa Fé. Eu tinha uma tia em Santa Fé. Faz um calor seco lá.

Imogen assentiu, compreensiva, mesmo quando começou a sentir dor quando a médica apertou com os dedos o tecido macio ao redor de seu mamilo. Seu seio parecia preso num torno sempre que a médica o pressionava, e foi por isso que Imogen ficou chocada quando a dra. Fong finalmente sorriu, esquecendo-se de Santa Fé por um momento.

— Não sinto nada anormal, Imogen. Mas quero pedir uma mamografia só para ter certeza. Vamos levar você de volta à sala de raio-X e fazer o que deve ser feito para podermos acabar com seus medos.

Aquilo não era possível. Imogen sabia que o câncer tinha voltado. Ela conseguia senti-lo, ela o sentia crescendo dentro de si e retomando o controle de sua vida. A mamografia provaria que a médica estava enganada.

Mas não estava. Sentada no consultório da dra. Fong, com o lado interno de seu seio iluminado em uma tela plana à sua frente, até mesmo Imogen teve que admitir que os dois lados pareciam saudáveis, sem mudanças. A dra. Fong traçou as bordas dos seios iluminados com uma caneta a laser.

— Veja, aqui estão as próteses. Dá para saber porque elas são menos densas do que o tecido de verdade. Mas você ainda tem um pouco de seu tecido ao redor do mamilo e por baixo das próteses. — Ela apontou uma massa nublada. — Esse tecido parece mais denso, mas também parece totalmente saudável. Imogen, acho que você pode estar sentindo uma dor fantasma.

Aquilo fez Imogen ficar histérica.

— Você acha que estou inventando tudo isso?

A dra. Fong logo balançou a cabeça para negar.

— Não, não é o que acho. A dor fantasma é, na verdade, muito real. É um nome ruim. Às vezes, pode se originar na cabeça de um paciente, porém costuma acontecer mais porque os nervos estão se ajustando, como se fosse um curto-circuito, adaptando-se depois da cirurgia. Estão enviando mensagens de dor ao cérebro quando não deveriam. A dor é útil para nós. Ela nos diz quando algo está errado em nosso corpo. Pense na dor como se ela fosse um juiz levantando as bandeirinhas vermelhas sem parar. Nesse caso, a dor está enganada. Não tem nada de errado com você, Imogen. Garanto.

— O que devo fazer?

— Tente relaxar quando sentir dor. Vou prescrever uns analgésicos. Preciso que você continue fazendo o exercício do seio e do braço.

A dra. Fong terminou de fazer anotações no tablet e começou a escrever uma receita.

— Mantendo esses músculos fortes, você vai se curar mais depressa. Não posso dizer muito mais além disso, só que estou incrivelmente satisfeita com seu progresso.

Imogen sentiu alívio e incômodo. Dor fantasma não era algo que ela queria dizer às pessoas. Parecia algo que ela tinha inventado.

— O que devo dizer a Alex?

A dra. Fong percebeu que Imogen não estava satisfeita com o diagnóstico.

— Diga a verdade. Seus nervos estão se acostumando com o novo tecido e há uma curva de aprendizado. Você não tem que dizer a palavra "fantasma", se não quiser.

Às vezes, o falso parecia muito real.

Imogen se sentou à mesa e digitou uma mensagem de texto para Alex.

>>>>Os exames estão bons. Você não me perdeu.<<<<

#Falsiane

CAPÍTULO 13

Seria possível que a cena toda com Lucia van Arpels não tivesse acontecido, que Imogen tivesse imaginado tudo? Ela não parava de repassá-la em sua mente quando entrou na farmácia de manipulação para deixar a receita e depois de novo, a caminho do escritório... A mão de Eve em câmera lenta acima da mesa. Os olhos de Lucia se arregalando enquanto ela tentava entender o que estava acontecendo. Não podia ter sido real. Parecia muito com uma cena de filme. Contudo, quando Imogen olhou para o telefone, viu a mensagem de texto de Lucia.

Eve estava sentada a uma mesa na cozinha contando aos funcionários sobre sua reunião com Lucia, quando Imogen entrou para preparar um expresso.

— E então, eu disse a ela: "Sei o que é bom para sua marca." Vocês deveriam ter visto a cara dela.

— Sim, deveriam. — Imogen queria não mais se surpreender com a coragem de Eve, mas era algo que a deixava sem ação pelo menos duas vezes por dia. — Eve, vamos falar sobre isso na minha sala.

Eve se levantou e fez uma dancinha, mordendo o lábio e balançando o traseiro.

Imogen não teve escolha além de mostrar a mensagem de texto a Eve.

— Ela não vai trabalhar com você, Eve. Sua atitude transformou você em uma techbitch para Lucia van Arpels.

A palavra "bitch" não a abalou nem um pouco. No máximo, lhe deu mais ânimo. Eve enrolou uma mecha de cabelos no dedo.

— Não é culpa minha se ela não consegue ver que somos o futuro. Ela precisa de nós.

— Não, Eve, no momento, precisamos mais dela do que ela de nós. Precisamos que pessoas como Lucia queiram vender suas roupas conosco. Os vestidos dela são o tipo de coisa que nossas leitoras vão querer comprar.

Eve deu de ombros.

— Então, chame-a de novo. Vamos fazer outra reunião.

— Ela não vai aceitar outra reunião com você, Eve. É o que estou tentando explicar.

— Certo. O que faremos?

Imogen suspirou.

— O dinheiro fala alto, Eve. Oferecemos comprar dois milhões no atacado para provar que queremos muito seus produtos.

Eve não acreditou.

— Dois milhões de dólares é loucura. É tipo, 30% de nossa nova rodada de investimentos.

— É a única maneira de salvarmos essa situação com a Lucia. E posso dizer outra coisa. Ela não tem boca grande, mas os funcionários dela têm, e, a menos que você queira que fiquem falando pelas nossas costas, precisamos encontrar um modo de remediar essa situação.

Eve olhou para a frente e fixou em Imogen um olhar de total perplexidade.

Era aquela parte do trabalho que estava fazendo Imogen se sentir mal. Quando descreveu a Massimo o que estava fazendo, ele disse que era como ser paga para tirar a roupa. Imogen estava abrindo sua rede de contatos para Eve. Não. Estava abrindo sua rede de contatos para a Glossy.com. Era assim que tinha de pensar. Estava fazendo o que era melhor para a empresa. Mas a que preço? Por quanto tempo ela poderia proteger a reputação da *Glossy* das bizarrices de Eve?

— Pague essa vaca, então. — Eve ficou de pé. — Não fiz nada de errado. Fui assertiva naquela reunião, Imogen. Se eu fosse um homem naquela reunião, Lucia teria me considerado poderosa.

"Se ela fosse um homem naquela reunião, Lucia a teria chamado de abusiva", pensou Imogen, irritada. Ela sempre condenou o fato de que os homens em posições de poder podiam ser completos babacas e ser promovidos, enquanto as mulheres podiam ser chamadas de "vaca" por qualquer mínimo escorregão. Porém, nem Donald Trump teria saído impune se fizesse o que Eve fez.

— Talvez você deva segurar suas mãos na próxima reunião, Eve.

★ ★ ★

GChat entre Eve e Ashley:

GlossyEV: Preciso desabafar um pouco. Sobre Imogen. É SÉRIO?

Ash: ??

GlossyEV: Por que ela não entende NADA? Sempre tem alguma coisa errada com o computador, o celular ou o iPad dela. Ela jura que o problema nunca é com ela. É sempre culpa da tecnologia. Consigo ouvi-la com dificuldades em seu escritório AGORA MESMO.

Ash: Ela está melhorando.

GlossyEV: É muito louco pensar que alguém tenha chegado tão longe na carreira sem ter aprendido a usar nenhum tipo de tecnologia. Eu tendo ajudá-la. Tento, sim. Sou uma boa pessoa. Você sabe que sou. É muito frustrante. Não posso ficar repetindo isso. "Diga qual é a senha de novo, querida", ela diz como se fosse adorável o fato de ela ser esquecida como alguém que tem Alzheimer.

Ash: (emoticon sorrindo)

GlossyEV: E quando ela fala com a tela superalto como uma americana burra na Europa pela primeira vez. APRENDA. Como você consegue ser tão legal com ela?

Ash: (emoticon sorrindo)

GlossyEV: HAHAHA

Ash: Ela está aprendendo, está melhorando.

GlossyEV: Mas está demorando muito.

Eve tirou os sapatos de salto, sapatos Louboutin que ela encomendou da Coreia, para alongar as panturrilhas. Ficou em pé descalça e remexeu-se um pouco apoiada nos calcanhares.

Estava provado que as pessoas tomavam decisões mais depressa quando ficavam em pé no trabalho. Ficar sentado a uma mesa o dia todo deixava as pessoas preguiçosas. A mesa de Eve estava imaculada, exceto por seus equipamentos: um laptop, um iPad mini, um iPhone e um Samsung Android. Ela gostava de ordem. Todas as outras moças de sua cidade tinham quartos cheios de troféus e condecorações. Eve mantinha essas coisas em uma caixinha bonitinha embaixo da cama. Tinha orgulho de ter um quarto tão organizado quanto a suíte de um hotel.

Ela tinha sido assertiva na medida certa com Lucia. Não tinha dado um tapa na mulher nem nada assim. Havia feito um gesto carinhoso com a mão, e só. Imogen precisava parar de ser exagerada.

Por quanto tempo eles ainda precisariam manter Imogen Tate ali? Era bom tê-la por perto para a transição, mas ela dava mais trabalho do que soluções. Ela havia acabado de fazê-los gastar uma grana. Worthington gostava muito dela, mas, se Eve pudesse provar que Imogen não era uma boa pessoa para a equipe da Glossy.com, talvez ele não quisesse mais mantê-la ali. O coração dele era como o de Eve, que pensava em dinheiro e não em emoções. E daí que ele era meio abusado por baixo da mesa durante as reuniões? Ele poderia passar a mão na coxa dela o dia todo, se quisesse. Talvez ela o convidasse para jantar na semana seguinte e usasse aquele novo vestido Alaia decotado que havia encomendado (do site!), para ver o que ele tinha a dizer a respeito do futuro de Imogen na empresa.

CAPÍTULO 14

NOVEMBRO DE 2015

O departamento de Recursos Humanos da Robert Mannering exigia agora que duas pessoas estivessem na sala sempre que alguém fosse demitido da empresa, para o caso de a parte ofendida fazer um escândalo ou dizer mais tarde que tinha sido demitida injustamente. A regra tinha sido estabelecida depois de Eve demitir três pessoas por mensagem de texto. Sem nenhuma razão clara, Eve decidiu que a outra pessoa que ficaria com ela na sala nesses momentos seria Ashley Arnsdale. Ser testemunha das duas execuções semanais, como ela havia passado a ver a situação, havia se tornado uma parte do trabalho de Ashley sobre a qual ela não conversava com ninguém.

No verão de 2009, Ashley tinha sido demitida da Old Tyme Ice Cream em Montauk, onde seus pais tinham uma casa de veraneio.

— Você é muito boa em muitas coisas — disse o sr. Wilson, o dono da loja. — Mas é péssima em servir sorvete. — Era verdade e justo. Ashley passava a maior parte do tempo conversando com os clientes sobre o sorvete em vez de servi-lo. O sr. Wilson, pelo menos, deixou que ela ficasse com o pagamento de uma semana e um sorriso gentil. Eve sorria quando demitia as pessoas, mas não era gentil.

— Simplesmente não vejo qual a sua utilidade para esse site — disse Eve para o jovem desenvolvedor de software sentado à frente dela na sala de conferência, bem depois de dez horas, certa noite. Não havia leis que impedissem alguém de ser demitido tão tarde? — É sério — continuou Eve. — Prove por que você deve continuar neste emprego se o restante de sua equipe trabalhou pelo menos dez horas a mais do que você nas últimas três semanas.

Ai, meu Deus. Ashley sentiu vontade de se esconder embaixo da mesa grande de reunião. Ou de abraçar o rapaz. Ou as duas coisas. Os seres humanos não deveriam tratar outros seres humanos daquele modo. Aquilo era a pior coisa do mundo.

— Fico aqui até meia-noite todas as noites — argumentou ele, desanimado.

— O resto da sua equipe dorme aqui — disse ela, entortando os lábios. — Você não é um membro da equipe. Não quer ter sucesso. Além disso...

Eve parou e olhou para seus tênis All Star sujos e camisa xadrez de botão por cima de uma camiseta cinza desbotada com um Stormtrooper na frente. Ele era alto e gorduchinho, com uma barriga que denunciava muitas noites pedindo comida pela internet. Seus olhos eram levemente vesgos.

— Não acho que você tenha o nosso perfil.

Ele parecia um cara da informática como qualquer outro que Ashley conhecia. O uniforme deles era este: tênis, calça jeans, camisa de botão. Eve gostava de dizer coisas como "ter o perfil". Ela as aprendera na faculdade de administração. Aquelas palavras faziam Ashley se lembrar de Benji, seu namorado da época da faculdade que estudou na Northwestern logo depois de formado. Aquele cara era um idiota.

Não havia como argumentar contra "não ter o perfil". Não era como se Eve tivesse dito "Você se veste como um relaxado ou um mendigo". Mas era mentira. Eve estava tentando terceirizar todos os serviços de computação com a Balkans, um berço aparentemente farto de talento nerd. Ashley se concentrou em uma mariposa que voava pela sala, batendo as asas contra a parede de vidro. "Eu me sinto como você, cara", pensou ela.

Ashley sentiu vontade de fazer uma piada para aliviar o clima, mas não ousou fazer isso. Ela havia aprendido, seis demissões atrás, que não deveria interromper Eve. Quando o fazia, Eve se virava contra ela. O melhor a fazer era ficar parada. Não havia pessoa pior para aquele trabalho, pensou ela. Ashley não sabia fazer cara de paisagem. Quando sabia que Eve estava olhando para outro lado, ela dizia sem emitir som "Tudo bem" e "Sinto muito" para os ex-funcionários. Teria que falar sobre isso na terapia, no dia seguinte. Ela se consultava duas vezes por semana desde agosto e havia alcançado a quantia para abater no imposto de renda, então, agora, iria três vezes na semana. Terapia de graça. Oba!

— Você simplesmente não é bom o suficiente para trabalhar na Glossy.com — Eve concluiu, se levantou e saiu da sala sem dizer mais nada.

O rapaz olhou para Ashley com os olhos cansados, sem acreditar.

— Vou ajudar você a limpar sua mesa — disse ela, e passou a falar mais baixo, entregando-lhe um pedaço de papel com seu número de celular anotado. — Pode ser que eu tenha um trabalho para você em um projeto supersecreto.

★ ★ ★

IMOGEN TEMIA QUE ESTIVESSE SE TORNANDO MAIS INVISÍVEL. Não era tola. Cada dia de trabalho podia ser seu último. O mercado da moda sempre foi maligno. Você só era bom enquanto produzia coleções, sessões de fotos ou capas de sucesso. Chamar aquele mundo de crítico era muito pouco. Por muito tempo, Imogen tinha feito todas as coisas certas. Criava uma linha incrível que sabia que venderia. E vendia mesmo. Encontrava uma moça bem magra e a transformava na próxima Kate Moss ou fazia parceria com um estilista novo e talentoso ainda desconhecido para torná-lo a próxima revelação. Ao longo do tempo, sua carreira se tornou uma parte de sua personalidade da qual não conseguia escapar, não era mais uma opção.

Não podia negar que aquele novo mundo estava fazendo com que ela se sentisse uma boneca idiota. Raiva e burrice não eram uma combinação de sucesso para uma editora-chefe. Ela assentia para as métricas que as meninas de seu escritório lhe mostravam, mas era como se aqueles gráficos fossem desenhos comuns, pois não os entendia. As regras deixaram de existir. As carreiras não eram mais lineares. Eve provou isso ao passar de assistente a número dois na hierarquia (talvez número um).

A cada dia, Eve encontrava novos modos de fazer com que Imogen se sentisse subordinada. Ela a deixava de fora de reuniões e tomava decisões importantes sem consultá-la, inclusive contratava novos funcionários.

Claro, havia algumas coisas que Imogen amava nesse novo mundo. A conexão instantânea com um grupo inteiro de pessoas novas por meio do Instagram e do Twitter era tão viciante quanto cafeína. As curtidas e os retuítes lhe proporcionavam uma estranha sensação de aprovação, que não combinava muito bem com a maneira como ela se sentia na vida real. No mundo de filtros do Instagram, ela estava banhada por um tipo de glamour dourado que fazia tudo parecer perfeito, sendo que, por fora desse filtro, ela às vezes se esquecia de respirar.

Devia ser assim que os trabalhadores da época da Revolução Industrial se sentiam. De repente, a vida deles mudou. Em um mês, eles tinham um pequeno negócio de família produzindo ferraduras ou queijo para os vizinhos e, no mês seguinte, eram forçados a ir para uma fábrica para fazer coisas para clientes sem nome e sem rosto. Era assim que Imogen se sentia em relação à internet. Claro, ela não conhecia as leitoras quando a *Glossy* era uma revista, mas sentia uma ligação com elas. Ela as *compreendia*. Agora, não entendia muito bem as moças que clicavam em "20 itens essenciais para um look praia chique" ou em "Os 10 exercícios de levantamento de peso que você pode fazer no carro com uma garrafa de água". Queria entendê-las desesperadamente, entrar em seus cérebros de geração Y e puxar fios e tomadas para entender do que elas gostavam.

Um peso envolvia Imogen logo cedo e a desafiava a sair da cama. Por mais cedo que acordasse, sua caixa de e-mails estava sempre cheia de mensagens, a maioria composta por palavras abreviadas e frases escritas sem muita coerência por Eve, que enviava os e-mails a qualquer hora da noite. Quando você está no topo do mundo, sair da cama é muito fácil. Quando a vida dá uma guinada errada, o simples ato de afastar os cobertores pode ser a coisa mais difícil do dia todo. "Só quero ficar aqui, deitada", uma voz na mente de Imogen sussurrava quando ela enterrava o rosto no travesseiro toda manhã.

Antes, ela saía do trabalho às seis da tarde, mas agora tinha que sair disfarçadamente para chegar em casa às nove. Numa dessas noites, Imogen encontrou uma jovem chorando no elevador.

Poderia ter sido qualquer noite da semana. A programação nunca mudava. Não havia mais o desenrolar rítmico da programação da revista mensal, quando tudo ficava muito corrido, depois relaxava e então voltava a ficar pesado. Imogen tentava, desesperadamente, manter um pequeno controle editorial, pelo menos revisando as coisas antes de irem para o site, às vezes dando uma boa editada, aprovando e descartando fotos.

Ela nunca tinha sido de fato uma editora de texto, mas também nunca tinha visto tantos erros em sua vida.

— Quem vai editar isso? — perguntou a Eve naquela manhã.

Eve mal desviou os olhos do laptop, mas deu de ombros, ombros nus.

— Ninguém. Vai direto para o site. É a internet. Sempre dá para ser corrigido.

— Você não acha que está malfeito?

— Acho que mais é melhor.

A conversa terminou ali.

Era sem parar. O site era atualizado 24 horas por dia, e o conteúdo era determinado pelo tráfego. Se uma determinada celebridade ficasse noiva, o site podia criar até 13 posts sobre o estilo dessa celebridade, o estilo de seu noivo, o estilo do filho que eles teriam juntos, o estilo do casamento. Atualmente, eles publicavam, em média, mais de cem matérias por dia. Todas elas terminavam com a mesma frase infantil: "Não perca nenhuma de nossas atualizações incríveis! Assine a *newsletter* da *Glossy* hoje!"

Sair às oito da noite parecia um luxo, sendo que ainda havia um exército de mulheres no escritório digitando em seus teclados, comendo os sushis que Eve pedira para o jantar e bebendo seus sucos coloridos Organic Avenue e os Red Bulls diet.

Imogen se sentia culpada por ficar e também se sentia culpada quando ia para casa. Nunca apagava as luzes de sua sala. Deixava um suéter no encosto da cadeira, a tela do computador ligada e a sala toda acesa, esperando criar a impressão de que estava em algum lugar no prédio em qualquer momento que fosse procurada. No fim das contas, sabia que não estava enganando Eve. Algo lhe dizia que Eve sabia sempre onde ela estava. Provavelmente havia um aplicativo para isso.

A moça já estava esperando o elevador quando Imogen chegou. Estava de cabeça baixa e seus ombros tremiam. Entrou em silêncio no elevador quando ele chegou e manteve o rosto virado para a parede dos fundos, não para a frente. Só depois que as portas se fecharam, ela soltou um gemido, como um animal sendo levado para o matadouro.

Era pequena, com os cabelos num tom cor de mel. Parecia vagamente familiar para Imogen, mas havia muitos rostos novos no escritório. Todos eles se misturavam.

Momentos como aquele faziam Imogen se sentir útil por ainda levar um lencinho branco e bordado na bolsa. Tinha saquinhos de Kleenex também, daqueles que se compra aos montes um mês depois de se tornar mãe. Imogen deu um tapinha leve no ombro da garota e lhe ofereceu o lenço. A garota o pegou sem olhar para a frente, secou o rímel que escorria pelo rosto e assoou o nariz, dando mais um gemido vindo das profundezas do inferno.

— Não pode ser tão ruim assim. — Imogen a consolou, com incerteza. Por que dissera aquilo? Ela sabia exatamente como as coisas eram ruins naquele escritório.

— É, sim. Ela é uma bruxa. — A moça finalmente virou seus olhos exaustos para Imogen. — Fiz tudo o que Eve pediu. Estou trabalhando direto há três dias. E aí eu peguei no sono na minha mesa. Ela me disse que só perdedores precisam dormir. Pronto. Foi o suficiente para ela. Simplesmente me demitiu. Bem na frente de todo mundo. Ela disse que eu podia guardar minhas coisas, ir embora e não voltar amanhã.

Agora, Imogen estava reconhecendo a moça como uma das assistentes editoriais que Eve havia contratado para realizar as tarefas comuns de assistente, transcrevendo, atendendo telefone, marcando compromissos, as coisas que a própria Eve fazia alguns anos antes.

— Por que você não vai para casa há três dias?

— Você não recebeu o memorando? Ela disse que todos nós tínhamos que ficar para ajudar a alcançar as metas de tráfego que ela estabeleceu para os investidores até o fim do mês. Ela colocou colchões na sala de suprimentos. Nós nos revezamos ali, mas tinha muito barulho. Tive dificuldade para dormir.

Imogen percebeu as olheiras sob os olhos da jovem, fazendo-a parecer muito mais velha.

— Vi muitas pessoas serem demitidas, além de mim — contou a garota. — É meio como "Vamos ver quem dura mais".

Imogen não tinha nada a dizer. Ela havia ouvido rumores de que Eve demitia as pessoas de qualquer jeito, mas nunca havia testemunhado nada. Achava que ela fazia as demissões tarde da noite. Eve estava tão empenhada nas contratações, que Imogen não conseguia acompanhar quem estava chegando e muito menos de quem estava saindo.

— Sinto muito. Foi tudo o que conseguiu pensar em dizer. — Ninguém merece ser tratada desse jeito.

Imogen nem sequer sabia se era legal demitir alguém daquele jeito. Só tinha demitido três funcionários na vida e, em todas as vezes, precisou preparar um histórico, durante um mês, dos motivos para a demissão e tinha sempre a presença de um funcionário de Recursos Humanos.

Por um segundo, a moça olhou para Imogen com pena, como se acreditasse que ela podia ser a próxima a chorar no elevador.

Só restavam poucos andares.

— Não tenho nenhum dinheiro guardado. Não vou conseguir pagar meu aluguel mês que vem. — Não era um pedido. A jovem disse aquilo como um fato, como se precisasse dizer em voz alta para ter certeza de que o universo soubesse que era verdade.

Ela não tinha mais nada a dizer a Imogen. Andou depressa pela rua, sem olhar para trás. Imogen chegou ao lobby e então voltou ao elevador e apertou o botão rumo ao 27º andar.

Quando Imogen voltou ao escritório, viu Eve em pé no meio da sala.

— Agora! — gritou ela.

Doze moças estavam alinhadas em lados opostos da sala. Cada uma delas segurava uma colher de prata na boca, com um ovo equilibrado em cima. Quando Eve gritou, elas correram pela sala e ovos voaram das colheres e se espatifaram no chão. A sala estava tomada de ansiedade pela diversão com hora marcada, como acontece em feriados como Ano-Novo e Dia das Bruxas. Estavam brincando, festejando, dançando, bebendo, equilibrando ovos na colher em um escritório do centro da cidade. Faziam isso porque todo mundo fazia e porque alguém havia dito que era o que se devia fazer para se divertir. Contudo, as mulheres da sala pareciam cansadas. Imogen sabia que elas prefeririam estar a suas mesas terminando o que quer que tivessem que terminar para poderem ir para suas casas e se divertir com amigos e familiares de verdade.

— A hora do intervalo terminou. — Eve bateu as mãos e, com isso, todo mundo voltou para suas mesas, deixando a sujeira de ovo espalhada no chão.

Eve havia notado a presença de Imogen, mas esperou a brincadeira acabar para falar com ela.

— Oi, Imogen, pensei que você tivesse ido para casa.

— Desci para pegar um *macchiato*.

— Onde está o café? — perguntou Eve, sorrindo.

— Eu o bebi enquanto voltava. Podemos conversar em meu escritório?

Eve deu de ombros e a seguiu. As luzes tinham sido apagadas e o computador, desligado. Imogen sabia que não tinha deixado as coisas daquele modo dez minutos antes.

— Você desligou meu computador?

— Claro que não. — Eve revirou os olhos de modo agressivo. — Nunca entro na sua sala. Uma das faxineiras deve ter feito isso, sei lá.

— Quem era a moça que você acabou de demitir? Ela estava chorando no elevador.

Eve sacudiu as mãos.

— Só uma assistente. Demiti todas elas hoje.

Imogen queria responder devagar para usar as palavras certas.

— Precisamos de assistentes. Você conversou com o departamento de Recursos Humanos sobre contratar novas assistentes amanhã?

— Não precisa. Tenho um plano. Vai nos poupar muito dinheiro para que possamos contratar novos produtores de conteúdo no lugar delas. Imogen ergueu as sobrancelhas, indicando que Eve deveria continuar explicando. — Estou terceirizando todas as assistentes. Uma de minhas amigas do MBA de administração acabou de fundar a empresa de assistência virtual mais incrível de todas. Por apenas cinco dólares por hora, é possível conseguir todo o trabalho que aquelas assistentes fazem. Podemos pedir para que transcrevam entrevistas, marquem horários, encomendem material de escritório. Eles vão até pedir sua comida. É tão inovador, genial.

Imogen balançou a cabeça.

— Você sabe que temos assistentes no escritório para treiná-las para fazer mais e mais coisas e, depois, promovê-las. Eu comecei como assistente. Você também começou como assistente, lembra? — Imogen respirou fundo, sentindo um pouco do perfume Miss Dior de Eve.

Eve sacudiu as mãos de novo.

— Sim, mas não precisamos mais delas. As coisas eram feitas assim. Estou criando um novo sistema, Imogen. — Agora, Eve estava irritada. — Por que não consegue aceitar as mudanças que estou fazendo aqui? Eu trouxe a *Glossy* para o século XXI e quero levar você comigo, mas você não está ajudando.

— Alguns dos sistemas antigos funcionam, Eve. Não precisamos jogar tudo fora para começar algo novo só por começar.

— Vamos. Deixe-me fazer meu trabalho — prosseguiu Eve. — Estou deixando você fazer o seu. Vá para casa e passe um tempo com seus filhos. Sei que você não foi buscar um *macchiato*. Você só voltou aqui para me dar sermão. Pronto, já deu. Até amanhã.

As mulheres já tinham voltado para suas mesas, com os fones de ouvido posicionados e os dedos castigando o teclado. Imogen estava atordoada, mas não queria fazer escândalo. Caminhou até o elevador, tomando o cuidado para não pisar nos ovos quebrados pelo caminho.

CAPÍTULO 15

Imogen chegou em casa e preparou um banho demorado, serviu-se de uma taça de vinho e despejou um pouco de óleo de lavanda na banheira antiga com pés. Gostava mais de lavanda na banheira do que no café. Ela e Alex descobriram a banheira em uma loja de antiguidades em Phoenicia, passaram horas negociando por ela e, quando chegaram em casa, descobriram que ela tinha um vazamento horroroso. Tiveram que consertá-la e gastaram uma pequena fortuna, mas Imogen a adorava tanto que achou totalmente válido. Era funda o bastante para que ela não tivesse que escorregar o corpo todo para ficar submersa. Podia submergir até metade do pescoço com água escaldante até o ponto em que não conseguia aguentar.

Annabel estava dormindo quando Imogen chegou. Ela não conseguia se esquecer dos comentários que tinha visto na página do Facebook da filha. Que tipo de monstro escreveria coisas daquele tipo para uma menininha? Ela não sabia como abordar o assunto sem parecer que estava espiando a vida da filha — o que seria um modo certeiro de pôr fim a toda e qualquer conversa antes de sequer terem a chance de começar.

Tudo estava uma bagunça. Sua filha estava sendo perturbada on-line e ela estava sendo perturbada no trabalho. Acordava todos os dias com o estômago revirado só de pensar em entrar naquele escritório e ver Eve. Não passava uma manhã sem que Eve mencionasse algo que Imogen não sabia ou que tinha feito de errado. Ela não enviava arquivos no formato certo. Por que não conseguia acessar as fotos agora que estavam armazenadas na nuvem e não no servidor? Por que não respondia a todos os e-mails? Ela sabia que deveria responder a todos os e-mails com mais frequência! Será que não poderia tuitar mais?

Havia agora uma linha bem clara dividindo a história de sua vida. Antes de Eve e Depois de Eve. Deveria ser Antes do Câncer e Depois do Câncer, mas Imogen não sabia muito bem se o câncer afetava mais seu bem-estar do que o ressurgimento de Eve em sua vida.

Todos temos questões que tomam nossa mente. Antes de Eve, Imogen pensava sem parar em ser a melhor editora-chefe da atualidade, pensava em derrotar a concorrência, pensava em vender mais revistas. Aquela vozinha lhe dizia que a *Glossy* sempre poderia ser melhor se ela se esforçasse mais. Agora, a vozinha tinha mudado o tom. Agora, ela não era mais boa. Agora, a voz só dizia que ela deveria desistir porque não conseguiria sobreviver ali.

Ela estendeu a perna, o que foi gostoso, e remexeu os dedos. Depois de décadas usando sapatos de salto, seus pés sofriam.

A água quente que caía da torneira criou um som agradável e Imogen se entregou a outra fantasia. E se eles fossem embora? E se abrissem mão da hipoteca supercara da casa e das mensalidades da escola? E se pegassem todas as coisas e se mudassem para Nova Orleans? Tomando um gole grande do vinho, ela se lembrou do quanto adorava Nova Orleans.

Quanto custaria viver em Nova Orleans? Talvez um quinto do que custava manter as aparências em Nova York? Ela pegou o telefone da pequena mesa de bambu *vintage* que mantinha ao lado da banheira e procurou, com as mãos molhadas, o aplicativo de imóveis, aquele que Tilly havia baixado para ela. Tomando o cuidado de manter o aparelho fora da água, Imogen escolheu alguns parâmetros. Nova Orleans — Garden District — Quartos (4+).

Tantas opções. Ela balançou as mãos para tirar as gotas de água que molhavam a tela. Então, ela se apaixonou. Era uma mansão histórica do século XIX no Garden District.

Peculiar e linda, com o exterior todo branco e detalhes azuis e brancos, uma cerca formidável de aço escovado cercando preguiçosamente a propriedade. Ao aumentar a imagem, ela viu um balanço de varanda. O preço daquela joia rara era menos de 20% do que tinham pagado pela casa atual.

No Sul, Alex podia abrir um escritório de advocacia, intermediando acordos e divórcios. As crianças podiam estudar em escola pública. Ela teria espaço para descobrir o que gostaria de fazer depois. Fotografia? Design de interiores? Os dois campos estavam diferentes e digitais agora, mas ela tinha potencial. Era o único lugar no mundo, além de Nova York, onde ela tinha a impressão de que podia ser uma pessoa criativa.

Sentiu arrepios na barriga. Estava animada. Nova Orleans seria um lugar novo. Um desafio, com certeza, mas um novo desafio. Meu Deus. Tudo tinha sempre que andar em linha reta? Sua carreira podia ser traçada na diagonal. E se Alex voltasse para casa e ela simplesmente dissesse: "Abandone seu maldito emprego?" Ela poderia ter escolhas! Imogen terminou de beber o vinho. Por que não levava a garrafa para cima?

O celular escorregou de sua mão e caiu no tapete da banheira.

As pessoas pensam que Nova York é tudo, mas chega uma hora em que deixa de ser.

Ela suspirou. Realmente, era só um sonho. Claro, livrar-se da casa e da escola lhes daria uma folga, mas tanto Imogen quanto Alex tinham pais idosos, com poucas reservas para a aposentadoria. E também havia suas despesas médicas, que aumentavam o tempo todo e precisavam do plano de saúde pago pela Robert Mannering Corp.

O peso da família toda caía sobre seus ombros. Por mais água quente que houvesse na banheira, sentia um frio e um arrepio que eriçavam sua pele.

CAPÍTULO 16

DEZEMBRO DE 2015

Um trecho de *A teoria do recreio*, de Axelrod MacMurray:

Precisamos ser felizes para sermos produtivos. Precisamos ampliar os limites do ambiente de trabalho e permitir que adultos busquem suas crianças interiores para maximizar o sucesso e a inovação. É importante que o funcionário adulto tenha tempo para ser sociável de um modo desestruturado e criativo durante o dia de trabalho e é essencial que os gerentes incentivem isso. A brincadeira não deveria ter um objetivo. Usada de modo adequado no ambiente de trabalho, uma hora de brincadeira vai aumentar seu resultado exponencialmente.

Em 2013, um professor calvo e atarracado da escola de administração de Harvard chamado Axelrod MacMurray (fez doutorado em Stanford, MBA por Harvard), escreveu um livro propondo a "teoria do recreio". Ele se baseia em um estudo realizado por muitos anos pelo dr. MacMurray, que provou que até adultos precisavam de uma hora de "brincadeira" para aumentar a produtividade em outras partes de sua vida.

Depois que Eve assistiu às aulas de MacMurray em 2014, ela logo se tornou sua aluna mais dedicada e, às vezes, companhia até tarde da noite.

O tempo breve, mas aparentemente produtivo e cheio de brincadeiras que passaram juntos pode ter sido o que inspirou Eve a levar o escritório todo à Spirit Cycle para uma aula de *spinning*. Todas as mães da escola usavam o Spirit Cycle, um aparelho cardíaco meio *new age* que unia corpo e alma. Imogen acreditava que aquilo era uma bobagem. Aos vinte e poucos, e durante a maior parte dos trinta, ela tinha sido corredora. De modo geral, só comia direito e fazia pilates com seu *personal trainer*. Do mesmo modo como não participou da loucura pela dieta Atkins no início dos anos 2000, o *spinning* havia passado despercebido por ela.

No entanto, seria bom sair mais cedo do escritório. O estúdio da Spirit Cycle era perto de sua casa e ela pretendia ir para casa logo depois, o que melhorou muito seu humor enquanto ela entrava no estúdio cheio de bicicletas amarelas e palavras inspiradoras escritas na parede.

Eve entrou no estúdio com calça amarela da Spirit Cycle e um top, o cabelo preso em um rabo de cavalo alto no topo da cabeça.

— Oba! Spirit! Adoro. Vamos pegar o espírito da coisa. — Ela cumprimentou a instrutora enquanto as outras moças do escritório subiam nas bicicletas. Imogen pegara os sapatos esquisitos com clipes de metal embaixo na recepção e saiu batendo os pés pelo resto do caminho até a sala de *spinning*, mas assim que subiu na bicicleta, não soube usar os sapatos. Tentou virar o pé em cima do pedal, torcendo para que ele logo se encaixasse. Nada aconteceu. Houve uns barulhos esquisitos conforme os pedais e os sapatos da sala batiam com cliques-cliques.

O receio de não fazer direito só aumentava cada vez que seu pé escorregava do pedal sem o tal clique.

Ashley se posicionou ao lado de Imogen na fileira da frente. Eve estava do outro lado. Ashley se abaixou em silêncio para guiar o sapato de Imogen no lugar. Clique.

A instrutora pulava sem parar em um palco iluminado só pelas velas com cheiro de toranja.

— Oi, irmãs da Spirit! — gritou ela no microfone acoplado a seu rosto. Era loira e usava *dreadlocks*. Eve se inclinou na direção de Imogen e sussurrou:

— A instrutora é Angelina Starr. Ela é, tipo, a deusa do *spinning*.

"Angelina Starr? Só pode ser nome artístico", pensou Imogen. "Desde quando os instrutores de academia começaram a ter nome artístico?" Angelina Starr era muito bronzeada e muito malhada para suar a camisa. Não usava nada além de um topzinho de adolescente e shortinho preto de Lycra.

Eve e as moças na sala, que obviamente eram frequentadoras da Spirit, responderam em uníssono:

— Olá, Angelina!

— Todo mundo pegou tudo?

— Gostaria de beber uma água. — Imogen ergueu a mão com educação, o que fez Angelina resmungar.

— É mesmo? Quer um pouco de leite desnatado também? Quer adoçante também? O que acha de eu ir até você e trançar seus cabelos? — Imogen ficou boquiaberta, e Angelina voltou sua atenção para o resto da sala. — Quem está pronta para entrar no espírito da coisa? — gritou a instrutora.

— Nós! — todas gritaram juntas.

O *Black Album* de Jay-Z começou a tocar nos alto-falantes escondidos enquanto a instrutora subia na bicicleta e começava um monólogo.

— Estamos aqui por nós. Estamos aqui umas pelas outras. Ninguém fala durante a aula. Pedalamos juntas. Você está aqui por você e por suas irmãs Spirit. Todas somos uma. Antes de começarmos a pedalar, vocês vão escrever o nome de sua irmã Spirit. Ela está do seu lado. Vai escrever o nome dela e colocá-lo dentro de seu calçado. — Um grupo de funcionários vestidos com camisetas amarelas da Spirit caminhou pela sala com pedaços pequenos de papel e lápis em miniatura. Eve escreveu seu nome com letra cursiva e deu o papel a Imogen.

— Coloque meu nome em seu sapato — disse ela, com uma voz sem nenhuma emoção.

Aquela era a coisa mais idiota que Imogen já tinha ouvido.

— E agora o nome de sua irmã Spirit dará energia durante toda a aula desde seus pés até o coração — continuou a instrutora. — Vamos pedalar. Vocês, guerreiras da primeira fila. Vocês devem isso a suas irmãs, vocês têm que dar o exemplo. É melhor vocês me darem um tapa do que diminuírem a velocidade.

O que estava acontecendo com a temperatura da sala? Imogen, de repente, sentiu muito calor. Baldes de suor desciam por suas costas. Estava claro que eles tinham aumentado o calor para fazer com que as pessoas sentissem que estavam se esforçando mais do que de fato estavam. Os sapatos pareciam instáveis. Ela provavelmente não os havia prendido direito. Diminuiu o ritmo para tirar o pé da gaiola em uma tentativa de encaixá-lo direito, mas Angelina Starr começou a abrir um buraco em sua alma só com o olhar.

— A primeira fileira deve manter o ritmo! — gritou, obviamente para Imogen, em especial. — Esquerda. Direita. Esquerda. Direita.

Forçando as pernas a acompanharem o ritmo, Imogen se perguntou por que as mães da escola pagavam cinquenta dólares para aquilo. Fazer movimentos cuidadosamente coreografados com os pés presos a pedais sem qualquer controle não era nada natural, era tortura. As pessoas pagavam um bom dinheiro para serem abusadas ali?

As luzes foram apagadas. Estava muito escuro, exceto pelas lâmpadas em círculo ao redor da instrutora.

"Coloque a mão direita na cabeça!"

"Contraia a barriga!"

"Se você bocejar, eu VOU cuspir na sua cara!!!!!!"

"Encaixe o bumbum! Encaixe o bumbum!"

Naturalmente, Eve era ótima. Balançava o rabo de cavalo para a esquerda e para a direita, para a esquerda e para a direita, mexendo e mexendo. Durante todo o tempo, acompanhava as músicas de hip-hop com o entusiasmo dos jovens seguidores de tiranos.

— Vocês estão melhores porque estão aqui! São bem-sucedidas! São incríveis! Vocês são o melhor que podem ser aqui, agora. Vocês se amam muito. A vida é louca! O que importa é o que a gente faz dela!!! — gritava a instrutora enquanto Eve agitava os dois punhos no ar e gritava "ISSOOOO!". Aquilo não era só uma aula de ginástica. Era uma terapia por meio do suor. Você ia pelos exercícios aeróbicos e ficava pelas lições de moral.

Imogen detestou tudo. Perto do fim da aula, seus cabelos estavam ensopados de suor. Lugares que não deveriam doer latejavam. Ela se lembrou da música de Leonard Cohen: "Sinto doer lugares onde antes sentia prazer." Ela quase havia se esquecido do nome de Eve em um pedaço de papel dentro do calçado. Relutante, Imogen se levantou com o restante da sala para mais um esforço em direção à linha de chegada.

— Mais rápido. Dá para ver a distância. É o seu objetivo. Foi para isso que você veio aqui hoje. Você é a melhor versão de si agora. Bem neste momento.

Imogen se esforçou mais e mais nos pedais, e as pernas começaram a perder o controle. Ela via a linha de chegada em sua mente. Pedalou ainda mais rápido e não prestava mais atenção a Eve, a Ashley ou a qualquer mulher da sala.

Clique. O pé direito escapou do pedal. Ela tombou para o lado. Ninguém se alterou. Imogen estava no chão, entre sua bicicleta e a de Eve.

Quando se recuperou, Imogen olhou para a direita e para a esquerda. O pedal de Eve girava diante de seu rosto como a lâmina de um cortador de grama.

— Irmã Spirit... me ajude? — gritou Imogen.

Mesmo assim, sua irmã Spirit não se deu ao trabalho de parar antes de cruzar a linha de chegada. Eve não parou de pedalar.

Ashley havia posto sorrateiramente os fones de ouvido e estava alheia ao que acontecia.

Ninguém a ajudaria. Com as pernas de Eve pedalando, era quase impossível para Imogen se levantar sem ser atingida. Ela se viu rastejando de barriga no chão em direção ao palco, onde finalmente pôde se levantar.

Enquanto caminhava até a porta e jogava aquelas porcarias de sapatos no cesto, a turma continuou pedalando.

CAPÍTULO 17

Throwback Thursday era uma das coisas de que Imogen mais gostava no Instagram. Depois que Tilly apresentou para ela a ideia de postar uma foto antiga uma vez por semana, ela começou a procurar em caixas que deixava embaixo da cama para encontrar fotos e Polaroids feitas nos bastidores das Fashion Weeks e em sessões de fotos ao longo dos últimos vinte anos. Na segunda-feira, ela encontrou a foto perfeita — uma foto antiga, provavelmente de vinte anos atrás, de Naomi Campbell, Christy Turlington e Linda Evangelista bebericando champanhe em uma banheira.

A foto estava gasta nas laterais, uma das pontas estava rasgada. Nela, as mulheres riam. Naomi estava cobrindo o rosto, com um diamante de oito quilates no dedo que passava por cima do lábio superior. Christy estava meio escondida no meio das outras duas, e só uma parte de seu rosto lindamente imperfeito aparecia. Metade da foto era uma confusão de pernas compridas, sem que fosse possível determinar onde um corpo começava e outro terminava. Imogen havia feito a foto em uma suíte do Ritz depois dos desfiles em Paris. Foi o momento perfeito captado com uma câmera Polaroid e teria sido muito mais famoso se tivesse sido captado hoje, mas, antes da internet, poucas pessoas tinham visto esse momento reservado. Imogen tirou uma foto da foto antiga com seu smartphone e a postou enquanto bebericava seu *macchiato* no Jack's, antes de ir para o escritório. "Uma palavra: DIVAS. #ThrowbackThursday". Imogen sorriu. Tinha zerado o jogo do Instagram.

— Que Throwback Thursday legal, Imogen. — elogiou Natalie, uma blogueira adorável, que vestia um suéter de lã cor de creme com partes em couro nos cotovelos por cima de leggings pretas de couro e *mules* pontudas, enquanto passava pelas fileiras de mesas.

— Muito obrigada, querida. Não dá para dizer o quanto eu adorava aquelas garotas. Aquele dia foi tão divertido. Vá à minha sala depois e eu conto tudo.

— O Buzzfeed acabou de repostar a foto!

Imogen arregalou os olhos, surpresa.

— Ai, meu Deus. Isso é bom?

— É ótimo. Tenho certeza de que vai aparecer em todos os lugares. Então, se você não se importar, vou postá-la em nosso site.

— Claro que não me importo. Vamos aumentar esse tráfego. — Imogen tinha quase certeza de que havia usado a palavra "tráfego" no contexto certo ali. Levantou a mão para bater na da colega. Natalie olhou para ela confusa por um segundo, mas aceitou o cumprimento. Outros membros da equipe olharam para elas em silêncio e sorriram ao ver a interação. Imogen se sentia um pouco mais leve ao andar pelo escritório do que antes. Aquele seria um bom dia.

Viu Eve perto de sua mesa usando seu Google Glass, os olhos em movimento rápido entre a tela de seu computador e seu iPhone. Felizmente, ela não olhou para a frente quando Imogen passou, concentrada demais no trabalho. Quando se sentou à própria mesa, Imogen checou seu Instagram. Sua foto de #ThrowbackThursday tinha 9.872 curtidas, 9.800 a mais do que qualquer outra coisa que já havia postado. Aquele Buzzfeed sabia o que estava fazendo.

O telefone de Imogen apitou. Antes mesmo de abri-lo, ela sabia se tratar de uma mensagem de texto em grupo.

Era uma colagem de quatro fotos. Em uma delas, havia duas mãos brindando com taças de champanhe. Em outra, havia um vaso com três dúzias de rosas brancas. Em seguida, um *close* de uma aliança com um diamante enorme e, na quarta, Andrew e Eve se beijando e a mão esquerda dela tocando o rosto dele de um jeito que deixava seu diamante perfeitamente exposto com o brilho da luz.

"Andrew havia pedido Eve em casamento. Eve ia se casar com Andrew. Eve ia se casar com o ex-namorado de Imogen." Esses três pensamentos percorreram sua mente antes que ela tivesse tempo de processar que Eve havia acabado de enviar uma colagem de fotos de seu noivado para todos os seus contatos. Ouviu gritinhos de muitas moças perto da sala de Eve. Imogen sabia que deveria ir até lá.

Os funcionários certamente a julgariam se ela não fosse, mas suas pernas pareciam pesar toneladas. Desde o dia em que conheceu Alex, ela nunca mais se importou com quem Andrew poderia namorar, só sentia pena da coitada que viesse depois dela. Andrew era um homem que ela tinha certeza que nunca mudaria, por mais bem-sucedido que se tornasse, por mais alto que subisse na vida. No entanto, agora, ela sentia vontade de proteger Andrew. Não era ciúme; era a sensação incômoda de que Eve havia feito aquilo apenas para irritá-la. Ela não podia permitir que essa ideia ficasse clara em sua expressão e com certeza não podia dizer o que sentia a ninguém, já que isso faria com que parecesse totalmente egoísta. Talvez isso não tivesse nada a ver com ela. Eve tinha uma queda por homens mais velhos e poderosos, e Andrew era exatamente isso. Andrew gostava de mulheres jovens e espertas. A cidade de Nova York era repleta de pessoas desses dois tipos. Ou o universo tinha pregado uma enorme peça nela ao unir esse casal, ou tudo tinha sido arquitetado por Eve para fazer com que ela se sentisse exatamente como se sentia naquele momento. Balançou a cabeça e respirou pelo nariz. Havia esperado tempo demais para entrar ali e não deveria demorar mais. Abriu seu frigobar, pegou uma garrafa de um rosé antigo Dom Pérignon enviado por Marc Jacobs quando voltou ao trabalho. Cerca de 15 moças estavam reunidas na sala de Eve, admirando sua aliança.

— Eu disse a ele que queria um diamante enorme — dizia Eve. — É minha política de segurança. Ele não pode voltar atrás depois de me dar uma aliança como essa. — Eve riu muito de sua própria piada.

Imogen ficou do lado de fora da parede de vidro e puxou a rolha, tomando o cuidado de apontá-la longe de Eve, apesar dos pensamentos sombrios que tomavam sua mente.

— Um brinde, queridas. Parece que temos algo a comemorar.

O olhar de surpresa de Eve deixou Imogen satisfeita. Ela não esperava sua vinda, achou que ela ficaria triste. Imogen ficou muito feliz por não lhe dar essa alegria.

— Não sei se temos taças de champanhe, mas tenho certeza de que podemos encontrar algo com que brindar a Eve e Andrew. E que montagem linda você fez, Eve. Espero que tenha espalhado aquilo por nossas redes sociais. — O sorriso começava a fazer seu rosto doer, mas ela conseguiu contar uma piada mesmo assim. — E nossas leitoras poderão COMPRAR AGORA?

— Compartilhei, Imogen — respondeu Eve, brevemente, girando a aliança no dedo. — Duvido que a maioria de nossas leitoras pudesse comprar um anel desses, mas não é uma má ideia. Talvez eu coloque algumas cópias à venda.

Ela continuava surpresa, como se esperasse que Imogen fosse golpeá-la com a garrafa em seguida. Parecia desapontada, como se quisesse que Imogen a atacasse.

— Vou procurar taças na cozinha. — Imogen piscou para as pessoas. — Ninguém aqui deve tuitar que vamos beber no escritório antes das dez da manhã!

Quatro pessoas tuitaram que estavam bebendo champanhe no escritório antes das dez da manhã, mas Imogen não se importou. Continuou fingindo estar feliz por Eve.

Ao meio-dia, Eve chamou todo mundo na sala de reuniões. Apoiou as duas mãos na mesa e Imogen notou, pelo modo como ela movimentava a mão, que estava tentando encontrar o ângulo perfeito para obter o máximo de luz e fazer seu diamante brilhar.

— Quero agradecer a todos pelos cumprimentos hoje — começou Eve. — Não posso dizer que foi uma surpresa. Há algumas semanas eu já esperava que isso fosse acontecer... praticamente escolhi essa aliança. E decidi encontrar uma maneira de fazer esse casamento beneficiar a todos nós. Andrew e eu pretendemos nos casar em um mês. Literalmente... um mês. Sei lá... conseguem imaginar? "Como ela vai planejar um casamento em um mês?" é o que vocês devem estar pensando. "Ela está maluca?" — Eve girou o dedo indicador ao redor da orelha direita no sinal universal de insanidade. — Garanto que não estou louca. Tenho um plano. Vamos transmitir meu casamento no site da *Glossy* em tempo real. Não é bacana? Tudo o que as leitoras virem no casamento estará disponível para venda no site, desde os vestidos das madrinhas até as roupas dos convidados e até meu vestido! Elas podem comprar tudo ali, na hora. Conseguem imaginar como vai ser legal para uma menina em sua casa em Wisconsin olhar para a tela do computador e sentir que faz parte de um evento *black-tie*, um casamento na cidade de Nova York, e então poder comprar uma versão de tudo o que vir? Não quero me achar muito, mas isso é genial.

Imogen estava pensando em algo para dizer. Era genial, completamente exibicionista, mas tinha que admitir que era uma boa ideia — o tipo de coisa que renderia muita publicidade ao aplicativo. Claro, Eve poderia ser criticada por algumas pessoas na imprensa, mas aquele casamento chamaria muita atenção. Era o oposto do que Imogen quisera no dia de seu casamento.

Ela e Alex foram para o Marrocos e fizeram suas juras de amor na frente de Bridgett e do irmão de Alex, Geno, no hotel mais romântico do mundo, o La Mamounia, em Marrakesh. Ela nunca tinha visto um homem mais lindo do que seu futuro marido, vestindo um terno de linho azul-claro que ela havia pegado emprestado de Ralph. Ele parecia o modelo de uma campanha de verão. Ela caminhou em direção a ele no altar com um vestido branco de seda, com uma fenda, com alças espaguete, um modelo de sua amiga Vera Wang. Nos pés, ela usava sandálias muito altas prateadas e o único acessório era uma pequena aliança com diamante em estilo antigo, *art déco*, que era da avó Marretti. Aquele dia foi perfeito.

Mas então, para agradar à mãe, Imogen concordou em fazer uma segunda cerimônia reservada, muito íntima, em Londres com cerca de quarenta amigos e vizinhos de sua mãe, em uma igrejinha antiga em Chelsea, com paredes tomadas por heras e um vigário muito animado.

Dava para ver a casa da mãe dela ao esticar o pescoço para espiar na esquina.

Imogen estava feliz por poder usar seu vestido de casamento de novo. Massimo e Bridgett levaram vários sacos de confete. Sua foto favorita daquele dia era uma em preto e branco, com confetes para todos os lados, ela e Alex com sorrisos enormes, tão largos quanto as portas da igreja. Não precisava daquela foto em uma conta no Instagram. Ela permanecia clara e em foco em sua mente.

Em seguida, vieram só chá e sanduíches. Os pais de Alex se uniram a eles, mas o resto da família não tinha interesse nenhum em fazer o voo de seis horas do Queens até Londres. A verdadeira celebridade do dia foi o bolo, um merengue com creme, coberto com morangos inteiros. Era o bolo dos sonhos de Imogen e eles gastaram mais tempo nele do que no resto do casamento. Durante vinte minutos, ele foi o bolo mais lindo que Imogen já tinha visto, cinco camadas de nuvens de merengue cobertas com os morangos mais maduros que a Inglaterra tinha a oferecer. Todo mundo se encantou com o bolo e os convidados se revezaram para tirar fotos da noiva. Quando olharam de novo, viram que o bolo havia afundado como se tivesse sido puxado para dentro de um buraco negro. Havia um motivo para os morangos não cobrirem bolos de merengue. O ácido da fruta torna tudo instável. Apesar de o bolo ter se derretido antes de os recém-casados cortarem o primeiro pedaço, isso não os impediu de comê-lo como se fosse sopa, em tigelas. Ao sorrir com a lembrança, viu Eve franzir a testa ao olhar para ela.

CAPÍTULO 18

Imogen bebeu o café sentada à mesa da cozinha e se perguntou: "É normal seguir alguém que você não conhece no Instagram?" Quando fez o tutorial, Tilly havia lhe garantido que ela podia seguir qualquer um, até um desconhecido — de preferência pessoas desconhecidas.

O feed do Instagram de Aerin2006 era incrível e Imogen não se cansava dele. Também era muito bacana. Quando você tocava uma das imagens, os nomes das marcas que ela estava vestindo apareciam como se fosse mágica. "Qualquer pessoa podia fazer aquilo?"

Quem era a mulher por trás daquelas fotos bonitas? A conta definitivamente era de uma mulher, porque metade de suas postagens era seu #LDD, ou Look do Dia. Ela sempre mantinha seu rosto fora da foto, de um modo artístico. A maioria das fotos era tirada no banco de trás de um táxi, no que parecia ser o trajeto para o trabalho. Imogen também adorava as fotos dos produtos de beleza de Aerin2006, sempre dispostos em uma pia de banheiro de porcelana. Em outra imagem, havia várias fileiras de macarons coloridos de dar água na boca sobre a mesa de seu escritório, com uma lista dos sabores mais deliciosos já vistos, como Caramel Fleur de Sel, Honey Lavend e Lychee Rose. Aquela foto tinha as *hashtags* #ShoppitOffice e #OfficeSnacks. O Google informou a Imogen que Shoppit era uma plataforma de comércio eletrônico relativamente nova que tentava competir com a Amazon na área de alta moda.

Aerin2006 era uma mudança muito bem-vinda para as fotos previsíveis de bebês, gatos, cães e bacon que dominavam o resto do feed de Imogen. A conta também era exclusiva. Seguia apenas 97 pessoas em comparação aos 567 mil seguidores que tinha. Imogen ficou muito animada quando recebeu uma notificação de que Aerin2006 a estava seguindo!

Ela queria outra xícara de café e olhou para a máquina de Nespresso no canto do balcão de granito com desdém. Um presente bem-intencionado de Alex para satisfazer seu desejo matinal por um *macchiato*, aparentemente a Ferrari das cafeteiras, a máquina a frustrava em quase toda tentativa, fazendo com que se sentisse desajeitada e tola. Preferia sua prensa francesa antiga, um presente da mãe assim que comprou seu primeiro apartamento em Nova York, um equipamento de quase vinte anos, à prova de falhas. Esse novo aparelho vinha equipado com um aquecedor de xícara e vaporizador, além de seis botões que faziam algo diferente sempre que ela os apertava.

Ela tirou a prensa francesa antiga e manchada do armário e colocou a chaleira no fogão.

Enquanto esperava a água ferver, Imogen postou um comentário numa das fotos de Aerin2006: uma modelo segurando uma bolsa Valentino enorme acima da cabeça, ao lado da imagem de um jogador de hóquei segurando uma taça Stanley bem alto.

"A vitória está nos olhos de quem a vê", escreveu Imogen, bem satisfeita consigo mesma.

Ela estava terminando de tomar o café e prestes a checar seus e-mails quando Annabel desceu a escada. Estava 15 minutos adiantada em relação ao horário em que descia todos os dias e vestia uma das blusas de lã de Alex com a calça cáqui da escola.

— Isso me deixa gorda? — perguntou ela.

Imogen sentiu uma pontada no peito só de ouvir sua filha linda dizer aquilo. Desde que Annabel era um bebê, Imogen sempre teve o cuidado de tentar cultivar uma imagem corporal positiva, sabendo que seu emprego como editora de uma revista de moda poderia levar a filha a questionar sua aparência. A verdade era que Annabel era uma menina bonita, uma cópia de Alex. Johnny era quem tinha cachos loiros e traços claros e delicados, como os de Imogen, mas Annabel tinha os traços mais fortes do pai. Tinha um corpo saudável, não era magricela como muitas das meninas de sua escola, mas era atlética, um resultado natural de anos de futebol e boa alimentação.

— Querida, você está uma gracinha. — Annabel se retraiu ao ouvir a palavra "gracinha". Aos dez anos, ela já estava bem crescida para ser chamada de "gracinha". Imogen continuou falando. Não sabia o que fazer além disso. — Você está bonita. Quer que eu faça uma trança em seus cabelos? — Annabel negou com a cabeça, os cachos escuros movendo-se em ondas sobre seus ombros. — Tem certeza? Podemos fazer uma daquelas tranças grandes e lindas, como as que eu vi Selena Gomez usar na estreia de seu filme semana passada. Aprendi a fazer com a ajuda de um vídeo no YouTube para poder fazer nos seus cabelos. Sei que vai ficar linda em você.

Annabel tinha cruzado os braços diante do peito ainda liso e olhava para ela com desconfiança. Imogen percebeu que a ideia da trança a deixou interessada. Talvez agora fosse o momento de falar sobre Docinho.

— Você quer falar sobre alguma coisa? — A menina só balançou a cabeça e se sentou na frente da mãe. Era seu jeito de dizer, sem dizer, que queria uma trança.

Imogen teve que se controlar para não se inclinar e cheirar os cabelos da filha. Desde que eles eram bebês, Imogen adorava, mais do que tudo, cheirar a cabeça de Annabel e de Johnny. Ela acreditava que deixaria o hábito de lado assim que eles perdessem aquele cheirinho de bebê, mas continuou fazendo isso conforme eles cresciam e até agora, quando Annabel já estava prestes a se tornar adolescente. Então, apenas envolveu os cabelos macios da filha com os dedos, tentando se lembrar do que tinha visto no vídeo na noite passada. O resultado foi surpreendentemente bom e Imogen pediu licença para tirar uma foto para postar em seu Instagram.

— Prometo não mostrar seu rosto.

Annabel pareceu desanimada por um segundo.

— Você não me acha bonita o bastante para mostrar meu rosto?

— Não, linda. Não é nada disso. Não queria violar sua privacidade. Podemos mostrar seu rosto. — "Quem está plantando essas ideias terríveis na cabeça de minha filha? Quando foi que aquela criança antes tão confiante se tornou tão insegura?"

— Não — respondeu Annabel. — Vamos deixar meu rosto de fora. Só meus cabelos bonitos. — Imogen obedeceu e tirou uma foto da trança descendo pelas costas da filha, e a ajudou a arrumar as coisas para ir para a escola. Enquanto se preparavam para sair, Imogen sorriu ao ver que Aerin2006 tinha curtido a foto da trança. Ela deixou um *smiley* na parte de comentários.

Imogen pretendia se encontrar com Rashid para um café antes de ir para o trabalho. Ele havia prometido que lhe ensinaria sobre tráfego. Foi exatamente o que ela pediu na mensagem de texto que enviou a ele.

>>>>Pode me ensinar sobre tráfego?<<<<

>>>> VC é muito fofa<<<<

Rashid já estava sentado a uma das seis mesas no Jack's quando Imogen chegou. Ele estava olhando alguma coisa em seu iPad, que guardou depressa quando a viu, levantando-se para beijar seu rosto e depois se inclinando para um abraço. Imogen ficou impressionada com as cores que ele estava usando. Naquele dia, Rashid vestia um sobretudo amarelo de lã por cima de uma blusa azul-marinho, calças verde-oliva de caimento perfeito que chegavam aos tornozelos, além de sapatos pretos, sem meia. Será que, em algum dia, ele usava meias?

Ele se sentou. Uma das coisas que gostava em Rashid era o fato de ele deixar os equipamentos eletrônicos de lado durante uma reunião, dando sua atenção total à pessoa com quem conversava, diferentemente de Eve, que agia como se a outra pessoa estivesse atrapalhando.

Imogen se ofereceu para comprar um *macchiato* para Rashid, mas ele balançou a mão indicando que já tinha pedido dois para eles e que já deveriam estar sobre o balcão. Mais uma vez, ela se surpreendeu com a eficiência dele. E, como já era esperado, ali estavam dois *macchiatos* com cobertura perfeita de espuma esperando que ela os pegasse.

— Rashid, você conhece alguém na Shoppit?

— Conheço, sim. Estudei em Stanford com o diretor de tecnologia deles.

— Quando? Ontem? — provocou Imogen. Rashid não gostou e ela lembrou que fazer piada sobre alguém ser muito jovem era tão grosseiro quando dizer que alguém é muito velho.

— Há seis anos, obrigado. Ele é um tipo de gênio prodígio maluco.

— Não é o que você é? — perguntou Imogen.

— De jeito nenhum! Não como esse cara. Erik entrou em Stanford aos 14 anos. Ficou lá durante oito anos, e foi assim que eu o conheci. Mas, nesse meio-tempo, ele se formou e fez dois mestrados.

— Imogen, que não tinha feito faculdade, não soube o que dizer. — Por que está perguntando? — Rashid olhou para ela com os olhos cor de mel cheios de curiosidade.

— Estou tentando descobrir quem é uma pessoa que trabalha lá. Eu a sigo no Instagram e curto todas as fotos dela, e ela curte as minhas. Estou curiosa para saber de quem são as fotos que curto.

Rashid assentiu.

— Provavelmente Aerin Chang.

— Sim, Aerin2006! É ela. Quem é ela?

— É a diretora de lá. E você tem bom gosto. O Instagram dela é demais, não é?

Imogen assentiu de novo.

— Ela tem quantos anos, dez? — Precisava parar com essas piadinhas.

— Acho que ela se formou em 2006 — respondeu ele. Imogen fez uma conta de cabeça. Chegou ao número trinta. Uma diretora de trinta anos! — Também na Stanford... alguns anos antes de mim. Ela é incrível. Vocês duas deveriam se conhecer. — Pensar nisso assustava Imogen, começar uma amizade on-line e depois passar para o ambiente off-line.

— Talvez você possa nos apresentar, qualquer dia desses?

Rashid assentiu.

— Claro. Vocês vão se dar muito bem. Ela adora moda, adora estilistas. Tem respeito por eles, bem diferente desses idiotas do *e-commerce*. — Imogen sabia que ele se referia a Eve. — Ela tem um olho bom para o que funciona. Agora, conte-me por que me trouxe aqui. Era só para ajudá-la a descobrir quem é Aerin2006?

Imogen riu e balançou a cabeça, negando, mas aquele era o maior problema com a pergunta dele. Imogen não sabia ao certo o que queria saber ou o que precisava que ele fizesse.

Ela ouvia a palavra "tráfego" sendo dita no escritório como se fosse uma celebridade. Sabia que significava que mais pessoas estavam entrando no site deles e que isso era bom. O que não entendia eram as outras coisas que Eve sempre mencionava em relação ao tráfego.

— Você sabe que existem aulas sobre isso, não é? E livros. — Os olhos de Rashid brilhavam.

Imogen acreditou no que ele dissera.

— Acho que o que quero saber é como fazer parecer que sei sobre o que estou falando em uma reunião sobre o desempenho do site.

— Ah, querida, isso é fácil. Vamos falar sobre aumentar suas taxas de conversão.

— Minhas o quê?

— Suas taxas de conversão. Conversão é o ato de transformar os visitantes do site e do aplicativo em clientes. É o mais importante entre todos os componentes de tráfego. Uma coisa que eu digo a meus clientes, de quem, aliás, cobro muito mais do que apenas um *macchiato* decente — ele olhou para ela fingindo estar bravo —, é que quanto mais tempo alguém permanecer no site, maior é a chance de essa pessoa efetuar uma compra. Ninguém gosta de sentir que perdeu tempo. Elas querem comprar alguma coisa. Você só precisa manter os olhos das pessoas na tela e facilitar a compra depois que elas já estão no papo.

Imogen estava começando a entender.

— Então, é por isso que o COMPRE AGORA funciona tão bem.

O coque de Rashid se chacoalhou quando ele balançou a cabeça, concordando.

— Exatamente. Está dizendo ao cliente o que fazer. As pessoas gostam que lhes digam o que fazer.

— Então, que sugestões posso fazer para termos uma taxa de conversação? — perguntou Imogen.

Rashid suspirou.

— Taxa de "conversão", minha querida; não de "conversação". Imogen, você está me matando. Mas como você me apresentou a Bridgett e ela tem uma ideia incrível de aplicativo que pode fazer a Blast! ganhar muito dinheiro, fico feliz em ajudá-la *pro bono*. Veja o que eu sei. Seu site torna a satisfação, a compra, muito fácil. Vocês arquivam as informações de todo mundo. Fazem tudo passar por um único processo. É o mais perto de "compre com um clique" que podem chegar. O que podem fazer melhor é identificar a consumidora indecisa, aquela que está em cima do muro, sem saber se faz a compra ou não. Se alguém esteve no site por mais de três minutos, está pensando em comprar alguma coisa. Como podem dar um empurrãozinho?

Imogen bebericou o *macchiato*, mexendo a espuma com a colher, e então o levou à boca, pensando no tipo de empurrãozinho que faria com que ela comprasse algo aqui e ali.

— Aaaaah, eu sei — disse ela, meio alto demais, fazendo com que o casal da mesa ao lado olhasse para eles de modo reprovador. — Podemos oferecer um cupom em *pop up* depois que a pessoa passar três minutos, com 10% de desconto.

Rashid resmungou.

— Nãããooo. Quero dizer, sim. Um cupom é uma boa ideia, mas só um cupom antigo e simples é chato. É como dar a alguém um liquidificador, sendo que a pessoa quer um mixer.

Pelo menos, ela estava no caminho certo.

— Pense, Imogen. — Rashid se levantou e alongou os braços, os dedos finos estalando ao serem esticados. — Como pode envolver sua cliente? Como pode fazê-la ver que tem de comprar algo de seu site?

Ver. Era isso. Ela se lembrava de Eve em São Francisco dizendo que a chave da selfie eram os olhos.

— Queremos ver sua *salefie* — disse Imogen. — É um cupom, mas você só o ganha se mostrar sua *salefie*, sua selfie animada por comprar na nossa *sale*. Você pode postar sua *salefie* da *Glossy* no Instagram com a *hashtag salefie* e vamos enviar o cupom. Isso é possível?

Por um momento, Imogen achou que Rashid fosse atacá-la de tão animado que estava.

— Isso é perfeito.

— É mesmo? É uma palavra inventada. É idiotice inventar uma palavra? — Imogen sabia que *ela* achava uma idiotice inventar uma palavra.

— A internet é uma grande palavra inventada — disse Rashid. — O que você acha que Google e Twitter são? Língua de criança. O importante é saber dominar essa língua de criança. — Rashid estalou os dedos ao dizer a palavra "dominar".

Fez muito sentido para Imogen. Ainda estava surpresa por Rashid poder lhe dar com tanta facilidade algo para que ela pudesse impressionar Eve e o resto da equipe em uma reunião. Ela se levantou para abraçá-lo.

— Fico te devendo.

— Não fica, não. Você teve a ideia da *hashtag salefie*. Só dei um empurrãozinho. Você não me deve nada. — Ele sorriu ao bebericar seu *macchiato*. — Na verdade, verei se posso comprar o domínio salefie-ponto-com. Pode ser que consigamos criar alguma coisa. Acho que você também tem uma ideia de site ou de aplicativo em sua mente e, quando estiver pronta, vou ajudar você a desenvolvê-la.

Imogen balançou a cabeça.

— Não tenho. Sinceramente, nem sequer saberia por onde começar.

— Vai saber. Você sabe que posso fazer milhões com as menores ideias. Os melhores aplicativos são aqueles que exploram um tipo de ineficiência no mercado. Pense no Airbnb. O que eles fizeram? Descobriram uma grande ineficiência na segunda casa das pessoas, que não era usada fora das férias, ou na primeira casa, que não era usada quando essas pessoas viajavam. Decidiram ajudar as pessoas a ganhar dinheiro com algo que elas já possuíam, mas não sabiam que valia dinheiro. Isso faz sentido?

Imogen concordou com a cabeça.

— Eu poderia mesmo criar um aplicativo com qualquer coisa? E se eu soubesse que alguém tinha um estoque de algo perecível que duraria apenas mais três dias? — perguntou ela, pensando naquele refrigerador cheio de sobras de flores.

— Sim, é exatamente isso — respondeu Rashid, esfregando as mãos como se fossem dois gravetos.

Imogen gostou de ver que suas covinhas permaneciam em seu rosto mesmo depois de ele parar de sorrir.

— Pense bem. — Ele tocou a lateral da cabeça ao se levantar e cuidadosamente vestir o sobretudo amarelo, um braço por vez, antes de se virar e sair pela porta, para a próxima rodada de reuniões.

★ ★ ★

IMOGEN NUNCA, NUNCA TINHA VISTO UM CASAL usar cartões virtuais Paperless Post no casamento. Entretanto, ali estava em sua caixa de mensagens um convite enviado por e-mail para o casamento do sr. Andrew Maxwell e da srta. Eve Morton, que ocorreria na noite estrelada de 15 de janeiro no salão de festas do Plaza Hotel. Os convidados eram incentivados a visitar o site da Glossy.com para receber "recomendações" sobre o que vestir.

Imogen levantou a cabeça para ver se todo mundo no escritório tinha recebido a mensagem ao mesmo tempo. Imaginou que sim, considerando o rebuliço que Eve vinha fazendo a respeito do casamento no escritório e o fato de que eles promoveriam muito o evento no site. Nas fileiras de computadores, as moças sussurravam umas para as outras e apontavam as telas. Imogen podia adivinhar que elas estavam digitando mensagens umas para as outras, furiosamente, ao mesmo tempo. Observou quando elas, como era de se esperar, foram à seção especial do site da *Glossy* — uma coluna inteira vertical agora chamada "Casamento!" — para ver o que Eve queria que elas vestissem. Imogen também estava curiosa para saber. Como Eve imaginava seu casamento? Clicou na aba e viu uma página nova subdividida em quatro seções: Noiva, Festa, Convidadas, Convidados. Clicou em Noiva primeiro. A página tinha 16 vestidos e permitia que os visitantes votassem em seu preferido.

Eve prometeu que levaria todos os votos em consideração quando estivesse escolhendo o vestido para o dia D. Imogen clicou no botão do browser para voltar e foi para "Convidadas". Ela não deveria ter se surpreendido ao descobrir que naquela seção havia uma quantidade incomum de vestidos bandage Hervé Léger de todas as cores existentes. "Perfeito para um casamento no inverno", pensou Imogen, com a devida dose de sarcasmo.

Conforme o dia foi passando, ficou claro que Eve não tinha convidado o escritório todo para a cerimônia. A mágoa ficou evidente no rosto das mulheres deixadas de lado. Eve tinha convidado suas preferidas, além das moças que Imogen sabia que ela considerava mais interessantes, aquelas cujos pais eram importantes no cenário social de Nova York, que tinham namorados bonitos ou que eram especialmente atraentes. Era fácil perceber quem no escritório fora chamado. Ainda que não gostassem de sua chefe, as convidadas não conseguiam esconder uma certa presunção por terem sido incluídas em algo do qual sabiam que outras tinham sido excluídas.

— O que você acha? — Eve se recostou na mesa de Imogen. Quando ela prendeu uma mecha de cabelos ruivos atrás da orelha, Imogen notou um conjunto novo de diamantes do tamanho de Frisbees, sem dúvida, um presente de Andrew, enfeitando os lóbulos grandes das orelhas de Eve.

— O que acho sobre o quê? — Ela imaginou que Eve se referia ao convite do casamento, mas, com Eve, não seria incomum que ela estivesse se referindo a um e-mail que tivesse enviado cinco segundos antes.

— Sobre meu convite de casamento, tolinha.

Imogen sabia que aquele seria um dos momentos em que Eve agiria como se elas fossem duas amiguinhas e não colegas de trabalho que se detestavam. Imogen já tinha aprendido que o melhor a fazer era entrar no jogo. Assim tudo terminava muito mais rápido.

— Que ideia inteligente usar o Paperless Post, Eve. Eu nunca teria pensado nisso. Bem *eco-friendly*.

— Não foi? Sabe, foi exatamente o que pensei. E a data do casamento já está tão próxima que não daria tempo de encomendar e mandar todos os convites pelo correio. Além disso, adoro ajudar outras empresas de tecnologia. Me sinto bem. — Ela esfregou as mãos nos braços para mostrar que a sensação era algo parecido com calor e arrepio.

Imogen assentiu, voltando a olhar para o computador, e se perguntou por quanto tempo teria de aguentar essa conversa sobre os convites.

Eve estreitou os olhos e olhou para Imogen com uma cara esquisita.

— Você já tinha recebido algum convite de casamento pelo Paperless Post?

— Não, Eve. Com certeza, esse foi único.

Aquela era a resposta certa.

— É, foi mesmo. Mas tente dizer isso ao Andrew. Pensei que ele fosse morrer quando falei com ele sobre isso. Você, mais do que ninguém, sabe como ele é conservador.

Imogen acenou com a cabeça, indicando que sabia disso, preferindo não dizer nada além. Era como se Eve estivesse tentando fazê-la morder a isca e dizer mais alguma coisa, algo pessoal a respeito de seu ex-namorado de muito tempo atrás que tornasse a conversa esquisita. Imogen apenas decidiu mudar o rumo da conversa.

— Quem você convidou do escritório?

— As pessoas com quem trabalho diretamente, aquelas que estão aqui há mais tempo. Sinto que elas têm o direito de ir ao meu casamento. Você não acha?

Nesse momento, Imogen não soube se deveria concordar com Eve ou dizer o que de fato pensava, que todas as moças deveriam, no mínimo, ter sido convidadas para a recepção se o casal estivesse usando o casamento como um tipo de evento da Glossy.com.

— Acho que é o seu casamento e que você deve convidar quem quiser. Já escolheu o vestido ou vai realmente vestir o mais votado no site? — Imogen teve a impressão de que esse aspecto do casamento tinha sido copiado de algum *reality show*.

Eve jogou a cabeça para trás e riu.

— Claro que não vou vestir o mais votado. Você sabe que provavelmente vão escolher o pior. A maioria de nossos acessos vem da região central do país. — Eve fez um gesto como se fosse enfiar os dedos na garganta. — Só fizemos isso para gerar engajamento. Votações fazem as pessoas passarem mais tempo no site e esse tipo de acesso é bom para os patrocinadores verem. Ainda estou escolhendo. Alguns estilistas enviarão modelos na próxima semana. Vou experimentá-los e decidir. Mas acho que não vou escolher só um vestido. Pensei em usar pelo menos três na grande noite.

— É o seu grande dia. Acho que você tem que vestir quantos quiser. — Imogen sorriu de um modo que esperava parecer maternal, ainda que, secretamente, torcesse para que sua filha nunca se tornasse uma mimadinha chata como aquela.

Eve gostou da resposta.

— Quantos vestidos você usou no seu casamento?

— Só um.

Eve pensou na resposta de Imogen por alguns segundos.

— As coisas eram diferentes naquela época, faz muito tempo — disse ela, como se Imogen tivesse se casado em 1904 e não em 2004.

Imogen decidiu que seria melhor mudar de assunto, já que estava claro que Eve poderia falar sobre os planos para o casamento para sempre.

— Então, tenho algumas ideias para o site — disse Imogen cuidadosamente.

Agora, Eve parecia entediada.

— Ah, sim. Para sessões de fotos e aquelas matérias longas e chatas que você ama e coisas assim?

Imogen continuou falando.

— Não, eu queria falar com você sobre nossa taxa de conversão. Acho que podemos transformar mais leitoras em clientes.

Agora Eve lhe deu atenção, meio incrédula.

— Certo — disse Eve, escolhendo as palavras com cuidado. — Pode falar.

Imogen abriu o site em seu computador, feliz por Tilly tê-lo transformado em sua página principal.

— A consumidora comum costuma comprar algo depois de passar três minutos no site. Se não comprar algo depois de três minutos, é porque está pensando em comprar, mas provavelmente está em cima do muro. Pensei que poderíamos dar um empurrãozinho para essas clientes. Poderíamos criar um *pop up* anunciando uma promoção. *Mas* elas precisariam enviar pelo Instagram uma foto do rosto delas muito animado para as compras, a *salefie*, como uma *hashtag*. Assim, daríamos a elas o código de desconto.

Imogen havia escrito exatamente o que Rashid havia lhe dito em frases em seu caderno e as releu pelo menos vinte vezes. Sabia que tinha acertado. Depois de ter lido tudo tantas vezes, as palavras que saíam de sua boca passaram a fazer sentido.

Eve tocou o teclado de Imogen, clicando sem parar. Imogen não sabia bem como ela usaria aquela informação.

— Como você pensou nisso?

— Pensei nisso depois de ouvir as mulheres da Equipe de Ideias conversando um dia desses.

— Já falou com alguém sobre isso?

— Ainda não. Pensei que pudéssemos discutir primeiro.

Com isso, Eve se aproximou para abraçar Imogen.

— Que ideia maravilhosa. E... terei que falar com a equipe de produtos... mas imagino que seja possível.

Essa versão de Eve não era irritante. Ver a moça animada daquele jeito fez Imogen entender por que algumas pessoas *queriam* trabalhar com Eve. Quando ficava daquele jeito, tornava-se esperta, criativa e de fácil cooperação. As duas se sentaram lado a lado por um minuto, animadas com o momento de colaboração.

— Vou pensar um pouco mais nisso, Imogen — disse ela, mexendo distraidamente no diamante de sua orelha. — Não diga nada a respeito a ninguém. Mas gostei muito.

Imogen permitiu que ela a abraçasse de novo, sem se importar com a proximidade tanto quanto costumava se incomodar. Eve estava pensativa quando saiu da sala.

Assim que a moça desapareceu de vista, Imogen pegou seu iPhone para enviar uma mensagem de texto a Rashid.

>>>>Conseguimos. Você é minha Fada Madrinha!<<<<

CAPÍTULO 19

Quando Imogen saiu do escritório, às nove, sabia que estava tão tarde que não teria como ver as crianças antes de elas se deitarem. Alex também já tinha avisado que trabalharia até tarde todas as noites da semana, por isso Tilly estava lá para ajudar. Apesar de estar no meio de um caso importante, quando o marido desaparecia por períodos longos, Imogen se perguntava se não estava deixando de perceber algo. Será que ele era um espião? Ela jurava que ele podia ser um espião.

Imogen pediu ao taxista que a deixasse a algumas avenidas de casa, para poder passar na Li-Lac, a loja de chocolates finos da Europa, para pegar um pouco de grãos de café cobertos com chocolate amargo, seu tipo preferido. Tinha uma queda por eles e, depois de um dia como aquele, ela estava merecendo. Luzes douradas de Natal brilhavam nas árvores ao longo da Jane Street. Ela havia cancelado a viagem anual da família para Parrot Carolyn entre o Natal e o Ano-Novo, uma época em que a revista costumava fechar.

— A internet não entra de férias. Não terei nem lua de mel! — A voz de Eve ecoava em sua mente, enquanto Imogen relutantemente passava a reserva do hotel para sua mãe e seu padrasto.

Ao sair da loja, ela quase trombou com um homem alto com um sobretudo cinza-escuro. Ela sabia que havia algo de familiar nele antes mesmo de ele dar um passo para trás para que ela visse seu rosto.

— Immy!
— Andrew.

Ele não estava bêbado. Ainda. Obviamente, já tinha bebido um ou dois drinques. Seus cabelos perfeitamente arrumados estavam agora meio bagunçados, e seu sorriso era fácil e um tanto bobo.

— Recebi seu convite de casamento — disse Imogen.

— Meu e-mail de casamento, certo? — respondeu ele, com um toque de irritação na voz.

— Muitas pessoas usam Paperless Post atualmente, Andrew. Eu o uso para todas as festas de aniversário das crianças. Economiza muito dinheiro.

Ele riu, debochado.

— Ah, por favor, Immy, você sabe que não me importo com o dinheiro. Você enviaria um convite de casamento pela internet? Não enviaria. *Você* nunca faria nada assim. Você tem classe.

Retraindo-se ao ouvir o apelido que ele insistia em usar, Imogen decidiu ignorar o fato de ele ter deixado implícito que Eve não tinha classe. Ela sorriu, tensa.

Geralmente ela gostava de encontrar alguém com quem pudesse reclamar de Eve, mas parecia errado fazer isso com seu ex-namorado e atual noivo dela.

— Vi você no telejornal por algum motivo dia desses, não?

Isso resolveu. Andrew preferia falar sobre si em vez de abordar qualquer outro assunto. Endireitou-se.

— Provavelmente, sim — respondeu ele, concordando com a cabeça, vestindo a capa do político sério e centrado. — Tenho me esforçado muito para reverter a proibição de refrigerantes nesta cidade. É contra as leis federais e infringe a liberdade pessoal de cada um. É uma luta que podemos vencer e é uma luta que os eleitores assumirão.

Então Imogen lembrou que não tinha visto Andrew na televisão. Tinha visto uma versão dele em desenho no *New York Post*, com a cabeça saindo de um copo enorme de refrigerante. Na bolha que saía de sua boca, estava escrito "Goste de mim".

Ela assentiu como se estivesse interessada, começando a olhar além dele para indicar que estava pronta para encerrar a conversa e ir para casa, mas Andrew não estava captando os sinais.

— Opa, vamos beber alguma coisa.

Imogen balançou a cabeça.

— Hoje, não, Andrew. Estou exausta.

— Vamos, só uma bebida. Estamos retomando a amizade. Uma bebida rápida para nos atualizarmos. Por favor. — Ele abaixou a cabeça. — Não quero ir para casa ainda. — Imogen não tinha certeza de que ele e Eve estavam morando juntos, mas imaginou que o fato de Eve estar em casa pudesse ser o motivo pelo qual ele não queria ir para lá. Ela conseguia entender. E assim, contrariando o bom senso, ela concordou.

— Só um drinque.

Andrew insistiu em ir a um lugar nostálgico e a levou a um daqueles bares subterrâneos no West Village, mas que têm as melhores *jukeboxes* da cidade e cerveja barata, apesar dos preços astronomicamente altos dos aluguéis no restante do bairro. Era um lugar onde eles tinham passado muitas noites quando tinham vinte e poucos anos, Imogen bebendo e fumando demais, Andrew dando em cima das garçonetes e cheirando cocaína no banheiro.

— O que vai beber, Immy?

— Só uma taça de rosé.

— Uma taça de vinho rosé para a moça e um Bourbon duplo e puro para mim. — Ele jogou uma nota de cem dólares sobre o balcão. — Não pare de servir — disse ele à mulher tatuada com rosto de modelo e os braços de fisiculturista atrás do balcão.

— Andrew, só posso ficar para um drinque. Quero ver meus filhos antes que eles durmam.

Ele encostou o dedo indicador sobre os lábios dela.

— Shhhiii. Por favor, até eu sei que Imogen Tate não deixaria os filhos dormirem depois das nove. Nós dois sabemos que eles já estão na cama.

Aquilo tinha sido um erro, obviamente. Imogen se resignou pensando que tinha concordado em tomar um drinque e, assim, por mais estranha que já estivesse se sentindo, terminaria a bebida, encararia vinte minutos de conversa e sairia.

Andrew virou o copo de uma vez assim que foi posto no balcão, e fez um sinal para a moça pedindo mais um. Ele sempre bebera depressa como os alcoólatras costumam fazer, odiando-se por terem bebido, para começo de conversa, mas querendo sentir os efeitos com o mínimo possível de interrupção.

— E então, como está o Adam? — Andrew começava a falar arrastado. Imogen respirou fundo e observou seu perfil. O que antes já tinha sido um queixo esculpido havia se tornado algo mais parecido com papel machê.

— Alex, querido. Meu marido se chama Alex.

— Adam, Alex, dá no mesmo, na verdade. O cara com quem você se casou que não fui eu.

Por que ela relembraria que ele não a havia pedido em casamento, nem tentado entrar em contato depois de sua mãe tê-lo arrastado para a reabilitação, uma reabilitação que, a julgar por aquela noite, não tinha sido muito eficiente?

— O Alex está bem. Está trabalhando em um caso importante agora, um esquema Ponzi.

— Ah, sim. O bom e velho Marty! — Andrew deu um tapa na própria coxa. — Meu velho tinha um grande investimento com Marty. Perdeu uma boa grana quando seu marido foi atrás dele. — Agora, Andrew estava rindo. — Nunca coloquei meu dinheiro nesses esquemas loucos. Gosto de investir em imóveis, onde sei o que está dando certo, mas meu pai foi enganado pelo Marty. — Imogen tinha se esquecido da grande animosidade de Andrew em relação ao pai. — Você tinha que ter visto a cara do velho safado quando descobriu que Marty foi pego. Aposto que ele quer matar seu marido.

Imogen se remexeu na cadeira.

A atendente parou para perguntar se ele queria outra bebida. Andrew estava ocupado demais checando o telefone para ouvir, então Imogen só balançou a cabeça levemente, girando a taça de vinho entre os dedos, e voltou o assunto para Andrew.

— Faz muito tempo que não vejo seus pais. Acho que os verei no casamento.

Andrew jogou a cabeça para trás para rir duas vezes, levando a bebida à boca mais uma vez, e pediu outro uísque. Imogen olhou fixamente para os pelos curtos e loiros de seus dedos ao pegar o copo como um homem que se segurava a uma boia salva-vidas. Ela sabia que ele se soltaria e que se tornaria cada vez mais mole conforme continuasse bebendo.

Imogen quis pousar sua mão no braço dele e pedir que fosse mais devagar, mas logo se lembrou de que não era mais seu papel fazer isso. O que ela precisava fazer naquele momento era terminar sua bebida e sair dali.

— Você provavelmente vai vê-los lá. Eles não ligam muito para a Eve. Acham que ela é um pouco cafona, mas gostam de seus títulos. O curso de administração em Harvard e tal.

"O curso de administração para o qual o filho malandro deles nunca entrou. Sim, eles gostam dela o suficiente para aparecer, acho."

Imogen não achava que os pais de Andrew gostavam dela o suficiente para irem ao casamento deles se o namoro tivesse chegado a esse ponto, mas ficou em silêncio.

— Ela é boa para a campanha... a Eve. Ajuda muito com os eleitores jovens. Esperta, jovem, determinada. As moças gostam disso. Empreendedora. Ela conquista as moças e o mercado tecnológico aqui, que está se tornando um bom eleitorado, pelo que me disseram. — Ele fez uma pausa, os olhos agora vermelhos e parecendo cansados. — Ela é fotogênica. Minha equipe quer cuidar melhor dela, mas fica bem na foto.

Imogen pegou a taça para tomar um bom gole, e agora restavam poucos goles até que pudesse ir embora educadamente. Andrew ainda estava falando, e o nó da gravata ia se soltando em seu pomo de adão.

— Mas ela não é você, Imogen. Definitivamente, não é. Não existe nada de legal nela. Você sempre foi tão bacana. Às vezes, acho que a Eve pode ser um robô. Você já pensou nisso? — Ele fez o contorno de um corpo com laterais quadradas no ar à frente de si e olhou para ela, os olhos desejando que ela concordasse. Ela deu risada, porque Andrew não estava totalmente errado. Às vezes, ela se perguntava mesmo se Eve era um daqueles ciborgues enviados do futuro para tentar consertar o que havia de errado com o presente.

Ela escolheu as palavras com cuidado.

— Às vezes, eu a acho um pouco mecânica.

— Acho que ela não tem sentimentos — retrucou ele.

Imogen virou o resto do vinho. Andrew estava alterado, passando as mãos pela cabeça em gestos mecânicos e estranhos, fazendo o que parecia ser um tipo de dança robótica que Imogen se lembrava vagamente como sendo dos anos 1980.

— Sou Eve. Sou um robô. Sou Eve. Gostaria de fazer um boquete em você agora. Tudo bem para você? — disse ele, com a voz monótona. Apesar de não gostar de Eve, as coisas que ele estava dizendo naquele momento fizeram Imogen se sentir triste pelos dois.

— Não sou a pessoa a quem você deveria estar dizendo isso.

Ele concordou com a cabeça e olhou para ela como se fosse um cachorrinho triste e envergonhado e então tentou rir de um jeito que acabou meio afeminado no meio, derrubando ainda mais sua confiança.

Quando ela se deu conta, Andrew a estava agarrando, com o hálito de álcool. Ela não conseguiu se afastar, e ele encostou os lábios carnudos nos dela com firmeza. Imogen não sabia ao certo se era choque ou satisfação, mas, por um momento, ela sentiu uma onda de poder percorrendo seu corpo antes de voltar à realidade.

— O que você acha que está fazendo, Andrew?

— O que você estava fazendo, Imogen Tate? — Ele se endireitou como se o breve beijo o tivesse tirado de um torpor alcóolico e secou a testa com a ponta de sua gravata de seda. — Acho que você me beijou também.

— Eu acho que você acabou de se aproveitar de uma amiga que queria ouvir você falar de seus problemas.

Ela se levantou com nojo, nojo dele e nojo de si mesma por ter sido tão lenta em sua reação ao beijo. Pegou a bolsa.

Ele puxou a manga do casaco dela enquanto ela o vestia.

— Beba mais um drinque comigo.

Imogen balançou a cabeça, recusando.

— Não posso, Andrew. E você também não deveria beber mais. Vá para casa. Descanse. Isso não vai ser bom para sua campanha. Você sabe disso.

— Vou beber mais um e vou para a cama — disse ele, timidamente. — Só preciso de mais um para ir.

Imogen se assustou com o vento frio do lado de fora. Se fosse um tipo diferente de mulher, ligaria agora para uma de suas amigas para contar a história toda. Contudo, ela envolveu o corpo com o casaco e apertou o passo para chegar em casa.

CAPÍTULO 20

Ah, como ela sentia falta dos dias em que chegava às dez da manhã. Aqueles dias pareciam tão distantes agora. O escritório estava cheio, muito cheio quando ela chegou, às oito e meia. Percebeu algo novo ao passar pelas fileiras de funcionários, um monte de pufes novos espalhados no canto da sala. Alguém havia digitado um aviso e colado na parede: "Canto do cochilo." Ninguém parecia estar cochilando naquele momento, mas Imogen viu a marca de corpos em dois pufes, evidência de que eles tinham sido usados na noite anterior.

— Bom dia, Imogen. — Eve acenou de sua mesa, estranhamente simpática tão cedo. Imogen ergueu as sobrancelhas e acenou de volta, com um nó no estômago enquanto tentava imaginar se Andrew tinha voltado para casa e contado a Eve que tinha bebido com ela.

— Bom dia. Como foi sua noite? — Ela não suportava a incerteza de não saber o que Eve sabia sobre a noite anterior.

— Ah, fiquei aqui até umas quatro da manhã — disse Eve, mas não mostrava sinais de quem havia dormido apenas três horas. Imogen se forçou a rir.

— Você, pelo menos, conseguiu dormir um pouco?

Eve negou com a cabeça.

— Não precisei. Fui para a academia e malhei bastante. Tomei banho lá. Vou dormir hoje à noite, se precisar.

Ela era mesmo um robô. Imogen foi tomada pelo alívio.

Eve estava estranhamente animada na reunião da manhã. Assim que todos se sentaram, ela abriu um sorrisão.

— Tive uma ideia fantástica ontem à noite e estou bem feliz de poder dividi-la com vocês todos hoje. Passei a noite acordada pensando num modo de implementar a ideia e será um ponto de virada para nós em termos de vendas.

Imogen sorriu. Sentiu uma onda de ansiedade. Eve falaria sobre o *salefie*. Mas ela havia acabado de dizer que tinha sido ideia dela?

— Então, o que pensei é que depois de uma cliente passar três minutos no site, um cupom em *pop up* vai aparecer na tela para anunciar nossa promoção. Se a pessoa postar no Instagram uma selfie com a *hashtag* #saleselfie, daremos a ela 10% de desconto. *Salefie!* É a *selfie* delas fazendo compras. Não é demais? Conversei com a equipe de produtos, eles passaram a noite toda acordados implementando essa mudança e estou muito feliz de anunciar que a taxa de conversão dobrou hoje cedo!

Todos aplaudiram. Onde estava o crédito? Imogen não tinha certeza do que esperava. Sua boca ficou seca. Ela queria falar, porém não sabia bem por onde começar. Aquilo era a coisa mais baixa que Eve já tinha feito. Quando Imogen se levantou, preparada para confrontá-la de uma vez por todas, Eve bateu as mãos, como sempre fazia, terminando a reunião.

— Certo, o dia será agitado, pessoal. Vamos, vamos, vamos.

Eve já atravessava o corredor com os sapatos de salto quando Imogen a alcançou.

— Eve! — gritou Imogen.

Eve se virou com um olhar totalmente inocente, como uma máscara que tivesse preparado para aquela conversa.

— Sim, Imogen? — disse ela, com doçura.

— Precisamos conversar.

— Claro. Na sua sala?

Eve se sentou no sofá enquanto Imogen fechava a porta.

— Aquilo foi minha ideia.

— O que foi sua ideia? — Os olhos de Eve se arregalaram, incrédulos.

— O *salefie* foi minha ideia. Contei para você sobre ela ontem antes de ir embora, e você sabe muito bem.

Eve inclinou a cabeça.

— Foi você? Eu podia jurar que tinha sido uma das ideias que escrevi semanas atrás. Acho que surgiu numa sessão de *brainstorming* com a Equipe de Ideias sobre como poderíamos aumentar a taxa de conversão.

Imogen teve a sensação de que entrava num universo paralelo.

— Falamos sobre isso ontem à noite.

Eve manteve o olhar confuso.

— Converso com muitas pessoas sobre muitas ideias todos os dias, Imogen. Meu trabalho é cuidar para que tudo seja implementado com eficiência. Tenho certeza de que algo que você disse pode ter contribuído para o que criei.

A expressão de Eve mudou para algo parecido com piedade.

— Isso é baixo, Eve: roubar ideias.

Eve continuou sorrindo.

— Todas as ideias são de todos, Imogen. Somos uma equipe.

Imogen não tinha mais o que dizer. Poderia continuar falando por vinte minutos, mas Eve a havia acuado.

— Tenho uma reunião — mentiu Imogen, reunindo toda a força que ainda lhe restava na voz. — Ficarei fora do escritório por algumas horas.

Eve já estava prestando atenção a seu telefone de novo.

— Tudo bem, Imogen. Todos nós ficaremos bem aqui sem você.

★ ★ ★

IMOGEN SEMICERROU OS OLHOS, desanimada, sob o sol fraco de inverno. Precisava pensar.

Ela só queria falar com uma pessoa e, assim que saiu, pegou seu celular e de cabeça teclou o número do apartamento de Molly Watson no Upper East Side. Molly nunca teve um celular. Sua tropa de assistentes sempre sabia onde encontrá-la e, quando não a encontravam, havia uma linha fixa em seu apartamento com secretária eletrônica que ela conferia religiosamente toda manhã.

— Ninguém precisa falar com você o tempo todo — dissera ela a Imogen, certa vez, numa manhã depois de uma sessão de fotos de 11 horas de duração. — Seja sempre um pouco inacessível. Todo mundo vai querer você mais ainda.

Há quanto tempo ela não conversava com sua antiga chefe? Cinco meses, pelo menos. Ela parara de retornar as ligações de Imogen no verão.

Alguém atendeu ao terceiro toque. A voz era contida e Imogen imaginou que devia ser uma das muitas empregadas de Molly.

— Aqui é Imogen Tate, gostaria de falar com Molly Watson.

Silêncio do outro lado.

— Im, sou eu, querida.

A voz de Molly era capaz de controlar uma sala cheia de modelos com egos enormes. Quando ela sussurrava, todos na sessão se calavam de medo de perder algo importante que seria dito. A voz que Imogen ouviu do outro lado da linha estava baixa, mas tomada de ansiedade.

A princípio, Molly hesitou quando Imogen disse que adoraria poder aparecer em seu apartamento e conversar antes do almoço, mas ela cedeu depois de um pouco de insistência.

— Provavelmente é uma boa ideia, minha querida — disse ela. — Venha direto. Avisarei para Isaac que você está vindo.

Isaac, o porteiro, cuidava da porta da casa branca do número cem da East Eighty-Seventh Street havia trinta anos, desde que Molly comprou o apartamento de três quartos com uma varanda ampla e uma biblioteca com uma das maiores coleções de livros de moda das Américas.

Molly nunca se casou. Ela morreria se ouvisse alguém usando esse termo, mas era uma das muitas viúvas da moda na cidade de Nova York — mulheres tão dedicadas ao mercado que nunca colocaram um homem na frente de uma promoção. Exceto por ser uma solteira convicta, Molly era tudo que Imogen queria ser — durona, mas justa; exigente, mas disposta a ouvir com uma energia contagiante. Mas, acima de tudo, ela inspirou Imogen a encontrar um trabalho que amasse.

— Ame o que você faz, querida, porque se não amar não tem sentido — observou várias vezes.

No lobby de chão de mármore, Isaac, vestindo seu uniforme engomado, cumprimentou Imogen pelo nome. Seus lábios se contraíram como se ele quisesse dizer mais alguma coisa antes de ela entrar no elevador que a levaria ao 12º andar.

O elevador se abriu à esquerda, diretamente na saleta de Molly. Normalmente cheia de amigos, caviar e fumaça de cigarro, o espaço agora tinha um leve cheiro de mofo, como um livro deixado por muito tempo em uma estante. Imogen ouvia o som de uma televisão em uma sala mais para dentro, mas não conseguia imaginar de onde vinha. Desde que a conheceu, Imogen nunca vira Molly assistindo à televisão. Lula, uma empregada de longa data, e às vezes também cozinheira, não estava na saleta, onde Imogen sempre a via pegando casacos e xales e oferecendo chá, café ou um Xanax ao visitante nervoso. Imogen seguiu as vozes inconfundíveis de Kathie Lee Gifford e de Hoda Kotb do programa *Today*. O apartamento de Molly era muito confortável. Livros de temas variados, de arte a moda, passando por história, tomavam toda a parede. Havia biografias de todos os grandes estilistas do século XX. Entre as estantes, papel de parede sob medida da Colefax e Fowler, com rosas vitorianas. Tapetes persas ficavam um em cima do outro, mas não impediam que o chão rangesse baixinho sob os saltos de Imogen. Um cuco de mogno no canto havia parado com os ponteiros em direções opostas. Sem apertar os olhos, Imogen não conseguia ver se o relógio tinha parado às seis ou ao meio-dia e meia. Sobre a prateleira de ferro forjado acima da lareira, ficavam Polaroids antigas de sessões de fotos de muito tempo atrás, encostadas em velas compridas e brancas. Acima delas ficava a peça preferida de Imogen no apartamento todo, um quadro original de Edward Hopper, *High Road*. As tintas a óleo mostravam um campo no interior subindo delicadamente até uma cidade bucólica. O quadro tinha sido emprestado ao Whitney por 18 meses. Imogen ficou feliz ao vê-lo de volta. Além de ser uma peça bonita, seu título era o mantra de Molly: "Sempre pegue a estrada." Todas as vezes em que Imogen olhava para ele, descobria algo novo. Naquele dia, ela o viu como algo interessante, uma estrada muito distante de sua existência urbana. Longe de Eve.

Um enorme sofá de veludo verde-escuro coberto com nada menos do que vinte almofadas ocupava a maior parte da sala. Diziam que Molly tinha uma pessoa contratada para afofar aquelas almofadas toda tarde. A filha de professora que existia dentro de Imogen sempre se surpreendia com isso. Imagine ter uma pessoa só para afofar as almofadas!

Envolvida em meio àquelas almofadas enormes estava Molly, os olhos fixos no que, a julgar pelo fino filme-plástico que ainda cobria a tela, devia ser uma televisão de tela plana bem nova. Imogen remexeu os pés e pigarreou para chamar a atenção da mulher, fazendo com que Molly remexesse o coque de bailarina, muito elegante e grisalho, para recebê-la com um sorriso inseguro. O rosto dela não tinha marcas, apesar dos setenta anos, por ter passado cinco décadas evitando religiosamente o sol. Ela estava, como sempre, toda vestida de preto, com um pijama Olatz de seda tão bem-cortado que, de longe, podia ser confundido com um terninho clássico e sempre muito bonito. Um pouco de cor na região do colo, com quatro linhas com contas vermelhas em um colar *vintage* Chanel Gripoix.

Sua postura, outrora admirada na escola da srta. Porter, continuava reta como uma agulha.

Imogen olhou para o quadro.

— Ele voltou.

— Voltou — disse ela de um jeito simples, admirando o quadro. — A sala não estava completa sem ele, não é? É tolice acreditar que um quadro pode completar um lugar... ou uma pessoa. Edward Hopper amava pintar. Nunca ganhou muito dinheiro com isso, mas adorava. Ganhava dinheiro fazendo ilustrações para anúncios, sabia? Não gostava, mas era como pagava as contas. Este aqui, esta cena perfeita, ele adorava.

— Você está incrível — elogiou Imogen, apesar de não ser bem verdade. Molly parecia cansada. Semicírculos escuros sob seus olhos eram a única imperfeição naquele rosto impecável. Seu cheiro alcançou Imogen, uma mistura de tabaco caro e do perfume Joy, de Jean Patou. — Tenho ligado para você — disse Imogen, com um senso de urgência que não esperava usar.

Molly esticou o braço para tocar a mão da mulher mais jovem.

— Vamos fumar um cigarro? — perguntou a mesma voz discreta que Imogen ouvira ao telefone. Imogen lançou um breve olhar aos próprios seios, pensando no câncer, e recusou com a cabeça, indicando que Molly deveria fumar sozinha, e se sentou no amplo sofá. Estar ao lado de Molly fazia com que ela se sentisse mais calma, dava uma sensação de que o mundo podia ser consertado e voltar a ser como era antes.

Molly pegou um cinzeiro com formato de folha num tom verde-claro, da marca Limoges, que precisava ser esvaziado, e pegou um maço de cigarros Dunhills entre as almofadas do sofá. Uma janela estava entreaberta para que a fumaça escapasse e cortinas pesadas de chintz lilás brilhavam como dançarinas burlescas sob a brisa do outono. Nenhuma das duas disse nada até Molly soltar a primeira baforada. Permaneceram no silêncio tranquilo e familiar.

Imogen recebeu a fumaça que seguia em sua direção como quem recebe um amigo de longa data a quem ela provavelmente nunca mais veria.

— Como você está, minha querida? — perguntou Molly.

É claro que Molly sabia o que havia acontecido com a *Glossy* e devia saber que Imogen sabia que ela tinha sido dispensada da *Moda*. Imogen não queria entrar de vez em todos os detalhes desconfortáveis, mas não se conteve. Descarregou tudo: o choque que sentiu ao voltar para a revista, o terror do comportamento inadequado de Eve, o modo como ela mandava e desmandava nos funcionários.

— Acho que não consigo aguentar, Molly. Talvez tenha que sair da *Glossy* de uma vez e procurar outra revista. A *Elle* me procurou há cerca de um ano.

Ela poderia ter continuado, relacionando várias publicações que poderiam lhe oferecer um emprego, mas os olhos de Molly já estavam fixos nela.

— Mantenha seu emprego, Imogen — aconselhou, com seriedade. — Segure seu emprego.

— Mas... — começou Imogen.

— Não estamos mais em 1995. Não estamos nem mais em 2005. Estamos em 2015 e somos uma raça em extinção em um mundo em extinção. Não consigo arranjar outro emprego. Ninguém vai me contratar. Já liguei para todo mundo. Todo mundo nesta cidade que me devia muitos favores há muitos anos, favores que nunca precisei cobrar. Quando precisei, essas pessoas pararam de atender minhas ligações. Sou um dinossauro. Estou extinta. Você, minha querida, está apenas em perigo. Pode se salvar. Mantenha o seu emprego. Faça o que eles mandarem. Não termine como eu.

Imogen não soube o que dizer.

— Quem Eve pensa que é? Ela acha que eu vou desistir? Ela acha que vou pedir as contas? — A voz de Imogen estava inconstante.

— Acha. Está claro que ela acredita que as editoras antigas deveriam ser postas no pasto como éguas velhas.

Imogen ficou ali indignada, mas ainda estava pronta para brigar.

— O que mais me incomoda é que ela se voltou contra mim. Eu orientei essa garota. Eu queria que ela fosse bem-sucedida, e ela me passou a perna e me apunhalou pelas costas.

— Sim, querida, ela fez isso. É uma vaquinha mal-agradecida. — Molly estava com um olhar esmaecido. — Você é uma boa pessoa, Imogen. Ainda tem vontade. — Molly deu um tapinha de leve em seu joelho.

— Preciso descansar.

Quando Molly se levantou, Imogen notou sua idade pela primeira vez, as costas levemente corcundas, o corpo se encolhendo, como se doesse se mexer por menor que fosse o movimento. Ela entrou devagar no quarto, olhando para trás por um instante.

— Saia quando quiser, minha querida. — E então, como se tivesse pensado melhor, acrescentou baixinho: — Boa sorte.

CAPÍTULO 21

Imogen sentiu um certo alívio quando o telefone tocou e viu que era a diretora da escola de Annabel. Nenhum pai nunca queria receber aquele telefonema, mas aquilo significava que ela teria um motivo real para não voltar ao trabalho.

— Sra. Tate, preciso que venha à escola imediatamente. — Era a voz séria da sra. Oglethorpe, uma mulher com o estilo de um sargento, com cara de quem comeu e não gostou. A voz da sra. Oglethorpe do outro lado da linha fez a mente de Imogen se encher de pensamentos horrorosos, e o pior deles era que um dos ex-clientes ricos de Marty McAlwyn tinha enfim ido atrás de seus filhos, sequestrando Annabel por um pequeno resgate para cobrir o dinheiro que tinha perdido quando Alex colocou o benfeitor dele atrás das grades.

— Annabel está bem?

— Está bem, não está machucada, posso garantir, mas a senhora precisa vir para levá-la para casa.

— Pode, por favor, dizer o que está acontecendo? — Enquanto dizia isso, Imogen sabia que não conseguiria nada ao telefone. A sra. Oglethorpe gostava da oportunidade de informar aos pais, pessoalmente, que seus filhos a haviam decepcionado.

ANNABEL PARECIA PEQUENA NA CADEIRA GRANDE do lado de fora da sala da sra. Oglethorpe. Balançava as pernas de um lado para o outro num ritmo que parecia acalmá-la. Mantinha a cabeça baixa e não estava chorando, mas quando Imogen levou um dedo ao queixo da filha para levantar seu rosto, viu que seus olhos estavam vermelhos.

— Me desculpa, mãe. — Foram as primeiras palavras que saíram de sua boca. — Eu só queria saber quem estava fazendo aquilo. Precisava saber qual delas estava dizendo aquelas coisas horrorosas sobre mim. — Lágrimas rolaram pelas bochechas arredondadas da menina. O que, exatamente, sua filha tinha feito?

A sra. Oglethorpe, com uma marca de expressão profunda entre os olhos muito sérios, saiu da sala e pigarreou.

— Sra. Tate, por favor, venha à minha sala. A srta. Marretti ficará bem sentada um pouco aqui fora.

Imogen se sentia como uma criança quando se sentou na cadeira diante da imponente mesa de mogno da sra. Oglethorpe.

— Posso garantir que Annabel não é o tipo de garota que dá trabalho. Isso deve ser algum mal-entendido.

A sra. Oglethorpe dobrou as mãos à frente do corpo, os dedos tortos e vermelhos ao redor das falanges. Ignorou os comentários bons sobre Annabel.

— Antes de mais nada, a senhora conhece nossa política de não permitir smartphones em sala de aula. Compreendemos que você e outros pais sintam a necessidade de comprar iPhones, iPads e tantas outras coisas cada vez mais cedo para as crianças, mas não podemos permitir a entrada dessas coisas em sala de aula quando os professores estão tentando lecionar. É uma distração enorme.

Imogen concordou com a cabeça.

Todos os amigos de Annabel tinham ganhado um smartphone muito antes do aniversário de oito anos. Ela e Alex tinham conseguido postergar até ela completar nove. Aconteceria ainda mais cedo com Johnny. Ele já tentava escorregar o dedo por livros de figuras para mudar a página.

— A senhora me chamou aqui porque Annabel estava com o telefone na sala de aula?

Um absurdo, mesmo para uma escola como aquela.

— Não, só quis deixar claro que Annabel estava com o celular quando gritou e jogou comida em Harper Martin e uma mesa em outras meninas.

Imogen conhecia a mãe de Harper Martin. Ella Martin era a socialite quarta esposa de George Martin, o dono do Brooklyn Nets. Se a filha fosse como a mãe, Imogen conseguia entender por que Annabel poderia gritar com ela, mas não conseguia entender o que faria a filha atacá-la daquela forma, a menos que Harper fosse quem estava lhe enviando mensagens grosseiras.

— Sra. Oglethorpe, tenho certeza de que há uma explicação. A senhora perguntou a Annabel por que ela fez o que fez?

— Perguntei. Ela se fechou.

Imogen suspirou.

— Pode me dar um tempo com a minha filha? Pode me deixar tentar entender o que aconteceu? Precisa haver uma explicação razoável.

— Prefiro que a leve para casa. Ela está suspensa por hoje e amanhã.

Imogen não soube o que dizer. Sua filha estava suspensa.

Annabel estava retraída quando Imogen saiu da sala. Levantou-se e segurou a mão da mãe, algo que ela vinha se recusando a fazer nos últimos anos. Elas caminharam pelos seis quarteirões até a casa em silêncio. Quando chegaram lá, Imogen pediu a Annabel que subisse para lavar o rosto e pediu para a filha descer e encontrá-la na cozinha em 15 minutos. A menina obedeceu em silêncio. Imogen se ocupou levando a chaleira ao fogo.

Annabel estava vestindo um pijama com pinguins espalhados quando desceu a escada. A estampa fazia com que ela aparentasse ter muito menos do que dez anos.

Imogen fez um gesto para a mesa da cozinha e para o chá English Breakfast, seu preferido. A filha envolveu a xícara quente com as mãozinhas e se sentou.

— Quer me contar o que aconteceu? — Annabel fez que sim com a cabeça. — Pode começar.

— Tenho recebido umas mensagens. — Annabel se retraiu, desconfortável. — Primeiro, foram postadas na minha linha do tempo no Facebook e, depois, vieram por inbox, ainda no Facebook. Às vezes, são comentários maldosos no meu Instagram e no YouTube.

— Posso vê-los, querida?

— Apaguei muitos deles. Não queria que ninguém os visse. Mas ainda há alguns. — Annabel afastou a cadeira da mesa para pegar seu laptop da mochila cor-de-rosa. Conectou-se à internet e abriu a página do Facebook. As mensagens vinham da mesma menina, "Docinho".

Ainda havia quatro mensagens no inbox de Annabel. Imogen se assustou ao ler o conteúdo.

Nem 1 garoto vai gostar d vc, pq vc tem cara d macaco.

Vc deveria perguntar a sua mãe moderna se ela acha vc gorda. Aposto q acha.

Vc se olha no espelho e chora?

Oi gorda. Feia!

Imogen estremeceu.
— Por que você acha que essas mensagens foram enviadas pela Harper?
Annabel deu de ombros.
— Harper e as amigas dela são idiotas. Não gostam de mim. Elas riem de mim. Vi Harper com um celular no refeitório. Ela estava mexendo no meu Facebook, e elas estavam rindo olhando para ele.

Annabel começou a chorar de novo. Como Imogen poderia culpá-la? Ela entendia mais do que ninguém, agora, o que era ser perseguida até seu limite. Ela passou para o outro lado da mesa, tirou a filha da cadeira e se sentou nela, puxando Annabel para seu colo, deixando-a chorar em seu peito. Sentindo o cheiro do cabelo dela, Imogen sentiu o coração partido pela garota.

— Acho que precisamos dizer à sra. Oglethorpe que você acha que foi a Harper quem ofendeu você.

Annabel balançou a cabeça, negando com veemência.
— Conta, sim. Precisa contar.
— Não sei se foi ela. Quando gritei no refeitório, ela negou. Foi por isso que joguei meu *smoothie* nela.
— Acertou?
— Na cara dela. — Imogen tentou não sorrir. Havia uma certa satisfação em ser de uma idade na qual se podia acertar contas jogando um *smoothie* verde gigante na cara de outra menina. A filha continuou:
— Mas ela não parecia saber do que eu estava falando. Primeiro, pensei que ela soubesse mentir, mas acho que ela não pode ser tão boa assim para mentir. Agora, não sei se foi ela.

— Tudo bem, Annabel. Mas você sabe como é sério ser suspensa da escola, certo? Sabe como seu pai vai ficar decepcionado.

A menina escondeu o rosto no peito da mãe.
— Eu sei. Foi a resposta abafada. — Por favor, não conte a ele.

— Anna, tenho que contar. — Devido ao sermão que Imogen sabia que Alex daria naquela noite e o estresse pelo qual Annabel havia passado, ela preferiu ser boazinha. — Bom, parece que nós duas tivemos um dia pesado. O que acha de aproveitarmos para ter uma tarde de meninas? Posso pedir para a Tilly cuidar do Johnny pelas próximas horas.

— O que podemos fazer?

— Por que não vamos ao salão cuidar dos nossos cabelos como duas moças?

Annabel não era muito vaidosa, mas adorava fazer penteados diferentes. Concordou.

— Você vai precisar vestir roupas de verdade. — Annabel subiu a escada correndo. Imogen ficou olhando os comentários maldosos no Facebook da filha.

Ela checou seus e-mails rapidamente ao sair do Facebook. Seis e-mails de Eve, todos perguntando com urgência cada vez maior onde ela estava. Ela pensou em não responder, mas por que faria isso? Eve só enviaria mais e-mails.

"Estou tratando de assuntos pessoais, Eve. Vejo você amanhã no escritório."

Os outros e-mails podiam esperar até o dia seguinte. Deixou o telefone de lado quando Annabel desceu de novo, depois de ter trocado o pijama por uma calça jeans *skinny* e uma blusa roxa, os cabelos compridos e escuros presos em um coque no alto da cabeça.

— Sabe, Anna, às vezes, as pessoas são terríveis. Gostaria que não fosse assim, mas as pessoas são idiotas. — Por que mentiria para a menina? Annabel concordou e abraçou a mãe pela cintura, surpreendendo Imogen com sua altura. — Você sabe que é linda, não é, querida? Linda de morrer.

Annabel fez uma careta.

— Você diz isso porque é minha mãe.

Imogen continuou.

— E o mais importante, você tem bom caráter. É uma pessoa linda por dentro e por fora. Posso ser sua mãe, mas não minto. Já trabalhei com algumas das modelos mais famosas do mundo e posso garantir a você que os seres humanos mais lindos que já conheci são aqueles como você... aqueles que realmente são pessoas boas.

Annabel riu.

— Você parece a Oprah falando.

Imogen ergueu os braços e tentou imitar a voz de Oprah.

— E agora todo mundo ganhou um carro! — Pelo menos, ainda conseguia fazer a filha rir.

A hora da lição de moral tinha terminado. As duas precisavam de uma distração.

— Agora, vamos para o salão e vamos tirar muitas selfies para ver quem vai nos chamar de feias.

★ ★ ★

AGASALHADA PARA AGUENTAR O FRIO, Annabel arrastou os pés enquanto caminhava pela calçada, evitando partes rachadas e raízes de árvores que às vezes apareciam em meio ao concreto antigo de Nova York. O dia com sua mãe tinha sido bom. Ótimo, na verdade. A mãe tinha boa intenção, mas nenhum pai nem nenhuma mãe sabia de verdade como era ser criança atualmente. Quando a mãe tinha sua idade, a internet ainda não tinha sido inventada. As coisas eram diferentes.

Docinho podia até não ser ninguém da escola. Podia ser qualquer pessoa. Poderia ser a Menina Verde, que era muito, muito boa em fazer GIFs, memes e gráficos esquisitos. Ela não conhecia a Menina Verde, que também tinha dez anos e morava com os pais. Sabia que ela morava na Flórida, não em Nova York. Elas seguiam uma à outra e, quando a Menina Verde começou a fazer vídeos de smoothies no YouTube ano passado, enviou uma mensagem a Annabel para perguntar se podiam trocar receitas. Entretanto, desde então, ela havia se tornado muito competitiva e estranha com Annabel.

Deixa para lá.

Annabel não queria se importar. Contudo, era uma droga quando as pessoas postavam coisas sobre você que todos podiam ver. A pior coisa a respeito da Docinho era que todo mundo da escola podia ver o que ela postava e todos riam de Annabel. Ela pensou em desfazer a amizade ou bloquear Docinho, mas seria pior não saber o que as pessoas estavam dizendo, certo?

Além disso, machucava quando as pessoas diziam coisas que ela já sentia, de certo modo. Ela se sentia um pouco gordinha. A família toda, sua mãe, seu pai e Johnny eram magros como palitos. Quando Annabel era menor e tinha ainda mais gordurinhas do que agora, ela achava que tinha saído da barriga de sua avó, Mama Marretti, que era apaixonada por lasanha.

Annabel nunca se sentiu bonita e era bobagem sua mãe dizer, com aquele sotaque britânico que não mudava, que ela era bonita. Não era verdade. Seus olhos eram muito afastados um do outro e o nariz era fino demais. Seus cabelos pareciam ter vida própria, sem se importar com o que Annabel sentia, e, recentemente, algumas espinhas tinham aparecido em seu queixo.

Sua mãe era sempre tão bonita e moderna. Annabel se sentia desleixada perto dela, como aquele personagem da turma do Charlie Brown que sempre andava com uma nuvem de sujeira ao redor do corpo. Ela amava a mãe. Não se importava por ela não estar sempre em casa como algumas mães de suas amigas. Ela sempre reservava um tempo para Annabel e Johnny. Além disso, o trabalho dela era legal. No verão passado, ela havia comprado um vestido e um par de sapatos novos de presente para Annabel, a surpreendeu com uma visita ao set de filmagens do programa de TV da Martha Stewart e fez questão de apresentar Annabel a Martha. Martha Stewart!!! A mãe contou tudo sobre o canal que ela tinha no YouTube e falou de seus *smoothies* como se fossem algo muito importante. Depois, Annabel pôde conversar com Martha e ficou muito animada por saber que a apresentadora também adorava couve — caía bem em qualquer mistura!

Até cerca de um mês antes, Imogen assistia aos vídeos de Annabel só quando ela os mostrava na tela do computador. Depois de vê-los, passava a mão distraidamente na tela e dizia algo como "Ah, você precisa me mostrar como fazer para assistir às coisas por aqui, um dia desses". E voltava a repetir isso quando viam outros vídeos. Mas, ultimamente, a mãe vinha melhorando muito. Estava aprendendo depressa. Annabel sabia pouco do que estava acontecendo no trabalho de sua mãe, mas parecia que as coisas estavam bem ruins. Ela tinha uma chefe nova que era uma idiota, coisa assim. Annabel olhou para Imogen, admirando-a, seus cabelos loiros perfeitos descendo por cima da camisa branca impecável. Que pena que a mãe não podia simplesmente virar um smoothie grande e verde na cara de sua chefe. Annabel decidiu dizer isso à mãe. Ela sorriu.

CAPÍTULO 22

No dia seguinte, Imogen acordou enjoada, tão mal que chegou a cogitar ligar para o trabalho e avisar que estava doente, mas pensou melhor e decidiu que não podia permitir que Eve tivesse esse gostinho. Esticou as costas e rolou na cama, posicionou-se em quatro apoios, e tentou fazer as poses de gato e vaca da ioga, tentando desfazer o nó no estômago. Como não deu certo, ela passou para os exercícios de respiração que Ron havia recomendado. Respirou fundo por oito segundos, segurou o ar por dez e o soltou em oito. Sempre que prendia a respiração, o sorrisinho de Eve aparecia em sua mente.

Eve venceu aquele *round*. Imogen achou que ela jogaria limpo. Até ontem, acreditava que, apesar de todos os problemas, elas eram da mesma equipe. Agora, sabia que aquilo estava bem longe de ser verdade.

Passou a mão no espaço que tinha sido ocupado por Alex até uma hora antes. Estimou que ele estava dormindo cerca de quatro horas por noite, talvez. O julgamento começaria na semana seguinte, o que significava que suas horas de sono se tornariam mais regulares.

Imogen estava prestando menos atenção ao que vestia nos últimos tempos. Durante anos, ela havia planejado meticulosamente o que vestir. Agora, vestia o que voltasse limpo da lavanderia. Continuava feliz com sua imagem quando vestia uma saia-lápis preta, blusa de gola alta e *sling-back pumps*, mas não era o mesmo que reservar um tempo para pensar na roupa que vestiria toda noite. Antes tinha a sensação de que se vestia para o sucesso, de que se vestia para os outros no escritório. Agora, competia com jovens com vestidos justos e saltos altos. A maioria de seus colegas não estava mais ali. Não havia mais ninguém para quem se vestir, exceto para si mesma.

★ ★ ★

Alguma coisa estava errada no escritório. Era sempre silencioso lá, mas agora o clima estava sombrio. As pessoas olhavam para baixo, não digitavam com a mesma rapidez de sempre. Eve não estava em lugar nenhum quando Imogen entrou, às oito e meia. Logo depois que ela ligou o computador, Ashley bateu à sua porta.

— O que está acontecendo? — perguntou Imogen.

— Quando você foi embora ontem, alguns investidores apareceram. — respondeu Ashley. — Passaram muito tempo com Eve na sala de reuniões. Só entendi que o site não atingiu algumas metas de tráfego que tinham sido prometidas nos primeiros meses, e eles ficaram decepcionados.

— Você ouviu a conversa? — Imogen tentou não falar em tom de acusação. Ashley parecia um pouco com Annabel, com o olhar tímido.

— Sim. Da cozinha, consigo ouvir tudo o que acontece na sala de reuniões.

— Então, o que acontece agora?

— Nada, ainda temos muito dinheiro. Não foi tão grave assim. Só queriam avisar a ela que não estavam felizes como poderiam estar. Acho que ela encarou isso muito mal.

— Por que acha isso?

— Porque ela saiu e gritou com todo mundo, disse que nenhum de nós estava trabalhando direito. Exigiu que todo mundo passasse a noite trabalhando, que colocasse mais conteúdo, de melhor qualidade. Estava maluca. Então, foi embora perto da meia-noite e todo mundo está aqui desde então, revezando-se para cochilar nos pufes.

— Coitadas dessas meninas. Temos café aqui?

— Estamos sem café há alguns dias.

Imogen entregou a Ashley seu cartão de crédito.

— Pode ligar para o Starbucks e pedir para que tragam *macchiatos* ou café, *cappuccinos*, para a equipe toda? Peça coisas para comer também.

— Acho que o Starbucks não faz entregas — disse Ashley.

— Todo lugar entrega se o pedido for grande, querida.

Imogen decidiu que, se pretendia incentivar o pessoal do escritório, a hora era agora. Passou a mão pelos cabelos, alisando os fios que tinham se eriçado quando ela saiu do táxi.

Aquelas eram suas funcionárias também. Podia não ter escolhido muitas delas, mas trabalhavam para ela e era sua responsabilidade cuidar delas. Bateu palmas. Quase ninguém olhou para a frente. Imogen notou que todas usavam fones de ouvido. Ashley não tinha saído do seu lado. Estava digitando em seu iPhone.

— Estou enviando um e-mail para avisar que você vai falar. Assim, conseguiremos a atenção delas.

E, como era esperado, quando o e-mail chegou, dezenas de pessoas olharam para a frente.

— Bom dia, meninas. Sei que estão exaustas. E, depois que eu falar, teremos café. Quem passou a noite aqui e sente que precisa ir para casa dormir está livre para isso e depois pode passar o resto do dia trabalhando de casa. — Imogen juntou as mãos. — Vocês todas têm trabalhado muito nos últimos três meses e todas merecem ser reconhecidas por isso.

As mulheres olharam para ela com seus olhos de zumbi, desacostumadas a ouvir alguém no escritório dizer coisas boas sobre elas em voz alta.

— É sério, lançar qualquer coisa que seja não é fácil, mas vocês têm dado o melhor de si e sinto muito orgulho de cada uma. — Finalmente, ela viu alguns sorrisos. — Ainda temos muito trabalho para fazer. Metas a cumprir. Sei que vocês chegarão lá. — Ouviu alguns suspiros de alívio. Olhou para Ashley, que fez sinal de positivo para ela. Ninguém estava fazendo um vídeo dela nem tirando fotos. Ninguém tinha energia para isso. Ela não sabia como terminar o discurso, então, simplesmente bateu palmas de novo. — Vamos voltar um pouco ao trabalho. Comam alguma coisa e vão para casa, se precisarem. — Com isso, as mulheres obedientemente voltaram para suas mesas. Imogen foi até sua sala, esperando que Eve saísse de trás de sua mesa e gritasse com ela por ter ousado liberar os funcionários, mas Eve ainda não estava ali.

Muitas das moças do escritório se animaram depois de tomar café, e apenas duas ou três, que pareciam precisar dormir, chegaram a ir para casa, aparecendo na porta para dizer que podiam voltar à tardinha.

— Descansem. Amanhã é outro dia. Nós nos vemos amanhã.

Pela primeira vez em muito tempo, Imogen sentiu que estava de volta ao comando. Sem Eve ali, as pessoas a procuravam com perguntas. Ela as respondia da melhor maneira. Quando não sabia a resposta, pedia ajuda a alguém. Acabou sendo o dia mais produtivo desde sua volta ao escritório, em agosto.

Quem te viu, quem te vê. Ela estava comandando um site.

Eve chegou às cinco e não parecia mal. Dava para ver que tinha dormido bastante na noite anterior e, a julgar pela face corada, tinha ido à musculação ou à aula de *spinning* antes de ir trabalhar.

Olhou ao redor e viu as mesas vazias.

— Onde está todo mundo? — Imogen ouviu quando ela perguntou, a alguns metros de distância.

Uma das moças presentes ousou responder.

— Imogen disse que não haveria problema se algumas pessoas fossem para casa descansar.

Quem esperava uma explosão vulcânica ficou frustrado. Eve apenas caminhou em direção à sala de Imogen e fechou a porta.

— Precisamos despedir mais seis funcionários amanhã — disse Eve, com seriedade.

— O quê?

— Precisamos nos livrar de cerca de seis funcionários amanhã.

— Eu ouvi bem, Eve. Por quê? Por que você quer demitir todo mundo se sua equipe trabalha noite e dia? — perguntou Imogen.

— Porque preciso dobrar a minha equipe. Preciso me livrar da maioria das meninas que ganham mais de cinquenta mil por ano para poder contratar mais funcionários que ganhem 35 ou quarenta mil. Mais funcionários é igual a mais conteúdo, que é igual a maior tráfego.

— Mas não importa se o conteúdo não for bom? Algumas dessas meninas são ótimas no que fazem.

Eve olhou para ela com pena, demonstrando que achava que Imogen nunca entenderia.

— Mais é sempre melhor.

CAPÍTULO 23

Dez horas depois, Imogen se viu bebericando um martini duplo com casca de limão em um pequeno bistrô francês no hotel Jane. Depois do dia estressante, a bebida parecia mágica. Elas já tinham conversado sobre a situação ruim de Imogen no trabalho e agora falavam da vida amorosa de Bridgett.

— Estou namorando um cara ótimo — disse Bridgett, com naturalidade.

Imogen conseguia imaginá-lo. Por terem passado anos morando juntas, ela conhecia o tipo preferido da amiga assim como conhecia o próprio. Bridgett preferia homens mais velhos, distintos, ricos e bem-sucedidos. Atualmente, parecia que todo mundo, menos Imogen, estava solteiro e namorando de novo. A maioria de suas amigas solteiras e as mães solteiras da escola vinham testando o namoro on-line, onde todas mentiam a idade — todas, menos Bridgett, que era incrivelmente honesta quando revelava ter quarenta e poucos anos e achava que as fotos embaçadas ou de dez anos atrás na maioria dos perfis das amigas não passavam de propaganda enganosa.

Uma amiga íntima delas usava uma foto que claramente era de 15 anos antes. Quando foi a um encontro em um bar, o homem olhou para ela, levantou-se e saiu. Não disse nem sequer uma palavra. Bridgett não parecia ter mais do que 35 anos, então quando os homens a viam pessoalmente, sempre a elogiavam pela aparência jovem e fantástica.

"Por que eu mentiria?", dizia ela, sempre. "Prefiro mil vezes que alguém apareça para o primeiro encontro, fique encantado e diga:

'Nossa, você parece tão jovem!' Não quero que ninguém se arrependa de ter ido me encontrar."

Os homens se davam bem. O último namorado dela era o segundo homem mais importante da Sony Pictures. Apesar de ele medir só 1,60m, em Los Angeles, conseguia ganhar qualquer mulher que quisesse. Agia como uma esponja para todas as neuroses de Bridgett, e, quanto mais maluca ela ficava, mais ele se dedicava a ela. Isso tudo até uma atriz muito mais jovem e aparentemente ainda mais neurótica roubar o coração dele em um set de filmagem de um filme de ação de cem milhões de dólares filmado em Dubai. Ele, pelo menos, teve a decência de terminar o relacionamento com ela por Skype em vez de enviar mensagem de texto ou e-mail. "Foi bom ele ter me deixado ver seu rostinho", explicou Bridgett na época.

— Eu conheço esse cara? — perguntou Imogen, sabendo que a amiga queria prolongar a notícia o máximo que pudesse.

— Conhece.

— É alguém que já namorei? — Ela teve de perguntar.

— Acho que não.

— Vamos brincar de adivinhar ou você vai dizer?

Em seguida, Bridgett abriu a blusa de lã e mostrou uma camiseta cinza com a palavra Blast! na frente.

— Ah, que bonitinha. Rashid que fez?

— Foi — respondeu Bridgett, os olhos castanhos brilhando enquanto dava um tapinha carinhoso no braço de Imogen.

— Adorável. Quando o vir de novo, peça a ele para me dar umas para Annabel e Johnny. São lindas. Vocês vão se encontrar em breve para falar sobre o aplicativo?

Bridgett olhou para Imogen sem acreditar.

— Imogen, estou namorando o Rashid.

Ela não esperava isso.

— Mas eu pensei que ele fosse...

— Gay.

— Sim, gay.

Bridgett sorriu e pegou um pedaço de burrata cremosa com azeitonas secas para levar à boca.

— Você, mais do que ninguém, deveria saber que não devemos tirar conclusões precipitadas. Ele é bem-vestido e arrumado, além de articulado. Sei que é difícil, mas ainda existem homens heterossexuais por aí com modos e classe.

Imogen estimou a diferença de idade entre eles em cerca de 15 anos e sentiu-se duplamente culpada por julgar um pouco isso. Deixando aquela sensação de lado, ela demonstrou toda a alegria que sentia pelos amigos. Rashid era incrível. Era brilhante e gentil, era um homem como ele que Bridgett merecia. Se Demi Moore, Heidi Klum e Madonna tinham ensinado algo a ela, era que os homens mais jovens se sentiam muito atraídos por mulheres fortes, independentes e mais velhas.

Acreditando ter chocado a amiga, Bridgett começou a vasculhar a bolsa Birkin de Imogen.

— O que está fazendo?
— Você se importa se eu vir seus remédios?
— Meus o quê?
— Deixe-me ver seus remédios.
— Aqui, na mesa?

Bridgett olhou ao redor no salão de luzes fracas.

— Não tem nada interessante aqui — disse ela ao pegar a *nécessaire* pequena de Imogen da bolsa e começar a ver vitaminas, suplementos e quatro frascos de comprimidos.

— O que é isto? Neupogen?

Imogen pegou o frasco.

— Remédio do câncer.
— E esses grandes?
— Vitaminas.

Bridgett enfiou uma delas na boca.

— Oooohhh, Zoloft. Excelente. Vou pegar um.
— Bridgett! — Imogen revirou os olhos e sorriu. — Você não pode simplesmente tomar um Zoloft. Não é um Xanax.

A amiga balançou a mão.

— Ah, por favor. Eu tomo isso desde quando você nem sabia o que era ataque de pânico. Vou pegar minha nova receita amanhã. Tudo bem. Deixei meus comprimidos no escritório... Além disso, estou um pouco nervosa por sair com você e meu novo namorado.

Como se elas o tivessem chamado só por mencionar seu nome, Rashid apareceu na entrada do Café Gitane, lindo, com uma blusa de lã vermelha e calça cinza. Ele se inclinou para beijar o rosto de Imogen e resvalou os lábios sedutoramente nos de Bridgett.

— Espero ter lhe dado tempo suficiente para contar a novidade; caso contrário, esse beijo certamente vai deixar Imogen muito desconfortável. — Ele se sentou na cadeira ao lado de Bridgett, que estava corada.

— E então, Imogen, como está a ideia do seu aplicativo?

— Mal tenho tido tempo para respirar, muito menos para inventar uma empresa nova.

Rashid riu.

— Um dia desses, você vai começar a pensar em ideias para novas empresas enquanto respira. Sei que isso está dentro de você, Imogen.

Ele passou a falar mais baixo e com um tom mecânico.

— A força está com ela.

As duas mulheres trocaram olhares confusos.

— Yoda? — disse ele, olhando para elas de modo questionador. — *Star Wars*?

Bridgett riu.

— Acho que isso não tem a ver com idade, tem?

Rashid balançou a cabeça.

— Não, é coisa de nerd.

A palavra "nerd" chamou a atenção de Imogen, já que Eve adorava dizê-la, como se "nerd" fosse, de certo modo, sinônimo de "tech". Imogen disse isso a Rashid e ele suspirou.

— Eve é o oposto de nerd, não é? — perguntou Bridgett. Imogen só deu de ombros.

— Nunca tento determinar o que a Eve é. Muda todos os dias.

Rashid quis explicar.

— Há muitas mulheres inteligentes trabalhando na área de tecnologia ultimamente. Aerin Chang, por exemplo. Ela é tão brilhante que faz meu cérebro doer. Metade dos programadores que temos na BLAST! agora é mulher. É muita coisa, se levarmos em conta que só tínhamos duas ano passado. Adoro mulheres na área de tecnologia. Mas odeio mulheres como Eve em tecnologia. Está claro que ela era a garota mais popular da faculdade.

Imogen assentiu, indicando que ele não estava enganado.

— Vocês sabem o que a maioria dos caras de tecnologia fazia no ensino médio e na faculdade? — Rashid continuou. As duas negaram, balançando a cabeça. — Jogávamos muito *Caverna do dragão* no tabuleiro e outros jogos no computador. Garotas como Eve iam a shows da Beyoncé e bebiam *wine coolers* enquanto nós aprendíamos e criávamos códigos, jogávamos e criávamos jogos, em grande parte porque não tínhamos muitos amigos no ensino médio. A gente tinha espinhas. A gente era baixinho. Muitos de nós tinham um cheiro estranho. O porão da casa de nossos pais era nosso campo de futebol. Eu achava que sempre seria o esquisito moreninho. Não entramos na área de tecnologia porque era legal. Entramos porque era nisso que éramos bons. Agora, vemos mulheres como Eve entrando, aproveitando a onda. Ela não está nisso porque ama o que fazemos. Está aqui para ganhar dinheiro. — Ele fez uma pausa. — Respeito isso. Adoro dinheiro. Mas ela é arrogante com todos nós que temos feito isso a vida toda.

Imogen entendia isso. Eve também era assim com ela, que trabalhava com revistas desde sempre, e com Rashid, que sabia mais de tecnologia do que ela poderia sonhar saber. Eve era assim com todo mundo. Não era a tecnologia que fazia dela uma *bitch*. Ela já era *bitch* por si só.

O telefone de Imogen tocou como um passarinho.

— Que toque engraçado — comentou Rashid.

Imogen corou.

— Ainda estou tentando colocar um toque decente.

Rashid esticou o braço e pegou o celular dela. Mexeu aqui e ali e o devolveu.

— Agora, todas as mensagens chegarão com um toque digno e solene.

— Obrigada — agradeceu ela, e pegou o telefone.

— Ah, e parece que a moça por quem você tem uma quedinha tem uma quedinha recíproca por você.

Imogen inclinou a cabeça, confusa.

— Se não estou enganado, você acabou de receber um e-mail da própria Aerin Chang. — Imogen tentou não parecer animada demais quando acessou a caixa de e-mail. E havia mesmo um de Aerin2006@gmail.com

De: Aerin Chang (Aering2006@gmail.com)
Para: Imogen Tate (ITate@Glossy.com)
Assunto: Que tal um café?

Oi, Imogen!
Espero que não considere este e-mail direto demais, mas sou sua fã e também da *Glossy*. Estou gostando muito de seguir você no Instagram. Adoraria conversar com você sobre a *Glossy* e sobre o que fazemos na Shoppit. Basicamente, adoro tomar café com mulheres inteligentes e acho que temos muito em comum. Posso lhe pagar um *macchiato*?

Até mais,
Aerin

Aerin a ganhou com o *"macchiato"*. Imogen devia estar sorrindo como tola, porque Rashid e Bridgett riam dela.

— Ela quer tomar um café — explicou. — Você pediu para ela me escrever?

— Não — respondeu Rashid. — Pensei em fazer isso depois que conversamos sobre ela, mas não consegui. Vai nessa, mulher. Vá tomar café, conseguir um emprego na Shoppit e parar de trabalhar para aquela bruxa — encorajou Rashid.

— Hum, não é para isso que ela quer me encontrar. Primeiro, não teria lugar nenhum para mim numa *start-up*. Segundo, ela mal me conhece. Por que desejaria me contratar? Terceiro, gosto do meu emprego.

— Eu poderia refutar tudo o que você falou — disse Bridgett. — Mas não vou fazer isso. Acho que você deveria encontrá-la.

— Não é estranho termos nos tornado amigas pelo Instagram primeiro e agora irmos nos encontrar? — perguntou Imogen.

Bridgett e Rashid balançaram a cabeça, quase sincronizados.

— É assim que as coisas são hoje em dia — respondeu Rashid. — Todo mundo se conhece on-line primeiro. — Ele pensou mais. — Por um tempo, as pessoas só se falavam on-line, mas agora, elas parecem estar se jogando na coisa do "pessoalmente", então os amigos que se conhecem on-line viram amigos off-line. Todo mundo quer se conhecer na VR, vida real. — Apesar de Bridgett continuar concordando com a cabeça, Imogen duvidava que a amiga tivesse entendido aquilo mais do que ela. Ela só fingia melhor.

— Devo responder ou esperar?

Bridgett riu.

— Você não está tentando dormir com ela. Responda e marque uma data. Acho que você não precisa bancar a tímida.

— Tem razão, claro. — Mesmo assim, ela enfiou o telefone na bolsa, querendo escolher as palavras certas para responder mais tarde, quando estivesse sozinha. Não sabia por que queria que Aerin Chang gostasse dela.

Imogen olhou para a velha amiga e para o novo amigo.

Eles formavam um casal meio esquisito, mas estavam em Nova York e com certeza ela já tinha visto pares mais estranhos. O importante era que os dois estavam mais felizes juntos do que quando estavam solteiros.

— Amo vocês dois.

Eles se levantaram para abraçá-la.

Enquanto ela caminhava para casa, escreveu um e-mail para Aerin.

De: Imogen Tate (ITate@Glossy.com)
Para: Aerin Chang (Aering2006@gmail.com)
Assunto: Adoraria encontrá-la!

Querida Aerin,

Seu e-mail não foi direto demais, não. Estou aprendendo a mexer no Instagram, mas adoro tudo o que você posta. Adoraria tomar um café ou um drinque. O que acha de me dizer quando estará livre na semana que vem, para podermos combinar?

Beijo,
Imogen

A resposta chegou imediatamente.

De: Aerin Chang (Aering2006@gmail.com)
Para: Imogen Tate (ITate@Glossy.com)
Assunto: Re: Adoraria encontrá-la!

Que legal! Na verdade, tenho um horário amanhã à tarde. Está em cima da hora e tenho certeza de que você está superocupada, mas tem interesse em ir à Shoppit para almoçar? Podemos pedir comida. Supercasual. É só falar!

Beijo,
Aerin

"Por que não?", perguntou Imogen a si mesma. Almoçar com Aerin Chang em sua sala na Shoppit parecia ótimo. Ainda assim, ela se sentiu ansiosa, como se estivesse marcando um encontro amoroso.

CAPÍTULO 24

— Esse vestido é uma merda! — Foi a primeira coisa que Imogen ouviu quando entrou no escritório na manhã seguinte. — Alguém me tira dessa merda!

Ao entrar, Imogen viu que toda a confusão estava acontecendo ao redor das araras com rodinhas de aço forjado, nas quais estavam vestidos de noiva alinhados ao lado da mesa de Eve. Sem qualquer reserva, ela os vestia por cima do conjunto de sutiã e calcinha de renda vermelha, alheia ao fato de que sua nudez poderia deixar alguém um tanto desconfortável. Imogen olhou para as etiquetas: Vera Wang, Dennis Basso, Pnina Tornai, Reem Acra, Lanvin e Temperley. Eram todos vestidos de mais de dez mil dólares, havia cem mil dólares só naquela arara, e Eve os tratava como se os tivesse arrancado do cesto de lixo de uma loja de departamentos. Ela despiu um vestido Monique Lhuillier em estilo sereia e o jogou do outro lado da sala.

— Não tem nada aqui! — Eve olhou para a arara com raiva.

Tentando olhar para outro lugar, Imogen se esforçou para não ver o corpo malhado de Eve: barriga tanquinho, tríceps pequenos e esculpidos como kiwis compridos e nada de celulite. Como deveria ser ter aquela autoconfiança? Não ter barreiras, apreensão em relação ao que os outros pensavam de você? Ela se aproximou da mesa de Eve e se distraiu pegando a única coisa barata ali, um dinossauro de plástico. O pescoço comprido indicava que era um brontossauro. Johnny implorava por um daqueles sempre que ela o levava ao American Museum of Natural History. Era bom ter algo com que ocupar as mãos. Ela correu o dedo pela superfície grossa de plástico do brinquedo.

— Imogen. — A voz de Eve a trouxe de volta ao presente. — De qual desses vestidos você gosta? — Aproximando-se da arara, Imogen tentou afastar a sensação de que estava seguindo ordens. Fingiu interesse real em pegá-los para analisá-los.

— Bem, Eve — começou lentamente. — Depende do look que deseja para o dia. Quando era criança e pensava em seu casamento, como você o imaginava? Você se via como princesa? Ou glamorosa? Sensual?

Eve mordeu o lábio inferior enquanto pensava. Levou as mãos ao quadril.

— Adorei o vestido de noiva de Kaley Cuoco... E aquele que Chrissy Teigen usou quando se casou com John Legend. Ah, e aquela chata do *The Bachelor*, o casamento que foi televisionado ao vivo. Adorei o de Pippa no casamento de Kate Middleton. Acho que meu estilo pode ser mais bem-descrito como "princesa sexy" — disse ela, com a determinação de um juiz de patinação artística olímpica.

Imogen pensou em chacoalhar a moça e dizer que era por causa dela que as noivas eram tão malvistas. Mas, por ser a editora, pensou depressa, analisou os vestidos e passou a mão pelos tecidos. Adorava vestidos de noiva, a sensação que a criação deles trazia, os botões, a renda, o trabalho manual. Um vestido era um evento em si para algumas mulheres, a parte mais importante do grande dia, talvez até mais importante do que o noivo.

— Certo, então acho que queremos uma saia mais cheia, mas nada grande demais. Com a parte de cima tomara que caia.

Imogen pegou um vestido princesa Alexander McQueen, de cetim sedoso, com cintura marcada e bordados e o mostrou a Eve.

— Mas seja delicada, o bordado pode prender em algo e o vestido inteiro pode se desfazer em sua mão.

Eve revirou os olhos e o vestiu, passando o pé por dentro do forro. Imogen abafou o som de algo se rasgando. Eve subiu o vestido, que se prendeu em seu sutiã, e gritou para que Ashley fosse atrás dela para ajudar a subir o zíper.

"Que vestido lindo", pensou Imogen. Classudo e sensual ao mesmo tempo, um vestido adequado para a realeza, que mostrava o suficiente do corpo.

Eve enrugou o nariz.

— Ele é muito antigo?

— Acho que os vestidos de noiva têm que ser um pouco antigos — argumentou Imogen.

— Claro que você acha isso. — Eve deu uma risada alta. — Gostei desse. Vamos colocá-lo entre as possibilidades. — Eve levou a mão às costas, virando o braço com dificuldade para descer o zíper e deixar o vestido cair no chão.

— Eve, tome cuidado — alertou Imogen.

— Se eu estragá-lo, eles mandarão outro. Vamos dar muita publicidade a eles com esse casamento.

Eve saiu do vestido, deixando-o todo amassado no chão, e bateu o quadril na mesa. Massageando o local atingido, ela fez uma careta para o móvel como se ele a tivesse acertado de propósito. Foi até o canto, com as nádegas perfeitas rebolando a cada passo, e vestiu uma saia preta justa e uma blusa decotada.

— Eu contei que acho que conseguimos um espaço na *Martha Stewart Weddings*?

Imogen negou com a cabeça.

— Não.

— Sim, encontrei uma das editoras na Spirit Cycle ontem à noite e a convidei para ir ao casamento. Você sabe que ela vai escrever sobre ele se eu a convidar. Assim, ela vai se sentir especial. Espera-se que este seja o casamento do ano.

Aquilo não era totalmente verdade, mas Imogen tinha certeza de que seria um evento concorrido.

— Fico feliz por você. — Ao dizer isso, Imogen se lembrou de um conselho que Molly lhe dera quando ela tinha vinte e poucos anos, antes de se casar. Sua mentora tinha sido muito intuitiva e não precisava fazer perguntas para saber exatamente o que estava acontecendo na vida de seus funcionários. Houve uma época, quando Imogen namorava Andrew, em que seis de suas amigas noivaram e Imogen pensou que nunca teria esse final feliz. Molly, sentindo seu tédio durante um almoço no La Grenouille, disse: "É melhor estar feliz em todos os casamentos... Em todos os noivados, todos os nascimentos, todas as promoções. Você tem que tentar se sentir verdadeiramente feliz nessas ocasiões."

Não era fácil trocar amenidades com Eve, mas Imogen pensou que deveria tentar.

— Seu pai vai levá-la até o altar?

— Meu pai morreu — respondeu Eve, com calma, e então, como se tivesse percebido o modo como respondeu, acrescentou: — Ele faleceu no outono passado, enquanto eu ainda estava no curso de administração. Ataque cardíaco no último jogo de futebol da temporada.

O que ela podia dizer? Se fosse com qualquer outra pessoa, Imogen teria pedido desculpas muitas vezes, talvez até abraçasse a pessoa. Eve já tinha pegado o telefone, talvez para se proteger emocionalmente, e estava vendo fotos de araras de vestidos e postando no Twitter.

— Sinto muito — lamentou Imogen.

— Tudo bem. Ele morreu fazendo o que mais gostava. — Por um segundo, sua pose de durona ficou abalada. — Mas ele sentiria orgulho de mim agora. Sempre quis que eu comandasse alguma coisa.

— Ela logo mudou de atitude. — Podemos tirar o vestido da lista — disse ela ao se aproximar da mesa enquanto Ashley se abaixava para pegar os vestidos que continuavam no chão e se esforçava para alisar dobras no cetim e na organza antes de colocá-los de volta na arara e empurrá-los para outro canto da sala.

— Eve, tenho uma reunião na hora do almoço hoje — começou Imogen.

— Bacana. Você conheceu as novas funcionárias?

Imogen não tinha conhecido. Doze novas funcionárias haviam chegado ao escritório naquela manhã para substituir as seis que elas tinham demitido no dia anterior.

— Ainda não, mas darei um jeito hoje à tarde.

— Ótimo. A quantidade de conteúdo que estamos produzindo já aumentou. O tráfego também. Foi uma boa ideia. Minha decisão foi a certa. — Eve parou por um segundo. — Essa cidade é dura. — Ela engoliu em seco, impacientemente. — Nem todo mundo está pronto para ela.

— Às vezes, temos que dar chances às pessoas.

— Não foi isso o que dei a elas quando chegaram aqui?

Imogen decidiu mudar de assunto de novo.

— Então, depois do meu almoço, por que não repassamos os detalhes da grande sessão de fotos de inverno?

A sessão de fotos de inverno era uma espécie de Copa do Mundo para Imogen. Ela sabia que Eve odiava gastar dinheiro, ainda mais em sessões de fotos, mas apresentar as roupas de modo inovador ainda era algo que importava a Imogen. Era a essência da *Glossy*. Suas próprias funcionárias tinham sido sua inspiração para essa sessão. Ela mostraria jovens trabalhando com tecnologia usando roupas incríveis. Usariam algumas modelos, mas, na maioria, mulheres de verdade, no metrô com seus iPads, caminhando pela cidade com Google Glass, em reuniões por telefone enquanto corriam e sentadas com seus laptops por toda a cidade.

Seria bonito e forte ao mesmo tempo e Imogen tinha a fotógrafa certa para o trabalho. Sua amiga Alice Hobbs era perfeita para isso. Também inglesa, Alice foi criada em Londres e na Suíça. Ela compreendia as mulheres, captava sua força interna. Ela havia feito um hiato da moda nos anos 2000 para fotografar mulheres de tribos na Namíbia, publicando seu primeiro livro de fotografias, intitulado *Brave*. Alice não era barata, mas Imogen sabia que valia a pena cada centavo e, de alguma maneira, conseguiu convencer Eve de que Alice era a escolha certa. Eve relutava em gastar dinheiro em coisas que importavam a Imogen, mas era mão-aberta com o dinheiro da Glossy.com quando eram coisas relevantes para ela.

Ashley deixou escapar que Eve estava pagando dez mil e vinte mil dólares a várias celebridades para convencê-las a aparecer no casamento e a ser fotografadas por apenas meia hora. Também estava em negociações para ter sua ídola, a cantora pop Clarice, cantando enquanto ela caminhasse até o altar.

Eve deu de ombros.

— Tanto faz. É só uma sessão de fotos. Eu ficaria igualmente feliz se alguém tirasse fotos com o iPhone. Pode até ser melhor, certo? Mais autêntico! Talvez devêssemos pensar nisso.

— Já colocamos Alice no contrato, lembra?

— Bom, da próxima vez. Vamos ver quanto de tráfego conseguiremos por ter "a famosa Alice Hobbs", como você a chama, tirando fotos em vez do, sei lá, "Estagiário número 2". — E então, meio fora da conversa, mais para si mesma do que para outra pessoa na sala, murmurou: — Deveríamos ter mais estagiários aqui. Mais uma coisa... vamos conversar sobre criar uns GIFs para as festas.

— Você está muito certa — disse Imogen. — Tenho andado tão ocupada que me esqueci totalmente do guia de presentes. Acho que deveríamos pensar em algo diferente este ano. Ainda podemos fazer guias dos presentes tradicionais das mães, guias dos pais, dos chefes, mas vamos inovar um pouco. Guia de presentes para seu melhor amigo gay, guia de presentes para a rival do escritório. Poderíamos nos divertir muito com isso.

Por que Eve estava rindo? Riu tanto que seu nariz chegou a emitir um ronco.

— GIFs, Imogen, não guias. Quero criar alguns GIFs virais, sabe, aquelas fotos em movimento que o Buzzfeed está sempre fazendo... Guias de presentes. Você me mata de rir. Posso tuitar isso? Vou tuitar isso. — Imogen se sentiu uma idiota e começou a andar em direção à porta da sala, sem perceber que ainda segurava o brontossauro de plástico, até Eve gritar com ela.

— Ei, me devolva isso.

Assustada, Imogen olhou para as próprias mãos.

— Estou tão acostumada a pegar brinquedos como este quando meus filhos espalham os deles, que não prestei atenção. — Ela o passou de uma mão à outra enquanto tentava devolvê-lo ao lugar certo sobre a mesa. No lado no qual ela não tinha olhado, escrito claramente com caneta preta, estava seu nome, IMOGEN, com letras maiúsculas. Por que seu nome estava escrito no brinquedo?

Eve notou sua confusão e, por um momento, deve ter ficado sem palavras. Esse momento, no entanto, foi breve. E ela pegou o brontossauro.

— Eu dei a ele o nome Imogen. — Ela fez com que ele se remexesse. — Porque você é o dinossauro do nosso escritório. — Eve abriu um sorriso cruel. Como Imogen deveria reagir?

Não havia vergonha no rosto de Eve. Ela manteve os olhos firmes nos de Imogen.

"Ria. Tenho que rir disso."

— Sempre me considerei mais um tiranossauro rex do que um bronto — disse Imogen, afastando-se da mesa de Eve.

EVE NÃO QUERIA QUE NINGUÉM A ACOMPANHASSE até o altar. Aquele seria *seu* dia. Se o pai estivesse por perto, com certeza, roubaria a cena. Ele sempre roubava. Era um saco ser a filha indesejada do homem mais popular da cidade.

Big John Morton havia passado sua teimosia à filha, assim como passara os grandes lóbulos da orelha e a boca larga. Ele era o fracassado mais bem-sucedido em Kenosha, Wisconsin. Assim era o papai — o grande técnico de futebol de ensino médio com o melhor recorde no estado que nunca tinha sido convidado para subir na carreira porque tinha um problema de comportamento tão grave que ninguém do escalão mais alto da academia queria trabalhar com ele. Não era segredo que Big John queria ter tido um filho e nem sequer tentara esconder sua decepção com Eve. A situação em casa ficou pior ainda quando a mãe de Eve morreu. Elas tinham rostos e cabelos parecidos, o que fazia Big John se retrair sempre que via a filha, a quem ele se referia sempre como "a menina", nunca pelo nome, apesar de ela ter se esforçado ao máximo para fazer todas as coisas típicas de um menino.

As meninas da escola de ensino fundamental Ronald Reagan Memorial eram cruéis com ela. Seu pai insistia em comprar para ela roupas neutras, camisetas de rúgbi listradas e shorts cáqui largos. Cortava os cabelos dela como se fossem os de um menino. Finalmente, no fim do ensino fundamental, ela se rebelou pela moda: vestia-se do modo mais feminino possível, deixou os cabelos crescerem e marcava os olhos com sombra, passava batom e rímel. Os meninos começaram a gostar dela, e, quando os meninos gostavam de uma menina, outras meninas também gostavam dessa menina, ou, pelo menos, fingiam gostar.

Entrar para a equipe de natação da escola no ensino médio e tirar boas notas não compensavam a falta de um cromossomo Y. Harvard foi a primeira coisa que deixou seu pai orgulhoso. Agora, ele tinha partido. Eve sabia que deveria sentir mais, porém, no enterro, ela teve dificuldade para projetar as emoções que as pessoas queriam ver. Quase deixou de ir, mas, se fizesse isso, seria para sempre lembrada como a moça que não tinha ido ao enterro do pai, e isso ficaria péssimo no Facebook.

Ela tinha ido e visto todos os fracassados que achavam que não existia vida fora de Wisconsin. Eles deveriam ter ficado impressionados com tudo o que ela havia conquistado em Nova York e depois em Cambridge. Mas ninguém nem sequer falou de Harvard nem da *Glossy*. Parecia que eles nem a seguiam. Apesar disso, ela havia convidado alguns deles para seu casamento. Assim, eles, pelo menos, postariam fotos, de modo que as pessoas de sua cidade teriam de ver que Eve Morton (que logo se tornaria uma Maxwell) estava vencendo na vida.

★★★

A garota que Imogen tinha visto chorando no elevador parecera arrasada, mas inofensiva, e por isso Imogen ficou surpresa quando viu um e-mail enviado por ela naquela tarde. Não estava endereçado a Imogen, mas a Eve. Imogen o recebeu em cópia não oculta, juntamente com outros vinte funcionários da Glossy e jornalistas de toda a cidade, desde profissionais de jornais, como Post, New York Daily News e Observer até sites como Gawker, BuzzFeed, TechBlab e o Daily Beast. No e-mail, ela criticava o modo como Eve a tratou enquanto trabalhou lá e depois a demitiu.

De: Leslie Dawkins (Leslie.Dawkins@LeslieDawkins.com)
Para: Eve Morton (EMorton@Glossy.com)

Oi, Eve,

Talvez você não se lembre de mim. Você me contratou há dois meses como produtora-assistente para a Glossy.com. Ontem à noite, você me demitiu ab-ruptamente. Sem explicação. Trabalhei dias a fio. Eu estava cansada, mas não deixei que isso me impedisse de realizar meu trabalho.

Você gostou de me despedir. Sorriu o tempo todo.

Sei que tenho os requisitos necessários para ser bem-sucedida nesse trabalho. Tenho duas graduações, em ciências da computação e em letras na UPenn. Esse emprego foi FEITO para mim. Você precisa de mulheres jovens e espertas como eu nesse escritório. No momento, você está criando um grupo de robôs que estão aí só para obedecer.

Não é normal forçar suas funcionárias a serem suas amigas. Não é normal nos fazer ficar até tarde e participar de brincadeiras. Foi esquisito quando você nos fez jogar o jogo da verdade. Não somos irmãs. Não somos parentes.

Eu queria ser sua funcionária.

Você tomou a decisão errada. Espero poder falar por todas as jovens que você demitiu.

Você não pode tratar as pessoas como se elas fossem descartáveis.

Não pode fazer as pessoas trabalharem 24 horas por dia.

Não pode nos chamar de burras, retardadas e preguiçosas e esperar que queiramos trabalhar com você.

Você não pode mandar alguém calar a boca por perguntar por que está sendo demitida depois de ter se matado de trabalhar para você.

Não quero mais trabalhar para você, mas quis dizer um pouco do que penso a respeito de sua má administração da Glossy.com.

Não me importo em fechar essa porta e trancá-la, porque é uma porta pela qual não quero entrar nunca mais.

Mereço uma última palavra.

Leslie Dawkins

Imogen sentiu um pouco de vergonha pela jovem. Será que ela estava bêbada quando escreveu o e-mail?

"O que é isso?", perguntou a Ashley por meio de mensagem, copiando e colando o texto.

Ashley respondeu com uma carinha contrariada. Apareceu na sala de Imogen no minuto seguinte, suspirando e parecendo menos animada do que o normal.

— Fico surpresa por isso não ter acontecido antes. É meio uma tendência hoje em dia. Quando as pessoas são demitidas ou não conseguem um emprego, reclamam em público. Tenho certeza de que aparecerá em algum site em breve.

Imogen estava horrorizada. A pessoa que foi demitida não desejaria esconder isso, seguir em frente? Ashley entendeu a expressão de Imogen.

— Meus colegas falam demais. Com certeza, você já percebeu isso — disse Ashley, referindo-se às pessoas de sua geração, ou pelo menos foi o que Imogen pensou. Imogen assentiu, indicando que ela deveria continuar. — As pessoas acabam recebendo propostas de emprego de outros lugares depois de fazerem algo assim. É idiota, mas pode acabar dando certo para alguém.

— Como?

— Algumas empresas querem contratar pessoas que não têm medo de se mostrar. É meio como espalhar seu currículo para um milhão de pessoas. Você acaba chegando a alguém que está contratando.

— Mas é *humilhante* — argumentou Imogen.

— A humilhação é relativa hoje em dia. Talvez seja, talvez não. Ela só disse que a Eve é uma péssima chefe e que por isso ela foi demitida. Existem coisas piores que podem acontecer com alguém na internet.

— Então, o que fazemos?

— Ah, ignoramos. Se alguém ligar pedindo comentários, dizemos que não discutimos assuntos relacionados a funcionários atuais ou antigos. Essas coisas têm um ciclo de vida de cerca de 24 horas... Ainda que se espalhem em outro site — explicou Ashley, com naturalidade.

— Droga. Estou atrasada para o meu almoço. — Imogen se levantou e pegou o casaco de caxemira cor de caramelo. — Espero que as pessoas simplesmente deletem isso. Talvez ninguém repasse. É bobagem.

★ ★ ★

Naquela manhã, Imogen havia procurado no armário uma roupa perfeita para usar na Shoppit na hora do almoço e acabou escolhendo uma saia-lápis cor de cobre da marca Chloé com uma blusa bordada Peter Pilotto que combinava com uma bolsa vinho Kensingto Mulberry e sapatos pretos Vera Wang. Chique e conservadora sem ser muito séria ou, como Eve dizia de modo tão gentil, "antiquada". Passou uma escova pelos cabelos sentada à sua mesa, feliz por ter retocado as raízes no fim de semana. Ela jurava que os fios grisalhos começaram a aparecer muito mais depressa nos últimos seis meses. O grisalho deixava algumas mulheres com uma aparência mais sofisticada. Imogen não acreditava que seria uma delas. Seria loira até o fim da vida.

A Shoppit tinha salas em um espaço no centro da cidade. Rashid contou que a empresa tinha planos de se mudar no começo do ano seguinte para um espaço em Williamsburg, no Brooklyn, onde já havia funcionado a antiga Domino Sugar Factory. Por enquanto, eles ocupavam metade de um prédio na Greenwich Street. A recepção da Shoppit ficava no térreo.

— Oi, Imogen — cumprimentou uma asiática animada com cabeça oval e óculos grandes e vermelhos quando ela atravessou a porta.

— Olá — respondeu Imogen, com um olhar que provavelmente foi de surpresa total. "Nós nos conhecemos?"

A moça riu.

— Pegamos as pessoas desprevenidas, às vezes, quando dizemos seus nomes — disse ela. — Não é mágica nem nada. Seu nome está em nosso sistema, marcado para falar com Aerin, e há uma foto enorme sua que tiramos do Google. Só achamos bacana cumprimentar os visitantes pelo nome quando o sabemos. — Ela falou mais baixo. — Mas algumas pessoas se assustam.

Imogen deu meio passo para trás ao rir com ela.

— Também me assustou um pouco.

— Você pode se cadastrar no sistema aqui? — Ela fez um gesto em direção a um tablet branco e fino sobre a mesa à sua frente. — Ele vai imprimir sua etiqueta. Já tem seu nome e outras informações, mas precisa de uma foto de sua identidade. É só segurar sua carteira de motorista sob a luz vermelha.

Imogen pegou sua carteira de motorista de Nova York e a segurou sob o ponto vermelho piscante. Uma etiqueta escorregou para fora na lateral do tablet. A garota entregou a Imogen um pedaço pequeno e cinza de plástico do tamanho de seu polegar, que parecia o cartão que ela costumava usar para entrar na academia do prédio da Robert Mannering Corp.

— Isso vai lhe mostrar aonde ir. Faz barulho e vibra um pouco. Quer uma água para sua caminhada? — A garota fez um gesto em direção à geladeira com caixas individuais de água parecidas com aquela que Rashid havia lhe dado na DISRUPTECH!

Imogen se sentiu um pouco assustada quando correu o polegar sobre a forma plástica macia, principalmente quando o pequeno objeto cinza conversou com ela com um sotaque britânico de Oxford perfeito.

"Por favor, dirija-se aos elevadores à direita. Você vai ao quarto andar." Atrás da mesa, a menina ergueu as sobrancelhas, encantada com a tecnologia.

— Isso é novo. É programado para saber quem você vai encontrar e como chegar até ela. Também sabe onde você está. Tem um GPS, então mostra para nós se você for a algum lugar que não deve ir. E vai abrir as portas pelo caminho. Acho tudo isso tão legal.

— Com certeza é — concordou Imogen.

Ela caminhou até o elevador à direita e ergueu o aparelho na altura de seu rosto. Parecia comum, só um pedaço de plástico com três pequenos furos de um lado, que deveriam ser do alto-falante. Quando ela entrou no elevador, o objeto educadamente pediu que ela apertasse o botão para o quarto andar. Ao chegar lá, ela entrou em um espaço parecido com um lobby, de cores fortes, com alguns sofás baixos, mas sem recepção. As paredes eram cobertas com rabiscos e havia portas de vidro à direita e à esquerda.

"Por favor, passe pelas portas à sua direita."

Imogen obedeceu ao comando. A voz era suave, alta o suficiente para que ela segurasse o dispositivo com o braço esticado ao lado do corpo e ainda assim conseguisse ouvir, mas não tão alto que pudesse ser ouvido por alguém que estivesse a mais de sessenta centímetros dela. Quando se aproximou das portas de vidro, ela ouviu um leve bipe e o clique de uma porta destravando. Sem dúvida, a mágica de seu brinquedinho.

"Por favor, siga em frente."

Ampla e arejada, com piso de concreto batido, a área de escritórios da Shoppit confirmava todas as lendas a respeito dos espaços de trabalho das *start-ups* sobre as quais Imogen já tinha ouvido falar. Havia pessoas concentradas em várias fileiras de mesas, nada diferente daquelas da Glossy.com, mas também em sofás e pufes. Algumas estavam em pé diante de suas mesas, como Eve ficava, outras davam um passo à frente e pareciam estar andando em esteiras diante de suas mesas.

Num momento totalmente clichê, alguém passou de patinete. Ninguém prestou muita atenção em Imogen quando ela passou. No fim do andar, havia uma parede com salas de paredes vidro. "Vire à direita", disse o dispositivo quando ela estava prestes a chegar à parede. Imogem passou por quatro salas e foi orientada a parar quando chegasse à sala do canto.

"Você chegou", o aparelho informou. As palavras pareceram pesadas.

Imogen olhou para a frente e viu Aerin Chang sentada em uma cadeira no canto direito mais distante da sala. O encosto de sua cadeira estava apoiado na parede de vidro, dando a impressão de que ela podia cair para trás, a qualquer momento, no rio que havia lá embaixo. A moça deu um sorriso brilhante de boas-vindas, gesticulou, indicando a mesa e uma bandeja de macarons, e então chamou Imogen para entrar. Levantou-se e caminhou, inclinando-se para abraçar sua convidada, e riu.

— Parece que já conheço você depois de ver todas as suas fotos no Instagram, e isso me deu vontade de abraçá-la, mas então eu me lembrei de que nunca nos encontramos pessoalmente.

Imogen riu também, percebendo que se sentia da mesma maneira.

— Não posso nem olhar suas fotos, sinto inveja — disse Aerin.

— Não. As suas! Sou eu que sinto inveja! — Imogen riu mais.

Aerin tinha um ar de indiferença calculada. Usava uma calça legging e uma camiseta estampada, além de uma jaqueta Isabel Marant de couro, com um par de botas de salto alto, lindas de morrer. Em seus cabelos pretos que desciam até os ombros, ela usava um chapéu Rag & Bone. Era pequena. Mesmo com os saltos de dez centímetros, ela não chegava nos ombros de Imogen.

Um lindo anel de esmeralda em *art déco* decorava seu dedo médio da mão esquerda. Não usava nada no dedo anelar, porém havia uma marca branca feita pelo sol.

— Pedi à minha assistente para passar na banca de macarons antes de você chegar. Eu me lembro de você ter curtido a foto que postei deles. — Aerin puxou um pedaço de papel amassado do bolso. — Ela escreveu os sabores: Lemon Meringue, Pistachio Dream, Mocha Raspberry Frappé.

Imogen se inclinou e pegou um amarelo-claro.

— Esse é o Lemon Meringue. — Aerin bateu palmas, encantada.

Imogen mordeu o quitute e a doçura sapateou em sua língua conforme ela foi sentindo toda a tensão relacionada àquela reunião desaparecer, derreter em direção ao belo piso de madeira.

— Todos esses são de sua banca de macarons? — perguntou Imogen, confusa.

— Sim. Não é incrível? Temos uma loja de macarons bem aqui no centro comercial da Shoppit. Temos nove andares no total, com todos os tipos de serviços. Os macarons não são gratuitos, mas são muito, muito baratos. A barraca de churrasco e a de tacos são gratuitas, assim como as cafeterias... claro. Temos um salão de cabeleireiros que faz barba por cinco dólares e cortes por dez. Temos uma casa de jogos no segundo andar e uma academia no terraço. Vamos ter uma loja de macarrão. Todo mundo está muito animado com essa loja.

Era como a Main Street, U.S.A., na Disney.

— Sente-se, sente-se — disse Aerin. — Fico feliz por você ter vindo. Pedi que buscassem saladas do refeitório. Roubamos um chef do Facebook recentemente. Ele é muuuuuito bom. Mas podemos sair, se você quiser.

Imogen balançou a cabeça.

— Adoraria ficar aqui.

Aerin se sentou na cadeira à frente dela.

— Ótimo, ótimo. — Ela escreveu um e-mail rápido no iPhone. — A comida deve chegar em alguns minutos.

— Bem, preciso perguntar. — Imogen pigarreou. — Por que quis me conhecer?

— Sei que meu convite foi estranho. — Aerin escondeu o rosto com as mãos. — Eu me sinto uma esquisita.

Imogen podia apostar que Aerin não se sentia de fato uma esquisita. Ela demonstrava calma em tudo o que fazia. Seus olhos castanhos analisavam Imogen.

— Adoro conhecer pessoas novas. — Imogen disse de modo enfático. — Na verdade, meu amigo Rashid queria nos apresentar uma à outra. Só não tinha tido a chance, ainda.

— Rashid, da Blast!? — Os olhos de Aerin se arregalaram. — Ele é demais. É tipo um gênio superesquisito com um gosto excelente para roupas.

— Ele disse a mesma coisa sobre você.

— Nãããããoooo. — Aerin gesticulava de um lado para o outro como se quisesse afastar o elogio. — Ele é o gênio. É capaz de pegar a menor ideia de todas e transformar em uma empresa multibilionária, eu juro!

Imogen olhou ao redor.

— Mas parece que você já está no comando de sua empresa multibilionária.

— Bilionária... ainda não.

Aerin se sentia à vontade consigo mesma de um jeito como poucas mulheres se sentem.

Era modesta, mas não se retraía com elogios. Endireitou a coluna quando começou a falar de sua empresa, contando a Imogen sobre seu começo como a quarta funcionária na Shoppit quando eles trabalhavam no apartamento de um amigo em Long Island, Queens.

— Eu cresci num bairro residencial de Saint Louis, onde sinônimo de moda era a Gap. Não me leve a mal. Eu *adoro* a Gap, mas gostaria de ter outras opções. Não me refiro apenas a coisas caras. Gostaria de ter vasculhado as prateleiras em Chinatown, encontrado sandálias de dois dólares ou vendedores de barraca no Soho vendendo colares a dez dólares. É isso que a Shoppit envolve. Estamos tentando criar um mercado de moda mundial que beneficiará grandes e pequenas marcas, além de pessoas no Missouri que só querem acessórios. A moda é um mercado que ergue muros e minha personalidade é o oposto disso. Sou totalmente a favor de derrubar esses muros. A moda agora é um estilo de vida. Durante séculos, a moda foi inacessível.

Imogen sabia que Aerin estava recitando um discurso, mas ainda assim estava impressionada. Adorou o fato de Aerin não ter falado nem uma vez sobre tráfego, lucros nem dados. Falou sobre um conceito criativo e sobre o amor por ele. Era isso o que a *Glossy* representava para Imogen no começo. Era uma maneira de expor o melhor da moda para as pessoas que não viviam naquele mundo todos os dias. Imogen disse isso a Aerin.

— Sabia que tínhamos isso em comum — respondeu Aerin.

— Mas você não teme que estejamos entregando demais nas redes sociais? Mostrando tanto de nossas vidas pessoais? — perguntou Imogen, e não se arrependeu da pergunta depois de fazê-la.

Aerin mordeu um macaron, pensativa.

— Os estilistas eram pessoas míticas. Quem era Coco Chanel? Não sei bem como ela era. Até poucos anos atrás, as pessoas não sabiam quem era Karl Lagerfield quando ele ia para casa à noite. E, agora, ele está no Instagram postando fotos da sua gata, e vemos Prabal ali postando fotos de si na academia e do que está fazendo nas férias. As pessoas não querem mais mitos. Querem comprar produtos de pessoas reais e eu acho que as redes sociais ajudam essas figuras míticas a se tornarem pessoas reais — respondeu a jovem, quando um homem atraente de terno xadrez verde-claro entrou com duas bandejas com saladas, legumes e limonada.

— Chuck, esta é Imogen Tate.

— Oi, Imogen. — Chuck sorriu para ela.

— Chuck é um dos nossos cientistas de dados... E um entregador de saladas muito eficiente.

— Prazer em conhecer você, Chuck. Não faço ideia do que um cientista de dados faz — disse Imogen, totalmente sincera.

— Tem dias que eu também não sei.

Eles riram descontraidamente.

— Chuck é um guru de estatísticas, é o que ele é. Quer comer conosco? — perguntou Aerin, com muita sinceridade.

Ele negou com a cabeça.

— Tenho muito trabalho a fazer. Mas falo com vocês mais tarde. Tchau, Imogen. — Ele piscou.

— Ele é um doce.

— E muito bom no que faz — disse Aerin, puxando um prato de salada para seu colo. — Você se importa se comermos aqui, como se fosse um piquenique? Tenho certeza de que você está acostumada com almoços superchiques.

— Ultimamente não tenho tido muitos almoços superchiques. Assim está ótimo.

As duas mulheres mastigaram por um tempo.

— Eu estava sendo sincera quando disse que só queria conhecer você pessoalmente — disse Aerin depois de engolir um pouco de couve. — Amo a *Glossy* desde a infância.

— Que bom que estamos fazendo isto — disse Imogen.

— Vi o e-mail que aquela Leslie Dawkins enviou a Eve — contou Aerin. Ela estava se divertindo tanto, que precisou de um instante para se lembrar de Leslie Dawkins e do e-mail escrito por ela.

— Como? Ela enviou a mensagem cerca de vinte minutos antes de eu chegar aqui.

— Foi publicado no TechBlab cerca de cinco minutos antes de você entrar. Não vou perguntar sobre isso nem sobre como é trabalhar lá no momento. Consigo imaginar. Conheço mulheres como Eve. Mas também conheço muitos jovens nesse mercado que não são nem um pouco parecidos com ela e que adorariam trabalhar com alguém como você.

Imogen suspirou.

— Tenho uma curva de aprendizado muito íngreme com a tecnologia. — Ela pensou por um segundo antes de acrescentar seu segredinho: — Eu me tornei frequentadora assídua do Apple Genius Bar.

O sorriso de Aerin foi simpático.

— Então, você adoraria nossa "Janela" na Shoppit. Temos pontos de ajuda aqui. Você pode ir até lá a qualquer hora do dia ou da noite e eles ajudam com praticamente tudo relacionado à tecnologia.

A mulher demorou um instante para enfiar um pouco de salada na boca.

— Sabe, isso é novo para quase todo mundo. Há dez anos, nada disso existia. Grande parte das coisas com que estamos trabalhando agora na tecnologia acabou de acontecer, cinco minutos atrás. Novos mercados aparecem e desaparecem num ritmo louco. Nós nos adaptamos todos os dias.

Imogen nunca tinha pensado dessa forma; andava muito concentrada em seu mi-mi-mi por se sentir deixada para trás.

— Posso contar um segredo? — Aerin passou a falar mais baixo e Imogen fez que sim com a cabeça. — Os seres humanos criaram a internet, mas eles não a entendem, de fato. Nem mesmo eu acreditava que essa coisa de tecnologia daria certo. Meus pais achavam que eu era louca. Por que não fui estudar finanças ou, melhor ainda, direito? Por que não consegui um emprego em uma revista como a sua? No começo, quando eu estava pulando de uma *start-up* para outra, ainda não fazia ideia de que isso funcionaria. Consegui vários diplomas e planejava uma saída estratégica todos os anos. Parei de fazer isso dois anos atrás. Sei que isso está aqui para ficar e me sinto bem com o que estou fazendo.

Imogen sorriu e pegou outro macaron. Sentia-se bem com Aerin.

Aquela sensação boa começou a desaparecer quando Aerin perguntou:

— O que você não gosta em seu site?

Ela queria confiar em Aerin, pois sua pergunta parecia sincera. Ela não tinha a ambição clara de Eve — pelo menos, não a apresentava descaradamente. Era esperta, mas não calculista.

Quando se deu conta, Imogen já estava contando tudo o que a deixava maluca no site da *Glossy*: os erros, o conteúdo juvenil, a obsessão com o tráfego, o modo como fotos e vídeos eram jogados em matérias, o design feio, a impossibilidade que ela enfrentava de produzir sessões de fotos que fizessem as roupas ganharem vida.

Aerin assentia, sem desviar os olhos de Imogen para checar seu telefone nem chamar a assistente. Só ouvia.

Quando terminou, Imogen teve a sensação de que um peso tinha sido retirado de seus ombros.

— Você precisa amar muito uma marca para se empenhar — disse Aerin. — Acho que a Glossy.com poderia ser muito melhor. Acho brilhante a ideia de misturar *e-commerce* com editorial on-line. Acredito que isso possa ser feito de maneiras inteligentes e bonitas. Não sei se a Glossy.com tem conseguido isso. — Ela parou de novo. — Avise se eu estiver exagerando na crítica.

Imogen negou com a cabeça.

— Estaria mentindo se não admitisse que acho que poderíamos encontrar uma maneira de trabalhar juntas.

— Como assim?

Aerin colocou o prato na mesa baixa entre as cadeiras e se inclinou, apoiando os cotovelos em cima dos joelhos.

— Ainda não sei. Talvez uma parceria. Talvez algo mais. Sei que a Shoppit não tem direção editorial clara. Precisamos de olhos criativos. Precisamos trabalhar com mais pessoas que conheçam moda, que amem a moda. Só não sei ainda qual posição seria. Acho que esse pode ser meu jeito de perguntar se você já pensou em sair da *Glossy*.

Será que ela sabia que Imogen pensava em sair da *Glossy* pelo menos duas vezes por dia — uma quando acordava de manhã e outra quando ia dormir à noite?

— Serei direta — continuou Aerin. — Você cogitaria trabalhar em um lugar como a Shoppit? Provavelmente não, certo? Deve achar que somos um bando de nerds.

Aerin deve ter percebido que Imogen não sabia o que dizer.

— Não precisa responder agora. Só queria plantar uma sementinha em sua mente.

Por um lado, Imogen queria pular e gritar: "Sim! Tire-me daquele inferno que enfrento todos os dias!". E, por outro, apesar de tudo o que estava acontecendo, ela ainda defendia sua revista e queria vê-la progredir, não podia abandonar sua lealdade à *Glossy*.

— Agradeço muito a sua oferta. Sei que deve parecer que as coisas estão péssimas na *Glossy* por causa daquele e-mail, mas não está tão ruim. Amo minha revista. — Imogen esperava não estar transmitindo muita emoção na voz. — Quero vê-la progredir, mesmo que isso signifique que ela só exista on-line. Preciso ficar lá agora, se é que faz sentido, mas não sei dizer como me sinto lisonjeada. — Imogen pensou em Molly. Talvez houvesse uma vaga na Shoppit para ela? Pensou no brontossauro de brinquedo sobre a mesa de Eve. — Sei que não existem muitas pessoas como você procurando pessoas como eu e quero que sejamos amigas e continuemos em contato, se for possível.

— É exatamente o que quero, também. Pode me ajudar a terminar de comer estes macarons? — Aerin fez uma pausa. — Devo dizer a você, já que não esteve on-line desde que chegou aqui, que outro e-mail vazou no TechBlab, além do de Leslie.

Imogen parou. Era algo que ela tinha escrito?

Aerin se levantou e pegou um iPad fino e preto de sua mesa. Digitou um endereço de um site. Era um e-mail que Eve havia enviado a uma das assistentes de Bangladesh da empresa terceirizada Zourced.

De: Eve Morton (EMorton@Glossy.com)
Para: Rupa Chary (RChary@Zourced.in)

Cara Rupa,

Como está a minha assistente bengalesa favorita? Pode organizar todos os convidados do casamento em uma planilha em ordem de tamanho do manequim? A maioria das moças que convidei para o casamento veste 36 ou 38. Ficarão bem nas fotos.

Abrimos uma exceção para um tamanho 44. O marido dela é um apresentador de TV muito famoso. Acho que ela tem alergia a glúten, então não é bem culpa dela.

Também vou convidar a Cabelos Grisalhos, minha antiga chefe, Imogen, e precisamos mantê-la isolada no casamento, então, por favor, envie a disposição dos assentos assim que puder.

Mais uma coisa: pode enviar um e-mail a todas as convidadas lembrando que elas, EM NENHUMA CIRCUNSTÂNCIA, devem vestir preto no casamento? Preciso que o dia seja INCRÍVEL!

Espero que não esteja muito quente aí!

E.

Imogen levou a mão aos cabelos.

— Ela me acha velha — disse Imogen.

— Não tem nada a ver com seus cabelos — argumentou Aerin, sem pestanejar.

Imogen havia se esquecido de que estava sendo observada.

— "Cabelos Grisalhos" é uma espécie de título. É um substantivo. Os investidores de tecnologia o usam. Qualquer investidor de risco que se preze não patrocina um monte de inexperientes, nem um inexperiente que tenha uma boa ideia. Os inexperientes têm um milhão de ideias por dia. Os investidores exigem que eles envolvam um "Cabelos Grisalhos", alguém com histórico no mercado em questão que possa manter os inexperientes sob controle. Pode ser que você seja a Cabelos Grisalhos da *Glossy*. — Aerin olhou para ela como se quisesse se desculpar. Imogen ficou, em parte, aliviada por saber que o apelido não tinha nada a ver com os cabelos maltingidos.

— Você tem Cabelos Grisalhos aqui na Shoppit? — perguntou ela.

Com isso, Aerin riu.

— Temos cabelos roxos. Nossos investidores são tão conservadores que eles têm um esquadrão de veteranos do mercado aqui. Se você viesse trabalhar conosco, seria considerada uma bebê.

Isso fez Imogen abrir um leve sorriso.

— Quem faz tudo isso vazar para a TechBlab?

— Todo mundo. Não escrevo mais e-mails sem parar um momento e pensar se quero que o presidente dos Estados Unidos leia aquilo... Ou meu pai.

Imogen suspirou.

— Isso não é vida.

— Mas nos faz ser honestos. — Aerin estendeu a mão para cumprimentar Imogen. — Vamos nos ver de novo?

Imogen segurou a mão dela. A palma de sua mão era macia e o cumprimento, firme, mas não agressivo.

— Sim. E, enquanto isso, ainda temos o Instagram.

— Ótimo — respondeu Aerin. — Ótimo.

Imogen se sentiu animada ao voltar ao escritório. Aerin Chang queria trabalhar com ela! Podia ser uma Cabelos Grisalhos, mas, ainda assim, alguém jovem e moderna como Aerin, em uma empresa como a Shoppit, acreditava que ela tinha potencial na área de tecnologia. Imogen estava no meio do quarteirão quando percebeu que não tinha devolvido o pequeno navegador. Passou o polegar por ele e o deixou cair na bolsa para guardá-lo como souvenir.

✳ ✳ ✳

Quando seus filhos já estavam dormindo, Imogen abriu os muitos e-mails que não tinha conseguido ler durante o dia.

A sessão de fotos Hobbs estava confirmada para as sete da manhã no Four Seasons.

Ashley a ajudou a produzir a sessão com seis modelos, incluindo Coco Rocha, Carolyn Murphy e Hilary Rhoda. Ela também havia pedido a Rashid que a ajudasse a escolher quatro mulheres no mercado de tecnologia, jovens fundadoras e CEOs, para atuarem como modelos do dia a dia. Os estilistas eram todos nomes clássicos americanos, de Michael Kors a Marc Jacobs, passando por Lucia a Donna Karan e Calvin Klein. Quando a sessão terminasse, todas as fotos seriam traduzidas ao padrão COMPRE AGORA, mas Imogen tinha gostado tanto do conceito da sessão, que isso nem a incomodou. Estava animada para fotografar as jovens CEOs usando acessórios de tecnologia incorporados à moda, como Google Glass e bolsas com tecnologia Bluetooth e joias com sensor de humor trabalhando com seus tablets. Teriam GoPros montadas em suas bolsas durante toda a sessão. Isso foi ideia da Ashley. Elas usariam esse vídeo para o making of da sessão. O que Eve dissera sobre tirar fotos com um iPhone tinha grudado na cabeça de Imogen, e ela passou a noite toda pensando nisso até ter uma ideia: Alice *podia* fazer a sessão com um iPhone. Por que não usar aquele aplicativo criativo e gratuito, o Instagram, para acrescentar o olhar requintado de Alice e contar a história? Ela havia ouvido boatos de que Mario Testino estava pensando em uma sessão assim para a *Número*. Era uma maneira de ser criativo e não gastar muito.

Certa de que a sessão de fotos estava encaminhada, Imogen se permitiu acessar a página TechBitch no Facebook. Aquilo estava se tornando uma espécie de prazer com culpa e ela tentava não acessá-la todos os dias, mas os comentários a faziam rir muito.

> Meu chefe pediu para que ninguém olhasse diretamente nos olhos dele.

> Meu supervisor me envia e-mails sem parar ao longo do fim de semana, começando às seis da manhã do sábado.

Pedi jantar na Seamless para comer no escritório todas as noites por 45 dias seguidos.

Eu me inscrevi na Codecademy! Quem é a techbitch agora?

Em minutos, post recebeu três respostas.

Boa, garota!

Estou fazendo isso e é incrível. Agora, estou aprendendo JavaScript. Virei tipo um ninja do JavaScript.

Vai mudar sua vida.

Amei.

Imogen bocejou. Podia ficar acordada só mais cinco minutos, no máximo. Digitou www.codecademy.com. Ela esperava encontrar muitos sons, mas o site era mudo e simples.
"Aprenda a codificar interativamente de graça. Pessoas do mundo todo estão usando Codecademy." Havia a opção de elaborar projetos, entrar numa comunidade ou expor seu perfil a outros. Não era tão assustador quanto Imogen havia imaginado. Ela clicou no botão "inscrever-se", digitou seu nome e sobrenome, o e-mail (Gmail!) e uma senha. Ela sempre usava a mesma senha, que também sabia ser o cúmulo da burrice na era do roubo de identidade. Era Johnny-Annabel1234. Escreveu uma nota mental para mudá-la dia desses. A tela seguinte dava a opção de se matricular no primeiro curso, HTML & CSS, abreviaturas que não fizeram sentido no cérebro de Imogen. Ela deixou a mente tentar buscar uma resposta por algum tempo... Riu das ideias que teve, bocejou e decidiu que aprenderia o real significado delas no dia seguinte ou talvez mais tarde naquela semana.

Um anúncio da Shoppit apareceu no canto da tela. Imogen clicou nele. O site era bem-organizado por itens e parecia vender absolutamente tudo o que as pessoas no mundo gostariam de comprar. Imogen clicou na seção de moda do site. Era simples e prática, sem uma sensualidade que Imogen desejava ver em conteúdo de moda. Aerin tinha razão, o site podia melhorar.

Ela perguntou a si mesma: "E se a Shoppit fizesse o oposto da *Glossy*? E se transformassem um site de comércio eletrônico em uma revista, em vez do contrário? Isso era loucura? Alguma coisa ainda era loucura?"

Ela pegou um caderno da gaveta da penteadeira e começou a desenhar rascunhos de páginas.

Aerin falava sério sobre ter peças caras e baratas no site da Shoppit. Havia uma seção toda do site dedicada a joias de rua vendidas por comerciantes na Prince Street, no SoHo.

E se eles criassem uma revista que construísse histórias ao redor daqueles itens? Eles poderiam entrevistar os artesãos e contar sua história. E se eles combinassem as joias com roupas bonitas? Isso não inspiraria alguém a COMPRAR AGORA? Ela começou a copiar suas anotações para um documento em seu laptop.

Ela poderia fazer isso para a Shoppit. Deveria estar fazendo isso para a *Glossy*.

Foi dormir logo depois de desligar o computador.

CAPÍTULO 25

Conforme o prometido, a van alugada para a sessão de fotos, na verdade um trailer velho para os cabeleireiros, maquiadores e o bufê, estava estacionada na frente do Four Seasons às sete da manhã.

Ashley subiu os degraus da van às 6h59, com os cabelos presos em um rabo de cavalo alto e descendo pelas laterais de seu rosto em cachos largos.

— Estou atrasada? — Usando tênis Adidas originais, jeans rasgado Rag & Bone e uma camiseta perfeitamente passada, a moça olhou para o telefone e, ao ver que horas eram, sorriu com orgulho. — Não, estou um minuto adiantada — disse ela ao beber de um copo grande do Starbucks com o nome "Ash" escrito em letra cursiva na lateral. Entregou outro copo a Imogen. — *Macchiato*, leite desnatado. — Imogen notou que Ashley não usava brinco em uma das orelhas, mas que a outra estava adornada por um brinco enorme com uma joia da marca Marni. Não teria ficado bom em mais ninguém.

Agradecida pela cafeína, Imogen se retraiu ao ouvir uma sirene do lado de fora. Provavelmente era uma ambulância ou um caminhão de bombeiros, mas ao ouvi-la pela segunda e pela terceira vez, ela espiou e percebeu dois policiais que se preparavam para bater à porta.

— Olá, senhores. — Imogen sorriu para eles com a mandíbula tensa.

— Olá, senhora. Precisamos ver o documento que permite que este veículo esteja aqui.

— Claro. Sem problemas. Esperem um minutinho. — Ela entrou e falou baixinho: — Ashley, você tem a cópia do documento do veículo?

— O olhar inexpressivo de Ashley foi a resposta. — Você se lembrou de pedir licença para que a van ficasse parada aqui, certo?

Ashley negou com a cabeça.

— A Eve disse que estava cuidando disso. — O corpo de Ashley estava tenso, numa postura defensiva. Lentamente, ela ergueu o copo do Starbucks e tomou um gole. — Eram muitos detalhes. Eu agendei o horário com as modelos, o maquiador e o cabeleireiro e aí a Eve quis outro maquiador e outro cabeleireiro. Queria Allison Gandolfo, do John Barrett, em Bergdorf, e foi difícil entrar em contato com ela, e então reservei esta van e liguei para o Four Seasons, e a Eve disse que cuidaria do...

Imogen a interrompeu.

— Então, não temos licença?

— Vou mandar um e-mail para ela. Mas ela não me mandou nenhum detalhe sobre este veículo — resmungou Ashley. — Posso não ter visto algum e-mail. Também estou tentando contato pelo Twitter, Facebook, Tumblr, Pinterest e Instagram!

Imogen não se surpreendeu por Ashley ter dificuldade para ser uma ótima assistente ou administradora de mídias sociais. Tinha tanto em que pensar que não tinha tempo para desenvolver nenhuma das habilidades e era forçada a viver num ritmo maluco em cada atribuição. Imogen respirou fundo. Ela nunca tinha feito o que estava prestes a fazer e sinceramente não fazia ideia se conseguiria.

Depois de procurar durante um segundo, Ashley balançou a cabeça.

— Ela não enviou nada.

Imogen abriu a porta.

— Senhores, querem entrar para tomar um café?

— Senhora, precisamos mesmo ver a licença.

— Sou muito grosseira. Posso me apresentar? Sou Imogen Marretti. — Ela usou o nome de casada, mas falou com um forte sotaque britânico. — Já nos conhecemos? Vocês me parecem muito familiares. Talvez no baile da polícia. Meu marido, Alex, trabalha no tribunal e gosta muito de vocês, muito, muito. Sempre comenta sobre o trabalho árduo da polícia. Entrem e tomem um café enquanto procuro esse documento. — Os dois policiais a seguiram para dentro do trailer e puxaram cadeiras na mesa pequena dos fundos.

— Conhecemos seu marido, senhora — disse o primeiro oficial, um rapaz bonito de vinte e poucos anos. Em seu distintivo, estava escrito "policial Cortez". — É um cara ótimo, o Alex Marretti. Ele conseguiu a prisão de alguns traficantes que eu prendi ano passado.

— Mas não sabia que a mulher dele trabalhava com filmes — disse o outro, robusto e careca, com sobrancelhas pretas cheias e a mandíbula de uma raposa, dando-lhe o ar de ser o cara mais engraçado de todos.

O robusto não fazia ideia de que sua braguilha estava aberta, Imogen notou com certo nível de satisfação. Ela esperou ninguém estar olhando e piscou para ele, tocando o zíper de sua própria calça. Ele abriu um sorriso agradecido.

— Que adorável. Não trabalho com filmes. Sou editora de revista. Esperem um pouco, vou procurar a licença. — Ela se voltou para Ashley. — Vá até aquela padaria descendo a rua e compre uma caixa de donuts.

A moça torceu o nariz ao pensar nas gorduras trans e açúcares processados, mas obedeceu sem dizer nada.

Imogen mexeu no laptop como se estivesse lendo um e-mail ou documento. Na verdade, estava escrevendo um e-mail para Eve perguntando se ela tinha licença para o trailer estar ali.

— Tenho certeza de que conseguirei encontrá-la em um momento — disse Imogen por cima da tela. — Sinto muitíssimo por fazer vocês esperarem assim. Sei que esta cidade mantém vocês muito ocupados. Esta é minha primeira sessão de fotos desde minha volta. Não sei se Alex contou aos colegas de trabalho dele, mas eu fiquei de licença por alguns meses e estou me reabituando com as coisas. — Imogen não gostava de bancar a donzela sofrida, mas com determinado tipo de homem, era esse o papel que fazia a pessoa conseguir o que queria. Detestou a palavra seguinte ainda mais, mas falou baixo: — Câncer.

— Sinto muito, senhora.

— Por favor, podem me chamar de Imogen. — Ela parou e então deixou um olhar assustado tomar seu rosto. — Sou tão idiota. Não acredito que fiz isso. Não acredito. — Imogen começou a chorar.

Cortez olhou para a frente e inclinou a cabeça, sem entender.

Imogen continuou:

— Pedimos a licença para o dia errado.

O careca balançou um pouco a cabeça, mas os olhos de Cortez imploravam a ele.

— Não costumamos fazer isso, Imogen, mas talvez possamos deixar passar.

Imogen não esperava que fosse dar certo.

Cortez colocou a mão sobre a dela.

— A senhora está sob muito estresse — tentou Cortez de novo. — Sério. Queremos ajudar. Seu marido nos ajuda a manter os bandidos longe das ruas todos os dias. O que acha de colocarmos uma fita da polícia ao redor desse trailer para que ninguém perturbe vocês pelo resto do dia?

Imogen se aproximou e o abraçou.

— Mais uma coisa, policial. Poderia não contar isso a Alex? Eu ficaria muito envergonhada se ele soubesse que não consegui fazer meu trabalho direito. Não quero que se preocupe comigo.

Naquele instante, Ashley voltou com uma caixa de quitutes. Assim que a colocou sobre a mesa, uma mão gorducha apareceu, pegou um deles e o levou à boca, parando segundos antes da mordida.

— O que é isso? — Ele olhou para o bolinho assado com uma expressão confusa.

— É *donnoli* — respondeu Ashley. — Meio *donut*, meio *cannoli*. É tipo um novo Cronut, ou algo assim. — Ela estava orgulhosa por ter encontrado algo tão delicado no centro da cidade. O policial só balançou a cabeça.

— Bem, vou experimentar — disse ele, e mordeu, e a cobertura de açúcar sujou seu bigode.

Cortez revirou os olhos para seu parceiro e balançou a cabeça para Imogen.

— Hoje é nosso segredinho. — Os homens adoravam serem cúmplices em algum segredo com uma mulher bonita.

Os policiais desceram os degraus e começaram a envolver o trailer com fita da polícia, como se ali fosse uma cena de crime. Imogen enviou uma mensagem de texto ao marido.

>>>>Assist. se esqueceu da licença. Tive que chorar e dizer seu nome ao policial. Espero que não haja problema.<<<<

>>>>Faça o que tiver que fazer. Vai fundo, linda.<<<<

Um e-mail de Eve chegou alguns segundos depois, com apenas uma frase: "Conseguir uma licença para a SUA sessão de fotos não é obrigação SUA?"

Felizmente, todos estavam cerca de vinte minutos atrasados para a sessão. Coco e Hilary milagrosamente chegaram no mesmo horário, as duas de cara limpa, cabelos recém-lavados, telas em branco prontas para serem pintadas.

— Certo, Ashley, agora me conte sobre essa mudança de maquiador que a Eve pediu. — Imogen se virou para a assistente, que estava ocupada tuitando alguma coisa. — Pensei que chamaríamos Pat McGrath.

Ashley mal olhou para a frente ao responder.

— Eve queria alguém mais barato, por isso, ela mesma marcou a maquiagem.

Imogen tentou não deixar transparecer como estava irada.

— Você sabe quem é?

— Alguém que ela acabou conseguindo de graça.

— Ashley, por favor, preste atenção. Precisamos cuidar para que esta sessão transcorra sem problemas. É sua obrigação prestar atenção agora.

— Tuitar também é minha obrigação. — Imogen percebeu que a moça se arrependeu do que disse logo em seguida. — Desculpe — disse Ashley. — Estou um pouco cansada.

"Vá em frente", pensou Imogen. "Respire." Pelo menos, o cabeleireiro e o maquiador estavam ali, diferentemente da licença.

Hilary e Coco estavam com fome, mas certamente não queriam comer donnolis.

— Tem barrinhas de café da manhã sem glúten? — perguntou Coco.

Hilary também pediu.

— Tem um shake de proteína?

Imogen olhou para Ashley, que deu de ombros e levantou as mãos. Ela teria de cuidar da comida também.

Dessa vez, Ashley não precisou que ninguém mandasse e saiu do trailer à procura de uma loja de produtos orgânicos ao mesmo tempo que Imogen percebeu que não tinham pensado em trazer um ferro para as roupas — que amassaram todas no caminho.

Alice chegou às nove e meia em ponto. Seu corpinho estava envolto no que pareciam ser quatro camadas de cardigã e caxemira em tons diferentes de cinza.

— Não acredito que vou fotografar com o meu celular — disse ela. — Estou animada, mas nervosa. — Era a primeira vez que Imogen via

Alice Hobb puxar conversa. Os fotógrafos de moda costumavam ser maus comunicadores, pelo menos com palavras. De alguma forma, sempre conseguiam transmitir uma grande visão de suas fotos por meio de resmungos, gestos com a mão e passinhos de dança, mas conversar não era seu ponto forte.

— Acho que você vai fotografar tão bem com um iPhone quanto fotografa com uma câmera de vinte mil dólares. — Imogen sorriu. — Por favor, me dê um minutinho, preciso checar algo.

Ela enviou uma mensagem de texto a Tilly para encontrar uma maneira de trazer seu ferro de passar roupas de casa.

Cabelo e maquiagem estavam indo bem, não perfeitamente, mas bem.

Imogen interrompeu o trabalho um pouco para mostrar a um dos cabeleireiros como fazer uma trança cascata em Hilary. Ela queria Coco arrumada como Rita Hayworth com o vestido tomara que caia de *Gilda*, com cachos grandes e seios erguidos. Ela seguraria um cigarro eletrônico em vez de um verdadeiro e se recostaria sedutoramente na parede, usando o Google Glass.

Os dois cabeleireiros olharam para ela sem expressão quando ela mencionou Rita Hayworth. Ashley entrou no trailer com as comidas saudáveis nas mãos.

— Ashley, você sabe quem foi Rita Hayworth, certo?

— Claro que sei. Todos os meus ícones de estilo morreram... Ou têm mais de cinquenta anos. — Ashley costumava falar em tuítes, com poucas palavras.

★ ★ ★

AS CINCO HORAS SEGUINTES FORAM MUITO corridas conforme as modelos iam chegando, juntamente com a dona da MeVest, a mulher de negócios da Blast!, e a uma mulher que tinha inventado uma calça de yoga *high-tech* que afastava o suor e o odor e não precisava ser lavada nunca. Todas estavam com cabelos e maquiagem prontos e circulavam pelo restaurante para as fotos. Imogen havia contratado dois *stylists* para ajudar a vestir as mulheres — dois profissionais que realizavam suas tarefas sem problemas. Quando Tilly chegou com o ferro, Imogen deu a Ashley uma aula sobre como remover todas as marcas e amassados das roupas. Ela estava mesmo fazendo isso?

— Isso é muito trabalhoso — reclamou Ashley, segurando o ferro com preguiça na mão esquerda enquanto a água escorria no chão do trailer.

— Você é minha assistente, Ashley. Esta é sua tarefa. Sabe o que eu fazia quando era assistente? O primeiro diretor de criação na primeira revista em que trabalhei jogou um sapato Stuart Weitzman na minha cara porque detestou a maneira como eu passava as roupas. Acertou meu olho. — Foi a versão de Imogen para a história do "eu andava dez quilômetros na neve e na subida para chegar à escola", mas mesmo assim, ela a contou a Ashley. — Quando eu era assistente na *Moda*, chegava duas horas adiantada nas sessões para preparar todas as roupas.

— Eu posso ajudar, querida.

Imogen ouviu um sotaque do sul e, quando se virou, viu uma mulher bem-vestida, com o cabelo loiro alaranjado e corpo fofinho. Uma Paula Deen com roupas muito, muito caras.

— Mããããeeeee. — A pele clara de Ashley ficou vermelha como a sola de um Louboutin. — Eu disse para você só assistir e ficar quieta.

— Ashley — disse Imogen, com um sorrisinho. — Quer me apresentar?

Claramente envergonhada, Ashley murmurou:

— Imogen, esta é minha mãe, Constance. Constance, esta é minha *chefe*, Imogen Tate. Sinto muito por isso, Imogen. Minha mãe ama o trabalho de Alice e quis vir ver.

— Eu vim para ajudar — disse a mulher. — Sei que vocês estão muito ocupadas. Deixem-me fazer o trabalho pesado. O que posso fazer? — Ela parecia nunca ter feito nada de trabalho pesado na vida, mas pegou o ferro da mão de Ashley e começou a trabalhar.

Estava claro que Constance era uma mulher com dinheiro e, pelo pouco que Ashley havia revelado, não tinha uma carreira. "Ela é meio... obcecada com o meu trabalho", Ashley havia dito a Imogen, certa vez. "Ela vive tudo o que vivo."

Imogen se dirigiu ao incêndio seguinte, que precisava ser apagado.

Mina Ekwensi, modelo nigeriana que havia acabado de surgir no mundo da moda alguns meses antes, tinha pés enormes, outra coisa que Ashley não se dera ao trabalho de perceber.

— Tudo bem — disse Mina ao enfiar os pés número quarenta em um sapato 38. — Às vezes, sofremos por nossa arte. — Imogen observou com frustração quando a modelo andou desajeitada até a entrada do restaurante.

Imogen mal teve tempo de se sentar e organizar os pensamentos até tudo terminar. Às quatro da tarde, Alice saiu do restaurante, triunfante, com o iPhone acima da cabeça. Sorriu para Imogen.

— Pode ser que seja um dos meus melhores trabalhos. E com um telefone, quem diria! — Ela olhou para o celular e depois para Imogen. — Obrigada por me deixar fazer isso.

Alice não tinha como ter visto o entregador descendo de bicicleta pela calçada. Ele não tinha que estar ali, mas o trailer, sem permissão e com a fita da polícia cercando-o, bloqueava a ciclovia. Era aquele momento da tarde, cerca de uma hora antes de os prédios corporativos de vidro começarem a cuspir pessoas nas ruas, onde as calçadas eram menos cheias do que a rua. O entregador estava com pressa. Imogen mal o viu, só o percebeu quando era tarde demais.

Os pneus cantaram quando ele brecou antes de causar uma verdadeira colisão, mas o pneu acertou Alice na coxa, derrubando-a no chão. Dizem que o cérebro fica mais lento quando coisas terríveis acontecem. Imogen viu o arco que o telefone fez no ar até cair na calçada, quicar duas vezes e cair dentro do bueiro, que estava cheio de óleo de motor e água podre. Submergiu em segundos.

— Nãããããoooo — gritou Imogen, correndo em direção à poça, espalhando a sujeira em toda a blusa preta de gola rolê. Ela pegou o aparelho e apertou as teclas, sabendo que agora havia uma plateia olhando para ela, ajoelhada na calçada suja de Nova York. A tela estava rachada, mas ela achou que ainda podia ligar. Apertou o botão de ligar. O telefone vibrou e as luzes piscaram. Como um cachorro velho, disposto a agradar seu dono uma última vez, ele fez uma tentativa valente de ligar. Silenciosamente, ela torceu para que ele funcionasse, prometendo acabar com todos os pecados perdoáveis de sua vida se uma força superior permitisse que o celular ligasse para que as fotos de Alice pudessem ser baixadas. Mas enquanto Imogen prometia parar de dizer "porra" na frente dos filhos e de comer chocolate amargo — café com chocolate —, o telefone deu o suspiro final e morreu bem nas mãos dela.

Chorar não resolveria nada. Mais de cem mil dólares tinham sido perdidos naquela poça. Imogen não conseguiu nem olhar para Alice, que, apesar de abalada, parecia bem.

— Você está bem? Não é? — perguntou Imogen.

A mulher assentiu.

— E você usou só o celular para tirar as fotos? — perguntou Imogen, ainda olhando para a tela escura.

— Sim.

Imogen se esforçou para fazer cara de paisagem enquanto se levantava e caminhava diretamente para dentro do trailer, onde trancou a porta. Deixando a compostura na calçada, Imogen se jogou de cara no pequeno sofá do trailer e bateu as mãos na parede de plástico. Meu Deus, ela estava se arruinando. Quando já tinha feito isso antes? Destruir-se? Nunca... A resposta era nunca.

Quando os médicos encontraram o nódulo, Imogen os ignorou por seis dias. Durante quase uma semana, ela não contou a ninguém, manteve a rotina. Ela sabia que assim que admitisse que havia algo de errado, tudo mudaria para sempre. Estava certa. Agora, queria chorar, mas o momento parecia pequeno demais para lágrimas. Em que merda sua vida tinha se transformado? Ela já tinha pagado seus pecados. Passou roupas. Esfregou pisos de estúdios. Cuidou de modelos e de licenças por 15 malditos anos. Aqueles 15 anos significavam que ela não tinha mais que fazer isso. Ela havia se matado de trabalhar para poder sentar a bunda na cadeira, bem feliz, e dizer sim e não e ir a almoços, fazer negócios e nunca mais ter que se ajoelhar numa calçada e enfiar a mão numa poça nojenta. Não aguentava mais. Não queria mais fazer aquilo. Eve ganhou. Ela a derrotou. Precisou daquilo, uma sessão de fotos que deu literalmente em merda. Algo desse tipo só havia lhe acontecido uma vez antes, dez anos atrás. Estava fazendo uma sessão com Pamela Hansen no Staten Island Ferry. Eles teriam o barco por duas horas e tiveram de pagar à cidade um valor exorbitante por ele. Não faz tanto tempo assim, mas os fotógrafos na época ainda preferiam usar filme. Fotografaram numa velocidade assustadora, parabenizando a si mesmos pelo trabalho bem-feito abrindo uma garrafa de Dom Pérignon quando chegaram ao Whitehall Terminal. Um pouco depois de estarem levemente alegres, eles perceberam que não tinham colocado filme na câmera. Felizmente, eles tinham dinheiro para fotografar de novo no dia seguinte. Agora, essa opção não existia.

Imogen não ouviu a batida à porta, só percebeu que Ashley estava no chão ao seu lado quando esta tocou seu ombro. Retraiu-se sob o toque.

— Tem alguém aqui com você? — sussurrou Imogen.

— Não. A porta está trancada.

— Como você entrou?

— Eu tinha outra chave do trailer.

— Alguém mais me viu?

— Não, tomei cuidado.

Imogen ainda não queria encará-la.

Quando finalmente voltou a falar, a voz de Ashley estava calma e confiante de um modo que Imogen não tinha ouvido antes.

— Acho que posso resolver isso — disse ela.

— Você conseguiu ligar o telefone?

Imogen se virou de lado e se apoiou num cotovelo, não totalmente pronta para se sentar ainda.

— O iPhone da Alice está totalmente perdido. Mas temos outro celular — revelou Ashley.

Imogen estava pronta para se deitar de novo.

— Não temos, não. Alice só fotografou com um telefone. Ela acabou de me contar.

— Sim, ela disse. Mas você conheceu o assistente de Alice, Mack?

Imogen se lembrava vagamente de um jovem gay maravilhoso, todo de preto, da legging ao delineador, atrás de Alice com um monte de equipamentos de luz. Ele era alto, esguio e dava a impressão de que precisava ser forçado a vestir roupas novas toda manhã.

— Eu não o conheci — respondeu Imogen.

— Ele é ótimo. Conversamos um pouco quando ele me ajudou a terminar de passar as roupas. Bom, ele estava atrás da Alice o tempo todo enquanto ela fotografava. Estava com o celular dele. Acho que ele estava tirando fotos.

Isso fez Imogen se sentar.

— Temos fotos de *backup*?

— Pode ser que sim.

Mack foi um herói relutante que sabia que não deveria brilhar mais do que sua chefe e mentora. Graças a Deus alguns mercados ainda tinham hierarquias claras. Ashley conseguiu pegar o telefone das mãos dele.

Pela cara de Ashley enquanto passava as fotos, Imogen soube que as imagens estavam boas. Ela se aproximou da assistente para olhar por cima de seu ombro.

Não eram as fotos de Alice Hobbs, mas eram quase.

Mack não tinha só fotografado atrás de Alice. Ele havia trabalhado o cenário, encontrando ângulos nos quais nem Alice tinha pensado. Em determinado momento, ele se posicionou acima das modelos, fotografando todas elas enquanto eram fotografadas, um momento tão metalinguístico que Imogen se apaixonou.

Para seu crédito, Alice se comportou como se as fotos de Mack fossem um presente dos céus. Ela não se deixou abalar, mas Imogen percebeu que seu ego tinha sofrido um pequeno golpe.

— Ele é muito talentoso — disse ela a Imogen. — Ele está comigo há três anos. Eu o tirei da Pratt. Aposto que vou perdê-lo agora. — Imogen olhou para Mack, ainda sentado no canto, esperando orientações.

— Você ainda não o perdeu, mas deve, sem dúvida, promovê-lo.

Imogen se aproximou dele e o abraçou com força.

— Mack, você salvou o dia.

O rapaz começou a esboçar um sorriso de um jeito bonito, só com o canto esquerdo de seus lábios.

— Gostou das fotos?

— Se eu gostei? Amei. Eu as teria amado mesmo que não tivéssemos perdido as de Alice. Você, meu caro, é um talento artístico genuíno. Você vai longe!

O sorriso dele foi da Madison à Quinta Avenida.

Ashley se aproximou por trás e abraçou os dois.

— Precisamos voltar ao escritório?

— Precisamos.

— Mack, entraremos em contato com você e com a Alice.

— Sim, senhora — disse Mack, endireitando os ombros encolhidos. — Obrigada, senhora. — Imogen ainda se retraía um pouco sempre que ouvia a palavra "senhora".

— Ashley, por que não chama um táxi pelo aplicativo para nos buscar? — perguntou Imogen. — Espere, não precisa. Acho que consigo sozinha. Posso chamar.

CAPÍTULO 26

Os dias de neve em Nova York podem ser mágicos ou o inferno na terra. Sempre que uma tempestade acontece, a cidade é surpreendida de novo e, inevitavelmente, mais de cinco centímetros de neve acumulada atrapalham os serviços da cidade, atrasam as aulas e param o trânsito.

Todos só falavam sobre a tempestade de inverno Zeus quando Ashley e Imogen estavam saindo do escritório naquela noite. O prefeito suspenderia as aulas naquela noite ou eles teriam que esperar até de manhã para saber? As previsões variavam de um meteorologista para outro. O Weather Channel prometia que Manhattan ficaria enterrada sob trinta centímetros de neve, enquanto a CNN dizia que cairia pouca neve, nada com que se preocupar.

Quarenta centímetros de neve cobriam a cidade às seis da manhã e não havia sinais de que pararia de cair. Havia carros estacionados mais parecidos com iglus nas laterais da rua, sem ter para onde ir. Quando Imogen abriu os olhos, Johnny já estava sentado de pernas cruzadas à ponta da cama.

— Não vai ter escola? — perguntou ele, os cachos loiros caindo por cima de seus cílios grossos.

— Como está a situação lá fora, meu mocinho? — perguntou Imogen, puxando-o contra seu corpo.

— Me dá seu celular — pediu ele. Imogen estendeu o braço na direção do criado-mudo para pegar o aparelho. Ele se aproximou da janela e abriu a câmera para tirar uma foto, então subiu na cama, perto da cabeça dela. Alex roncava alto no travesseiro ao lado deles.

— Viu? Nada de escola — disse Johnny, apontando os montes brancos que cobriam a rua.

Imogen concordou balançando a cabeça.

— Sim, nada de escola. Provavelmente também não haverá trabalho.

Ela conferiu os e-mails. Nada novo. Nenhuma notícia avisando se os escritórios seriam fechados, mas da última vez em que nevou desse modo, três anos antes, a Robert Mannering Corp. fechou o escritório todo por três dias. No fim das contas, dependia dela. Ela não queria que as funcionárias saíssem para trabalhar em meio àquele caos, correndo para chegar, provavelmente dirigindo em condições perigosas ou ficando presas no trânsito. Elas trabalhavam on-line agora. A beleza da internet não era que qualquer um poderia trabalhar em qualquer lugar? Na noite anterior, quando ela e Ashley voltaram ao escritório, elas repassaram todas as fotos de Mack e concordaram que eram excelentes, mas não seriam trabalhadas nas próximas semanas. Elas tinham tempo.

Imogen se sentou na cama e alongou as costas, recostando-se na cabeceira, puxando Johnny para seu colo.

De: Imogen Tate (ITate@Glossy.com)
Para: GlossyStaff@Glossy.com
Assunto: Neve

Os deuses decidiram nos dar um dia de neve. Trabalhem de casa hoje. Obviamente, confirmam com suas supervisoras diretas o mais rápido possível as tarefas do dia e não deixem de cumprir seus prazos de sempre, mas, no momento, é mais seguro que todas fiquem em casa.

Cuidado e se aqueçam.

Beijo,
Imogen

Alex resmungou quando ela o cutucou. Johnny despenteou os cabelos do pai.

— Papaaaaai, está na hora de levantar! — disse o menino.

Imogen se inclinou e resvalou os lábios no rosto áspero de Alex.

— É melhor você checar se o tribunal vai abrir hoje.

O marido resmungou um pouco de novo e então rolou para cima de Johnny, fazendo cócegas que fizeram o menininho rir até gritar. Rapidamente, ele enrolou o lençol em seu corpo como se fosse uma toga e se aproximou da janela.

— Nada nesta cidade vai abrir hoje — comentou Alex.

Johnny pulou de alegria.

— Vamos fazer panquecas. — O rostinho dele corou de animação.

— Vamos fazer panquecas com gotinhas de chocolate!!!

— Bolinhos — disse Imogen, sentindo-se inspirada e com uma vontade repentina de comer *donuts* cobertos de açúcar, no estilo Nova Orleans. — Vou fazer uns *beignets*. — O marido olhou para ela com uma boa dose de desconfiança, mas foi esperto o bastante para não dizer nada.

Não havia como Tilly chegar ao centro da cidade saindo de seu apartamento no Upper West Side. A neve continuava a cair na Jane Street e na porta da frente. Imogen viu alguns vizinhos decididos, aqueles com empregos em que um dia em casa por causa da neve nunca seria uma opção, agasalhados contra o gelo e o vento, esforçando-se para subir cada degrau em direção ao metrô. Nenhum carro de limpeza de neve havia chegado ao West Village e nem mesmo o táxi mais robusto conseguiria descer a rua.

Alguns e-mails chegaram em sua caixa de mensagens nas seis horas seguintes, mas nada importante. Parecia que todo mundo tinha aceitado seu conselho de trabalhar de casa. As produtoras de conteúdo obviamente podiam postar de casa. Era bom poder dar um tempo para as meninas.

Deixando Alex em paz para trabalhar de casa por algumas horas, Imogen levou os filhos ao Washington Square Park, onde estava acontecendo uma enorme guerra de bolas de neve. No fundo do parque, algumas crianças mais velhas tinham construído os maiores bonecos de neve que Imogen já tinha visto. Ainda assim, a neve caía forte, e as duas crianças só aguentaram passar meia hora fora de casa e imploraram para voltar e tomar um chocolate quente.

Por um momento, a caminho de casa, de mãos dadas com os dois filhos, Imogen foi tomada pela satisfação que aquilo trazia, sonhando com sua vida de mãe em tempo integral. Logo abandonou a ideia. Sua vida nunca seria daquele modo. Se ela não trabalhasse, os dois filhos passariam o dia inteiro na escola e ela se sentiria muito entediada.

Flocos de neve se prenderam em seus cílios, cobrindo tudo com uma camada fina brilhante. Um entregador passou por eles a pé, a cabeça baixa, o poncho balançando ao vento enquanto ele arrastava seis sacos, três em cada mão, como as balanças da Justiça. As passadas do homem eram, pelo menos, duas vezes mais rápidas do que as de Imogen e das crianças, já que ele estava determinado a chegar a seu destino enquanto a comida ainda estava quente. Isso fez Imogen se lembrar de que algumas pessoas não tinham opção em relação a trabalhar ou não, e que era uma bênção poder trabalhar de casa com o tempo frio daquele jeito.

Enquanto as crianças se trocavam, Imogen entrou na página Techbitch.

> Meu chefe tem MBA, mas não tem experiência de trabalho. Às vezes, eu acho que ele foi criado em um laboratório... Como um ciborgue.

> Outro dia, conseguimos cinquenta milhões de dólares de patrocínio e, na manhã seguinte, apareceram fotos na internet de nosso presidente rolando nu na montanha de dinheiro. E eu mal consigo pagar meu aluguel.

> Alguém posta coisas sobre seu emprego na Glassdoor.com?

> Eu AMO a Glassdoor quase tanto quanto amo este site!!!

"O que é Glassdoor.com?" Imogen clicou no link. Parecia um lugar onde as empresas podiam postar anúncios de ofertas de emprego. Enquanto fuçava, percebeu que os funcionários também podiam postar críticas dos lugares onde trabalhavam. Ela digitou *Glossy* no campo de pesquisa. Nada apareceu. Então, digitou Glossy.com. O sistema de classificação era baseado em estrelas. De cinco estrelas, a Glossy.com tinha uma média de duas, com 25 críticas. A primeira que Imogen leu dava apenas uma estrela. A manchete era: "Quando as meninas más crescem, elas trabalham aqui."

"Prós: Local incrível no centro de Manhattan no prédio comercial muito moderno da Robert Mannering Corp.

Oferecem petiscos saudáveis (e também outros petiscos não muito saudáveis).

Contras: Horários malucos.

Muita panelinha, parece o ensino médio.

Não parece uma editora.

A diretora editorial reprova se você comer petiscos "não saudáveis" e faz você ir à aula de *spinning* com ela. Uma pessoa foi demitida por não ir à aula de *spinning* com ela. SÉRIO????

Quem quer ir à academia com a chefe?

É difícil trabalhar com a pessoa ao seu lado chorando o tempo todo.

Péssimos valores éticos.

Conselho à gerência: é preciso aprender a tratar as pessoas como seres humanos. Não somos seus robôs.

Talvez fosse bom parar de beber suco detox se ele torna você tão má a ponto de sair demitindo as pessoas.

Não, eu não recomendaria essa empresa a um amigo — não sou otimista em relação ao rumo dessa empresa."

E mais uma:

"O PIOR PESADELO de quem trabalha com tecnologia."

"Prós: Nenhum! Peraí, desculpa. Há bons lugares para comer perto do escritório.

Contras: Não há nenhuma inovação na tecnologia. Eles só imitam designs e funcionalidades de outros sites.

A equipe de tecnologia está tentando abandonar o barco. Alguém na gerência (por que esconder? É a diretora editorial) me disse que o suco detox poderia ser bom para mim e então começou a me chamar de Gordinha... Na minha cara.

A mesma diretora editorial está sempre pedindo à equipe de produtos (EU) as senhas dos funcionários para poder bagunçar os e-mails deles, suas contas, os documentos e as redes sociais. ELA GOSTA DE BRINCAR DE DEUS! É aterrorizante. Quando eu disse não, ela disse que me demitiria. Acho que conseguiu outra pessoa para fazer isso.

Conselho à gerência: PARE DE NOS ENVIAR SELFIES SENSUAIS SUAS. VOCÊ SABE QUEM É. Além disso, é ruim para a empresa estar na imprensa por todos os motivos errados. Mantenha sua vida pessoal reservada — e não sob os holofotes —, apesar de fingir que não gosta disso... É claro que gosta."

Mais uma:

"O EMPREGO DO INFERNOOOO!!!"
"Prós: Talvez eu seja contratada pela *Vogue* depois disso. Trabalhar com a Imogen Tate é incrível.

Contras: Minha chefe está envolvendo os funcionários no casamento dela porque não tem amigos. É muito esquisito. Que pena que a Imogen Tate não vai ficar na empresa por muito tempo.

Conselho à gerência: Por favor, deixem-nos fazer nosso trabalho. POR FAVOR!!! Alguém pode me ajudar a conseguir um contato na *Vogue*?"

As outras críticas eram do mesmo tipo. Uma delas mencionava Eve pelo nome, chamando-a de Cruella de Vil do *e-commerce*. "Somos todos seus cachorrinhos, ela espera que nos sentemos, fiquemos parados e só façamos nossas necessidades quando ela deixar."

Imogen não ficaria ali por muito tempo? Como assim? O que aquela funcionária revoltada sabia? E quem era a funcionária revoltada? Por um segundo, Imogen se perguntou se poderia ser Ashley.

Seu iPhone começou a vibrar em cima da mesa, mostrando um número restrito.

— Que merda é essa, Imogen? — disse uma mulher furiosa do outro lado da linha.

— Desculpe. Quem está falando?

— É a Alice.

"Por que Alice gritaria comigo?"

— Alice, querida. Que bom falar com você. O que está acontecendo?

— Sei que perdemos as fotos que tirei com o iPhone para você ontem e estou feliz por meu assistente ter salvado a situação, mas colocar as fotos dele no site sem dar créditos a mim, sendo que passei semanas planejando o conceito com você, dirigindo a sessão e acertando a maioria das fotos que você usou, foi bem escroto. Muito escroto. Além de não receber crédito... nem me avisaram que as fotos seriam publicadas no site hoje. Pensei que eu poderia participar do processo de seleção das fotos e dos retoques, além da pós-produção. Como você comanda as coisas por lá?

Imogen se apressou para pegar um equipamento com o qual pudesse acessar a internet. Ela tentou gesticular para Alex e as crianças, que estavam no sofá, para pedir seu laptop, mas eles não entenderam e a ignoraram. Por fim, ela viu um iPad no chão e o pegou. Estava sem bateria.

— Alice, querida. Por favor, espere um segundo.

Imogen desceu a escada correndo para pegar o laptop, que demorou para ligar.

Imogen conseguiu ouvir Alice soltar um suspiro longo do outro lado da linha.

— Pensei que tivéssemos um certo nível de confiança e gentileza profissional. Nunca, em todos os meus anos trabalhando com revistas, com sites, com corporações, fui deixada de lado desse jeito.

"Por que o site estava demorando tanto para carregar?"

— Imogen, você está aí?

— Estou bem aqui, Alice.

Imogen se assustou. Que merda. Alice tinha razão. Quem postou as fotos?

A manchete era "É a tecnologia!". "Fotos tiradas por Mack Schwartz" era o subtítulo. Era só uma galeria das fotos com a frase COMPRE AGORA! Não era o que elas tinham planejado. O objetivo todo de fazer a sessão era transformá-la em um belo trabalho inspiracional. Aquelas fotos não estavam nem retocadas.

Imogen fechou a aba.

— Você poderia ter me avisado.

— Alice, sinto muito. Isso foi um erro. Não aprovei nada disso. Juro a você, eu nunca teria feito isso sem falar com você. Vou descobrir quem fez isso.

— Você é a editora-chefe. Foi por isso que aceitei esse projeto, para começo de conversa. Você acha que concordo em trabalhar com qualquer blogueiro que aparece? Se você não tem controle sobre isso, sobre o que tem controle?

Imogen tentou interrompê-la, mas percebeu que não tinha resposta.

— Sinto muito, Alice.

— Acabe com isso. Divulgue uma errata. Mande meu pagamento pelo e-mail e em meu nome, não no do meu assistente.

A linha ficou muda. Imogen tentou decidir o que fazer em seguida. Quem tinha postado aquelas fotos? Quem tivera acesso a elas? Ashley as tinha. Ela não as postaria sem falar com Imogen.

Quem estava no escritório, afinal?

Ela ligou para Ashley. Enquanto o telefone tocava, Imogen se sentou no piso de madeira da sala de estar. Eles tinham reformado aquela sala dois anos antes e agora era o cômodo mais frequentado da casa toda, além da cozinha. Imogen olhou para as estantes cheias de livros infantis, de jovens adultos e fotos de família.

Depois de cinco toques, a ligação caiu na caixa de mensagens de Ashley.

"Alô, aqui é a Ash. Você vai mesmo me deixar uma mensagem agora? Você é tão antiquado. Mande uma mensagem de texto se quiser uma resposta."

Imogen se levantou e começou a andar pela sala, tentando decidir o que fazer. Deveria se logar e tentar retirar as fotos do site, de uma vez? Alex, depois de finalmente terminar o trabalho, a chamou:

— Amor, quer jogar Banco Imobiliário?

— Comecem sem mim.

Estava prestes a ligar para Eve quando seu celular tocou. A foto de Ashley apareceu no telefone. Uma selfie, seus olhos azuis arregalados e a cabeça levemente inclinada para o lado. Como aquela imagem foi parar ali? Ashley devia ter programado isso.

— Oi, Ashley. Estava tentando falar com você.

A voz da moça estava abafada, como se estivesse com a mão sobre o telefone.

— Eu vi. Por isso estou retornando. O que foi?

— Onde você está? Mal consigo ouvi-la. Pode falar mais alto?

— Estou na casa de Eve com todo mundo.

— Quem mais?

— O escritório todo.

— Do que você está falando?

— Eve disse que todos deveríamos ir à casa dela para trabalhar por causa da neve.

— Eu não soube disso.

— Ela disse que não deveríamos avisar você. Disse que você provavelmente tinha que cuidar de seus filhos, por isso não valia a pena incomodá-la.

— Como vocês chegaram aí? Está tudo fechado hoje.

— A maioria veio andando. O pai da Sabine tem uma SUV, então ele deixou que ela a pegasse e buscasse algumas pessoas no Upper

East Side, mas eles bateram em um banco de neve, por isso chegaram muito tarde.

Imogen não sabia o que dizer. Eve não podia ter sido gentil o bastante para lhe dar um dia com seus filhos. Ela queria que Imogen fizesse papel de tola por não ter ido trabalhar com todos.

— Enviei um e-mail para os funcionários hoje cedo. Você o recebeu?

— Eve escreveu para todos nós dois minutos depois de você, dizendo que deveríamos ignorar a sua mensagem e ir para o apartamento dela. Ela disse... — Ashley imitou a voz anasalada de Eve — "Não podemos deixar que a produtividade caia por causa de alguns floquinhos."

A palavra "furiosa" não era suficiente nem para começar a descrever o modo como Imogen se sentia, mas ela tentou deixar esse sentimento de lado por alguns minutos para tentar entender o que havia acontecido com a sessão de fotos.

— Ashley, por que a sessão de fotos foi publicada?

A voz da garota ficou um pouco mais alta até ela perceber que deveria sussurrar.

— Ai, sim. Sim, sei que é uma droga. Eve me fez postá-la hoje cedo.

— O quê?

— Eve disse que precisava do conteúdo original no site hoje, já que todo mundo da Costa Leste está preso em casa por causa da neve. Estamos fazendo especiais para dias de neve e conseguindo muitas vendas. Isso é bom, pelo menos, certo?

— Eu organizei aquela sessão. Eu precisava aprovar. Alice queria retocar as fotos. Estava no contrato que firmamos com ela. As imagens não estavam prontas para serem publicadas.

Agora, Ashley parecia confusa e um pouco na defensiva.

— Eve nos deu aprovação. Vocês duas são, tipo, a mesma coisa, certo? Se ela diz que podemos fazer algo, então tudo bem.

— Ashley, não somos a mesma coisa. Eu trabalhei muito naquela sessão. Você sabe disso. Você trabalhou muito comigo e o resultado que está no site não é o planejado. Minha relação, e agora, a relação da Glossy.com com Alice acabou.

— Droga. Imogen, preciso ir. Eve está gritando por algum motivo. — Ashley falou mais baixo ainda. — Ela disse que vamos fazer uma festa do pijama aqui. Acho que ela não vai deixar ninguém sair daqui hoje. Não que fôssemos conseguir, se tentássemos...

A linha ficou muda.

De que adiantaria enviar um e-mail para Eve agora? O escritório todo estava ali, provavelmente espalhado no chão de seu apartamento de um quarto. Imogen pareceria uma tola ligando para lá agora.

Ela olhou para o telefone.

Envergonhada demais para ligar para Bridgett ou Massimo, ela rolou sua lista de contatos para baixo e finalmente parou na letra R. Nunca tinha feito uma ligação de emergência para Ron antes. Tocou e caiu na caixa postal. Qual era o protocolo para aquilo? Deixar uma mensagem? Quando foi que as pessoas tinham parado de atender seus telefones?

Ainda sentada de pernas cruzadas no chão, Imogen recebeu uma mensagem de texto de seu terapeuta.

>>>>Espere. Vou chamá-la no Skype.<<<<

Ela fez uma pausa antes de responder.

>>>>Ok.<<<<

Ele respondeu com um sorrisinho. Terapia pelo Skype? Claro. Por que não?

Ela mandou um sorrisinho para mostrar que não estava desesperada. Pessoas desesperadas não mandam sorrisinhos.

Seu celular se acendeu. Ela aceitou a chamada e a barba de seu terapeuta apareceu na tela.

— Imogen? Sobre o que quer conversar?

Era a primeira vez que tentava usar a função vídeo pelo celular. Não sabia onde colocar o aparelho. Era melhor que estivesse o mais longe possível, então ela esticou o braço o máximo que pôde. Ron não ligava muito para a própria aparência. Ela conseguia ver diretamente dentro das narinas dele.

— Desculpe, Ron. Você deve me achar uma maluca por ligar para você desse jeito.

— Imogen, meu trabalho é maluco.

— Verdade. — Ela riu. — É que... estou a ponto de explodir. Não sei quanto mais vou aguentar joguinhos e bobagens, Ron.

— O que Eve fez agora?

— Parece tolice explicar. Parece piada de ensino médio, mas minha vida se transformou nisso. — Ela continuou e contou a Ron tudo sobre o dia de neve e como Eve fez com que todos os funcionários, menos ela, trabalhassem em sua casa.

Ron parou por um instante antes de responder muito diplomaticamente:

— Você acha que existe alguma chance, qualquer chance, de Eve ter pensado "Bem, a Imogen tem dois filhos em casa, talvez ela precise do dia livre... talvez eu não precise incomodá-la"?

Aquilo não podia ser verdade. Se fosse, Eve não teria tomado a decisão unilateralmente. Teria oferecido a Imogen a opção de trabalhar com o restante da equipe ou ficar em casa com os filhos. Eve chamou os funcionários para ir à sua casa e deixou Imogen de fora para diminuí-la. Ela era esperta e sabia exatamente o que estava fazendo quando postou as fotos do ensaio fotográfico. Sabia que isso acabaria com o relacionamento de Imogen com Alice. Eve trabalhara em vários ensaios fotográficos de Alice Hobbs na sua época de assistente para saber como a fotógrafa era.

O braço de Ron devia estar se cansando, porque a imagem dele começava a balançar. Imogen viu uma parte grande de sua pele clara.

— Jesus, Ron, você está vestido?

— Não, Imogen, não estou. Estou num retiro nudista maravilhoso. É incrivelmente libertador. Eu acho que poderia ser bom para você.

— Está maluco, Ron? Não quero ir a um retiro nudista. Mantenha o telefone virado para o seu rosto, por favor.

— Claro. Desculpe — continuou Ron. — Você precisa tomar uma decisão. É isso o que você quer fazer? Você é uma mulher que ama um desafio. Quer vencer, mas também é uma mulher superando um câncer, mãe de duas crianças e esposa de um marido que tem um trabalho superestressante. Você quer se matar um pouco a cada dia trabalhando com essa moça que você detesta?

Ela pensou naquilo. No momento, o futuro das revistas mais parecia uma estrada que levava a um precipício tão grande que Imogen não conseguia ver o fundo. No entanto, ela acreditava não ter nenhuma habilidade além de saber editar uma revista.

— Ron, você está me dizendo isso como meu psicólogo ou como médium? Porque se você souber, como você na verdade sabe, algo importante sobre meu futuro, gostaria que me dissesse agora.

— Estou dizendo como amigo. Estou me despindo dos papéis de psicólogo e de médium. Avalie se esse trabalho ainda é importante para você. Precisa dele?

A voz de Imogen estava fraca.

— Estou com medo.

— Medo do quê?

— Medo de que ninguém me contrate de novo. Medo de estar arruinada.

— Não posso dizer o que você deve fazer, Imogen, mas vou perguntar uma coisa: você quer que todos os dias sejam assim?

Ela ficou calada de novo.

— A vida é engraçada, sabe? Não é um texto corrido. Tem capítulos. Pode ser que você tenha um fim diferente do que pensou.

— Eu sei. Preciso pensar.

— Certo. Você sabe que pode me chamar pelo Skype quando quiser. Estou aqui para você.

"Sem roupas", pensou Imogen.

— Eu sei, Ron.

Ela mandou um beijo pela tela como forma de se despedir e se afundou nas almofadas do sofá, em silêncio. Um vaso cheio de rosas comprado naquela semana por Tilly e Annabel estava em cima da mesa de centro, de frente para ela. Com cerca de quatro dias, as rosas cor de pêssego começavam a ficar marrons nas bordas e a murchar no meio. Sem pensar, Imogen ergueu o iPhone para tirar uma foto.

Imogen a postou no Instagram. Por que postar só coisas felizes nas redes sociais?

"Rosa morrendo" foi a legenda.

Alex e as crianças já estavam jogando Banco Imobiliário quando Imogen voltou, mas ela não queria jogar.

— Vou me deitar um pouco para cochilar antes do jantar.

Annabel tinha adquirido hotéis no Boardwalk e no Park Place. Johnny controlava todas as quatro estradas principais. Eles estavam tão concentrados que mal olharam para ela.

Ela se deitou na cama de barriga para cima, tentando aplicar todos os truques de meditação de Ron. Concentrou-se nos dedos dos pés e os imaginou relaxando. Ergueu e mexeu as pernas. Ela tentou deixar os pensamentos flutuarem como uma nuvem. Tentou uma contagem regressiva de cem a um. Tentou inspirar por dez segundos e expirar por doze. A roda do ratinho em sua mente não parava de rodar.

Ela não saberia dizer por quanto tempo fez os exercícios de relaxamento até finalmente dormir. Deve ter rolado para o lado, porque só acordou quando percebeu que Alex estava atrás dela.

— Está na hora do jantar?

— Ainda não. As crianças saíram de novo para brincar na neve por uma hora, mais ou menos.

Seu corpo permanecia rígido e tenso. Alex levou a mão ao pescoço dela para fazer uma massagem e aliviar a tensão.

— Amor, o que foi? O que foram todos aqueles telefonemas? O que a Bruxa Má do Lower East Side fez agora?

Aquilo fez Imogen sorrir um pouco. Eles tinham começado a chamá-la de "Bruxa Má do Lower East Side" quando uma amiga em comum disse a eles que ela se mudou para um edifício de luxo perto do Whole Foods na Houston Street, entre a Bowery e a Chrystie. Parecia que o fundador do Facebook, Mark Zuckerberg, tinha um loft ali, o que foi o principal motivo para Eve ficar tão animada. Ela amava poucas coisas além da proximidade com a fama.

— Eve exigiu que os funcionários fossem trabalhar na casa dela hoje e não me contou. — A cada vez que ela dizia aquelas palavras, sentia-se mais e mais imatura. Felizmente, seu marido decidiu levar o assunto a sério.

— Você falou com alguém sobre isso? Conversou com o RH? Já falou com o Worthington? O comportamento dela está fora de controle.

— O que posso dizer a eles? Eve mandou todo mundo ir para a casa dela, menos eu. Por favor, Alex, não sou tão infantil.

— Não é só isso... Apesar de eu achar que existem sérias questões legais no fato de uma chefe forçar seus funcionários a ir à casa dela. Estou falando sobre as demissões, a agressão verbal no escritório. Tudo isso. Alguém além de você precisa intervir e enfrentar isso.

Imogen não queria falar com Worthington sobre isso. Seria admitir a derrota.

Ela rolou para ficar de frente para ele.

— Eu tenho que lidar com isso.

O marido levou as mãos ao rosto dela.

— Por quê?

Ai, meu Deus, ele ia mesmo fazê-la dizer aquilo? Era muito degradante para ela dizer aquilo. Ela o amava tanto que odiava jogar aquilo na cara dele.

Alex sabia.

— Você não precisa ser a renda principal, Im.

— Preciso.

— Não precisa.

Ela fechou os olhos com força, frustrada, diante do marido sonhador.

— Abra seus olhos, Imogen. — Ela não conseguiu. — Estou falando sério. Abra os olhos. Há mil coisas que podemos mudar, não amanhã, mas coisas que podemos mudar a respeito de como vivemos para que você não precise mais do salário de editora. Podemos vender esta casa e nos mudar para um apartamento... Como todo mundo na cidade. Posso trabalhar em uma grande firma de advocacia. As crianças podem estudar numa escola pública. Podemos nos mudar para outro lugar. Não estamos presos. Somos pessoas instruídas, com grandes carreiras. Nada é mais importante para mim do que esta família. Vamos encontrar uma maneira de fazer nossas vidas darem certo, quer você tenha esse emprego ou não.

Imogen não soube o que dizer. Ela sabia que Alex a apoiaria, mas certamente não esperava algo assim.

Eles tinham intenções de fazer amor naquela noite. E, ainda assim, mais uma vez, a exaustão, física e emocional, venceu os dois e, como sempre, eles escolheram o sono delirante em vez do sexo.

★★★

ASHLEY APRENDEU CEDO, AO TRABALHAR COM EVE, que havia uma correlação direta entre quantas fotos bonitas dela uma pessoa postasse no Instagram e o quanto ela gostava dessa pessoa. Assim, Ashley se habituou a postar pelo menos duas fotos cheias de filtro de sua chefe todo santo dia, sempre com *hashtags* elogiosas (#MelhorChefe, #LindaOuLindíssima?). Isso a tornava imune à ira constante de Eve. O lado mais fotogênico de Eve era o direito, então, durante o dia da nevasca, ela postou fotos da chefe pela direita fazendo guacamole de moletom e fingindo meditar em sua varanda cheia de neve, com as pernas cruzadas, polegar e dedo indicador propositalmente unidos sobre os joelhos.

"Irada" não era a palavra certa; ela sentia que estava sendo usada como um peão no jogo sujo de Eve contra Imogen e isso era o pior. Ela foi muito maltratada no apartamento assustador de Eve. Dizendo que precisava de privacidade, Eve relutantemente a direcionou a um banheiro longe de seu quarto, que era todo branco, como uma sala em um hospício, e na mesma hora ficou claro por que Eve não estava deixando ninguém entrar ali.

O banheiro era pequeno, mas limpo, e o branco imaculado das paredes fazia os Post-its amarelos por toda a superfície do local parecerem ainda mais amarelos. Havia lembretes escritos com a caligrafia calculada de Eve, obviamente para que ela os lesse para si mesma de manhã: "Seja gentil", "Diga obrigada", "Seja educada", "Lembre-se de sorrir", "Olhe nos olhos das pessoas". Eram instruções de como um sociopata deveria se comportar para parecer um ser humano. Embaixo deles, com um batom cor-de-rosa forte, estava escrito com letra cursiva: "Você merece tudo!"

CAPÍTULO 27

De: Eve Morton (EMorton@Glossy.com)
Para: Testes@Ted.com

A quem interessar possa,

Estou escrevendo para expressar meu interesse em ministrar palestras na TED Conference deste ano. Eu ADORO suas palestras e as assisto desde que era candidata ao MBA na escola de administração de Harvard.
    Atualmente, gerencio uma das marcas de moda mais influentes do mundo, a Glossy.com, ex-revista *Glossy*. Estive confinada com meus funcionários nas últimas 24 horas e durante esse tempo tive uma ideia e precisava compartilhá-la com vocês.
    Aqui vai a minha proposta: quero dar uma palestra intitulada "Adapte-se ou morra". É um título que pega, não é mesmo? Acho que essa palestra tem potencial para superar a de Tony Robbins sobre por que fazemos o que fazemos ou a de Steve Jobs sobre como viver a vida.
    Meu conceito vem de minha experiência pessoal. Atualmente, trabalho em um ambiente com pessoas que são de duas gerações anteriores à minha. A falta de habilidade delas para entender o básico da tecnologia e o futuro dos negócios e o desespero que sentem ao se prender a conceitos antigos de nosso mercado vão acabar com elas. É positivamente darwiniano em sua simplicidade. Acho que posso ser a primeira pessoa a fazer essa conexão.
    ADAPTE-SE OU MORRA NO AMBIENTE DE TRABALHO. Esses dinossauros receberam a notícia de que o asteroide está vindo e ainda

assim continuam levando a vida como sempre. É como se eles não temessem a extinção. Enquanto isso, minha geração está com tudo e pronta para dominar.

Estou falando sério. Essa palestra será de matar. SERÁ DE MATAR, COM CERTEZA!

Eu adoraria ter a chance de discutir esse assunto com vocês. Por favor, fiquem à vontade para entrar em contato por meio deste e-mail.

Tenham um dia genial, gigante, glamoroso e *GLOSSY*!!!
Eve Morton, Diretora editorial, Glossy.com

De: Amy Tennant (Aten@ted.com)
Para: Eve Morton (EMorton@Glossy.com)

Cara srta. Morton,
Obrigada por escrever para o TED. Como pode imaginar, recebemos milhares de inscrições para as palestras TED toda semana. Neste momento, não conseguiremos encaixar seu pedido de palestra. E, apesar de raramente tecermos comentários sobre as propostas que recebemos devido ao fato de nós aqui no TED realmente acreditarmos que a criatividade e a inovação se manifestam de várias maneiras, eu queria enviar uma explicação para que a senhorita soubesse que essa palestra seria ofensiva e contrária à ética do TED, que luta para ser inclusivo e não exclusivo.

Como uma mulher orgulhosa por ter 53 anos, acredito que sua ideia deveria ser mantida para si.

Saudações,
Amy Tennant, Diretora de Seleção de Talentos, TED

★ ★ ★

Um exército mágico de arados e caminhões de sal fez seu trabalho durante a noite retirando a neve. Por isso, o caminho de Imogen até o trabalho de manhã estava surpreentemente transitável.

Ela havia aceitado o conselho do marido e marcou um horário para se encontrar com Worthington às onze da manhã. Não seria traiçoeira. Apresentaria os fatos. Seus funcionários estavam debandando. A reputação da *Glossy* no mercado estava indo de mal a pior. Eve destratava os estilistas. Eles não queriam mais trabalhar com a empresa. O moral no escritório estava muito baixo, não importava quantas aulas de *spinning* acontecessem, as brincadeiras que fizessem ou quantos DJs internacionais ela levasse para as festas.

Imogen não estava nervosa. Um peso havia sido tirado de suas costas na noite anterior, e ela estava pronta para o que Worthington dissesse. Se ele dissesse que ela deveria dar o fora do escritório dele, que Eve era boa para os negócios, Imogen sairia com a certeza de que não precisava voltar.

Ela não se abalou quando Eve entrou em sua sala e se sentou no sofá logo cedo, cruzando as pernas dentro da calça laranja Juicy Couture. Usava uma camiseta branca com letras escuras: "Don't worry, be yoncé." Imogen só queria cumprir a rotina da manhã, checar os e-mails e repassar o cronograma de postagens do site.

— Onde você estava ontem? — perguntou Eve.

Que bruxa.

— Em casa.

— Por que não foi à minha casa? — rebateu ela.

— Eu não sabia que todos estavam no seu apartamento, só soube no fim do dia. Ninguém me contou.

— Não é verdade — disse Eve. Imogen percebeu que ela tinha dificuldade para conter um sorriso. — Enviei um e-mail a você logo cedo e também enviei uma mensagem de texto.

— Não recebi nem e-mail nem mensagem de texto sua, Eve.

— Você provavelmente não os leu.

Era esse o problema com a tecnologia atualmente. A pessoa podia culpar uma mensagem ou um e-mail que desaparecia ou ia para a caixa de spam devido a uma conexão ruim. Nunca era culpa de ninguém.

— Você não enviou um e-mail nem uma mensagem de texto para mim, Eve.

— Certamente mandei. Estranho você não ter recebido. Bem, tivemos um dia muito produtivo. Você deveria ter ido.

— Até que horas as meninas ficaram?

— Ah, elas dormiram lá. Fizemos uma festa do pijama. Todo mundo acampado no chão. Assamos pizzas sem glúten congeladas. Dançamos. Criamos uma coreografia nova inteira para "Crazy in Love", da Beyoncé. Quer ver? — Antes que Imogen pudesse dizer que não tinha interesse nenhum em ver a coreografia, Eve se aproximou. Ela segurou o telefone na horizontal e apertou o *play*.

Estava claro, pelo olhar das funcionárias, que ninguém estava se divertindo. Aquilo poderia ter sido filmado em uma prisão. Ali estava Eve, na frente e no centro, cantando a música, com as pernas abertas e agachada, chacoalhando os punhos próximos da cintura antes de seu quadril ir para a direita e depois para a esquerda e seus braços se cruzarem diante do peito. As outras meninas acompanhavam, sabendo que estavam sendo filmadas, nada animadas com isso.

Poderia-se pensar que Eve notaria a falta de entusiasmo delas quando jogou os cabelos para trás e se virou para balançar o traseiro para a câmera, mas ela estava envolvida demais na situação para perceber.

— Isso não é a coisa mais incrível que você já viu? — Eve sorriu com orgulho. — Acho que deveríamos subir o vídeo para o site.

— Acho que não — disse Imogen, empurrando o telefone de Eve para longe para poder olhar para a tela de seu computador.

Recusando-se a ser ignorada, Eve se apoiou em cima da mesa de Imogen, chutando a madeira do pé da mesa com seus tênis.

— O que achou das fotos de Mack?

— Você quer dizer as fotos de Alice.

— Não. O Mack foi quem tirou as fotos. E você sabe o que isso prova? Prova que não precisamos pagar uma pequena fortuna para alguém como Alice.

Se Imogen não estivesse presente, não tivesse visto com seus próprios olhos Alice ser derrubada e o telefone voar, teria jurado que Eve havia encontrado um modo de sabotar aquele celular, Alice e a sessão toda.

— Tivemos sorte, Eve.

— Não. Mack é mais jovem, mais esperto e mais rápido. Alice é de uma raça prestes a se extinguir.

"Assim como eu, certo, Eve?", pensou Imogen. Não disse nada em voz alta. Eve começou a chutar a mesa com mais força. Tump, tump, tump, tump.

— Bom, você deveria ter ido ontem. É ruim para a equipe quando você não participa dessas coisas.

— Eve, como eu disse, ninguém me contou nada sobre isso. Você pode jurar que me mandou um e-mail. Eu acho que não mandou. Não recebi mensagem sua. Mais do que isso, eu mandei as funcionárias ficarem em casa. Elas poderiam ter trabalhado de casa. A maior parte da cidade de Nova York trabalhou de casa ontem. Não havia motivos para elas irem à sua casa para aprender uma coreografia ridícula da Beyoncé.

Eve estreitou os olhos.

Imogen olhou pela parede de vidro em direção ao espaço principal do andar. Ninguém ali na equipe parecia feliz. Todas pareciam exaustas, esgotadas, pessoas que não dormiram na própria cama. Viu que algumas usavam roupas de Eve — muitos agasalhos Juicy e vestidos Hervé de caimento estranho.

— Isso não é camaradagem, Eve. É campo de trabalho forçado.

— *Você* não entende. *Você* nunca vai ter sucesso na tecnologia, Imogen. *Você* não entende. Tem a ver com construir comunidades, construir uma equipe. Não há espaço para pessoas como você aqui, lobos solitários! — Eve enfatizou o que dizia erguendo a cabeça para uma lua imaginária, soltando um uivo e virando-se sobre os solados de borracha para sair da sala. Seis meses antes, essa conversa teria abalado Imogen. Agora, ela entrava no clima. Logou-se no Facebook, entrou na página Techbitch e escreveu um comentário:

"Minha *techbitch* acabou de forçar a equipe toda a aprender uma coreografia da música 'Crazy in Love', da Beyoncé. Depois, uivou como uma lobinha."

Poucos segundos depois, ela recebeu seis sorrisos, quatro HAHA e um gif de um macaco animado pulando sem parar. Sentiu uma onda de amor vinda daquelas vítimas, ou sobreviventes, das techbitches pelo mundo.

Às 10h45, ela pegou um espelho para checar sua maquiagem e passou um pente pelos cabelos. "Nossa, estou com cara de cansada."

As mesas das duas assistentes de Worthington estavam vazias e, por um momento, Imogen se perguntou se, influenciado por Eve, o *publisher* havia demitido as duas para contratar um exército de assistentes terceirizadas. Mas não, elas só estavam na sala de Worthington, digitando em seus MacBooks, ocupadas.

— Imogen Tate — reverberou a voz de Worthington, com os cabelos penteados de maneira a esconder a careca e as sobrancelhas proeminentes. Só depois de se sentar em uma das cadeiras à frente da mesa dele, ela notou as caixas marrons de papelão encostadas na parede dos fundos. Worthington não estava usando o terno de sempre. Usava calça de algodão Nantucket Red por baixo de um blazer bem-cortado com um bolso vermelho combinando.

— Está redecorando a sala? — perguntou ela. — Posso fazer alguns telefonemas, se você quiser mudar de designers.

Ele riu e bateu a mão na coxa.

— Você se lembra de quando colocávamos os designers de interiores no orçamento? Ahhh, nós nos divertíamos, não é? Não, não estou reformando. Estou me mudando.

Imogen sentiu os pelos da nuca se arrepiarem ao se perguntar se as coisas tinham ficado tão feias que a Robert Mannering Corp. teria de vender o prédio para se estabelecer em um lugar mais barato, como Nova Jersey.

Ela estremeceu.

— Para onde estamos indo?

— Não nós, Imogen, só eu. Fiquei feliz por você ter ligado hoje. Queria conversar com você pessoalmente antes de fazer um anúncio para o grupo todo. Estou deixando a Robert Mannering Corp.

Por um breve momento, Imogen sentiu vontade de fazer uma piada, dizendo que Eve tomaria a posição dele, mas mordeu a língua.

— Para onde vai? Por que se demitiu?

— Não me demiti. Aceitei um plano de demissão voluntária. Eles estão prestes a oferecer um plano a todos os antigos funcionários, a todos da gerência. A empresa quer sangue novo aqui. Eles querem sangue barato. Eu fiquei o máximo que consegui. Contratei pessoas como a Eve, mas sei que não sou o que eles querem.

Imogen não sabia o que dizer, porém ficou surpresa ao perceber que não se surpreendeu tanto quanto deveria.

— O que vai fazer?

— Vou para a Tailândia passar um ou dois meses. As mulheres lá... — Ele assoviou alto. — Elas fazem coisas que você nem pode imaginar. Quero dizer, claro que a esposa vai comigo, mas nunca se sabe... — Ele ergueu as sobrancelhas e Imogen se forçou a permanecer neutra.

— Parece que vai ser uma viagem incrível. Mas você não pode ficar de férias para sempre. Pode?

Worthington se sentou ao lado de Imogen no sofá, cruzou uma das pernas grossas sobre a outra, a coxa dele tocando a perna de Imogen de um modo que fez a pele dela se arrepiar.

— Eles não estão se livrando de mim tão fácil assim. Estou saindo com um acordo excelente que pagará as minhas muitas pensões alimentícias pelo menos até o ano que vem. Posso lecionar. Ainda faço parte do quadro na faculdade de administração de Columbia. Tenho muito conhecimento para passar — disse ele, com sinceridade, o rosto a poucos centímetros do de Imogen, seu hálito cheirava a charutos e balas Altoids. — Vou me livrar do apartamento na cidade, ou alugá-lo, ir para a praia, passar um tempo com meus filhos. Isso não é o ideal. Eu poderia cuidar dessas revistas até morrer, mas nossos diretores não querem mais revistas, pelo menos não as que eu fazia. Tudo está mudando e não sei se quero continuar com isso.

Aquele era o momento mais humano de seu chefe desde que ela o conhecera.

— Quando vai contar a todos?

— Farei um anúncio esta tarde. O conselho vai se reunir para decidir a quem mais eles querem oferecer uma pequena fortuna, por assim dizer.

— Quem receberá as ofertas?

— Acho que eles farão a oferta a qualquer um que ganhe um salário alto, que eles consideram injustificável nesse mundo novo das publicações. Podem oferecer um a você também, Imogen. Mas você não tem que aceitá-lo.

— Não?

— Não. — Ele balançou a cabeça. — Vi você se adaptar mais nos últimos meses do que eu nos últimos dez anos. Você está começando a entender.

— Então, por que me ofereceriam um plano?

Ele suspirou.

— Seu salário é alto e você tem mais de quarenta. O preconceito com a idade é forte. Ele só está coberto por presentinhos de despedida. Pense nisso. Como eu disse, você está fazendo um ótimo trabalho. Você tem os requisitos necessários para cuidar do site, mas também poderia aproveitar a oportunidade para tentar algo novo.

— Não quero sair agora — disse Imogen, com uma convicção que desconhecia.

— Que seja. Direi aos poderosos que você se manifestou. Então, sobre o que veio falar comigo?

Imogen pensou por um momento. Por que falar sobre Eve agora? Não fazia mais sentido. "Worthington não será mais o chefe dela." Provavelmente, alguém mais parecido com Eve tomaria o lugar dele.

Imogen demorou um pouco para entender, mas Worthington havia feito um elogio, dissera que ela tinha se adaptado. Era verdade. Ela havia aprendido mais sobre tecnologia nos últimos três meses do que aprendera nos dez anos anteriores. Não foi sem dor nem sacrifício, mas se manter em seu emprego era uma possibilidade, se ela quisesse. Porém, saber que ela poderia aceitar um plano de demissão voluntária e fazer algo totalmente diferente era uma ideia interessante.

— O que vai acontecer com a *Glossy*? A *Glossy* vai continuar sendo *Glossy*?

— Imagino que a *Glossy* continuará existindo de alguma forma para sempre. É uma grande marca, uma marca nacional. As mulheres a conhecem. Confiam nela. Mas, aqui entre nós, o site não está indo tão bem quanto Eve tinha planejado. Dizem... Não, eu nem deveria falar sobre isso agora.

— Vamos, Carter. — Ela raramente usava o primeiro nome dele. — Diga.

— Por que não? Você vai descobrir, mais cedo ou mais tarde. Dizem que a Glossy.com será vendida a uma empresa de tecnologia, uma que saiba um pouco melhor o que está fazendo, uma que possa realizar todas as coisas que Eve prometeu: tráfego, vendas, coleta de dados. A moça veio com uma ideia genial, mas não sei como ela está indo na questão da implementação. E está acabando com o moral do escritório.

É claro que Worthington sabia o que estava acontecendo no andar de baixo. Ninguém chegava onde ele estava se mantendo alheio. Ela não sabia como o chefe fazia, mas ele devia ter informantes naquele andar. Se ele sabia a respeito do progresso de Imogen, então sabia do comportamento inadequado de Eve.

— A Robert Mannering Corp. criou a *Glossy*. Eles simplesmente a venderiam assim, tão facilmente?

— Ela não é uma criança, Imogen. É um negócio. Como eu disse, é uma marca forte. Se conseguirem uma boa grana com a venda, os diretores aceitarão.

Era muita coisa para assimilar. Não que ela sempre tivesse concordado com Worthington. Na verdade, eles já tiveram grandes discussões ao longo dos anos, mas ela o respeitava como empresário num mar de pessoas criativas, o homem que tinha de tomar as decisões difíceis porque seus funcionários normalmente viviam com a cabeça nas nuvens.

Imogen olhou para as assistentes com cara de bolacha dele, as duas olhando para o chefe com adoração.

— O que vocês duas pretendem fazer?

A mais baixa abriu um sorrisão. Imogen se sentiu mal por nunca ter se dado o trabalho de memorizar os nomes delas.

— Acabamos de abrir nossa *start-up*!

A mais alta acrescentou:

— O sr. Worthington teve a gentileza de nos apresentar a seus amigos que trabalham com investimento de risco e acabamos de criar nossa empresa.

Imogen queria, mas também não queria perguntar qual era a empresa das duas. Não precisou fazer isso, porque Worthington disse com orgulho:

— A Tess e a Marni tiveram uma ideia sensacional. — As duas sorriram. — Estão mudando o modo como as pessoas esperam em filas de restaurantes. Construíram um aplicativo chamado FujaDaFila, no qual os usuários podem informar a demora na fila de qualquer restaurante do mundo para que ninguém nunca mais fique preso numa delas.

A mais alta explicou:

— E, então, ele utiliza avaliações do Yelp para informar qual é o próximo restaurante bem-cotado com aquele tipo de cozinha sem fila.

— Investi um dinheirinho nisso — admitiu o chefe delas.

A mais baixa deu de ombros.

— Alugamos um espaço para trabalharmos juntas na WeWork e nossa *start-up* foi incorporada. É incrível.

Rashid estava certo, qualquer pessoa com um sonho hoje em dia podia abrir uma empresa.

— Quem compraria a Glossy.com? — perguntou Imogen, mudando de assunto por um minuto.

Worthington coçou a cabeça.

— São conversas iniciais ainda. A maioria delas não leva a lugar algum. Mas sei que havia uma empresa chinesa interessada. Além disso, o pessoal daquela empresa de *e-commerce*, a Shoppit, veio conversar sobre isso algumas vezes.

Imogen sentiu um arrepio percorrer sua espinha.

— Shoppit? Vocês falaram com Aerin Chang?

— Chang. Foi exatamente com quem conversamos. Esperta, rápida. Adora revistas. E adora você. Disse coisas incríveis a seu respeito.

Por que Aerin Chang não contou que estava querendo comprar o site deles? Era um baita acordo. Será que a reunião com ela tinha sido um jogo calculado para descobrir mais a respeito dos negócios? Imogen se sentiu usada.

— Quando a Shoppit veio aqui?

— Há algumas semanas. O conselho achou meio maluco, mas, porra, se acabarem dando 250 milhões de dólares pelo produto antigo, acho que eles não se importam com o que aquela mocinha coreana fizer.

Aerin estava mesmo pensando em comprar a *Glossy*. Cada vez mais, a reunião das duas parecia uma tentativa de tirar informações de Imogen, principalmente quando Aerin perguntou do que ela não gostava na revista. Deveria ter sido óbvio. Não era o começo de uma amizade. Era espionagem corporativa.

Isso significava que Aerin não era diferente de Eve?

Ela se aproximou de Worthington, preparada para apertar a mão dele e, então, no último minuto, se inclinou para um abraço. O homem pareceu surpreso, mas logo a abraçou de volta, cheirando seu pescoço um pouco demais.

— Nós tivemos uma boa trajetória, moça — sussurrou ele no ouvido dela. — Pense em aceitar o plano. Deixe a Imogen Tate da *Glossy* para trás e se torne uma nova Imogen Tate. Escreva um romance, abra uma padaria. Inicie um segundo ato. Estamos em Nova York. Se você não se reinventar, acabará sendo deixada para trás.

— Acho que essa foi a coisa mais sincera que você já disse, Carter.

— Além disso — disse ele, piscando de modo sugestivo —, não serei mais seu chefe.

Imogen sorriu e deu um tapinha no ombro dele. Era difícil ficar brava com um homem velho e safado.

— Não, não será.

As assistentes, digitando sem parar nos MacBooks, agora tinham um outro ar de respeito. Imogen sorriu e as cumprimentou ao sair, prometendo a Worthington que combinaria encontros para juntar as crianças e os cônjuges dos dois, talvez na praia, no próximo verão.

No elevador de volta a seu andar, ela considerou as opções.

Deveria ligar para Aerin e dizer que sabia. O que ela diria?

"Como você ousou me convidar para ir ao seu escritório para comer macarons comigo e não me contou que queria comprar a minha revista?"

Seu telefone vibrou no bolso. Distraída e meio atrapalhada, Imogen o pegou. Era Ashley.

>>>>Sua filha está no escritório.<<<<

Ainda não era nem meio-dia, horário do almoço na Country Village. Imogen estava sem fôlego quando chegou ao andar da *Glossy*.

Silencioso como sempre, ela só ouviu o tap-tap das unhas bem-feitas no teclado. Ela olhou ao redor.

A mesa alta de Eve estava vazia.

Elas estavam na sala de Imogen. Eve e Annabel estavam na sala dela.

Dessa vez, Annabel estava sentada na cadeira de sua mesa, rindo, com Eve recostada na lateral. Imogen passou a mão por seu rabo de cavalo e passou o dedo indicador sob os olhos para retirar qualquer vestígio de rímel borrado.

— Annabel Tate Marretti, o que você acha que está fazendo aqui, pelo amor de Deus?

Diante da autoridade da voz dela, Eve e Annabel se assustaram.

— Mãe. — A filha olhou para a frente, envergonhada. — Vim ver você.

Havia algo muito sincero e inocente em seus olhos. Ela viu culpa nos de Eve quando se virou para ela.

— Por favor, deixe-me sozinha com minha filha, Eve.

Eve soltou uma risada estranha.

— O que tem de mais? Ela só veio ver você.

— Deixe-nos a sós, Eve.

Imogen viu Eve revirando os olhos e depois tentando olhar nos olhos de Annabel, com a intenção de trocar um olhar cúmplice. Annabel não estava entendendo nada. Ficou olhando para o chão.

— Por que não está na escola? Como veio parar aqui?

— Eu queria ver você — disse Annabel. Agora, lágrimas desciam por seu rosto. Ela deixou Imogen abraçá-la. "Mantenha a calma", disse Imogen a si mesma. As palavras seguintes de sua filha quase não puderam ser ouvidas em meio aos soluços abafados. — Ela é tão má. A Docinho é tão má. Ela mandou isto para a escola toda. — Annabel mostrou o telefone como se estivesse contaminado com um vírus letal.

Outra foto de sua filha. Dessa vez, o rosto dela e o corpo de uma mulher obesa numa capa imitando a da *Glossy* com a seguinte manchete: "Até mesmo minha mãe me acha feia." O post tinha 345 curtidas e 57 compartilhamentos. A Docinho era uma vaca.

Os olhos da filha imploravam por compaixão. A menina forte e confiante que misturava produtos orgânicos em um mixer e publicava os vídeos em um canal do YouTube assistido por milhares de outras pré-adolescentes, não estava mais ali. Agora, ela era uma menininha assustada que precisava de sua mãe.

— Querida, você ainda acha que a Docinho é a Harper Martin?

Annabel negou com a cabeça.

— Não. A Harper é a pior, mas mal sabe usar um computador. Não saberia fazer isso.

— Você tem alguma ideia de quem seja?

— Não. A Harper é a menina mais malvada da sala, mas nem tanto. A mensagem postada depois dessa foi ainda pior.

— O que estava escrito?

— Estava escrito: "Sua mãe te acha feia porque você não se parece com ela."

Imogen precisou se controlar para não gritar bem ali. Em vez disso, passou a falar mais baixo ainda.

— Você sabe que eu não penso isso, certo?

Annabel não negou, só desviou o olhar.

— Às vezes, acho que você gostaria que eu fosse tão linda quanto você.

— Annabel, pare. Você não é tão bonita quanto eu. Você é mais bonita do que eu. Você é linda. Sabe o que eu daria para ter esses cabelos encaracolados lindos que você tem e essa pele morena perfeita? Tenho essa pele branca horrorosa, que fica vermelha assim que saio no sol. Você é a menina mais linda que já vi. Não sei quem é essa idiota, mas vou descobrir, prometo.

Ela não repreenderia a filha, deixaria esse papel para Alex. Precisava tirar a menina dali.

— Vamos para casa.

Annabel deixou Imogen segurar sua mão quando elas saíram do escritório.

Eve olhou bem para elas enquanto saíam, com um sorrisinho na cara que Imogen não soube interpretar.

★ ★ ★

Depois que Imogen fez a filha acreditar que não havia nada de verdadeiro no que Docinho dizia sobre o relacionamento delas, Annabel entrou em pânico pensando que seus pais a tirariam do canal do YouTube.

— Eu amo aquilo. Não pode tirar isso de mim. É o que mais gosto no mundo.

— Annabel, não quero que você se exponha desse modo agora. Você é muito nova.

— Todo mundo faz isso! Você se mostra no Instagram. Você se mostra com a revista. Isso é o que eu faço. Por favor, me deixe continuar. As pessoas que assistem aos meus vídeos são minhas amigas. Talvez eu não as conheça na vida real, mas elas são minhas amigas e eu preciso de amigos. Você e o papai nunca estão por perto.

Doeu, porque era verdade. Nenhum dos dois ficava em casa. Como ela podia punir sua filha ao ser acusada de ser uma mãe ausente? Quais eram suas prioridades hoje em dia? Uma revista de moda idiota ou sua filha?

Ela optou por deixar as coisas como estavam e acariciou a cabeça de Annabel para que a filha dormisse.

Só quando os filhos estavam na cama ela se lembrou de sua conversa com Worthington, que parecia ter acontecido havia muito tempo.

— Worthington está saindo da Robert Mannering Corp. — contou a Alex, num tom menos urgente do que o que ela tinha imaginado que usaria ao contar isso a ele.

— O quê? — disse ele, sentando-se na cama.

— Ele aceitou um plano de demissão voluntária. Disse que eles estão oferecendo isso a muitas pessoas da gerência para reduzir os custos com salários.

— O que ele vai fazer?
Imogen riu diante do absurdo do que seu chefe havia dito a ela.
— Ele vai para a Tailândia. Disse que pode ser professor.
— Ele vai enlouquecer depois de passar duas semanas sem uma empresa para comandar.
— Eu sei. Com certeza, alguém vai fazê-lo cair na real. Ele disse que eu posso aceitar um plano.
— É mesmo? O que você acha que eles ofereceriam?
— Cerca de um ano de salário.
Alex assoviou.
— Eu não desprezaria isso.
— Eu sei — disse Imogen, tranquilamente
— Você aceitaria?
— Tem mais uma coisa. Pode ser que eles vendam a *Glossy*.
— Para quem? Para os chineses?
— Talvez — respondeu ela. — Mas também pode ser para a Shoppit. Você se lembra daquela moça, Aerin Chang, sobre quem comentei? Aquela que conheci quando fui ao escritório da Shoppit? — Apesar de Alex ter assentido, Imogen tinha certeza de que ele não fazia ideia de quem era a mulher sobre quem ela estava falando. — Acho que ela pode ter fingido ser minha amiga para conseguir informações sobre a compra da minha revista.
Alex resmungou.
— Ela me parece outra Eve.
— Não quero pensar isso. Não foi essa a impressão que tive dela. — Imogen se sentia cada vez mais na defensiva em relação às intenções de Aerin.
— Não sei, linda. Só sei que estou feliz por não ter que fazer negócios com essas mulheres de vinte e poucos anos da tal Geração Y. Elas são osso duro de roer.
— Devo falar com ela? Enviar um e-mail? E se ela comprar a revista? E se eu acabar com duas Eves me dando ordens?
— Nesse caso, você aceitaria o plano?
Imogen suspirou.
— Não consigo nem pensar numa coisa dessas.

CAPÍTULO 28

JANEIRO DE 2016

Ashley não queria subir numa balança diante do escritório todo. Era humilhante.

— Sessenta quilos. Veja só, amiga. Estrelinhas douradas de todos os lados. Você perdeu sete quilos.

Eve bateu palmas quando Perry desceu da balança na frente de Ashley, que assumiu, com relutância, a posição para ser pesada. Ela fechou os olhos enquanto sentia Eve apertá-la com força no quadril.

— Aaah, você ganhou dois quilos. Talvez deva beber só suco. — Eve riu antes de olhar para ela de cima a baixo. — Você era mais bonita quando começou a trabalhar aqui. — Ela se virou para a próxima moça da fila.

Desde os tempos da faculdade, Ashley não se sentia tão humilhada. Naquela época, as irmãs mais velhas da irmandade deixavam as meninas só com roupas íntimas e traçavam círculos ao redor de suas partes com gordura. A pesagem fazia parte do "Desafio Corpo *Glossy*", um programa de três semanas com suco detox para "ter um recomeço depois do Ano-Novo".

— Isso tudo é só para garantir que todo mundo esteja vestindo 36 até o casamento dela! Ela quer todas as garotas lá completamente anoréxicas! — Ashley reclamou com Imogen na sala desta, onde as duas se esconderam depois da pesagem humilhante. Imogen não teve que participar do programa nem da desintoxicação. Eve lhe deu imunidade, pelo menos.

— Você sabe o que ela enviou para várias de nós nesse fim de semana? — Ashley procurou no telefone e achou uma foto que Eve havia lhe enviado no domingo. Era uma foto de frente, tirada diante de um espelho, de Eve só de sutiã e calcinha, a barriga negativa, as coxas parecendo gravetos, com a legenda: "PRONTA PARA O CASAMENTO, CADELAS! Que eu seja a inspiração para a magreza de vocês!"

Imogen revirou os olhos ao ver a foto.

— Diga a ela que você achou isso inapropriado. — Imogen abriu um sorriso. Ela sabia que Ashley nunca diria algo assim a Eve.

— Talvez eu diga. — Ela cruzou as pernas e brincou com a pequena âncora de ouro na corrente em seu pescoço, colocando-a e tirando-a da boca e deixando os dentes resvalarem no metal. — Estou tentando ser mais malvada. É uma das minhas promessas de Ano-Novo. Ser mais malvada!

Imogen riu dessa vez.

— Por favor, não faça isso. O que acha de "ser mais assertiva" ou "defender sua opinião"?

Do outro lado da parede de vidro, Ashley viu as produtoras de conteúdo enfiarem cartões de desconto da *Glossy* em sacolinhas brancas de presente para o grande dia de Eve, amarrando a boca dos sacos de papel com um laço vermelho gigante.

— Talvez eu pegue uma virose hoje à noite e não consiga ir ao casamento — disse Ashley, fazendo um som de vômito e se arrependendo logo em seguida. Felizmente, Imogen riu.

— Ela cortaria seu salário.

— Isso não chega nem a ser engraçado, porque é verdade. — Ashley queria contar a Imogen a boa notícia. Será que sua chefe ficaria animada por ela? Será que acharia uma bobagem? Ashley observou Imogen digitar em seu MacBook Air brilhante. A chefe já não demonstrava frustração, como fazia meses antes, quando se sentava na frente daquele mesmo computador.

Ashley não abandonaria o emprego — ainda não. Um investimento de cem mil dólares não era o suficiente para isso. Ela precisava contratar um gerente de produto, desenvolvedores e alguém que entendesse de implantação de negócios. Precisava construir seu produto antes de poder pensar em transformar o SomethingOld em seu trabalho em período integral. Além disso, Imogen ainda precisava dela.

— Tenho uma coisa divertida para contar — disse Ashley, sentindo-se como uma menininha que leva um boletim cheio de notas dez para casa para a mãe ver.

— O quê, querida?

— Estou pensando em abrir uma empresa. Não, eu já abri. É totalmente real. E chegamos à nossa meta de captação de recursos. Captei cem mil dólares.

Imogen fechou o computador e apoiou os cotovelos sobre ele, acomodando o queixo nas mãos.

— Que maravilha. Conte mais.

CAPÍTULO 29

Tilly estava sem fôlego quando entrou na cozinha na manhã do grande casamento da *Glossy*.

— Você veio correndo para cá desde Upper West Side, Til? — Imogen virou uma panqueca de farelo de trigo e banana na grelha com destreza.

— Vim correndo da loja da esquina. Estou fora de forma, aceite! Você viu a capa do *Post*?

— Ainda não. Estamos enlouquecidos hoje nos preparando para o casamento de Eve.

— Não sei se vai haver casamento! — Tilly riu, fazendo uma dancinha irlandesa.

— Não seja tola. Todos os repórteres e socialites do lado leste do rio Hudson estarão no Plaza hoje à tarde.

— Não se o noivo estiver envolvido em um baita escândalo sexual.

Tilly jogou o *New York Post* de sábado em cima do balcão. A foto de Andrew estava do lado direito da capa, com uma expressão de choque, como se tivesse sido flagrado saindo de seu apartamento. Imogen sentiu a alegria breve que acompanhava a promessa de fofoca sobre um inimigo.

Do lado esquerdo da página do tabloide, havia uma foto de uma bela loira de lingerie. Na manchete: MINHA NOSSA!

— O que isso quer dizer? Você já leu a matéria?

Tilly bebeu o copo de água que Imogen havia colocado sobre o balcão.

— Andrew tem enviado mensagens de texto com conteúdo sexual a essa moça da capa há seis meses. O nome dela é Bree-Ann.

Do Queens. Acabou de completar 18 anos... semana passada. Para encurtar a história, ele estava trocando mensagens de texto de conteúdo sexual com uma menina menor de idade que conheceu no Tinder.

Imogen abriu o jornal. A história era tão cabeluda quanto Tilly fizera parecer.

Aparentemente, um informante hackeou o telefone de Andrew, entrou em seu Tinder e entregou a conta ao *Post*.

— Veja estas mensagens — disse Imogen, lendo a página sem conseguir acreditar.

>>>>Quero que você me castigue. Sou um menino muito, muito mau.<<<<

>>>>Muito mau?<<<<

>>>>Tão mau que você vai ter que bater no meu bumbum e dizer que tenho sido muito malcriado.<<<<

>>>>O que mais você quer que eu faça?<<<<

>>>>Quero que você se vista como minha mamãe e enfie um ******** no meu **.<<<<

Imogen fechou o jornal.
— Não consigo mais ler.
Lágrimas escorriam pelo rosto de Tilly. Seus ombros se chacoalhavam num riso silencioso.
— Quando você namorou Andrew, ele pedia para você se vestir como a mãe dele e surrá-lo no bumbum?
— Não, com certeza não.
Imogen pensou por um momento. Ele *havia* pedido para ela surrá-lo uma vez, quando voltou para casa bem bêbado, mas aquilo tinha sido o mais pesado da interação sexual entre eles.
— Então, o casamento deve ser cancelado. — Ela voltou a abrir o jornal. — Não está dizendo se foi cancelado ou se continua de pé. Não tem declarações da Eve nem do Andrew.

Imogen correu para a sala de estar para pegar seu iPhone, que estava carregando. Nenhuma notícia de Eve.

Quando começou a procurar o número de Ashley, viu que a moça já estava telefonando para ela. As duas deixaram de lado os cumprimentos e amenidades e gritaram ao mesmo tempo:

— Você viu o jornal? — perguntou Imogen.

— Você recebeu o alerta do Google? — perguntou Ashley.

— Não. Sim. Ou melhor... Sim, vi a matéria. Você falou com ela? — quis saber Imogen.

— Não, ela não está atendendo o telefone.

— Não é possível que o casamento aconteça mesmo assim.

— Não pode ser! Mas aaaaiiii, vai ser muito embaraçoso.

Por um momento, Imogen sentiu pena de Eve.

— Espere, acabei de receber uma mensagem. Espera... Nossa. NOSSA!

— O que foi? O que está escrito?

— É da Perry. Está dizendo que o casamento vai acontecer. Vá ao Plaza JÁ.

Imogen ouviu um bipe do seu lado da linha e olhou para a tela.

— Também recebi uma mensagem.

— De quem?

— Addison Cao. Está dizendo: "CONTE-ME TUDO!"

★ ★ ★

— Que tipo de mulher se casa com um cara que estava na primeira página do *New York Post* pedindo para uma menina de 17 anos surrá-lo? — perguntou Bridgett ao pegar uma taça de champanhe de um garçom que passava no Grande Salão do Plaza Hotel.

Uma barricada da polícia cercava a entrada principal do prédio, bloqueando o Grand Army Plaza e, ironicamente, a Pulitzer Fountain, para manter sob controle o aglomerado de fotógrafos e jornalistas (os poucos que não haviam sido convidados para o casamento). Bridgett, Imogen e um Alex um tanto relutante conseguiram escapar da bagunça do lado de fora entrando pelos fundos.

— Por que ele ainda não foi preso? — perguntou Bridgett, referindo-se a Andrew, falando mais baixo, num tom de conspiração. — Você acha que ele subornou os policiais?

— Acho que eles ainda não têm provas suficientes — disse Imogen.
— A moça tem 18 anos agora e ninguém pode provar que aquele de fato é o celular de Andrew.

— Você acha que ela vai se casar, mesmo? — perguntou Bridgett enquanto as duas andavam pelo imponente lobby do hotel. Só Bridgett para usar branco no casamento de outra pessoa, ignorando a tradição da "cor da noiva", considerando-a patriarcal, para depois dizer que não havia nada mais em seu armário, além de um vestido marfim Lanvin.

Contrariando as orientações dadas por Eve, Imogen vestiu um modelo preto simples Jason Wu. A julgar pelo cenário dentro do hotel de luxo, Eve estava determinada a fazer o show continuar.

Ninguém tinha visto a noiva, mas só se falava dela. Imogen e Bridgett mal queriam conversar uma com a outra porque ouvir a conversa dos outros convidados era muito bom. Moças da *Glossy* atravessavam o salão, fazendo vídeos ao vivo com seus Google Glass, registrando todos os convidados muito bem-arrumados... Tudo disponível para "COMPRAR AGORA!". O som de um quarteto de cordas tomava o ambiente, abafado pelo farfalhar de vestidos elegantes (e de cores vivas!).

De pé no bar na Terrace Room, Imogen observou a recepção pré--casamento. Sempre considerou o Plaza meio sem graça. Combinava perfeitamente com Eve. O lugar nunca a havia emocionado. A luz reluzia dos candelabros de cristal Charles Winston, lançando sombras pelos afrescos renascentistas pintados no teto. Até mesmo a decoração piscou e sorriu, como se soubesse a piada que aquele casamento seria. Nenhum centavo tinha sido poupado. Ou melhor, o fundo fiduciário de Andrew não tinha sido poupado. As mesas altas estavam cobertas com toalhas de linho com pérolas bordadas. Margaridas gigantes enchiam vasos enormes de cristal nos centros de mesa. Eve havia planejado uma hora de coquetéis antes da cerimônia para poder maximizar o impacto da transmissão do evento ao vivo no site da *Glossy*. Imogen não podia reclamar disso. Sempre gostou da ideia de os convidados ficarem um pouco alegrinhos antes de se sentarem para testemunhar as juras de amor. Era algo quase britânico no meio daquele casamento superamericano.

Do outro lado do salão, Imogen viu Aerin Chang conversando com um grupo de belos rapazes asiáticos de smoking. Bonita em um vestido azul-marinho de seda com fenda, revelando seu corpo pequeno e compacto, com uma echarpe branca de caxemira, Aerin levantou a mão para acenar animada ao ver Imogen olhando em sua direção. Brincos grandes e dourados adornavam suas pequenas orelhas. Ela ouvia uma conversa desanimada de um rapaz à sua direita, olhando além dele para Imogen, e logo se afastou dali, pedindo licença.

— Birdie, querida, pode cuidar um pouco de meu marido? Tome conta para que ele não fique muito alegre nessa tarde de folga — disse Imogen a Bridgett quando esta apareceu no salão. Alex olhou para ela com os olhos arregalados, indicando que não queria ficar sozinho por muito tempo. Imogen soprou um beijo para ele. Pelo menos, ele estava ali.

Imogen se inclinou para beijar Aerin no rosto, dois beijinhos.

— Não sabia que você viria — disse ela, com cuidado. Parou por um momento e decidiu que ali não seria o melhor lugar para questionar Aerin a respeito do acordo da revista.

— Acho que Eve convidou metade de Nova York. — Aerin riu em tom conspiratório.

— Mas vocês duas são amigas? — Ela teve de perguntar.

Aerin negou com a cabeça.

— Não. Temos alguns amigos em comum, então eu a conheço socialmente, mas não diria que somos amigas. Estou muito feliz por ver você aqui. Estava prestes a enviar um e-mail para perguntar se podemos almoçar juntas de novo. — Aerin falou mais baixo e olhou ao redor. — Você sabe de alguma coisa?

"Sobre o quê? A venda? O casamento?"

— Nada. — Imogen levantou as mãos.

Aerin imitou o gesto.

— Eu também não, só que me parece o mais certo a se perguntar aqui, certo? Quer dizer, eu entendo. É difícil cancelar um casamento. Fácil terminar um noivado, mas depois que os convidados já reservaram o voo e tudo já foi pago, você sobe ao altar aconteça o que acontecer.

— Verdade. — Bridgett já tinha cancelado um noivado com um magnata da navegação que tinha o dobro de sua idade seis meses antes do casamento e então se jogou numa festa maluca com duzentas amigas mais próximas no Hôtel du Cap-Eden-Roc, no sul da França, já que o dinheiro dado como entrada para a festa não seria reembolsado. É claro que o ex-noivo não foi convidado.

— Está se divertindo por enquanto? — perguntou Imogen.

Aerin sorriu e suspirou.

— Para ser sincera, é bom estar bem-arrumada e poder conversar com homens com quem não trabalho. Nos últimos seis meses, enfrentei um divórcio meio difícil.

Imogen não soube o que dizer, então disse a primeira coisa que lhe ocorreu:

— Sinto muito, não sabia. Claro, não a conheço muito bem. Mas como poderia dizer algo? Sua vida parece perfeita no Instagram.

— Tudo parece melhor no Instagram, não é? — disse Aerin. — Não é para isso... A versão de nós mesmos que gostaríamos que fosse o padrão. Tenho que dizer que a sua parece ainda mais perfeita. Olho o Instagram e acho que você deve ser a mulher mais centrada do mundo.

— Não sou mesmo... — admitiu Imogen, mais para si mesma do que para Aerin Chang.

— Eu tive... — Aerin fez uma pausa — a sensação... de que devemos conversar em breve. Preciso contar uma coisa.

"Tenho certeza que sim", pensou Imogen.

Educadamente, Imogen beijou o rosto da mulher mais uma vez e se afastou para se sentar ao lado de Alex para assistir à cerimônia, pegando trechos de conversas aqui e acolá — todos queriam saber se Eve subiria ao altar ou não.

O burburinho continuou até as luzes piscarem e um sino tocar, indicando que os convidados deveriam se sentar. O show estava prestes a começar. O marido de Imogen pousou a mão com carinho na perna dela. Bridgett preguiçosamente enviou uma mensagem a Rashid com a *hashtag* #SEXYSELFIE. Imogen observou as fileiras de cadeiras brancas antes de as luzes diminuírem. A metade mais magra das funcionárias da *Glossy* estava espalhada pelo salão, todas as mulheres de braços dados com pares perfeitos, alguns namorados, outros, obviamente, amigos gays que não perderiam a oportunidade de conseguir um assento na primeira fila do maior escândalo do ano. A terrível mãe de Andrew estava sentada na frente, o rosto paralisado pelo excesso de botox, com expressão de preocupação eterna. Havia alguns estilistas menos importantes misturados com velhas e novas socialites.

Imogen sentiu um movimento acima de sua cabeça. Ao olhar para cima, afundou as unhas no braço de Alex. Ele olhou para cima e sussurrou:

— Estamos sendo atacados. — E acrescentou: — São drones com câmeras.

— São o quê?

— Câmeras de vídeo em drones — repetiu Alex.

Todos olharam para cima. Os convidados apontavam e gritavam, incrédulos e assustados.

— Como as que o Exército usa? — perguntou Imogen ao marido, desconfiada.

— Exatamente — respondeu ele, impressionado.

Ele pegou o celular para tirar uma foto.

— Você acha que posso fazer um vídeo aqui? — Alex não estava mais se dando ao trabalho de sussurrar. Ninguém estava.

— Acho que é obrigatório num evento assim — respondeu Imogen, que acrescentou com relutância: — Não se esqueça de marcar "na *Glossy*".

Claro que Eve não deixaria que um escandalozinho sexual ou o frisson causado por fotógrafos robôs roubasse o impacto de seu casamento. Aquele era seu dia. O evento estava sendo transmitido ao vivo ao mundo e, nossa!, ela era a estrela.

Alguém mexeu num interruptor e a sala se tornou uma grande escuridão. Confusos, os drones ficaram parados quando um feixe de luz iluminou as portas de mogno no começo do corredor. Mas não era um corredor, não no sentido tradicional. Não, Eve atravessaria um tapete vermelho. A música "Pachelbel's Canon" foi acionada quando Eve apareceu, iluminada pelo brilho da lâmpada e com a atenção de todos do salão. Por um momento, até mesmo Imogen se surpreendeu com a beleza de Eve sob a luz, com os ombros e o decote brilhando, os cabelos presos em um coque lateral perfeito e o vestido descendo por seu quadril estreito, o véu ainda um pouco para fora da porta.

Quando as luzes voltaram a ser acesas e Eve começou a caminhar confiante em direção ao altar, o salão foi tomado pelo caos. Drones sobrevoavam os convidados sem parar. Celulares substituíam rostos, erguidos para captar o momento a ser postado no Twitter, Facebook, Keek e Instagram, com *hashtags* conforme o combinado, #CasamentoGlossy. O tempo todo, Eve permaneceu muito concentrada na parte da frente do salão, com um sorriso que parecia ter sido pintado em seu rosto com um batom vermelho forte.

O suor descia visivelmente pelas laterais do pescoço de Andrew enquanto Eve avançava. Ele estava mais parecido com o Andrew da época de Imogen.

O rosto, inchado e oleoso, sem dúvida devido à bebida, coragem em forma de líquido que precisou tomar para encarar as horas seguintes, estava congelado de terror. Imogen imaginou o tratado que Eve deveria ter lido para ele naquela manhã. Ela estava surpresa por *ele* não ter fugido, mas o burburinho acerca de sua vida pública e o embaraço que ele enfrentaria deixando a cidade seriam demais para seu ego frágil. "Que idiota", pensou ela. Seu rosto sofria espasmos enquanto ele permanecia ali; Imogen reconheceu aquilo como um sinal claro de que Andrew havia voltado a um de seus antigos vícios, cocaína, provavelmente um pouco antes da cerimônia. Ele estremeceu quando Eve se aproximou.

Eve estava no meio do trajeto quando a música parou de repente. "Pronto", pensou Imogen. "É aqui que ela vai abandoná-lo. É aqui que ela vai embora." E, por um segundo, sentiu respeito por Eve, ainda que ela tivesse ensaiado uma fuga assim, em público.

Mas não.

Uma música pop começou a tocar nos alto-falantes escondidos. "Que música era essa?" Era familiar, mas Imogen não conseguiu determinar qual era. Nos assentos dos dois lados do corredor, funcionárias da *Glossy*, com vestidos cor-de-rosa (e assustadoramente magras) se levantaram e formaram um círculo ao redor de Eve. Elas estavam de pé, pernas abertas, balançando o quadril para a esquerda e para a direita e cruzando os braços na frente do peito enquanto o refrão tocava: "Looking so crazy in love/Got me looking, got me looking so crazy in love".

Claro, Beyoncé. Era a coreografia que as meninas tinham aprendido no apartamento de Eve durante aquele dia de neve. Como se fizessem parte da dança, os drones giravam sobre as cabeças delas no ritmo. A internet não perderia nem um segundo daquele momento artisticamente ensaiado. Eve fingiu estar chocada, como se não conseguisse acreditar que suas funcionárias a surpreenderiam com uma performance como aquela no dia de seu casamento. Chegou até a revirar os olhos um pouco enquanto sorria para reforçar a ideia de que achava aquilo tudo meio tolo, mas Imogen sabia, sem ter de perguntar a Ashley, que naquela hora remexia a bunda no tapete com uma cara de horror, que aquele show tinha sido dirigido por Eve, até o último rebolado.

As meninas conduziram Eve até Andrew. A mãe dele se abanava desesperadamente com um papel cor-de-rosa com a programação do casamento. Desmaiar não era uma possibilidade de todo descartada.

A cerimônia em si foi breve e ecumênica. Imogen viu Eve beliscando Andrew logo abaixo das costelas para fazê-lo permanecer de pé. Quando o juiz do Segundo Cartório que presidiria o casamento se preparava para apresentar o casal à plateia, Eve estendeu a mão na frente do rosto dele. "De novo, não", pensou Imogen.

— Só um segundo — pediu Eve, tirando um iPhone de algum lugar em meio às dobras de tafetá do vestido. — Preciso atualizar meu status no Facebook. — Ela digitou um pouco e ergueu o celular acima da cabeça, como se fosse um troféu. — Não é oficial se não estiver no Facebook — gritou para o salão. — E já que estou fazendo isso — acrescentou —, vou procurar algo para vestir depois da festa.

"Ah, não." Eve, naquele momento, faria uma cena para os patrocinadores.

Fingiu murmurar para si mesma, mas estava com um microfone, então suas palavras eram amplificadas alto e claramanete para todos na sala.

— Quero algo curto, algo branco, algo Tadashi. O que devo fazer? Acho que vou COMPRAR AGORA!

E, quando ela digitou, um homem de vinte e poucos anos, vestindo um terno impecável, parecendo muito mais adequado como par de Eve do que o viciado de olhos vermelhos que estava ao lado dela, entrou pelas portas duplas para entregar uma caixa branca com um laço lindo de cetim do tamanho de um carro.

— Parece que agora tenho o vestido para depois da festa. — Eve riu para a plateia, que aplaudiu o momento, não a mulher.

Depois, não houve uma fila formal para cumprimentos. Andrew escapuliu para o bar, enquanto Eve insistia em tirar *selfies* com as subcelebridades para quem ela havia pagado um total de mais de cem mil dólares para que aparecessem. Garçons circulavam com champanhe, vinho branco e aperitivos de cores pastel. Eve mandou providenciarem comida anêmica no casamento para que nada muito colorido sujasse seu vestido.

Ela tinha convidado muitos de seus ex-namorados, alguns muito mais velhos do que ela e outros de sua idade, banqueiros com cara de moleque, com roupas de grife. Eles andavam em grupinhos pelo salão, observando os amigos de Andrew, parecidos, mas com vinte anos a mais, dez quilos a mais e alguns divórcios a mais.

As mesas do jantar estavam muito bem-organizadas ao redor de uma pista de dança na sala de jantar formal adjacente. Uma banda, bem conhecida entre os *hipster yuppies* do Brooklyn, estava montando os instrumentos no palco.

Antes de eles se sentarem para o jantar, Imogen passou pelas pessoas para chegar à fila do banheiro. As mulheres à sua frente certamente conheciam Eve da época de sua infância em Wisconsin. Estavam com trajes de *black tie,* mas não eram tão elegantes quanto o restante dos convidados. Seus cabelos eram um pouco compridos demais, as unhas eram muito extravagantes, seus vestidos estavam fora de moda havia uns cinco anos. As três usavam aliança de ouro na mão esquerda. Pela conversa, ficou claro que aquelas três mulheres não tinham mantido muito contato com Eve.

— Erin... está feliz por termos vindo?

— Estou feliz por Eve ter enviado passagens aéreas de graça para podermos passar o fim de semana em Nova York! — As mulheres riram e bateram as mãos umas nas das outras.

— Ela está bem diferente. — A moça inclinou a cabeça indicando Eve, que estava passando o braço pela cintura de uma estrela ruiva de uma série de TV com vampiros adolescentes. O fotógrafo recebeu a ordem de tirar mais uma foto.

— Aposto que o jeito não mudou. Aposto que ela continua uma bruxa.

A mais baixa e mais gordinha das três se intrometeu para defender Eve.

— Parem com isso, meninas. Ela não é tão má. Vocês se lembram de como nos divertíamos no comitê da formatura?

— Vocês se lembram de como a Eve burlou a votação para ser eleita a rainha da festa? — disse a maior delas. — Agora, vejam tudo isso. Parece que ela conseguiu um bom casamento. — Ela abriu os braços para englobar o tamanho do salão e, então, falou baixo.

— Ainda que ela pareça estar se casando com um bundão, a Docinho se deu bem de novo.

Imogen entrou em alerta na hora.

Docinho. A moça disse aquilo como se fosse um nome. Como se fosse uma amiga antiga, como se fosse alguém que ela conhecia. Imogen sentiu um arrepio ao ouvir seu nome ser dito em voz alta, o nome de alguém que vinha torturando sua filha. Pensou que poderia ter ouvido mal, afinal, o que três mulheres casadas do meio do país saberiam sobre uma agressora adolescente?

A mais baixa bateu a mão na coxa, rosnando.

— Eu tinha me esquecido totalmente da Docinho.

Imogen precisava saber se ela tinha ouvido direito. Havia a possibilidade de ela não estar entendendo o sotaque do Meio-Oeste.

Imogen deu um tapinha no ombro da mulher maior.

— Com licença. Desculpe, mas ouvi vocês falarem sobre alguém chamada Docinho. Como vocês a conhecem? Quem é ela?

— Quem é a Docinho? — As duas mulheres à sua direita olharam para Imogen com desconfiança, mas a moça que ela havia abordado gostava de uma plateia.

— Você já a conhece. Está no casamento dela.

— Não sei se entendi.

— Eve usava o nome Docinho para tudo o que fazia na internet na época do ensino médio, como *chats* e coisas assim. Mas era uma idiota. Burlou o sistema de contagem de votos da escola para tentar ser eleita a rainha da festa, mas não fez direito. Foi descoberta porque todos o votos para ela eram de uma pessoa chamada Docinho e não de outros alunos. — As três mulheres, todas aparentando muito mais idade do que Eve, talvez porque já eram casadas e tinham crescido na cidade pequena, começaram a rir, com lágrimas rolando pelo rosto ao se lembrarem de Eve em apuros.

Compreendendo tudo de uma vez, Imogen sentiu um frio na barriga.

Eve era a Docinho. Era Eve quem estava perturbando sua filha, sua filha que não passava de uma menininha inocente. Imogen se lembrou de algumas das coisas horrorosas que tinham sido escritas na página do Facebook de Annabel: "Você nunca será tão linda quanto a sua mãe"; "Você é uma porquinha feia e todo mundo acha isso"; e "Não sei como você aguenta se olhar no espelho todos os dias".

Ela tentou manter a calma, mas, por um instante, tudo no salão parou de se mexer. Tudo fez sentido, um sentido horrível. Os pensamentos percorreram loucamente a sua cabeça. Alguns meses antes, Imogen nunca teria pensado que uma coisa assim fosse possível, uma mulher adulta perseguindo e ofendendo uma criança. Por saber o que sabia sobre Eve agora, Imogen não tinha dúvidas de que era tudo verdade.

— Que história, meninas. Aposto que vocês têm muitas outras a contar sobre Eve, mas preciso encontrar meu marido antes que a festa comece. — Imogen conseguiu sair de dentro do pequeno espaço. Enquanto se afastava, pegou o celular para enviar uma mensagem de texto para a filha.

>>>>Só quero que saiba que amo muito você.<<<<

Uma resposta apareceu instantaneamente. Ela podia jurar que o celular estava grudado na mão da filha.

>>>>Awww... eu sei, mãe ☺ <<<<

★ ★ ★

Eve não conseguia tirar o vestido de noiva. As meninas do escritório tinham ajudado a fechar os mais de cem botõezinhos nas costas, mas agora ela precisava urinar e não conseguia se livrar da peça. Achou que conseguiria fazer aquilo sozinha, porém agora estava no banheiro dourado do salão, presa dentro do vestido e com a bexiga muito cheia.

"Não acredito que ela se casou com ele", "Que interesseira!", "Como ela pôde se casar?"

Eve ouviu tudo o que as pessoas estavam dizendo sobre ela. Ouviu seus sussurros disfarçando para interromper a fofoca assim que se aproximava. Quando ela passava, as pessoas se transformavam, parabenizando-a e dizendo que ela era uma noiva linda.

"Vacas."

Com a mão nas costas, ela quase alcançou o primeiro botão. Se conseguisse começar por ali, os outros se abririam facilmente. Ela quase conseguiu, mas o cetim escorregou por seus dedos. Todas queriam saber por que ela tinha se casado. Por que ela não tinha ido embora quando viu a primeira página do *New York Post* naquela manhã?

Queriam saber se ela sabia. Queriam saber o quanto ela sabia. Claro que sabia. Sabia onde estava se metendo desde que se aproximou de Andrew. Pelo amor de Deus, ele pediu para ela se vestir de estudante no terceiro encontro e para bater nele com o seu remo de madeira da fraternidade Sigma Chi, da qual ele fez parte na faculdade. Ela sabia de tudo, e a verdade é que não dava a mínima. Não viu motivos para cancelar o casamento. Ao contrário: casar-se naquela cidade era a mesma coisa que ser promovida no trabalho. Você ralava muito para conseguir e, então, usava a promoção para dar mais um passo, ainda que o passo seguinte fosse ter um bebê, conseguir um apartamento melhor, elevar seu status social ou se colocar em uma posição melhor para o segundo casamento. Aquele casamento era uma aliança. Era só ver Hillary. E Huma. E Silda. Eve poderia aguentar muita coisa. Além disso, o casamento era a exposição perfeita para a Glossy.com. Eles estavam sendo observados agora. Os tubarões estavam cercando. Algo grande estava prestes a acontecer. Aerin Chang estava no casamento. Isso tinha de significar alguma coisa.

Andrew era apenas seu primeiro marido, aquele que a levaria a outro nível na sociedade nova-iorquina e nos negócios (e essas duas coisas eram uma coisa só, na verdade). O reconhecimento do sobrenome era importante para os investidores e ela sabia que receberia muitos deles. Eles se divorciariam (sem filhos, claro... ela já tinha certeza disso). Ela poderia se casar de novo com trinta e poucos anos, provavelmente com alguém da área de tecnologia. Quando *esse* casamento fosse divulgado no *The New York Times*, eles seriam descritos como "o casal da tecnologia".

Talvez ela pudesse puxar o vestido por cima. O tecido estava muito justo ao redor das coxas, mas talvez se ela cruzasse as pernas do modo certo...

O som do tecido caro se rasgando ecoou pelo banheiro de mármore. "Filho da puta."

★ ★ ★

Cega de ódio, Imogen abriu espaço entre as pessoas. Ao seu redor, os convidados continuaram com suas fofocas. Ela observou a multidão como se estivesse em um sonho. Seu marido e sua melhor amiga finalmente apareceram do outro lado do salão.

— Ouvi uma fofoca — disse Bridgett, puxando Imogen para ficar entre ela e o marido, entregando uma taça de champanhe rosé. Imogen tomou um gole, mas o gosto estava azedo. Bridgett continuou: — Eu soube por uma das amigas de Eve, da faculdade de administração de Harvard, que ela nem sequer se abalou quando viu a matéria no *Post*. Ignorou tudo, disse que o show tinha que continuar e mandou Andrew negar, negar, negar para a imprensa para que ela pudesse ter seu casamento perfeito. Que doente!

— É muito mais doente do que você pensa. — O rosto de Imogen devia estar totalmente pálido.

— Amor, o que foi? — Alex estendeu a mão para apoiá-la.

— Ela é o diabo. O diabo em pessoa. Ela é muito pior do que eu pensei.

Com toda a sua força, com sua alma de mãe, Imogen queria encontrar Eve e arrancar membro por membro pelo que ela havia feito à sua filha.

— Precisamos sair daqui agora mesmo.

⋆ ⋆ ⋆

Quando Imogen contou a eles o que Eve fizera, Alex quis ligar para as autoridades e Bridgett quis ligar para o Page Six. Imogen ficou dividida entre nunca mais querer ver a cara de Eve e querer acabar com ela. Oscilou entre as opções ao longo das horas seguintes.

Alex foi ao escritório, e a mãe dele, Mama Marretti, pegou os dois netos para passarem um fim de semana no Queens. Assim, Imogen estava sozinha em casa numa manhã de domingo, irada, muito nervosa. Seu computador se desligou bem quando ela estava prestes a escrever um e-mail para o TechBlab, expondo Eve por tudo o que ela havia feito.

— Merda! — xingou ela na casa vazia, batendo o dedo indicador na tecla de ligar para fazer o computador ligar de novo. Um milhão de janelas apareceu para indicar que as coisas não tinham sido adequadamente encerradas. Muitos documentos Word que estavam abertos no computador reapareceram. Recuperados. Recuperados! O que era aquilo? ShoppitMag.doc [Recuperado].

Imogen não tinha pensado em nada daquilo ao longo do feriado — as ideias que ela tinha para a revista da Shoppit depois de encontrar Aerin. Talvez não tivesse salvado o documento direito. Eram boas. Ela deveria ter passado mais tempo desenvolvendo aquilo, mas havia um bom começo ali. Suspirou e levou o laptop para a mesa da cozinha. Agora, conseguia equilibrar um laptop na palma da mão com a mesma destreza das mulheres no escritório. "Qual seria o problema de acrescentar um certo brilho a essa proposta?"

Durante as seis horas seguintes, foi o que ela fez. Parou de pensar em se vingar de Eve, parou de pensar na *Glossy* e na venda. Quando se deu conta, já tinha um manifesto de vinte páginas. Era assim que uma revista digital deveria ser. Era interativa. Era de fácil uso. Inspirava o leitor com palavras, imagens, vídeos e mídia social. Não os perturbava com o tal do "COMPRE AGORA", apenas os intrigando, incentivando-os a pensar em fazer uma compra.

Ela pensou em mulheres reais usando as roupas, mulheres com todos os tipos de corpos, tamanhos e cores. Eles fariam vídeos de bastidores de todas as sessões. Poderiam fazer vídeos dos estilistas criando as roupas. Ela deixaria os estilistas tomarem o Instagram e o Twitter da Shoppit. Deixaria que leitores também tomassem conta. Eles poderiam tornar a moda democrática. Imogen se debruçou em revistas antigas. À meia-noite, a mesa estava coberta com folhas, fotografias e páginas com ideias rabiscadas — algumas delas ruins, mas outras boas. Muito boas. Havia anos, Imogen não sentia aquela emoção com a criatividade. Fez desenhos das páginas a lápis e logo depois os fotografou antes de copiá-los para um documento no computador — um Google Doc!

Mas e agora? "Que se dane." Imogen enviaria tudo para Aerin Chang. Hora de se mostrar. Antes que pudesse desistir, ela anexou o arquivo em um e-mail para Aerin e clicou em enviar.

Passou os dedos pelo celular enquanto decidia se deveria ligar para Bridgett ou Massimo para dizer o que tinha feito, porém um e-mail surgiu em sua caixa de mensagens.

De: Robert Mannering (RMannering@ManneringCorp.com)
Para: Imogen Tate (ITate@Glossy.com)

Cara Imogen,
Por favor, esteja na reunião amanhã às dez da manhã.

Atenciosamente,
Robert Mannering Jr.

Ninguém via o diretor executivo da empresa em carne e osso havia pelo menos três anos, desde que ele se casara com a herdeira de uma companhia aérea e passara a se dedicar ao surfe amador em uma ilha particular em formato de coração na costa de Seicheles.

Ele estava presente quando Worthington aceitou o plano de demissão voluntária? Imogen não o tinha visto.

Seria o momento de ela receber a proposta de demissão? Amanhã às dez da manhã? Era assim que sua carreira em revistas terminaria?

Imogen pegou no sono enquanto tentava decidir se ela se importava com isso ou não.

* * *

Na manhã seguinte, no caminho para o escritório, Imogen repassou o que diria a Eve. Ela a confrontaria com tudo o que sabia e então entregaria sua demissão a Robert Mannering Jr. ou ele a demitiria. De qualquer modo, com Eve, ela teria a última palavra.

Imogen correu em direção ao elevador quando as portas estavam se fechando. Uma mão delicada e branca apareceu para abrir a porta para ela. Aerin Chang olhou para a frente, assustada ao ver que era Imogen entrando no elevador. A diretora da Shoppit prendeu os cabelos escuros atrás das duas minúsculas orelhas.

— O que está fazendo aqui? — perguntou Imogen. — Você recebeu o e-mail que enviei ontem à noite?

Aerin fez uma pausa.

— Sim. Eu ia responder, mas as coisas foram um pouco corridas hoje cedo. — Imogen notou que a moça não respondeu à primeira pergunta.

— Por que está aqui? — repetiu Imogen.

Ficou claro que Aerin estava tentando escolher as palavras com cuidado.

— Tenho uma reunião aqui com Rob Mannering. — O rosto de Aerin estava inexpressivo. Com clareza assustadora, Imogen notou o motivo pelo qual Aerin estava ali.

— Tem a ver com a venda da *Glossy*?

As portas do elevador se abriram no andar abaixo ao das salas da *Glossy*, um andar que abrigava os departamentos de Vendas, Contabilidade e Recursos Humanos. Aerin saiu do elevador.

— Imogen, não posso falar sobre isso agora. Quero falar com você. Quero falar sobre seu e-mail de ontem. Quero conversar sobre tudo.

As portas se fecharam quando ela terminou de falar, e Imogen continuou subindo mais três andares.

Imogen nunca havia duvidado de seu bom senso sobre o caráter das pessoas, pelo menos não até a volta de Eve. Eve fez com que ela questionasse sua capacidade de analisar os outros e suas intenções. Ela havia sentido algo muito bom em relação a Aerin Chang desde o momento em que começou a segui-la no Instagram, um sentimento que foi reforçado quando se conheceram pessoalmente. Ela parecia muito verdadeira. Pensando bem, Eve nunca tinha sido verdadeira, só disposta, e sua disposição escondia a ambição pura que se revelou quando ela assumiu uma posição de poder, por menor que fosse.

A Mannering havia vendido a *Glossy* à Shoppit. Imogen sabia. A reunião era sobre isso.

Talvez eles não a demitissem. Ela sabia que Aerin Chang queria trabalhar com ela. No entanto, ainda assim, conseguiria trabalhar com Eve um dia a mais que fosse? Ela teria de aguentar a mesma tortura daquela garota horrorosa independentemente de quem comprasse a empresa. A venda era algo bom para a *Glossy*. Disso Imogen tinha certeza. Aerin era uma importante executiva, muito centrada e com um olhar certeiro. Mas Ron estava certo. Imogen precisava fazer uma escolha. Queria que Eve saísse de sua vida. Parabenizaria Aerin pela venda e aceitaria o pacote de benefícios para sair da empresa.

Imogen observou o escritório, à procura de Eve, querendo confrontá-la antes da grande reunião. Precisava se livrar disso logo. Sua raiva surgiu quando, do outro lado da sala, ela viu a moça aplicando uma camada nova de batom vermelho e fazendo bico para a câmera do iPhone. Ao redor do pescoço, com o mesmo tom do batom em seus lábios, estava o lenço Hermès que Imogen havia dado a ela dois anos antes, quando foi para a faculdade de administração.

"Respire." Ela tinha de se lembrar de respirar.

Ashley a interrompeu antes que ela pudesse chegar até Eve.

— Preciso de sua ajuda. — Ela estava mais desesperada do que o normal.

— Ashley, podemos conversar daqui a pouco?

— Não, preciso de você agora. — Ela puxou Imogen para dentro de sua sala. — As pessoas escreveram coisas desagradáveis nos comentários do site depois do casamento de Eve. Não quero falar com ela sobre isso. Porque, você sabe, foi o casamento dela, mas preciso que me ajude a abafar o caso.

— Não faço a menor ideia nem de como começar.

— Nem eu. Foi tão feio.

Imogen não se deu ao trabalho de perguntar o que era "tão feio". Ela mesma deu uma olhada.

Foi a pior coreografia de uma música de Beyoncé que já vi. Aquelas meninas pareciam preferir estar na prisão!

Tem como ser mais magrela que as convidadas desse casamento? Ridículo!

Vejo uma criança pequena no canto. O noivo trouxe uma de suas amantes?
DESESPERADOR!

Não quero COMPRAR NADA AGORA. Quero me esquecer do que vi.

A noiva me assusta… NOSSA!

Imogen olhou para seu relógio. Tinha dez minutos.

— Vou dar um telefonema rápido para ver o que posso fazer.

Quando ela se sentou na cadeira, pensou em não fazer nada. Que eles criticassem Eve pela bruxa que ela era. Ela merecia. Que deixassem o site da *Glossy* cheio de mensagens de ódio. Ela sairia dali em poucas horas, de qualquer modo.

Mas não conseguia. Aquela era sua revista, até que alguém lhe dissesse que não era. Ela tinha orgulho.

Rashid atendeu no primeiro toque.

— Oi, linda.

— Pode me ajudar com uma questão um pouco técnica?

— Claro.

— Preciso tirar comentários de todos os posts a respeito do casamento de Eve.

Ele pensou por um momento.

— Qual CMS você está usando?

Imogen ficou surpresa por saber a resposta a essa pergunta logo de cara.

— É baseado em WordPress.

— Ah, fácil. Vá no sistema e clique nos posts em que as pessoas estão comentando. — Imogen fez o que ele mandou. — Deve haver opções em cascata. Você pode simplesmente esconder os comentários.

Era muito simples. Mas, ainda assim, era algo que Imogen nunca poderia ter feito três meses antes. Ela respirou aliviada por ser capaz de fazer isso agora. Desabilitou os comentários e afastou a cadeira da mesa.

— Rashid... mais uma coisa. É difícil entrar na conta de Twitter de alguém?

— Para uma pessoa normal?

— Para você.

— Fácil. Antiético, mas fácil. Quer entrar na conta de Eve?

— Pode ser que eu precise.

— Qualquer coisa por você, Imogen.

O plano ainda não estava totalmente formado. Ela tinha de ir àquela reunião. Depois, lidaria com Eve, a Docinho.

Eve já tinha saído de onde estava. Imogen caminhou na direção de Ashley.

— Obrigada — sussurrou ela no ouvido de Ashley.

— Pelo quê? — Ashley estava com o olhar confuso.

— Por tudo desde que voltei. Não tenho palavras para agradecer.

A moça corou.

— É o meu trabalho. Estou aqui para ajudar.

— Sei que está, querida. Porém, está aqui para fazer mais do que isso também. Cuide para que reconheçam seu trabalho.

Lágrimas ameaçaram borrar os olhos esfumaçados de Ashley.

Imogen se inclinou para abraçá-la.

— O sr. Worthington estava certo — disse Ashley, encostada no ombro de Imogen.

— Sobre o quê?

— Quando ele estava indo embora, me disse para tentar passar o máximo de tempo com você. Disse que eu deveria tentar ser mais como você quando eu crescesse.

Imogen sorriu com o elogio de seu ex-chefe.

— Acho que você já está bem crescida.

O celular de Imogen apitou indicando a chegada de um e-mail.

De: Eve Morton (EMorton@Glossy.com)
Para: GlossyStaff@Glossy.com

Por favor, encontrem-me na sala de reuniões em uma hora para comemorarmos minha grande promoção comigo. Também temos um ENORME anúncio a respeito da revista!!! Estamos prestes a nos tornar MUITO IMPORTANTES, MENINAS! É um dia genial, gigante, glamouroso!!!

Eve

★★★

AS PAREDES DO CORREDOR QUE LEVAVA a uma ampla sala de reuniões estavam pontuadas por capas de revista em tamanho ampliado de toda a história da Robert Mannering Corp. Havia a *Sporting*, a *Chic*, a *Business Watch*, a *Beautiful Homes*, a *Yatch Enthusiast* e, por fim, a *Glossy*. As edições mais antigas da revista de moda tinham capas lindamente ilustradas de donas de casa de vinte e poucos anos com vestidos compridos e chapéus. Depois, vinham as fotografias, cada vez mais ousadas e sensuais conforme os anos se passaram, mostrando muito mais os corpos. Alguns passos antes das portas da sala de reunião, as capas terminaram. Eles estavam fora da sala. Imogen riu. "Como colocar um site na parede?"

Dentro da sala de reunião iluminada e arejada, onze membros grisalhos do conselho de diretores da Robert Mannering se reuniam ao redor de uma mesa de mogno, digitando sem parar em BlackBerries. Bridgett gostava de brincar dizendo que eram os executivos de sessenta e poucos anos que sustentavam o BlackBerry. Imogen olhou com saudade para aqueles teclados fáceis de digitar. A sala tinha janelas do chão ao teto nas duas paredes e, num dia de sol, a vista se estendia a Coney Island e ao Oceano Atlântico mais adiante.

Aerin Chang estava numa ponta da mesa. Robert Mannering Jr., na outra. Infelizmente, o único assento vazio na mesa era bem ao lado de

Eve, que mantinha um sorrisinho bobo na cara. Ela não tinha dúvidas de que aquele seria seu momento de brilhar.

Imogen manteve uma expressão de orgulho no rosto ao caminhar em direção à cadeira vazia em estilo executivo, de couro e com o encosto alto. Ao se sentar, ela sentiu algo pinicar suas nádegas. Olhou para baixo, tentando não chamar atenção, e viu o dinossauro de plástico de Eve ali.

— Rarrrr — disse Eve, os lábios vermelhos e inchados com colágeno.

Erguendo as unhas pintadas de azul como garras, ela era mais réptil do que o brinquedo.

"Alguém mais viu isso?"

Imogen decidiu entrar no jogo. Colocou o animal de plástico na mesa, à frente dela. Era mais velha do que Eve. E daí? Tinha seu valor. A imaturidade de Eve era cômica naquele momento. Imogen apoiou a mão no joelho para impedir que a perna tremesse sem parar.

Quando Imogen se sentou, Aerin se levantou, parecendo calma e controlada com um terninho Thom Browne com risquinhas de giz bem fracas. Prendeu os cabelos atrás das orelhas e respirou fundo antes de sorrir diretamente para Imogen.

— Imogen, que bom que você veio. Eu não pretendia começar sem você.

Mannering Jr. também ficou de pé. Seu rosto estava bronzeado, como se o tivessem arrastado da praia para dentro da sala de reuniões. Ele olhou para Imogen com preguiça.

— Oi, Imogen. Bom ver você.

Um por um, os membros do conselho foram desviando o olhar dos telefones quando Robert começou a falar.

— Primeiro, sei que não preciso dizer isso, mas direi de qualquer modo — disse o diretor-executivo, puxando sua gravata de modo desconfortável como se estivesse com o nó muito apertado. — O que direi a vocês deve permanecer nesta sala e é totalmente confidencial até fazermos o anúncio à imprensa. — Todo mundo fez um estardalhaço para desligar seus aparelhos.

Eve olhava só para Imogen, que conseguia vê-la mexendo no lenço no pescoço, pelo canto do olho.

— Quero agradecer a todos nesta sala por terem sido muito discretos enquanto cuidávamos do que estou feliz em poder anunciar: a maior venda que a Robert Mannering Corp. já realizou. Não preciso medir minhas palavras aqui. Vendemos a plataforma nova em folha da *Glossy* para a gigante jovem da internet, a Shoppit, pelo preço de 290 milhões de dólares.

Mannering Jr. sorriu e acenou com a cabeça como uma miss, enquanto a plateia aplaudia educadamente, como se fosse uma partida de golfe.

Depois disso, ele se sentou na cadeira. Seu trabalho estava terminado e o cheque provavelmente já fora descontado no banco.

Um rapaz com cabelos pretos, talvez assistente de Mannering Jr., com um terno preto e óculos que cobriam grande parte de seu rosto, entrou na sala com uma bandeja de prata cheia de rosquinhas frescas.

— Ainda estão quentes — disse ele ao grupo, como se eles fossem o tipo de pessoas que consumissem tais petiscos com frequência em reuniões. O cheiro adocicado da massa entrou pelas narinas de Imogen, fazendo-a lembrar o Café Du Monde. Nova Orleans ainda podia ser uma opção, não estava descartada.

Aerin sorriu e assumiu o controle da reunião.

— Obrigada por me receberem aqui. Sei que esta pode não parecer uma aquisição tradicional. Estava de olho na empresa já havia algum tempo. Estava pensando nisso antes mesmo de Eve Morton ter mudado o formato da *Glossy*. — Ela deixou sua cadeira e andou pela sala, forçando as pessoas a virarem a cabeça para a olharem enquanto caminhava com a parede de janelas ao fundo, com Manhattan a seus pés.

— Sou fã de revistas. — Aerin ergueu as mãos. — Amo revistas. A maioria de vocês sabe disso. Adoro revistas impressas. Adoro revistas digitais também.

Ela caminhou em direção a uma estante no canto onde havia cópias de todas as publicações da Mannering e pegou o último exemplar da *Glossy* impressa. Aerin correu a mão pela capa brilhante.

— Elas podem viver juntas. Minha ideia é integrar a incrível voz da *Glossy* às plataformas da Shoppit. Quero que nosso editorial ganhe vida on-line como ganha em uma revista. — Ela fez uma pausa e deu mais um passo, agora bem de frente para Imogen, do outro lado da mesa. — Além disso, quero voltar a imprimir a *Glossy*. Provavelmente não faremos as 12 edições do ano logo de cara, mas faremos uma revista bem linda em quatro meses do ano para acompanhar o site da Shoppit. Para as mulheres, a revista impressa é uma experiência única. Não devemos fazer com a revista digital o mesmo que fazemos com a impressa. Mantê-las separadas, mas semelhantes, deixará as coisas frescas.

Não foi o que Imogen esperava, nem de longe. A *Glossy* impressa de novo? Ela sabia que Aerin tinha escolhido ficar naquele lugar exato para poder ver a expressão de Imogen quando contasse sobre seu plano. Imogen inclinou a cabeça para o lado e fez um leve gesto com a mão para indicar que Aerin podia continuar.

Eve pigarreou, entortando os lábios, e fez um barulho como se quisesse interromper, mas Aerin seguiu em frente.

— E agora, quero apresentar a equipe que escolhi, com dificuldade, para liderar esse enorme desafio para a minha empresa. Estamos apostando alto e caro nisso e eu preciso ter as melhores pessoas trabalhando comigo.

Eve se endireitou na cadeira ao lado de Imogen, olhando de canto de olho para ela, com um sorrisinho. A Shoppit era uma empresa de tecnologia. Claro que Eve teria um papel importante, talvez até acima de Imogen. Era por isso que Imogen sabia que não poderia permanecer na empresa. Seria difícil dizer a Aerin que elas não trabalhariam juntas.

Aerin fez um gesto para o centro da mesa, onde havia um envelope de papel pardo.

— Imogen, temos uma proposta para você ali dentro. Adoraria que você a visse antes de eu continuar.

"O que era aquilo?"

Enquanto Imogen estendia o braço sobre a mesa para pegar o envelope, os olhos de Eve passaram a procurar ao redor, buscando um segundo envelope.

Imogen passou o dedo por baixo das presilhas de metal e tirou uma pilha de contratos com uma carta de proposta em cima. Ela viu a assinatura de Aerin Chang, em negrito e arredondada na parte inferior da página. Aquilo não podia estar certo.

— Imogen Tate, estamos animados em oferecer a você o cargo de diretora de arte da Shoppit. Quando os membros do conselho pediram minha opinião a respeito disso, eu disse a eles que não há outra pessoa no mercado com sua visão e com seu respeito pelos colegas. Se você aceitar, vai liderar uma nova geração da *Glossy* e vai cuidar do lançamento de todos os outros produtos e de nosso portfólio de plataformas.

Eve e Imogen ficaram boquiabertas juntas. Se estivessem em um desenho animado, haveria fumaça saindo das orelhas de Eve.

Muito profissional, Aerin não permitiu que o clima da sala a abalasse.

— Eve Morton vai trabalhar logo abaixo de Imogen Tate. Receberá o título de editora-adjunta. — Aerin olhou para Eve. Esperava que ela ficasse feliz com as notícias. Editora-adjunta ainda era um bom cargo. Um emprego muito importante para alguém que tinha sido assistente menos de três anos antes. Mas ninguém melhor do que Imogen sabia que não era importante o bastante para Eve — uma veia latejava na têmpora dela quando Aerin clicou em um botão para que um slide aparecesse na tela atrás dela.

Era uma das páginas que Imogen havia enviado na noite anterior.

— A nova *Glossy* tem moda e mulheres de verdade. Os estilistas não vivem mais em torres de marfim, e as revistas de moda também não podem viver — disse Aerin. — A nova *Glossy* será completamente interativa. A leitora poderá aproveitá-la em qualquer lugar. Impressa, no telefone, no tablet ou no computador. Imogen Tate é a mulher que vai nos ajudar a torná-la a revista do futuro.

Emitindo um som parecido com um rosnado e um grunhido, Eve empurrou sua cadeira para longe da mesa. Parou por um momento, olhou para Imogen e, então, sem nada dizer, saiu da sala.

Aerin continuou a formar uma equipe de pessoas para o desenvolvimento do novo negócio e que trabalhariam para levar a publicidade da revista para a versão digital da *Glossy*. Então, ela se virou para Imogen.

— Imogen, acredito que você é capaz de formar uma equipe editorial de primeira linha para nos colocar de novo no topo. Tenho certeza de que você já tem algumas pessoas em mente. — Aerin sorriu calorosamente para ela. Imogen tentou sorrir de volta. Não esperava nada daquilo.

Ela concordou.

— Tenho.

— Ótimo. — Aerin olhou para outra mulher vestida de preto. — Sara vai preparar uma nota para a imprensa que será divulgada esta tarde.

Aerin se sentou, indicando que a reunião tinha terminado, mas se levantou de novo quando Imogen saiu de onde estava sentada. As duas foram para um canto da sala e, longe de ouvidos alheios, conversaram, parabenizando uma à outra pelo que a venda faria com as ações da empresa, aumentando muito seu valor.

Imogen queria abraçar Aerin, mas só estendeu a mão.

— Eu subestimei você. Quando soube que a Shoppit compraria esta revista, pensei que eu estava fora. Sinto muito.

— Não se desculpe. Eu gostaria de ter sido sincera com você sobre isso desde o começo.

Imogen balançou a cabeça.

— Eu compreendo, de verdade. E aquela nossa reunião?

Aerin sorriu.

— Eu queria saber se você era mesmo a Imogen Tate que eu imaginava. Queria saber se estava pronta para um desafio e para esse tipo de cargo.

Imogen assentiu.

— Tenho muito para aprender, mas estou.

— Tudo bem. Vamos lhe ensinar. E você vai nos ensinar a cuidar de uma revista. Devo lhe informar a respeito dos benefícios de trabalhar numa empresa de tecnologia.

— Os macarons? — perguntou Imogen, erguendo a sobrancelha.

— Não. A tecnologia. Facilitamos as coisas para que você trabalhe de quase qualquer lugar. Temos funcionários trabalhando em todos os cantos do mundo.

Ela queria o emprego, mas precisava ser muito sincera com Aerin.

— Não vou trabalhar com a Eve.

Por um minuto, Imogen pensou que Aerin tivesse corado.

— Concordo com você. Mannering Jr. achou que tínhamos que oferecer algo a ela, mas eu sabia que Eve nunca aceitaria o cargo de editora-adjunta. Se eu tiver que escolher entre você e ela, escolho você.

— Agradeço.

— Você quer que eu fale com ela?

— Eu prefiro fazer isso.

Imogen ouviu seu telefone sobre a mesa.

— Odeio ser grosseira, mas podemos continuar essa conversa hoje à tarde? Preciso resolver uma questão no andar de baixo.

Mesmo pensando em fazer coisas terríveis com Eve, uma sensação de calma tomou conta dela. Havia muito não se sentia tão calma, o mais tranquila que tinha se sentido desde que soubera do câncer e, com certeza, o mais calma que se sentira desde a volta ao trabalho.

Recebeu uma mensagem de texto de Rashid.

>>>>Missão cumprida. Estou no Twitter da Eve. Mande mais instruções.<<<<

As coisas tinham mudado, então ela podia alterar o plano original. Pensou um pouco e digitou algumas linhas para ele, dizendo exatamente o que precisava que ele fizesse.

Quando Imogen chegou ao andar de baixo, Eve estava de pé diante de sua mesa, com o fone de ouvido, gritando furiosamente com alguém do outro lado da linha.

De pé na porta de sua sala, Imogen a chamou.

— Eve. Entre na minha sala. Agora.

Seu tom de voz finalmente alertou a moça de que estava na hora de se submeter à autoridade. Eve murmurou algo à pessoa com quem estava falando e tirou o fone da orelha. Caminhou lentamente até a sala de Imogen.

Imogen se sentou à sua mesa, aquela que Eve havia tomado de modo tão mimado meses antes.

Eve entrou, exalando insolência. Imogen olhou bem para a moça. Ela endireitou a postura. Os olhos estavam mais fechados, num olhar maligno. Uma das sobrancelhas estava mais arqueada do que a outra, dando-lhe um aspecto muito sinistro.

— O que aconteceu lá em cima foi uma palhaçada — disse Eve, apoiando as mãos com força na mesa de Imogen e se inclinando para a frente como uma serpente pronta para o bote. Destilou seu veneno: — O que você entende sobre cuidar de um site? Nada. Eu deveria cuidar da Shoppit. Você nem fez faculdade. Eu fiz a porra da Harvard!

Imogen se levantou e ergueu a mão para interrompê-la.

— Cale sua boca pelo menos uma vez, Eve. — Nossa, como adoraria colocar a mão na boca da outra para fazer com que se calasse. — Sente-se — ordenou antes de continuar. Mais uma vez, Eve obedeceu. Ainda olhando para Imogen com os olhos agora arregalados, ela se recostou no sofá. — Vou dizer isso exatamente uma vez e depois que disser, nunca mais quero ver você de novo. Você não passa de uma agressora nojenta e invejosa. Sei que você é a Docinho, Eve. Sei que você tem perturbado minha filha. Você é uma cadela doente e má, e não sei se um dia vai se curar disso. Acho que você vendeu sua alma há muito tempo. Acho que foi por isso que se casou com um homem que não ama. Sei que voltou para a *Glossy* para roubar meu emprego, não para trabalhar comigo. Mas você não passa de uma cópia barata.

— Não sou obrigada a ouvir isso. — Eve mostrou os dentes para Imogen, cruzando os braços na frente do peito. A fúria tomava seus olhos e, mais uma vez, Imogen se lembrou de Nutkin. Dessa vez, não permitiria que Eve tivesse a chance de fazer mais vítimas.

— Não é, mas vai — disse Imogen.

Eve acreditava que era invencível, que nunca seria pega.

Imogen imaginou que ela estava se sentindo da mesma maneira até ser flagrada burlando a votação da festa de formatura, muito tempo atrás.

— Você é um gênio do mal, Eve. É mais esperta do que eu em muitos aspectos. Compreende a tecnologia de um modo que eu nunca entenderei. Mas você me forçou a aprender. Por isso, acho que devo ser grata. Não, eu sou grata. Terei um segundo ato agora. E você também... Mas não na *Glossy* e não na cidade de Nova York. Você nunca mais vai trabalhar no mercado da moda. Não quero você como minha editora-adjunta e não quero você nesse mercado. Vá para o Vale do Silício. Vá para a Praia do Silício. Crie um Silício qualquer coisa em Wisconsin. Não me importa. Muitas pessoas fariam qualquer coisa para contratar você do outro lado do país. Não quero mais ver sua cara neste lado, nunca mais. Fique longe de mim, fique longe de minha família e fique longe de minha revista.

O queixo de Eve estava quase no chão.

Em um instante, assumiu a expressão de menininha castigada pela mãe. Ela se afundou no sofá e encolheu os ombros. Falou mais baixo.

— Só fiz isso para irritar você. Não queria magoar Annabel. Foi só uma maneira de atingir você.

Imogen levantou a mão de novo. Não queria ouvir nada. Claro que Eve inventaria uma desculpa para ter torturado uma menina de dez anos.

Imogen permaneceu em silêncio.

Eve ficou na defensiva, quase assustada.

— O que você vai fazer agora? Vai sair me expondo? Vai contar a todos o que eu fiz?

O celular de Eve apitou com um alerta.

— Que merda é essa?

Imogen sorriu.

— O que foi, Eve?

— Eu não tuitei isso!

Imogen olhou para o *feed* do Twitter em seu computador.

@GlossyEve: Uma calorosa despedida da @Glossy e de #NYC. Estou prestes a embarcar numa nova aventura. *C'est la vie!*

Rashid foi rápido. Agora que tinha sido tuitado ao mundo, não havia como voltar atrás.

Eve estreitou os olhos.

— Não escrevi esse tuíte — disse, de novo, entredentes.

Imogen fingiu surpresa.

— Puxa. Quem será que tuitou?

Ela se levantou e caminhou até a porta da sala, fazendo um gesto para que Eve se levantasse e saísse.

Eve voltou a perguntar ao sair da sala:

— Vai contar a todo mundo o que eu fiz?

— Não, Eve, não vou contar a todo mundo o que você fez. Você não é importante.

EPÍLOGO

Quem disse que as revistas morreram?

Shoppit abala o mercado da moda com a chegada da nova revista Glossy *(SIM, UMA REVISTA!)*

Por Addison Cao
1º de agosto de 2016

E diziam que não podia ser feito! A jovem Shoppit, empresa de *e-commerce*, lançou seu primeiro exemplar da revista *Glossy* esta semana, depois de adquirir a marca editorial por um preço muito alto em janeiro.

A primeira capa trouxe a incrível supermodelo Chanel Iman usando um Google Glass e um vestido Balenciaga. Espera-se que a nova revista seja publicada quatro vezes ao ano, e o site será atualizado diariamente com conteúdo editorial, fotos e vídeos.

A diretora de arte Imogen Tate disse que espera que as margens sobre o novo produto ultrapassem as expectativas no primeiro trimestre.

"Ainda temos os anunciantes tradicionais, que sempre foram leais à revista impressa, mas podemos fazer coisas incríveis on-line com os anúncios virtuais e direcionando o tráfego aos nossos parceiros varejistas na Shoppit", — disse a sra. Tate no casamento do jovem magnata da tecnologia Rashid Davis com a stylist de celebridades Bridgett Hard, que está grávida de sete meses. O evento extravagante aconteceu na ilha particular Necker Island, de Richard Branson.

A revista passou por um período turbulento nos últimos 12 meses. Ainda sob a posse da Robert Mannering Corp., a *Glossy* foi fechada e transformada em um site e em um aplicativo, gerenciada principalmente pela diretora editorial Eve Morton, que era muito má com seus funcionários. A srta. Morton deixou a empresa depois da aquisição pela Shoppit e atualmente está trabalhando como subordinada (rá!) do diretor Reed Baxter na Buzz, como diretora de vendas externas. A srta. Morton se separou recentemente do congressista Andrew "Fui Malvado" Maxwell, que está preso. Um passarinho nos contou que Eve pode ter sido o motivo pelo qual Baxter e Meadow Flowers cancelaram as núpcias com o tema de *Game of Thrones* no mês passado.

A ex-assistente da sra. Tate e ex-gerente de comunidades da *Glossy*, Ashley Arnsdale (vocês sabem, aquela cujas roupas sempre acabam em blogs de estilo por serem LINDAS), agora se dedica a um projeto muito secreto para a Shoppit envolvendo roupas *vintage*.

Depois de brindar à felicidade do casal Davis, Imogen Tate nos disse que recebe muito bem essa nova era da parceria digital-impresso.

"O mundo não está pronto para abandonar as revistas impressas", declarou, erguendo a taça de champanhe. E acrescentou, rindo: "Além disso, a internet me permite trabalhar em casa, na metade do tempo, o que é um bônus." A sra. Tate e sua família estão dividindo seu tempo entre um apartamento em Tribeca e uma casa que estão reformando no Garden District de Nova Orleans.

A sra. Tate vai dar uma palestra no TED no próximo mês, intitulada "Não me chame de dinossauro: Aceitando uma Nova Era."

Sentada na varanda que rodeava a casa, com a brisa suave de verão trazendo o cheiro das magnólias, Imogen Tate leu a matéria com um sorriso de satisfação e fechou o laptop em seguida.

AGRADECIMENTOS

De Lucy para Jo: Obrigada, Jo Piazza, por me mostrar como mexer no iPad e por ser uma alegria no trabalho, uma grande amiga e uma rata de academia que sempre me inspira.

De Jo a Lucy: Obrigada, querida Imogen... ou melhor, Lucy, por todas as ideias incríveis, pela criatividade sem limites, pela paixão contagiosa e pelo uso inspirador de emojis.

Temos um grupo enorme de pessoas incríveis a agradecer por nos ajudar a transformar este livro, que começou como uma ideia pequena, a chegar às livrarias. Obrigada, Luke "Gamechanger!" Janklow, por ter imaginado isso antes de todo mundo. Obrigada, Alexandra Machinist, por ter sido a melhor superagente que uma autora de primeira viagem poderia querer. Nós não teríamos conseguido sem nossa incrivelmente talentosa editora, a sempre otimista Jennifer Jackson. Seus comentários estão entre as coisas de que mais gostamos no Instagram. Will Heyward merece uma auréola e um coquetel por lidar com toda a nossa revisão feita à mão. Temos muita sorte por termos Maxine Hitchcock e a equipe toda da Penguin no Reino Unido do nosso lado. Vocês nos fazem sentir como estrelas do rock mesmo quando o dia não está sendo bom.

Obrigada, Francesco Clark, por sempre nos fazer querer ser melhores.

Nós não conseguiríamos ter feito essa parceria acontecer sem o apoio constante de Chloe, a melhor babá do mundo e a que mais entende de tecnologia (que serviu de inspiração para a inigualável Tilly).

Plum Sykes, Tom Sykes, Alice Sykes, Valerie Sykes, Fred Sykes, Josh Sykes, Alastair e Annalisa Rellie, Jemima Rellie, Katie Dance,

Lucasta e Kevin Cummings, não estaríamos escrevendo estes agradecimentos se não fosse por vocês. Euan Rellie, você ganha dois prêmios: melhor marido e melhor divulgador de livro.

O apoio do Li.st não pode ser medido. Vocês nos ajudaram a acreditar que temos um futuro neste mundo novo da tecnologia.

Obrigada a todos os nossos amigos incentivadores, mentores e inspirações (on-line e na vida real):

Maxi Sloss, Sandra Ellis, Charlotte Clark, Sara Costello, Claude Kaplan, Lenore e Sean Mahoney, Gin Boswick, Podo, Lucy Guinness, Kara Liotte, Ben Widdicombe, Colleen Curtis, Glynnis MacNicol, Allison Gandolfo, Leah Chernikoff, Tracy Taylor, Toby Young, Amanda Foreman, Mary Alice Stephenson, Amanda Ross, Ann Caruso, Lloyd Nathan, Betsy Rhodes, Donald Robertson, Jennifer Sharp, Mary Shanahan, Paul Cavaco, Paula Froelich, Jaclyn Boschetti, Pamela Fiori, Glenda Bailey, Rachel Sklar, Bob Morris, Hailey Lustig, Jane Friedman, Natalie Massenet, Tristan Skylar, Dee Poku, Patrick Demarchelier, Pamela Henson, Oberto Gili, Ted Gibson, Cynthia Rowley, Christian Louboutin, Vera Wang, Michael Davies, Thom Browne, Bart Baldwin, Zac Posen e Grace Chang.

Obrigada a Flybarre e à nossa *personal trainer* (sim, temos a mesma), Emily Cook Harris, pelos exercícios que nos ajudam a continuar indo a deliciosos *brunches* no Cafe Cluny.

PUBLISHER
Kaíke Nanne

EDITORA EXECUTIVA
Carolina Chagas

EDITORA DE AQUISIÇÃO
Renata Sturm

COORDENAÇÃO DE PRODUÇÃO
Thalita Aragão Ramalho

PRODUÇÃO EDITORIAL
Anna Beatriz Seilhe
Marcela Isensee

REVISÃO DE TRADUÇÃO
Marília Lamas

REVISÃO
Juliana Pitanga
Luana Luz de Freitas

DIAGRAMAÇÃO
DTPhoenix Editorial

Este livro foi impresso no Rio de Janeiro, em 2015,
pela Edigráfica, para a HarperCollins Brasil.
A fonte usada no miolo é Iowan Old Style, corpo 10,5/14,5.
O papel do miolo é Chambril Avena 80g/m² e o da capa é cartão 250g/m².